ハヤカワ文庫 SF

〈SF2183〉

彷徨《さまよ》える艦隊 ジェネシス

先駆者たち

ジャック・キャンベル

月岡小穂訳

早川書房

8183

THE GENESIS FLEET
VANGUARD
by
Jack Campbell

Translated by
Saho Tsukioka
First published 2018 in Japan by
HAYAKAWA PUBLISHING, INC.
This book is published in Japan by
arrangement with
JOHN HEMRY, writing as 'JACK CAMPBELL'
c/o JABBERWOCKY LITERARY AGENCY, INC.
through THE ENGLISH AGENCY (JAPAN) LTD.

ゲーリー・S・ベイカー米国空軍大佐に。ベトナム戦争と米ソ冷戦の時代に活躍した軍人で、戦略爆撃機B＝四七の航法士兼爆撃手、〝パフ、ザ・マジック・ドラゴン〟こと攻撃機AC＝四七のパイロットであると同時に、同機に関してベトナム空軍の顧問をつとめ、大型輸送機C＝五の活用に助力した（アルタス空軍基地で空中給油の資格を持つ五番目のパイロットになり、C＝五の第五十六空輸中隊の指揮をとったことを含む）。

そして、いつものようにSへ。

謝　辞

つねにインスピレーションあふれる助言と援助をくれるエージェントのジョシュア・ビルムズと、わたしを支え、編集の労をとってくれる編集者のアン・ソワーズのお二人に、変わらぬ感謝を捧げます。また助言とコメントと推薦文をくださったロバート・チェイス、キャロリン・アイブズ・ギルマン、J・G・〝ハック〟・ハッケンポラー、シムハ・クリツキー、マイケル・ラビオレット、アリー・パーソンズ、バッド・スパーホーク、コンスタンス・A・ワーナーの各氏にも感謝します。

彷徨《さまよ》える艦隊　ジェネシス　先駆者たち

登場人物

ロバート（ロブ）・ギアリー……アルファル星系艦隊の退役兵
リン・〝ニンジャ〟・
メルツァー……同退役兵。天才ハッカー
コービン・トレス…………………同退役兵。警備艇に勤務
ヴァル・タナカ……………………アルファル星系のもと警察官
チザム………………………………コロニー運営評議会女性議長
オドム
カマガン ……………………………同評議員
キム
ダニエル・マーテル………………地球艦隊のもと少尉
カルメン・オチョア………………火星出身のもと地球政府職員
ロハン・ナカムラ…………………もと経営者。もと政治家
メレ・ダーシー……………………フランクリン星系のもと宙兵隊員
ホーファー…………………………コサトカの第一大臣
サルコジ……………………………同保安調整官
クレオン・オットーネ……………同代議員会議長
ドミニク・デシャーニ……………同公衆安全即応部隊の隊長

1

　はじめて訪れた惑星の空気は、これまで人類の生命を維持してきた酸素とはどこか違っていた。新鮮ですがすがしく、実に刺激的だ。おれは地球へ行ったことがある。地球では、人類が現われて以来、何世代にもわたり、あらゆる分子が循環しつづけ、無数の人々に踏みつけられた大地で、似たような物語が大昔から数限りなく繰り返されてきた。だが、この惑星のこの場所は、人間の足の重みを感じたことがない。向こうの草原が森に変わるあたりには、見慣れない葉をつけた不思議な形の木々が並んでいる。はじめて人類の目に触れた場所だ。この惑星と比べれば、アルファァル星系の惑星群でさえ、いわゆる旧コロニーに思えてしまう。

　頭上の太陽は、見慣れた恒星アルファァルとは大きさが少し違い、濃いオレンジ色をしている。しかし、惑星からほどよい距離にあるため、今おれがいる場所の緯度と季節ではシャツだけで歩きまわれる。新鮮な味わいのある空気は人類が呼吸するには充分だ。植物の緑はやや青みがかっているが、それはそれでいい。

鳥に似た小さな生き物の群れが激しい羽音をさせ、かんだかくさえずりながら、空中に舞い上がった。これまで人類が発見した居住可能惑星と同様に、この惑星にもたくさんの動植物がいるはずだ。だが、知性を持つと思われる生物はいない。銀河系に人類以外の知的生命体がいるとしたら、今も、その連中はどこかほかのところにいるのだろう。人類未到の宙域の向こうに。

ロバート・ギアリーはひざまずき、草に触れると、笑みを浮かべた。背後から轟音《ごうおん》が聞こえてくる。何機もの揚陸《ようりく》用シャトルが、軌道上からさまざまな機器を降ろしている音だ。まもなく、この機器類を使って街づくりが始まる。人類の大昔の記憶や建物にいろどられた古い街ではなく、新しい街だ。歴史の重みはないものの、歴史の最初の指紋がつくのを今か今かと待っている。

新たな惑星。新たな始まり。

おれはアルファル星系の旧コロニーからここへ来た。人類が移住して開拓した惑星だったが、数世代で旧態依然のコロニーと化してしまった。ここはあのコロニーとは別物だ。〝さあ、やるぞ〟と意気ごんで移住してきた場所も、たちまち、ことなかれ主義的な社会に変貌してしまう。最初の移民たちの決めたルールこそが、最善かつ唯一の理想的なやりかただと思いこむからだ。

だが、何かほかのやりかたを思いついたら？　何か別のことを試す気になったら？　それどころか、現状を打破したくなったら？　そんなことをするやつがいるとしたら、誰だと思う？

それはこのおれ、ロブことロバート・ギアリーだ。型にはまった生きかたにはあきあきした。息の詰まらない場所を求める同志とともに未知の惑星へ行き、独自のルールを作りたい。

「ロブ・ギアリー？」

通信器から声がして、ロブはわれに返り、その切迫した口調に、思わず、顔をしかめた。なぜ、コロニー運営評議会の女性議長から連絡が来るんだ？

「はい。どうかしましたか？」

「五時間前、スカザ星系からのジャンプ点に一隻の船が到着し、たったいま、その船からメッセージが届きました。この星系に現われると同時に送信したようです」

「それで？」

「この星系は連中の〝保護〟下にあるそうで、居住費および保護費とやらの支払いを求めています」

「バカバカしい」と、ロブ。「この星系の所有権はわれわれにあります。星間権利局の正式な認可を得てるじゃないですか」

「もちろん、正当な権利があることを主張するつもりです。しかし、相手が耳を貸さなかったら、どうしますか？」

「なぜ、わたしにたずねるのですか？　わたしは評議会のメンバーじゃないんですよ」

「その船が戦闘艇だからです。しかも、このコロニー惑星へ向かってきています」

ロブは上を見た。無数の星があるはずだが、昼間なので青空が広がっているだけだ。あのどこかに……何がいるって？　ほかの新コロニーの戦闘艇か？　新たな宙域でセキュリティ・サービスを売りこもうとしている民間会社か？　それとも、まさかとは思うが、宙賊か？

「わたしにどうしろと？」

「助言がほしいのです、ロブ。この種のことに詳しい人の助言が。適任者は、当コロニーではあなた一人です」

ロブは上着の襟《えり》をさわった。アルファル星系の小規模艦隊にいたころ、下級士官の記章が付いていた部分だ。当時のことは記憶から消し去ったつもりだった。

だが、完全に消すのは無理なのかもしれない。その船に乗っている連中は、なんと自称しているのだろう？　宙賊か、私掠船《しりやくせん》か、セキュリティのプロか、スカザ星系艦隊所属か？　そんなことはどうでもいい。連中は古典的な駆け引きを楽しんでいる。人類が、新たに見つけた星系や惑星にもたらしたものは、古き悪しき慣習も含まれるようだ。おれは現状を打破できないことに、いらいらしつづけてきた。助けを求められて、断われるわけがない。

さいわい、一機のシャトルが飛び立とうとしていた。ロブはすかさずそれに乗り、軌道上の船に戻った。

「何かわかりましたか？」ロブは指令室に入った。この旧式の貨客船〈ウィンゲート〉――あだ名は〈変わりもの《ウィングナット》〉――は当初、単一の星系内で人や物資を運ぶために造られた。やがて、最新式ジャンプ・エンジンを増設したものの、新型の星間輸送船が次々に造られはじめると、たちまち時代遅れな船となった。超最新式ジャンプ制御パネルをのぞけば、指令室には、数十年も前に製造されたようなディスプレイやコントロール装置ばかりが並んでいる。まさに〝変わりもの〟だ。

メイン・ディスプレイが不規則に点滅しはじめた。女船長――この船と変わらないご老体だ――がコントロール装置をドンと叩くと、点滅はおさまった。しょっちゅう叩いているのか、一部分だけが大きくへこんでいる。ロブは画面を見た。保護費の支払いを求めているという艇の情報が表示されている。

「バッカニア級の警備艇《カッター》ですか？」

「そうよ」と、船長。「旧コロニーではもう役立たずだけど、大した脅威のない場所ではいまだに使われてるやつ」

「あまり心配そうには見えませんね」ロブは船長に言った。船長の平然とした態度に、いらだちを隠しきれない。

「あんたらの運賃はもう、もらってるし」と、船長。「それに、あたしがスカザ星系の連中からひどい目にあわされる心配もないわ。この星系での航行認可料は支払い済みだからね」

「航行認可料？　脅し取られたんですか？」

船長は両手を広げ、肩をすくめた。

「まあ、そういうこと。ほかに方法がある？　武器もないのに戦えとでも？　相手はオンボロ船といえども、戦闘艇なのよ」

ロブは腹立たしげにもういちど画面をちらっと見ると、大股で指令室を出た。評議会と話し合わなければならない。

すでに評議員の半数が集まり、狭い一室にすし詰めになっていた。娯楽室とは名ばかりで、年季の入ったディスプレイが何台か設置してあるだけの部屋だ。惑星上にとどまっている評議員たちの姿が、ディスプレイのひとつに映し出されている。ロブが入ってゆくと、激しい議論がぴたりとやみ、全員がロブを見た。チザム評議会議長は浮かぬ顔で、ロブに向かってうなずいた。

「よくぞ戻ってきてくれました。迅速な対応に感謝します。今回の件について、どう思いますか？」

なぜコロニーの指導者たちが、もと大尉のおれごときに意見を求めているのか？　たずねるまでもなく、その理由は明白だ。旧コロニーはどこも、ちっぽけであっても軍隊と呼べるものを必死でつくろうとしてきた。そこで士官を務めていたこのおれが、この惑星に最初に移住してきた約四千人のなかでは最先任の退役兵というわけだ。

「あれは旧式のバッカニア級警備艇です」ロブは話しはじめた。「スカザ星系からのジャンプ点に現われました。われわれのコロニー惑星およびこの船の軌道から、五光時ほどの位置です。タイムラグがあるため、約五時間遅れの情報しか入ってきませんが、その時点で艦は惑星に接近するコースを進んでいました。針路を変更するつもりはなさそうです。速度は〇

・〇五光速で、かなり新型の推進システムを搭載しているとしても、今のスピードが精一杯のはず。惑星に到達するには三日半以上かかるでしょう」
「バッカニア級の艇とはどんなものですか？　危険はどれくらいあるのでしょうか？」

ロブは片手で、あいまいなしぐさをした。

「人類の宙域において、ですか？　大したことはありません。建造から一世紀近くもたっており、スピードや機動力がずば抜けているわけでもなく、大きさも小型です。密輸を阻止したり、捜索救助活動をしたりするために造られました。旧コロニーはどこも老朽艦を退役させて売り払っているので、スカザ星系みたいな新参のコロニーが安く手に入れたのかもしれませんね。〝バケツ〟みたいなオンボロ船とはいえ、この星系には、ほかに戦闘艇がないため、充分な脅威となりえます。あいにく、〈ウィングナット〉のセンサーは管理状態が悪く、〝バケツ〟の詳細な情報をとらえられませんが、標準的武器は備えているようです。といっても、ブドウ弾発射装置が一基とパルス粒子ビーム砲が一門あるだけでしょう。いずれも近接武器です。われわれを攻撃するにはすぐ近くからねらうしかなく、しかも、粒子ビーム発射砲は第二世代のものと思われるので、その攻撃力はたかが知れています」

「でも、その武器でやつらは何ができるのですか？」と、チザム議長。威圧的な口調だ。

ロブは一瞬、考えこんだ。

「われわれの揚陸用シャトルを破壊できます。揚陸用シャトルがなければ、人も機器も惑星に着陸できず、軌道上にとどまるしかありません。〈ウィングナット〉の所有者がとっくにカネを払ったにもかかわらず、〈ウィングナット〉が標的にされる恐れもあります。大破することはないとしても、進入ハッチ、エアロック、シャトルとのドッキング部位などの重要個所をねらわれたら、機能停止におちいるかもしれません」

「だから、わたしは以前から、われわれも戦闘艇に投資するべきだと主張してきたじゃないか！」と、キム評議員。不満げな口調だ。

「わたしたちは戦争をするためにここへ来たのではありません！」チザムはキムにぴしゃりと言った。「われわれの夢を追うための自由と場所を求めて来たんです！　ああすればよかった、こうすればよかったと口で言うのは簡単です。このコロニーのために資金をどう使うかは評議員全員で議論したじゃないですか。でも、あのバッカニア級警備艇のようにちっぽけな艇一隻を買う余裕すらないと、思い知らされただけでした」

「われわれはシャトルを失うことも、支払い要求に応じることもできない！」キムは通信パッドを荒々しく叩いた。「支払いに応じたら、コロニー建設は頓挫《とんざ》するだろう」

「あの戦闘艇からのメッセージによると、スカザ星系にはわれわれを守る義務があるそうだ」と、ほかの評議員。「連中の……ええと……提案を撥《は》ねつける前に、もっと詳細を確認するべきではないか？」

「提案ではありません」と、チザム。「有無を言わさぬ要求です。われわれを援助する意図などどこにもありません」

「スカザ星系について何かわかっていることはありますか？」

「いまのところ――」と、チザム。「連中が古代の戦いの女神の名にちなんでスカザ星系と名づけたということしかわかっていません。あとは、挨拶代わりに大金の支払いを要求してきたという事実だけです」

「旧地球に助けを求めよう！」と、オドム評議員。熱のこもった口調だ。「このことが耳に入ったら、きっと――」

「メッセージが旧地球に届くには何カ月もかかります」と、チザム。「それに、届いたからといって、旧地球が何をしてくれますか？　旧地球の考えは、はっきりしています。〝人々がさまざまな星系におもむいてコロニー化を進めるのは大いにけっこう。だが、トラブルに巻きこまれたら、自分たちでなんとかしてくれ〟というものです」

「旧地球は太陽系戦争でこっぴどくやられたからな」キムはぼやいた。「まだ復興の途中だ。旧地球を当てにはできない。だからこそ、わたしはわれわれの安全をカネで買いたかったんだ！」

「警官隊がどうにかしてくれないだろうか？」と、オドム。情けない口調だ。

「殺傷力のない保安用武器を持った二十人の男女で？」キムが皮肉っぽく言った。

「武器はほかにもあるはずだぞ」と、オドム。

「害獣駆除用の携帯武器《ハンドガン》しかありません」チザムはもういちどロブに向きなおった。「それで何ができますか？」

「わかりません」と、ロブ。「今いる移民たちのなかに、もと兵士があと二人います。二人とも、アルファル星系軍のもと特技下士官です。あの〝バケツ〟について有益な情報を持っているかもしれません」

「きみは士官だったじゃないか。下士官より多くの情報を持っているはずだろう」と、キム。

「士官として、戦闘艦のシステムを最大限に生かす方法は充分に知っていました」と、ロブ。

「大半の士官は専門家《スペシャリスト》というより万能型《ゼネラリスト》です。本当のスペシャリストは下士官なんですよ。何ができるか、二人にたずねてみます。どんな答えが返ってくるかわかりませんが、われわれの方針を明確にする必要がありますからね」

チザム議長は室内を見まわした。大半の評議員がチザムの視線を避けている。

「悪党の手口は承知しています」チザムは全員に向かって言った。「奪えるかぎりのものを奪い取り、また戻ってきては何度もカネを要求するに決まっています。でも、わたしたちの命までは奪わない。略奪できるものを次々に生産させるためです。そんな真似をされて、おとなしくしたがうことなどできません。せめて連中の要求を拒否するのではなく、連中が脅しを実行に移さないようにできればいいのですが」チザムは言いおわると、もういちどロブをじっと見た。

「何か手だてを考えてみます」と、ロブ。

リン・〝ニンジャ〟・メルツァーがまだ〈ウィングナット〉内にいるはずだ。当然ながら、コロニーの個人探知器が示しているような場所にはいないだろう。たとえ、その探知器にハッキング防止機能があるとしても関係ない。ロブはニンジャのＩＤをパッドに入力した。頼む、呼びかけに応えてくれ。

「ニンジャ、どこだ？　実は深刻な問題を突きつけられている」

すぐにニンジャの応答があった。パッドの画面に、頭を簡易ベッドにもたせかけたニンジャが映っている。ロブとは数回しか会っていないのに、歓迎の笑みを浮かべてロブを見た。

「あら、大尉！　本当に本当なの？」

「ああ。休憩は終わりだ。旧式のバッカニア級警備艇について何か知っているか？」

「まあね」

「トレスはどうだ？　詳しく知っていると思うか？」

ニンジャはにやりと笑った。

「コービン・トレスは六年間、〝バケツ〟に乗ってたのよ」

「どうして、そんなことを知っているんだ？」と、ロブ。

「移民のなかで艦隊の退役兵は、あたしとあなたをのぞけば、トレスだけよ。ほかに、あたしが話をする相手はいないでしょ？」ニンジャはロブを見つめた。「この星系に船が一隻現われたと聞いたわ。それって、〝バケツ〟のことなの？」

「そうだ。きみとおれとトレスの三人で集まり、意見を出し合おう」

「トレスは気乗りしないと思うわ」

ロブはゆっくりと息を吐き出した。

「十分後に第三デッキの休憩室に来るように伝えてくれ。来なかったら十五分後に警官隊にしょっぴかれるぞということも忘れずにな」

「あたしたち、現役召集されるわけじゃないわよね？」と、ニンジャ。「あたしも、そんなのはイヤよ」

「大丈夫だ。だが、評議会も移民たちも、あの〝バケツ〟に対処する方法があるかどうかを、われわれ三人が判断するべきだと考えている。とりあえず、三人で議論しよう。そのあとで、きみとトレスが雲隠れしたくなっても、おれは止めないよ」

十四分後、ロブが評議会との通信に備えていると、トレスが足を引きずりながら休憩室に入ってきて、ニンジャの横にドサリとすわった。もともと移民たちは、人生のスタート地点を探す若者と、再スタートを模索する中高年のふたつのグループに分かれていた。トレスは明らかに後者だった。顔に刻まれた無数のしわが経験の豊富さを示している。だが、怒りの色も垣間《かいま》見えた。ごほうびを期待して、長年、仕事をがんばってきたのに、報われなかったのだろう。

ロブは、今の自分にはトレスに命令する権限がないことを痛感し、大尉だったころと同じ口調は避けようとした。

「二人とも、問題点はわかっているよな。きみたちは、おれよりも〝バケツ〟に詳しいようだ。スカザ星系のやつらに降伏して、要求どおり保護費を支払う以外に、評議会に提示できる案は何かあるか？」

ニンジャは顔をしかめた。

「〝バケツ〟のシステムがアップグレードされてないとしたら、まだHEJUを使ってるかもしれないわね」

トレスは頭を振り、しぶしぶ話しはじめた。

「システム自体を交換してないかぎり、今もHEJUを使っているだろう。HEJUはオペレーティング・システムだからな。だから、どいつもこいつも、HEJUはそのままにして、〝バケツ〟を売り飛ばしたんだ」

「HEJUか」と、ロブ。「逆順にコマンドを入力しなければならないプログラムだったな？」

「そうよ」ニンジャは微笑した。

「違うね」と、トレス。「人間が全行程と最終目標をじっくり考えないと起動できないように設計されているんだ。実行したいと思う順番とは逆にコマンド・シーケンスを入力するのは、そのためだ」

「同じことでしょ」と、ニンジャ。「ファイアウォールも、とんでもなく旧式のものに違いないわ。HEJUが最後にコード化されてから、二十年はたってる。その間《かん》、HEJUはいちどもアップグレードされてないかもね」

「いや、〝バケツ〟のクルーはHEJUをコード化している」トレスは訂正した。「そうせざるをえないんだ。オペレーティング・システムは、つねに修復、修正する必要がある。だが連中は、そのようなことが苦手らしい。仕事で身につけた知識だけで、どうにかこうにか修復、修正してるんだろうよ」

「何か〝バケツ〟に対処する方法はないか？」ロブはトレスにたずねた。トレスは一瞬、沈黙し、ロブを見つめた。もと下士官の知識を本気で当てにしているのかと、いぶかる表情だ。

「方法があるとしたら……なんでもいいなら……それは艇を拿捕《だほ》することだ。旧式のソード級駆逐艦でも、〝バケツ〟を捕らえるくらいは簡単にできる。だが……」トレスは〈ウィングナット〉の床を蹴《け》り、言葉を続けた。「こいつは使いものにならない。こいつには武器は搭載してないんだよな？」

ロブはうなずいた。

「ああ。あるのは携帯武器《ハンドガン》だけだ」

「しかし、侵入部隊はつくれる。すげえじゃないか」

「侵入部隊ですって？」ニンジャは声をあげて笑った。「古い海賊映画みたいに？　口にナイフをくわえて〝バケツ〟に乗りこんでゆくの？　ハッチを開けて、なかへ入れてくれると思う？」

「きみにできないか、ニンジャ？」と、ロブ。

ニンジャは一瞬、考えこんだ。

「〝バケツ〟のシステムに侵入するってこと？　どうかしら。ＨＥＪＵについての資料が何かあれば――」

ロブはパッドを持ち上げた。

「たったいま確認した。ある。コロニーのライブラリーに」

「いいじゃない。それなら、侵入できるわ。何をすればいいか、具体的に教えて」

「武器を無力化できるか？」

「永久的に？」ニンジャは考えこむ表情で眉をひそめた。

トレスが頭を振った。

「ＨＥＪＵは時代遅れなシステムだが、修正しやすい。それだけがとりえだ。きみがどんな方法で武器システムに侵入しても、やつらは時間のあるかぎり、プログラムを再修正して対処できる」

ニンジャは片眉をあげてロブを見た。

「パワー・コアを無力化できるかもしれないわ。オーバーロードさせるのよ。プログラムを修正する時間はないはず」

「オーバーロード？」と、ロブ。たしかに、〝バケツ〟を破壊すれば、問題は解決するだろう。だが……。「〝バケツ〟には何人のクルーが乗っているんだ？　データベースによると、規定の人数は二十四人だ」

「艦体そのものが破損でもしないかぎり、六人いれば充分に航行を続けられる」と、トレス。「もっとも、その人数では戦闘は無理だろう。ひょっとすると、四十人くらい乗っているかもしれない。どうした、ニンジャ？　良心の呵責《かしやく》を感じる必要はないぞ。気にするな。しょせん、われわれと同じ、クズみたいな連中だ。死んだってかまうものか」

「やめてよ、トレス」と、ニンジャ。

「〝バケツ〟を破壊するべきではない」と、ロブ。手っ取り早い方法だが、先のことも考えなければならない。アルファル星系にいたときも、手近な解決策をよしとする態度が我慢できなかった。いずれ、誰かほかの者がその問題に突き当たることになるからだ。「手っ取り早い解決策ではあるだろう。しかし、次の敵が現われたとき、われわれは防衛手段がないままだ。〝バケツ〟を拿捕できるなら――」

トレスはロブをにらみつけた。

「おれを侵入部隊に加えようなどとは思うなよ！」

「最初から、そのつもりはなかった」と、ロブ。思わず、冷淡で厳しい口調になった。

「〝バケツ〟をコロニーのために維持したい。きみなら管理者として適任だ。どうだ、名案だろう？　ニンジャ、〝バケツ〟のシステムに侵入して、防御シールドをダウンさせ、ハッチを開けることができるか？　すぐに気づかれないかぎり、ハッキングを妨害されることはないだろう？」

「ええ」と、ニンジャ。「できると思うわ。本気で警備艇への侵入作戦を実行するつもり？　やりかたを知ってる人はいるの？　言っておくけど、あたしは知らないわよ」

ロブは、あえてトレスにはたずねなかった。

「おれは何度か訓練を受けている。実戦経験はないがね。だが、われわれの選択肢が増える。

遠くからパワー・コアを無力化して〝バケツ〟を破壊するか、〝バケツ〟に侵入して拿捕するか、ふたつにひとつだ」

「あるいは、カネを支払うか」と、トレス。

「そうだな。選択肢は三つだ。ありがとう」ロブはニンジャとトレスに言った。「このことを評議会に伝えて、意見をきこうと思う」ロブは言葉を切った。またしても皮肉な事実が頭に浮かんで離れない。おれはニンジャとトレスのどちらにも直接命令を出せないのだ。「評議員たちにいろいろ質問されるかもしれない。その場合に備えて、すぐに連絡のつく場所にいてくれ。頼むぞ」


ロブが戻ったとき、評議員たちはまだ会議中だった。三つの選択肢を示したが、熱心に耳を傾ける者はいなかった。

「まだ別の選択肢があるはずだ」と、オドム。

「軍事的選択肢を見つけろと、あなたがたはおっしゃいました」と、ロブ。冷静な口調を保とうとした。「このとおり、わたしはご要望に応えました。リン・メルツァー、コービン・トレスと協力し合って」

「パワー・コアを破壊しなくても、IT担当者のメルツァーが警備艇のほかの全機能を停止させればいいのではありませんか？」と、チザム女性議長。「そうすれば、あの艇は、われわれにとって脅威ではなくなります」

ロブは両手で〈ウィングナット〉と〝バケツ〟の動きを示しながら、話しはじめた。

「試す価値はあるかもしれません。その場合、起こりうる事態はふたつあります。機能停止したシステムを復旧させ、ふたたび、われわれに向かってくる——それがひとつ。トレスによると、充分な時間さえあれば、間違いなく復旧できるそうです。もうひとつは、システムを復旧できず、減速しないで向かってくることです。そのままのベクトルを維持して、猛スピードでこの惑星と星系を通り過ぎ、クルーたちは暗黒の宇宙空間でゆっくりと餓死するはめになるでしょう」

キムがあざ笑うように微笑した。

「人道的選択肢とはいえないな」

「われわれにとって、もっとも確実な方法は」と、ロブ。「ニンジャに〝バケツ〟を破壊させることです」

「ニンジャにそのようなことができるのですか？」と、チザム。「何人かのプログラマーに相談しましたが、われわれの要求どおりにしようとしても、それとはほど遠い結果にしかならないと言われましたよ」

「ニンジャはプログラムの破壊と侵入が得意すぎて、アルファアル星系艦隊を辞めさせられたんですよ」と、ロブ。「ニンジャが艦隊から追い出されそうになっていたとき、わたしがニンジャの訴追の再審理を担当しました。それがアルファアル星系でニンジャと知り合ったきっかけです。〝ニンジャ〟と呼ばれるようになったのは、メルツァーのコードが非常に特定しにくく、どこへでも侵入でき、しかも、明白な痕跡をほとんど残さないからです。軍はニンジャを訴追するに足る証拠をつかめなかったため、結局、追い出すしかありませんでした。〝バケツ〟を破壊できる者がいるとしたら、それはニンジャです。もっとも、ニンジャ自身はできるとは断言していません。〝バケツ〟で使われているプログラミング言語を研究したうえで、遠くからシステムを探り、何ができるか考える必要があるでしょう」

「では、艦を拿捕するにしても、破壊するにしても、ニンジャの能力を生かせるかどうかは、わからないのだな」と、オドム。不満げな口調だ。

「ニンジャにとっては、拿捕に協力するほうが簡単なはずです」と、ロブ。「パワー・コアにはより多くの安全保護装置が内蔵されていますからね。〝バケツ〟を拿捕し、別の防衛手段が手に入るまで、この星系を守るために防衛戦闘艇として利用するべきだとわたしは思います。口先だけでなく、行動で証明するつもりです。わたしが侵入部隊を指揮することになるのは覚悟しています。侵入作戦の実行のしかたを知っているのは、このコロニーでわたししかいませんので」

長い沈黙が流れた。評議員どうしが無言で顔を見合わせている。やがて、とうとう一人が沈黙を破って言った。

「四つめの選択肢がある。逃げることだ。スカザ星系の連中がこの星系の支配者——それが誰であれ——を餌食《えじき》にしようとくわだてているなら——」

その発言に対して怒りの声がいっせいにあがった。

「この星系はわれわれのものです」チザムが騒ぎを静めてから言った。「大あわてで逃げだし、敵の手に星系を渡すことなどできません。ロブ、きみと、そのニンジャとやらと、コービン・トレスは侵入部隊の一員として作戦を実行するべく――」

「いいえ」ロブは頭を振った。「ニンジャは〈ウィングナット〉で責務を果たすことになるでしょう。トレスは侵入作戦には興味がなく、侵入のための訓練も受けていません。若くもないので、侵入部隊に加わるのは肉体的に無理だと思われます。警官隊の支援を得られたらいいのですが」

「志願兵を募集しなければならないだろう」と、別の評議員。「今回の件は警官隊の管轄外だ。警官隊に介入を要請する権利は、われわれにはない」

「一般人も含め、広く志願兵を募《つの》ることはできるかもしれない。必要な人数はどれくらいだ？」と、キム。

「わたしを含めて二十人です。訓練するには三日間しかありません」と、ロブ。

「こんなことを議論している場合か？　そもそも、あの警備艇を拿捕する手段がないんだぞ」と、オドム。

「では、警備艇を爆破するしかありませんね」と、ロブ。

「よそから来た艇を破壊する決議なんかできないぞ！」と、惑星上にいる評議員の一人。

「重要なのは、自衛することだ」また別の評議員が通信回線を介して割りこんできた。

続いて、評議員たちが口々に声をあげはじめた。チザムの一声が混乱を制した。

「この件を詳しく調査して、弁護団と協議します。あと三日半しかありません。そのあいだに方針を決定し、法律的に問題がないかを確認しなければなりません」

「ちょっと失礼」と、リー・カマガン評議員。小柄だが、情熱的な目をしている。この女性評議員のひとことに、全員が注目した。「爆破できないと、どうなりますか？　物理的に不可能だとしたら、の話です。市民ギアリーは可能だと言いました。パワー・コアをオーバーロードさせることだけを考えていたら、もしそれが無理だとわかったとき、スカザ星系の要求どおりに法外な料金を支払うしかなくなってしまいます」

またしても沈黙。やがて、チザムが言葉を発した。

「では、どうすればいいと思うのですか、カマガン評議員？」

「あらゆる事態を想定するべきです。われわれの望むとおりになるとはかぎらないからです。志願兵を募り、ミスタ・ギアリーに訓練してもらいましょう。たとえ志願兵たちの出番がなくても、損にはなりません。パワー・コアをオーバーロードさせられなかった場合に備えて、侵入作戦という選択肢を残しておいたほうがいいと思います」

キムがうなずいた。

「カマガン評議員の意見に賛成だ」

どちらにも備えることに、投票で決まった。

「ミスタ・ギアリーが責務を果たすには、ある程度の権限が必要です」と、カマガン。

もういちど投票が行なわれ、アルファァル星系の旧コロニーで航宙軍の小規模艦隊のもと大尉だったロブ・ギアリーは、この星系でも一時的に大尉の座に復帰した。

「本当なの？」ロブがまたしてもニンジャを見つけると、ニンジャはたずねた。「臨時大尉って、いったいなんの？」

「この星系の防衛部隊――こんな事態にならなければ存在しなかったはずの部隊――だ」と、ロブ。

「じゃあ、あなたは最上級かつ最下級の士官で、部下もいないの？　いったい誰がすべての仕事をすることになるのよ」

「興味があるのか？」

「とんでもない」

「予算を与えられた。きみに支払うカネもある。きみの腕前への挑戦でもある」と、ロブ。

「おカネのためなら、まかせてよ。充分な金額だったらの話だけど」と、ニンジャ。

もちろん、充分だ。

二十人の警察官のうち十人が侵入部隊に志願した。ロブにとっては、うれしい驚きだった。その十人が作戦に興味を持ちそうな友人を誘ってくれたため、たちまち必要な数の志願兵十九人が集まった。

「戦闘服と、軍事目的に使える武器も必要だ」ロブは新入りの副官ヴァル・タナカに言った。

ヴァル・タナカはアルファァル星系ではベテランの女性警察官だった。主要惑星上で最大の宇宙港周辺にある無法地帯を担当していた。ロブより十歳は年上だろう。タナカも変化を求めている中高年の一人だ。アルファル星系でいちど会ったことがある。ロブの部下の兵士が何人か、街で騒ぎを起こし、ひと晩、留置場で過ごしたあと、保釈されたときのことだった。

「今あるのは救命服と殺傷力のない麻痺銃だけです。殺傷用の武器がまったくないのは、なぜですか？」と、タナカ。

「そんなものは必要にならないはずだったからさ」と、ロブ。「そう評議会から言われたよ。人類が戦争を起こすはずはなく、それに、これほど広い宇宙空間では、よそ者がちょっかいを出してくる可能性もきわめて低い、ってね」

「評議会は、それが正しいかどうか、この宇宙で実際に生きている誰かにたずねたんですか？」

ロブは肩をすくめた。

「結局はカネの問題だ。評議会にとっては、防衛より優先させるべきものがたくさんあったというわけだ」

「なるほど。もしものときの保険として、充分な資金を工面できたはずですよね」と、タナカ。

「そのとおり。軍隊に投資するのも、一種の保険だったはずだ。とはいえ、何を買えばいいのか？　〝バケツ〟のような戦闘用宇宙艇か？　惑星防衛用の大気圏内機動戦闘艇か？　陸上軍か？　そのすべてを手に入れたくても、新コロニーには、それだけの資金がない。ただでさえ、あれやこれやとカネがかかるからな」ロブは〈ウィングナット〉の外を身ぶりで示した。無限の宇宙空間で無数の星がまたたいている。「だが、いちばんの理由は、指導者の連中がジャンプ航法がない時代の旧コロニー式の考えかたを変えられないことだ。広い宇宙をそう簡単には行き来できず、星系間の武力侵略は不可能に近い……最小限の防衛手段でも敵を牽制《けんせい》できる……何者かがことを起こそうとしたら、旧地球が介入して、問題を解決してくれる……。ジャンプ・エンジンがそのような状況を一変させた。だが、ジャンプ・エンジンが発明されてから、まだ数十年もたっていない。そのせいで、意思決定者たちは、いまだに過去にとらわれたままだ。以前は近隣星系へ行くだけで何年もかかっていたのに、今は一、二週間しかかからない。ジャンプ・エンジンのおかげで、われわれはこのコロニーに移住できた。その半面、ジャンプ・エンジンのせいで、スカザ星系の連中がこの星系に乗りこんできた。旧式の戦闘艇を使い、われわれからカネを脅し取ろうとしている」

「これほど遠くへ簡単に来られるようになったおかげで、旧地球はあまりに遠い存在になってしまいましたね。それで、われわれはどうするんですか？」と、タナカ。

「非常に無力なふりをする」

「現に、無力です」

ロブは笑みを浮かべた。

「では、演技だとは誰にも疑われないな」

人類が恒星間移動のすべを手に入れたことで、宇宙はとても小さくなったのかもしれない。

だが、果てしなく広い宇宙空間に浮かび、数えきれないほどの星を見つめていると、やはり宇宙は無限なのだと感じざるをえない。なぜ、そのように感じるのか、頭では永遠に理解できそうもないのに、感覚的には理解できる。それがロブには不思議でならなかった。無限の宇宙は冷たく無情で、人類が一心に視線を向けていることなど意に介さない。しかし、同時に、とほうもなく壮大で美しい存在でもある。人類は宇宙の一部であり、ときとして人類どうしのつながりよりも強い絆《きずな》のようなものを宇宙に対して抱くからだ。ただの幻想かもしれないが、たしかに、そう感じる。

身を守ってくれるシェルターのような艦船や惑星を離れて、無重力空間をただよいながら宇宙をながめていると、自分がいかにちっぽけで頼りない存在か思い知らされる。次にどんな感情が湧いてくるかは関係ない。

救命服の推進装置を〝直感的〟に操作するコツを覚えようとすると、これまた屈辱的な思いをしなければならない。推進装置のお客様相談室は何光年ものかなたにあるので、サポートを受けたくても受けられない。推進装置の操作方法は二種類ある。ポインター式と視認式だ。ポインター式の場合、的《まと》を片手で指さすと、推進装置がそこまでの距離を測定し、適切な力で身体を前へ押し出してくれる。いっぽう、視認式では、的に視線を向けることで、情報が推進装置にインプットされる。だが、推進装置の感度がよすぎて、ちょっとした動きにも反応してしまうのが難点だ。ロブが少し視線をさまよわせただけで、新たな情報がインプットされ、推進力の強さが微妙に変わってくる。これで姿勢が安定しない状態が続くと、いらいらするだけでなく、推進装置そのものがとんでもなくエネルギーを消費する。ロブは感度設定を変更しようと、メニュー画面をスクロールした。しかし、どこまで見ても、設定変更の方法がわからず、完全に行き詰まった。

アルファル星系の小規模艦隊にいた当時も、こんな気持ちだった。ほとんど何もなしとげられないままに悶々《もんもん》と日々を送り、ようやく結果を出せたころには、そもそも、なぜ艦隊に入りたかったのかわからなくなっていた。だから艦隊を辞めたときは、心底うれしかった。

しかし、現在にまで影響しつづけている大失態をも思い出さずにはいられなかった。実際にロブが訓練で侵入部隊を指揮したのはいちどだけだが、完全な失敗に終わったのだ。いまだにそれがトラウマになっており、評議員たちに打ち明けられないでいることがうしろめたい。

ようやくロブは的の位置を確認した。〈ウィングナット〉から約五百メートルの位置にある。ただの巨大パネルで、四つの角に付けられたケーブルで船につながれている。ロブは、スカザ星系の戦闘艇の動きを記録したデータを再確認した。救命服には一応ヘッドアップ・ディスプレイがついていて、データはそのなかに入力してある。〈ウィングナット〉の巨大な船体の陰になり、〝バケツ〟の現在位置からだと、ここでの様子は見えないはずだ。〝バケツ〟とはまだ数光時は離れている。約二十億キロだ。だが、〝バケツ〟の旧式センサーでも、この程度の距離なら〈ウィングナット〉をとらえることはできる。〈ウィングナット〉周辺で侵入部隊が船から船へ跳び移る訓練をしているところだけは、見られてはならない。

　ロブは的に面したエアロックで部下たちを出迎えた。侵入部隊への加入を志願した十九人の男女だ。宇宙空間を跳んだことはおろか、救命服を身につけたことさえない連中だ。

「覚えておいてもらいたいことが、ふたつある」と、ロブ。「その一。的から目を離すな。きみたちの救命服には、おれの救命服に付いているような推進装置がない。〈ウィングナット〉にはふたつあるが、ひとつしか譲ってもらえなかった。だが、問題ない。訓練は命綱をつけて行なうため、船から完全に離れてしまう心配はない。跳ぶ前に、しっかりと的を見すえ、身体を前方へ押し出せ。そうすれば、おのずと、視線の先にある場所に到達できる。簡単なことだ」本当は難しい。昔からよく言われるように、宇宙空間では何もかもが単純だが、単純だからこそ難しいのだ。

「その二。スピードを保て」ロブは言葉を続けた。「跳び出した瞬間のスピードを維持して、的にたどりつかなければならない。惑星上では、できるだけ勢いをつけて跳び出したほうが遠くまで到達できた。だから、同じようにしたくなるものだ。しかし、それは忘れろ。宇宙空間で勢いよく跳び出した場合には、敵艦の艦体外殻に激突するはめになる。惑星上で、まっすぐ目の前の壁に向かって跳ぶことを想像してみろ。壁に激突しないようにするのは、至難のわざだ」

「命綱が切れたりしませんか？」と、志願兵の一人。不安を隠しきれない口調だ。

「絶対に切れない」と、ロブ。「きみの体重が今の十倍になって、人間の筋力で出しうる速度の十数倍の速度で跳躍しないかぎり、命綱が切れることはない。勢いよく跳びすぎて、命綱に引き戻されることになっても、傷つくのはプライドだけだ。推進装置は使わずに、まず、おれが手本を示す。よく見ておけ」ロブは言葉を切った。「ひとつ言い忘れた。惑星に近すぎると、うまくいかないことがある。跳び出してからパニック状態になったら、〈ウィングナット〉を注視しつづけろ。おれが引き寄せてやるから、大丈夫だ」

ロブは教科書どおりに船から跳び出した。訓練で習ったのはこの方法だけなのだから、しかたがない。ロブがいままで二度しか宇宙空間を跳んだことがないと知ったら、志願兵たちは不安になるだろう。だから、そのことは黙っておいた。

さいわい、ロブの跳躍は成功した。的を見つめたまま、すばやく宇宙空間を跳ぶと、命綱が限界まで伸びきり、的のすぐ前まで到達した。ロブはさっと命綱をつかんで身を引き、〈ウィングナット〉のエアロックに戻った。

次はタナカの番だ。タナカはなめらかに跳び出した。だが、命綱が伸びきったところで身体が回転し、手足をバタバタさせはじめた。突然、息づかいが荒くなった。ロブは急いでタナカを引き寄せ、心のなかで悪態をついた。なぜ、よりによってタナカがこんなときにパニックになるんだ？　おれがタナカを副官として信頼できなくなるだけじゃない。これを見たら、ほかの志願兵たちが縮み上がってしまう。

「大丈夫、大丈夫」ロブはタナカをエアロックに引き戻すと、優しく言った。タナカはロブを見た。呼吸が落ち着きはじめている。ロブは全員の視線を感じた。この連中を勇気づける言葉をかけてやらなければならない。

そのとき、タナカが身体の向きを変え、体勢を整えると、ふたたび的に向かって跳躍した。まっすぐ的へ近づいてゆく。しかし、今度は、命綱が伸びきっても落ち着いて身体をコントロールしたので、うまくいった。ロブは、もういちどタナカを引き戻した。

救命服のバイザーごしにロブは見た——タナカはエアロックの側面に触れるまで、目をつぶったままだった。タナカはロブを見て、笑みを浮かべた。動きがぎごちなく、息もあがっている。

「簡単でした」

「どんなふうにやったんだ？」と、ロブ。

「恐怖心でいっぱいになる前に跳び出したんです。汚名は返上しましたよ」タナカは、ほかの志願兵たちに向きなおった。「さあ、跳ぶわよ」

一人がパニックになったものの、タナカを見習ってもういちど跳ぶ気になり、二度目の跳躍をなしとげた。ロブは少し下がった場所に立ち、全員が繰り返し跳ぶのを見つめた。

タナカがロブのそばに来て、横に立った。ロブの目の前に小さなアイコンが現われた。どうやらタナカは誰にも聞こえないよう、別の通信回線でロブに話しかけようとしているらしい。

「どうした？」

「なぜ、あなたが怖がっていたのか、不思議に思っていました、大尉」と、タナカ。

ロブは言葉に詰まり、星々が輝く暗い宇宙を見あげた。

「どうして、そう思ったんだ？」

「侵入作戦の説明をするとき、大尉は何度か口ごもりました。それに、ここでは、指揮官であるにもかかわらず、あまり自信がなさそうで、まるでご自分を鼓舞するかのような口ぶりでした」

「きみ以外にもそれに気づいた者がいるだろうか？」

「まだ気づいていないとしても、いまに何人かが気づくでしょう。いったい何があったんですか？」

ロブは苦渋の色を浮かべた。

「アルファル星系の艦隊にいたとき、本格的な侵入訓練はいちどしかしたことがない。少尉になりたてのころで、ほかの訓練は経験があった。だが、侵入訓練に失敗し、採点者たちにひどい点をつけられて、落ちこんだ」

意外にも、ロブの言葉にタナカは含み笑いを漏らした。

「二種類の選別訓練があることに気づいてなかったんですか？ ひとつは、その訓練の成績がおえらがたの昇進や栄誉に直接影響する場合です。誰でも合格点を取れます。死人ですら合格点を取れるかもしれません。おえらがたが自分の昇進のために、合格させてやるからです。もうひとつは、採点者の権力を見せつけることが目的の訓練です。たいていの人が不合格になり、失敗を悔やんで苦しむことになります」

ロブは頭の向きを変え、タナカを見た。

「選別訓練の目的が、兵士にどう行動すべきか経験させ、重大なミスを思い知らせることだとしたら？」

「理想世界では、それで万事うまくゆくでしょう。でも、生身の人間が支配する世界では、選別訓練を牛耳《ぎゅうじ》っている連中の求める目的がなんであれ、その目的を正当化して永続させるだけのシステムになる傾向があります」タナカは小バカにするような笑みを浮かべて、ロブを見返した。「そのほかの選別訓練でも不合格だったんですか？　どうでした？」

「おれたちは、ことごとく不合格になった」と、ロブ。「そこが肝心だったというのか？」

「そうです。でも、もう関係ありません。ここにいる者たちのなかで、侵入作戦の実行方法を知っていて、失敗も経験しているのは、大尉だけです。今は、それこそが重要です」

「ありがとう、タナカ」

「さあ、向こうへ行って、自信たっぷりなふりをして、みんなをリードしてください」

「よし、わかった」と、ロブ。


その夜、熟睡していたロブは、誰かに肩をつかまれて目を覚ました。

「ちょっと、大尉！」

ロブは眠そうに目をしばたたき、同じ部屋で眠っている二人を起こさないよう低い声で答えた。

「どうした、ニンジャ？」

〝バケツ〟のパワー・コアを爆発させられないの。無理なのよ」と、ニンジャ。小声だ。

「それほど堅固なファイアウォールが使用されているのか？」

「シーッ！」と、ニンジャ。「ファイアウォール自体は湿った段ボールみたいに軟弱よ。それでも、パワー・コアを爆破できないの。パワー・コアが手動でコントロールされてるせいよ」

「なんだって？」ロブはニンジャを見つめた。「どうして、わかるんだ？」

「自動制御装置がぜんぶ無力化されてるからよ。たぶん、まったく機能してないと思うわ」

ロブはベッドの上でそっと上半身を起こし、髪をかきあげながら考えこんだ。

「パワー・コアを手動でコントロールできるとは知らなかった」

「トレスにたずねたら、できるって。でも、自分なら、そんなことはしないって言ってた」と、ニンジャ。「手動にすると、とても効率が悪いんですもの。パワー・コアに深刻な故障が生じた場合でも、手動に切り替えるくらいなら、機能を回復させるために管理者がすばやく適切な対処をしたほうがよっぽどましなのよ」

ロブはうなずき、いらだたしげに息を吐き出した。

「〝バケツ〟を破壊する計画は中止だと、評議会に話すよ。残された選択肢は、侵入作戦か、カネを払うか、どちらかだ。侵入作戦を実行するためのハッキングは可能なんだよな？」

「ええ、もちろん。まかせて」ニンジャはロブをちらっと見ると、ロブのベッドに視線を移した。「あなたがその気なら、リラックスさせてあげるわよ」

　ロブは、またしてもため息をついた。

「ニンジャ、何日か前なら、きみの誘いに応じたかもしれない。だが、今のおれはきみの上官だ。断わる」

　ニンジャは頭を振った。

「どうして、あたしはいつも、こんな堅物男にばかり惹《ひ》かれるのかしらね」

「磁石のNとSが引かれ合うようなものじゃないか？」

「そうかもね」ニンジャは言葉を切り、目を落とした。「それで、あなた、本気でヒーローになるつもり？　口にナイフをくわえて〝バケツ〟に跳び移るの？」

「たとえて言えば、そんなところだ。評議会は、ゆすりには屈しないという意思を固めているようだ」と、ロブ。

「無理はしないで。いいわね？」

　ロブは驚いた表情でニンジャを見た。

「きみが心配してくれているとは知らなかったよ、ニンジャ」

「もう、鈍いんだから。あたしが誰にでも、こんなこと言うと思う？」

　ロブがそれに答えるまもなく、ニンジャは出ていった。

　ロブはニンジャの後ろ姿を目で追った。無意識にニンジャを女性として見ないようにしていたことに気づき、驚いた。アルファァル星系ではじめて会ったときは、士官と下士官の関係だったせいだろう。おれはアルファァル星系の杓子定規《しゃくしじょうぎ》な考えかたがきらいなくせに、どこかアルファル星系ふうの考えかたをしていたに違いない。環境が変われば、ニンジャに対する考えも変わるかもしれないとは思いもよらなかった。おれはずっとニンジャが好きだった。たとえ自分の気持ちを抑えなければならないとしても。たぶん今も……？

命の危険をおかさずに、〝バケツ〟を拿捕できるとしたら……。

今はニンジャには何もしてやれない。おれにできるのは、暗闇のなかに横たわり、最悪のシナリオを考えることだけだ。経験不足なもと下級士官が、未熟で武器もない志願兵たちをひきいて、戦闘艇に立ち向かえるのか？　おれがこの作戦をうまく指揮できなかったら、どうなるのだろう？

旧地球では、戦死は英雄的行為だと崇《あが》められてきた。しかし、旧地球の庇護《ひご》を受けられなかったために、アルファル星系の小規模航宙軍では旧地球の伝統など関係なく、名誉の戦死をとげた者はほとんどいなかった。実際、一人もいなかった。だが、別の形で名誉ある死をとげた者は何人かいた。たとえば、以前ロブの艦に乗っていた若い兵士の母親も、その一人だった。兵士の母親は十年前に亡くなっていた。小惑星の人類居住地で生命維持装置が故障するという事故に見舞われたさいに、自分の酸素循環器を一人の子供に譲り、身代わりに命を落としたのだ。

ロブは当時兵士と交《か》わした会話を思い出した。「母は、わたしにメッセージを残しました」兵士はおれに言っていた。「瀕死の人を見殺しにはできない、と。どうにかしたかったんだと思います。その子供がわたしだったらと考えると、たとえ他人でも、見て見ぬふりはできなかったのでしょう」

「母親があんなことをしなければ、と思ったことはないのか？」おれは兵士にたずねた。

「毎日、思います。毎日、どうして母はあんなことをする気になれたのかと考えます。母は自分の信じる道を選んだんです、大尉。わたしたちにできることは、それしかありませんよね？　誰にでも、自分が納得できる方法を選ぶ権利があるはずです」

翌日、評議会は〝バケツ〟を拿捕するようロブに命じた。理由をつけて断わることもできたかもしれない。そんな危険な任務を指揮できない言いわけなら、山ほど見つけられたかもしれない。だが、ロブ・ギアリーは敬礼し、最善を尽くすと言った。

2

一日半後、〈ウィングナット〉のメイン・エアロックのひとつで、ロブは、侵入部隊にしては頼りない一団とともに、そのときを待っていた。エアロックの空気は抜いてあるが、〝バケツ〟に警戒されないよう外部ハッチは閉じたままだ。〝バケツ〟はますます接近し、いまや〈ウィングナット〉の軌道をインターセプトしようとしている。これまで保護費を請求するメッセージが二度送られてきたものの、そのたびに評議会は宇宙法を引き合いに出して拒否し、旧地球に事情を報告すると返信した。〝バケツ〟側は特別な動揺は示さなかった。カネを払わないのなら、〝武力侵略に対して無防備になるぞ〟という〝懸念〟の言葉を繰り返しただけだ。

いつもながら、ロブは行動することよりも待つことのつらさを実感していた。着ている救命服は戦闘にはとても耐えられそうにない。そもそも救命が目的の服だからだ。宇宙のさまざまな危険物から身を守ってくれるうえに、海で着用するライフ・ジャケットと同様に安価ではある。だが、武器を発射されたらひとたまりもない。ロブは救命服の片方の脇部分をたくしあげた。標準サイズというよりもフリーサイズといったほうがいいほどぶかぶかだ。画面表示によると、救命服内を循環している空気は良好な状態だ。ロブは呼吸に意識を集中し、こみあげてくる不安を抑えた。

ロブの指揮で敵艦に侵入することになる志願兵たちに視線を向けた。みなの目がロブを見つめ返している。その表情はわからないが、全身の緊張が見て取れた。アルファル星系艦隊にいたころに難しいミッションの前の激励のしかたなら、少なくとも知っていた。簡潔に、短く。

「コロニーの人々は、われわれが敵を阻止するだろうと期待している。われわれにはできる。おれは、きみたちを心から信頼している。敵はのんきにかまえているだろう。だからこそ、敵の不意を突くのだ。平静を保ち、決して気を抜くな。そうすれば、必ず作戦は成功する」

「ギアリー大尉」

ロブは通信器を個人回線に切り替えた。

「はい」

「こちらは評議員のリー・カマガンです。お伝えしたいことがあります。切迫した状況のもと、ようやく評議会はこのコロニーの名の件で合意に達しました。最終的には住民投票による承認が必要ですが、今回の決定がくつがえることはないでしょう。あなたがたはグレンリオンという星系の人々を守っています。そのことをあなたの部隊のかたがたにもお伝えください。健闘を祈ります」

「ありがとうございます」ロブは志願兵たちにも伝えた。誰もが、グレンリオンと名づけられたばかりの星系を守ることに喜びを感じているようだ。

「調子はどうだ、ニンジャ？」ロブは共通回線を通じてたずねた。

「順調よ」と、ニンジャ。自信に満ちあふれた楽しげな口調だ。「あの艦のすべての自動システムを掌握したわ。念のため、クルーの目には何もかもが正常にしか見えないよう、プログラムを挿入しておいた。一分もすれば、異常に気づくでしょうね。それでも、問題があるのは戦術システムだと思いこむはずよ」

「センサー類もハッキングしたのか？」

「もちろんよ！　連中の目に映るのは、数分前となんら変わらない〈ウィングナット〉だけ。ハッチは閉じたままだし、誰も何もしてないわ」

ロブは親指をあげ、侵入部隊に身ぶりで指示した。

「〝バケツ〟の全システムをうまく掌握したぞ。ニンジャは〝バケツ〟を減速させ、この船に対する相対速度をゼロにするつもりだ。そのときになって、ようやく〝バケツ〟のクルーたちは異常を察知する。だが、センサーはハッキングされたあとだ。当然、エアロックのハッチが開いていることには気づかず、ディスプレイを見ても、防御シールドがダウンしているとはわからない。やつらが戦術システムの異常個所を必死につきとめようとしているあいだに、われわれは艇内に侵入し、任務を果たす」そうなればいいのだが――ロブは心のなかで付け加えた。

「ニンジャが人事ファイルにアクセスし、〝バケツ〟のクルーが二十三人であることを確認しました」と、ヴァル・タナカ。「こちらは二十人です。でも、〝バケツ〟の大半のクルーが少人数のグループに分かれて持ち場についていると思うので、グループをひとつずつ片づけていけば勝ち目はあります。全員、麻痺銃を念入りにチェックして。敵艦に近づいて合図があるまでは、決して安全装置をはずさないように」

「ブリッジとパワー・コアを制圧したら、われわれは勝ったも同然だ」エアロックの外部ハッチが勢いよく開くと、ロブは言った。

バッカニア級警備艇《カッター》は〈ウィングナット〉よりもはるかに小さく、全長は百二十メートルほどしかない。〈ウィングナット〉に威嚇《いかく》射撃をしようと、猛スピードで接近してくる。ロブの位置からはまだ遠い。〈ウィングナット〉側を向いたメイン推進装置から噴射される制動用の炎が、かろうじて確認できる程度だ。〝バケツ〟は交戦可能な速度まで減速した。いつでも、〈ウィングナット〉か、揚陸《ようりく》用シャトルの一機を攻撃できる。〈ウィングナット〉に確実に一発ぶちこむ恐れもある。被害が拡大しないうちにカネを支払えと、コロニーにうながすためだ。

もう〝バケツ〟のクルーがいつ異変に気づいても不思議ではない。停止するはずのメイン推進装置が作動しつづけているからだ。〝バケツ〟は〈ウィングナット〉に対する相対速度がゼロになるまで、減速を続けている。

「〝バケツ〟が〈ウィングナット〉から五十キロの位置で止まっていると、センサーは表示するはずよ」と、ニンジャ。陽気な口調だ。

「どれくらいまでギリギリ接近させられる？」

「百メートル手前までと指示されたから、そのとおりにしてるわよ」

「きみは船を操舵したことがあるのか、ニンジャ？」

「シミュレーションだけどね。でも、今回は〝バケツ〟の戦術システムを利用してるわ。安心して！　あなたをひどい目にはあわせないから！」

ロブは少しホッとした。どうやらニンジャは本当におれのことが好きらしい。その結果、すべてをきちんとしようとするモチベーションがいっそう上がっている。だが、攻撃開始の瞬間が近づくにつれ、ロブの呼吸は速くなり、心臓がドキドキしはじめた。少尉のころに失敗した記憶が頭から離れないが、落ち着くことに集中した。おれははじめて、本物の戦闘に直面している。タナカは侵入部隊の者たちには秘密にしておけと言ったが、こんな状況では話は別だ。失敗したら、どうしよう。志願兵が死傷したら、どうしよう。おれ自身が恐怖心を払拭《ふっしょく》し、タイミングよく正しい決断ができればいいのだが。

なにしろ、志願兵はみな、おれを頼りにしている。

〝バケツ〟がゆるい弧を描いて、〈ウィングナット〉と同じ軌道に乗り、〈ウィングナット〉に対する相対速度がゼロになった。二隻とも、惑星の軌道上をおよそ秒速七キロで進んでいる。惑星上から見れば猛スピードだが、広い宇宙空間ではカタツムリが進むほどの低速だ。双方のベクトルとスピードが同じであるため、おたがいに静止しているように見える。

ニンジャは忠実に約束を果たしてくれた。戦術システムに侵入し、〝バケツ〟をロブが待っている場所から約百メートルの宇宙空間にとどまらせたのだ。これほど近いと、エアロックのハッチから見る〝バケツ〟の外殻が視界いっぱいに広がっているかのようだ。箱型の巨大貨物船と違って、たいていの戦闘艦は海をわがもの顔に泳ぐサメに似ている。だが、ずんぐりしたバッカニア級警備艇はサメやバラクーダどころか、太ったサケそっくりだ。それもまた〝バケツ〟とあだ名をつけられた所以《ゆえん》だ。

「〝バケツ〟のドアが開きます！」とニンジャ。「電車とホームの隙間にご注意ください！」

〝バケツ〟の表面にチラリと光が見えた。艦体中央部のメイン・エアロックに通じる外部ハッチが開いた証拠だ。

「ついてこい」ロブは侵入部隊に言った。冷静で威厳のある口調を心がけたつもりだ。いまから、広大な宇宙空間のなかの小さな一点をめがけて跳躍することになる。自分が少しでもためらえば、志願兵たちを不安にさせることはわかりきっていた。ロブは深呼吸し、〈ウィングナット〉から跳び出した。

艦から艦へ跳び移った経験はある。にもかかわらず、惑星育ちのロブは本能的に思った——百メートルの宇宙空間を跳び移る場合、空気抵抗や重力の影響で失速するか、それとも、自由落下のようにいっきに加速するか、どちらかに違いない。できれば一瞬で終わってほしい。ゆっくりとした速度を保ったまま進み、徐々に〝バケツ〟の艇体側面が近づいてくるのだけはごめんだ。

〝バケツ〟のエアロックに手が触れそうなほど近づき、想定以上の強さで艇体にぶつかった。

バカバカしいことに、それでも、ロブは達成感を覚えた。

ロブは振り返り、次々にあとを追って跳躍する志願兵たちに向かって手を伸ばした。負傷しそうなほどの勢いで衝突してくる者もいた。しかし、全員が跳躍を成功させた。〝バケツ〟の側面に衝突して張り付き、救命服の吸着グローブを使って艇体表面をエアロックまで這ってくる者もいたが、まあいい。

〝バケツ〟のエアロックには、いちどに十人が入れるほどのスペースしかなさそうだ。ロブはタナカを含む十人を最初に侵入させた。センサーはハッキングしたものの、〝バケツ〟のクルーが事態の変化に気づくかもしれない。ロブは艇体側面につかまりながら、敵に気づかれませんようにと祈った。

「どうだ、ニンジャ？」

「ブリッジは大パニックよ。メイン推進装置に問題があると思いこんで、修復しようとしてるわ」と、ニンジャ。「音声を聞きたい？　艇長は悪態をつくのが苦手みたい。バリエーションの少なさを声の大きさでカバーしてるわ」

「そうか、おれは得意だけどな。侵入部隊が乗りこんだのではないかと疑っている者はいないか？」

「〈ウィングナット〉に対する相対速度がゼロになったのはあまりにも怪しいと、士官の一人が艇長に訴えてるけど、誰も耳を貸そうとしない。連中の目には、まだ〈ウィングナット〉から五十キロも離れてるように見えるからよ。あっ、その女性士官が別のシステムの分析を始めようとしてるわ。なんとかしなくちゃね。またあとで連絡するわ」

「ありがとう。回転式の外部ハッチが開きはじめた。エアロックに入るぞ」

エアロック内は十人でぎゅうぎゅう詰めになるほど狭かった。ハッチは気が遠くなるほどゆっくりとした速度で回転している。それでも、ロブはようやく、すべての侵入部隊を艇に引き入れ、艇首から艇尾まで続くなんの変哲もない通路に入った。ロブはすぐ近くの配管、自動で密閉する通風孔、消火器などに何気なく目を走らせた。きちんとメンテナンスされ、きれいに掃除してある。アルファル星系艦隊の基準には及ばないが、ざっと見たところではまあまあだ。

「全員、麻痺銃をかまえ、安全装置が解除されていることを確認しろ。くれぐれも、味方には銃口を向けるなよ！　計画どおりに実行しよう」ロブはタナカに言った。「行け」タナカは自分が指揮する九人に身ぶりした。やがて、一団となって、パワー・コア制御室がある艇尾へ向かいはじめた。タナカもロブもバッカニア級警備艇には乗ったことがない。だが、コロニーの巨大データベースを検索し、基本的な構造は入手していた。これほど小型の艇なら、ルートを完全に記憶できて当然だ。

ロブは残りの九人を連れて艇首へ向かった。ずっと奥にブリッジがあるはずだ。

五メートルも進まないうちに、密閉式ハッチにたどりついた。戦闘即応態勢にあるはずなのに、開けっぱなしになっている。そのとき、〝バケツ〟のクルーが二人、ハッチの向こう側までやってきた。艇尾へ向かうところらしい。二人はそこにロブたちがいるとも知らず、はずむような足どりでハッチを抜けようとした。だが、驚いた表情を浮かべるまもなく、麻痺銃を発射され、ハッチの縁《ふち》に激突して気絶した。

「まさか救命服を着ていないとは意外でした、大尉」と、ロブのグループの一人。

「まったくだ」と、ロブ。「だが、自分たちの力を過信し、基本的な事前注意事項をおろそかにしたせいだ。われわれにとっては願ったりかなったりだな」

ロブたちはパルス粒子ビーム砲のローカル制御ステーションへ向かうことになっていた。一団はそこに通じるハッチへ急いだ。またしてもハッチは開けっぱなしで、出力を上げた武器コンソールを囲んで、四人のクルーが冗談を言い合いながらくつろいでいた。脱いだ救命服が椅子の背にだらりと引っかけてある。

ロブは降伏するチャンスさえ敵に与えなかった。すばやく、しかも静かにことを行なうのが、なにより重要だ。ロブひきいる一団がいっせいに麻痺銃を発射すると、四人の武器クルーは次々にのけぞり、倒れた。

「あとで代償の大きさに気づくでしょうね」と、侵入部隊の一人。

「今度、戦闘態勢に入りそうになったら、救命服だけは着ておくべきだと、思い知るかもしれないな」と、ロブ。コロニー警察部隊の隊員である志願兵たちが、気絶したクルーの手足を慣れた手つきですばやく縛《しば》り上げた。たった数秒間だが、ロブはいらいらしながら待った。

「エリオットとシン、きみたち二人はここにとどまり、ほかのクルーが来て、あのパルス粒子ビーム砲を使おうとするのを阻止してくれ。ハッチを密閉し、入ろうとする者がいないかパネルの陰から見張れ」

「了解」エリオットとシンが答えた。

ロブは残りの侵入隊員とともに部屋を出て、通路を進み、急いでブリッジに入ろうとした。突然、不安に襲われた。手順を誤ったり、何か間違いをおかしたりしていないだろうか？だが、まさにそのとき、想定どおりの場所に緊急対応所があるのを見つけた。

六人のクルーがそこにいた。あわてて、補強や修理の必要な場所へ向かおうとしているらしい。しかし、六人ともそれぞれの小型コンピューターを操作するのに夢中で、ロブたちが現われたことに気づかないまま麻痺銃で撃たれ、小型コンピューターも破壊された。

侵入隊員たちが六人の手足を縛り上げたあと、ロブはあたりを見まわした。何世紀も前の旧地球にはあたりまえに存在していたはずのものが目に入った。

「武器庫だ。この連中の誰かが鍵を持っているかもしれない」だが、そうだとしても、鍵を見つけるには時間がかかりそうだ。貴重な時間を無駄にはできない。それでも、使えるものが武器庫に入っていたら……。ロブは決断をためらった。

「あのなかに携帯武器があるかもしれません」と、侵入隊員の一人。

「それはどうかな」ロブの心は決まった。「たとえ、そこに武器があって、武器庫の鍵をすばやく見つけられたとしても、扉を開けたとたんにアラームが鳴り、われわれの存在をブリッジ・クルーに知られてしまう危険性がある。どちらにしろ、われわれにとって最大の武器は不意打ちしかない」

ロブは言葉を切った。これ以上ブリッジ制圧に使える人数を減らしたくない。しかし、六人の敵兵と武器庫をこのままにしておくこともできない。

「サフワットとワトソン、きみたち二人はここに残れ」と、ロブ。「武器庫を見張らなければならない。別のクルーが現われたり、この六人のうちの誰かが目を覚まして暴れだしたりしたら、迷わず麻痺銃で撃て」

ロブは麻痺銃を握りしめ、人けのない通路をブリッジへとひた走った。五人の侵入隊員がすぐ後ろをついてくる。ブリッジのハッチの前まで来た。さいわい、ハッチの上部に**〈ブリッジ〉**とご丁寧に飾り文字で記されていた。ロブは侵入隊員たちに向かってうなずき、ハッチに手をかけた。くそっ。ロックがかかっている。誰だか知らないが、小癪《こしゃく》な真似をしやがって。よりによって、ブリッジのハッチをロックするとは。

「ニンジャ？」ロブは個人回線で呼びかけた。艇の外部に通信できないことはわかっていた。しかし、すでにニンジャがこの艇の内部通信システムを掌握しているとしたら、ひょっとすると――。

「なんの用？」ニンジャから返事があった。「ああ、ハッチがロックされてるのね」

ハッチの横に小さな赤いランプが点灯していた。監視カメラが作動している証拠だ。ロブはカメラを見ながらうなずいた。ニンジャは監視システムまで遠隔操作しているに違いない。

「ブリッジの様子はどうだ？　なかが見えるか？」

「見えるわ。艇長がどなりちらし、クルー全員が艇長を見てる。目をそらしたら、自分がどなられるからよ。艇長は武器を身につけてるわ。麻痺銃ではないと思う。艇長には要注意よ」

「了解。ありがとう。ハッチのロックを解除できるか？」

「ちょっと待って。三、二、一、オーケー」

ロブがふたたびハッチをつかむと、ハッチが開いた。

ロブたちはそっとブリッジに侵入した。ニンジャの言ったとおり、クルー全員が艇長を囲み、気をつけの姿勢で立っていた。艇長はクルーをどなりつけることに夢中で、ロブたちが入ってきたことに気づいてもいない。

ロブは麻痺銃のねらいを定め、発射した。

たった今までどなっていた艇長が苦悶《くもん》の声をあげた。麻痺銃が命中して意識を失い、すぐそばにいたブリッジ・クルーにぶつかるようにして倒れた。

一人の女性士官がくるりと振り向いた。片手で携帯武器を抜こうとしている。だが、まるで武器を持っていないことに気づいたかのように、急に動きを止め、両手をあげて降参のポーズをとった。ほかのクルーもみな両手をあげ、信じられないという表情でロブを見つめている。

「きみが副長か？」ロブは救命服の外部スピーカーを通して女性士官にたずねた。

女性士官は首を横に振った。

「副長は艇長の命令で、技術員たちに気合いを入れるために機関部へ行ったわ」

「ニンジャ？　ヴァル・タナカは今どうしてる？」と、ロブ。

「パワー・コアに到着したわ」と、ニンジャ。「狂犬病の犬に追いかけられてるみたいに猛然と向かってきた士官を、倒したところよ。ほら。いまから艇内通信システムに接続するわね」

「タナカ？」

「はい。われわれはパワー・コアを完全に掌握しました。しかし、できればトレスとやらに来てもらったほうがいいでしょう。トレスはパワー・コアの制御装置を改造できます。ここにいるスニーが多少の経験はあるようです。ただ、制御装置の構造を見て、恐れをなしています。ああ、わかったわ、スニー。ダクトテープね。ダクトテープでパワー・コアのバックアップ制御リンクを修理できる者などいるんですか？」タナカはロブにたずねた。

「おれはダクトテープのもっと奇妙な使いかたを見たことがある」と、ロブ。「だが、スニーの言うことは理解できる。増援部隊が乗りこんでこられるよう、〝バケツ〟を〈ウィングナット〉にもっと接近させるつもりだ」

〝バケツ〟の女性士官はいぶかしげな表情でロブを見つめている。

「あなたたちは、どうやって五十キロもの距離を飛び越えてきたの？」

「この艇のセンサーをハッキングした。われわれの船との実際の距離は百メートルしかない」と、ロブ。

「なんてこと。わたしの考えたとおり、見た目以上に問題は大きかったのね。でも、ピート艇長はあれを修理しろ、これを修理しろとどなりつけるだけで、われわれクルーの意見に耳を貸そうとしなかった」女性士官はため息をついた。「パワー・コアとブリッジを制圧されたとしたら、われわれの負けよ。われわれクルーをどうするつもり？」

ロブは頭を振った。

「きみたちの処遇は評議会にゆだねられている。しかし、きみたちを〈ウィンゲート〉に乗せて、〈ウィンゲート〉の次の寄港先まで連れてゆくことになるのはたしかだ。そこできみたちがどのような扱いを受けるかはわからないが、きみたちがここに戻ってこないかぎり、われわれにはどうでもいいことだ」

「わかったわ。一般通信回線で、降伏するよう全員に伝える。これ以上の負傷者を出しても無意味だから」

ロブの侵入隊員の一人が艇長の携帯武器を取り上げた。

「これを見てください、大尉。陸上軍の支給物です。こいつで撃たれたら、ひとたまりもなかったでしょう。この連中はきちんとした訓練を受けていたようです」

ロブは険しい表情で女性士官を見た。

「いくつのコロニーから保護費の名目でカネを脅し取ったんだ？」

「知らないわ」と、女性士官。「わたしにとって、これがこの艇での最初の仕事だもの。わたしは地球艦隊を離れ、スカザ星系艦隊の新兵として採用された。わずかな保証金を受け取ったけど、〈火星人《レッド》〉の約束と同じくらい無意味だったわ」

「地球艦隊だと？」ロブは驚いた。女性士官を見る目がすっかり変わってしまった。

「そうよ。わたしは地球艦隊のもと少尉ダニエル・マーテル。今はスカザ星系艦隊のもと大尉だけどね。あなたたちのおかげでスカザ星系との不当契約を反故《ほご》にできそうだわ」ダニエル・マーテルと名乗った女性士官はロブに向かって、頭を振った。「でも、スカザ星系がこれくらいで満足するはずがないでしょ？」

「それはまずいな。われわれはこの艇を拿捕《だほ》して、有効利用するつもりなんだが」と、ロブ。

「これで終わったと本気で思っているの？　スカザ星系にはあと二隻の戦闘艦があるわ。二隻とも、この艇とは比べものにならない威力を持ち、しかも、指導者は悪党どもよ。わたしはスカザ星系に到着して以来、いかにして効力のある執行手段を使ってスカザ星系を新たな地球にするかを、何度も指導者たちから聞かされてきた。連中は自分たち独自の秩序と安全を求めていて、そのためにこの宙域を支配しようとしている。近隣星系の意向などおかまいなしよ。連中が次にどんな行動に出ようとも、対処できるように準備を整えておいたほうがいいわ」

　ロブは勝利の喜びが消えてゆくのを感じながら、顔をしかめてマーテルを見た。今回のことは単発の奇襲ではなかった。戦争につながる最初の一撃だったのだ。

「旧地球がどうにかしてくれないの？」ニンジャが通信してきた。

「ここでは無理だ。もう何も期待できない。当てになるのは、われわれ自身だけだ」と、ロブ。

カルメン・オチョアは、グレンリオンと名づけられた恒星から何十光年も離れた惑星に立ち、窓の外をにらみつけていた。昔から数えきれないほどの人間がながめてきた風景が見える。

「かつてこの地球は宇宙の中心でした。しかし、今はもう違います」

カルメンのボスは疲れた表情で同意を示した。

「では、今はなんだ？」

カルメンは外をながめつづけた。アルバカーキ郊外にあった宇宙基地の跡地には、いまだに第一次太陽系戦争による衝突クレーターが残り、その南に新しい基地が広がっている。焼け野原だった場所は再開発され、いまや多くの木立や、きれいに刈りこんだ草地でおおわれ、まるで色とりどりの玄関マットのようだ。宇宙基地とクレーターの向こうの谷いっぱいに、建築物が立ち並んでいる。旧市街の遺物に交じって新しい建物もあるが、古い様式で造られているため、以前からあった建物よりも古く見えるのが不思議だ。その向こうには、日中の空を背景に山や丘がでこぼこに連なっている。人間のさまざまな活動を何千年も前から冷やかに見おろしてきた山々だ。

低い位置にある太陽がもっとずっと小さくて、山や丘がもう少し赤ければ、わたくしが生まれ育った火星の風景にそっくりになるだろう。だが、建物は……火星の建物とは似ても似つかない。火星の建物は、揺るぎない理想主義を礎《いしずえ》に大急ぎで建てられた。だが、やがて、時代の重みや、一時しのぎの修復、とどまるところを知らない火星の塵《ちり》のせいで、たわみはじめた。おまけに、揺るぎないはずの理想主義は砂の城のようにもろくも崩れ落ちた。思いがけず、カルメンの脳裏に子供のころからの記憶がよみがえってきた。わたくしは狭い部屋の片隅にうずくまっていた。一歩外へ出れば、ギャングが抗争を繰り広げ、新しく仲間に入る者はいないかと鵜《う》の目鷹《たか》の目で探していたからだ。

わたくしは心のなかで誓った——ほかの惑星が火星と同じ末路をたどらないよう、いつか必ず守ってみせる。火星から逃げだして、現状を打破する力を持った惑星へ行くためなら、なんでもしようと。

その昔の誓いをあざ笑うかのように、ここから巨大な彫刻が見える。キラキラした陽光が降りそそぐなか、いくつもの球体が赤みがかった金色に輝いている。中央にぶらさがってい る球体が、太陽系の核たる太陽だ。そのまわりに、たくさんの球体が楕円状に広がっている。いずれも、人類がコロニーを築いた星系の恒星だ。

新たなジャンプ・エンジンが発明されて、恒星間移動が速く、容易になると、人類の宇宙進出に拍車がかかり、新しいコロニーが次々に建設された。その結果、地球は旧地球と呼ばれ、地球からの移民がコロニー化した惑星は、旧コロニーとして知られるようになった。いまカルメンが目にしている彫刻は、もう時代遅れ——過去の遺物——だ。カルメンの仕事と同じように。

「わたくしは思っています」と、カルメン。「自分は多大な時間と労力を無駄にしただけではないのか、と」

　ボスは肩をすくめた。

「きみは排除措置命令の承認手続きを行ない、命令書を送った」

「そうです。何がおかしいかおわかりでしょう？　艦船が光速に近い速度を出そうと必死になりながら、地球と旧コロニーのあいだを数年かかって行き来していた時代には、旧コロニーは地球の考えにしたがい、地球に敬意を表していました。しかし、いまでは、当時と同じ距離を数週間でジャンプできるようになり、旧コロニーは地球を見くだしはじめたのです」

　ボスはふたたび肩をすくめた。

「おかしいことなど何もない」と、ボス。「なれなれしさは軽蔑のもとというだろう。人々がはるかな故郷へ帰るのに何年もかけていたころ、人々は神話と記憶の世界で生きていた。だが、誰でも数週間で宇宙を旅することができるようになると、どう変わった？　地球はただの惑星になってしまった。ごまんとある州をごまんとある独立政府が支配し、なかなか協力し合おうとしない。数多くの過ちや愚行に走る惑星になりはて、どの旧コロニーもまだ追いつけてない」

　カルメンは頭を振った。

「銀河系がとても小さく感じられるようになったのはジャンプ・エンジンのおかげだと、みな口々に言っています。しかし、星系から星系へジャンプする航宙船によって、デリバル星系から排除措置要望書がわれわれに届くのに四カ月かかりました。それから官僚的手続きをへて、命令が承認されるまで四カ月。送り返した命令書がデリバル星系に届くまで、さらに四カ月かかるでしょう。デリバル星系のコロニーが建設されたのは、いまから八カ月前です。デリバル星系のコロニーが、カタル星系にできたばかりのコロニーに排除措置命令書を突きつけたら、どうなるでしょう？　何も起こりません。カタル星系の人々は、その命令を無視できると知っているからです。デリバル星系が最初に排除措置要求書を作成したその年のうちに、まだカタル星系がさまざまな事件に見舞われていなければ——の話ですが」

「きみの望みはなんだ、カルメン？」と、ボス。「われわれの望みを実現するには、地球が艦隊をつくらなければならない。直径数百光年以内にある全コロニーを統轄できるほどの大規模艦隊だ。そんなことができると思うか？」

「太陽系の多数の政府が賛成したとしても、無理でしょうね」カルメンは歯を食いしばった。「ご存じのように、わたくしは火星で生まれ育ちました。効率的な政府も、法に対する敬意もないと、どれほど悲惨な状況になるのかを、思い知らされたのです」

「まあ、きみは〈火星人《レッド》〉にしては、実にまともな人間だ。だが、連中の大半は、そのような悲惨な状況が好きらしい。このままでは地球化《テラフォーミング》した生態系が放置されて、また崩壊しはじめ、どうにかしてくれと地球の統合政府に泣きつくはめになるというのに」ボスはため息をついた。「そもそも人道的危機がありきたりなものであってはならない」

〝きみは、実にまともな人間だ……〈レッド〉にしては〟。

カルメンは思った——地球でのボスでさえ、わたくしの出身惑星を忘れてはくれない。

「わたくしは悲惨な状況に耐えられず、事態を改善するために火星を離れました。でも、結局は、もとのもくあみです！　火星がコロニー化されたときと同じことが、今度は数多くの惑星で起こっています。羊たちは羊飼いのいない場所を求めて、ちりぢりに逃げだし、オオカミどもは手ぐすね引いて獲物を待っています」カルメンは頭を振り、窓から目をそらした。「ここで成果を出すことは、わたくしにはできません。辞職します。ここを離れます。別の場所でなら、問題を解決できるかもしれません」

「そうか。行ってしまうのか。残念だ」と、ボス。その言葉に偽りはなさそうだが、疲れきっていて、相手にどう聞こえるかなどかまっていられないようでもあった。地球の多くの州と同じように、ボスは、多くの戦争を目《ま》の当たりにし、解放されることに対して頑固に協力をこばむ人たちを救おうとして、何度も挫折を味わった。「まさか銀河系の渦状腕《かじょうわん》に向かおうとしているのではないよな？　あの周辺は、いまも、よそ者を断固として受け入れようとしないコロニーばかりだぞ」

「連れていかれそうになっても、絶対に行きません」カルメンは一笑に付した。「地球人の純血種なんか、くそくらえです。いいえ、やっぱり行きます。渦状腕のコロニーは急激に拡大しています。そのスピードはジャンプ航法の速さにも匹敵するほどです。来週、新コロニーのひとつへ向かう船があります」

「どのコロニーだ？」と、ボス。気のない口調だ。

「コサトカです」

「聞いたことのない名だな」

「いまにお耳に入りますよ」と、カルメン。この瞬間をずっと前から待っていた。目的を果たす日がいつ来るかはわからなかったが、その日は確実に来るとわかっていた。カルメンはシステムの電源を切り、最後にログアウトすると、デスクに置いてあった私物をすばやくバックパックに押しこみ、ボスに会釈した。「さようなら」

ボスは片手で顔をさすりながら、会釈を返した。すでに頭のなかは次の星間裁判所命令の処理のことでいっぱいだった。おそらくは、この命令も関係当事者全員に無視されることになるだろうが。

「幸運を祈る、カルメン。きみには運が必要だ」


地球を含む銀河系の渦状腕を何光年も進んだ場所で、ロハン・ナカムラは生存者たちの一人を救命艇から降ろしながら、あたりをながめまわした。無機質な金属壁で囲まれた密閉型ドッキング・ステーションにいる。これほど遠くへ来るとは思わなかった。次はどこへ行くことになるのか、見当もつかない。

人類がヴェストリと名づけた恒星は赤色矮星《わいせい》で、大きさは太陽の三分の一。その星が放つ光と熱は、ほかの恒星とは比較にならないほど弱い。だが、恒星ヴェストリは数十億年も前から存在しており、これからもずっと存在しつづけるだろう。ヴェストリを周回しているのは、惑星とはとても呼べない天体ばかりだ。空気のない小惑星がいくつかあるが、名前をつける必要もないほど小さい。あとは、無数の岩がヴェストリ周辺に集まり、見事な二本の小天体ベルトを形作っている程度だ。しかし、貨物船〈ブライアン・スミス〉の乗客だったロハンたちは運よく、大きめの小惑星のひとつに中継ステーションを見つけた。しかも、ステーションは救命艇で到達できる距離にあった。

中継ステーションの職員の一人が、ロハンにパッドを突きつけた。つなぎを着て、笑みを浮かべている。

「拇印を押してバイオ・スキャンを受け、サインしてください」と、その女性職員。

「なんのために？」と、ロハン。逃げてきたばかりなので、まだ頭が混乱している。

「あなたの引き取り先が決まるまでの救難業務費用、宿泊費、食糧費、生命維持費の支払い同意書です」と、女性職員。明るい口調だ。「宇宙ウォレットはお持ちですよね？　けっこう。あなたには、当ステーションで受ける全サービスに対する支払い義務があります」

ロハンは釈然《しゃくぜん》としなかった。乗っていた貨物船がハイジャックされて、ひどい目にあったのに、ここでも、こんな扱いをされるのか？　パッドの画面をスクロールし、サインするように言われた書類に目を通した。

「べらぼうな金額だな」

女性職員は満面に笑みを浮かべた。

「ほかの星系から取り寄せた食事と水と空気を自由にご利用いただけます」

「この星系でそんなものを提供できるのは、ここだけというわけだな」と、ロハン。ようやく女性職員の笑みの理由がわかった。

「そのとおり。だから、請求書をお渡ししているのです」

　必要もない行政サービスに税金を払うのは、うんざりだ。それも、ロハンがフランクリン星系の旧コロニーを離れた理由のひとつだった。一瞬、自分の運命を呪った——こんな遠くまで来てカネを請求されるとは、皮肉なものだ。フランクリン星系なら、このような中継ステーションは官営で、救助や支援などのサービスも無償で受けられただろうに。

「貨物船を乗っ取って、われわれをここに置き去りにしたあの宙賊を訴えるつもりはあるのか？」ロハンはパッドに親指を押し当てながら、たずねた。

「もちろんです」と、女性職員。うわの空だ。手続きに不備がないか、チェックしている。

　女性職員が次の者のもとへ行くと、一人の若い女がロハンの横に立った。貨物船のなかで見た覚えのある女だが、言葉を交《か》わしたことはない。態度を見るかぎり、退役兵とは思えない。だが、〝剣と盾〟をかたどった小さな真鍮《しんちゅう》製のイヤリングを片耳につけている。フランクリン星系で宙兵隊の小規模部隊の一員だったしるしだ。

「あの女性職員は宙賊のことなんか意に介していないようだったな」と、ロハン。

　女は微笑した。

「きっと、宙賊はヴェストリ星系を行き来する船を襲っては、略奪品をこのステーションと分け合っているのよ。なぜ、宙賊はわたしたちのウォレットを奪わなかったのかしら？」

「代わりに、このステーションがふんだくるからだろう」ロハンは頭を振った。「うまいこと、やるな」

「向かうところ敵なしね」女はロハンに向かって、うなずいた。「わたしはメレ・ダーシー」

「ロハン・ナカムラだ。宙兵隊がこんなところで何をしている？」

「もと宙兵隊よ」と、メレ。命からがら逃げてきた避難民の一団を見つめている。「予算削減のために軍備縮小されたから、新たなコロニーをめざそうと決めたの」

「で、いまのところ、調子はどうだ？」

「最悪」メレはにやりと笑った。「あんたはどこへ行くつもり？」

「辺境宙域まで。実はまだ、はっきりとは決めてない。きみは？」

「右に同じ。ここにいたいと思える場所が見つかるまではわからない」メレはあたりを見まわした。「とにかく、この星系じゃないわ」

「たしかに」と、ロハン。メレとともに、避難民たちのあとを追い、階段をおりはじめた。

その先にステーション内の宿泊施設がある。

「わたしの素性は明かしたわよ。あんたは何者なの？」と、メレ。避難民の一行は、小惑星の岩を掘り出して作ったむきだしの廊下を、重い足どりで進んでゆく。

「わたしか？」ロハンは肩をすくめた。「ダメ経営者で、ダメ政治家、おまけにダメ夫だ」

「まあ。辺境宙域へ行って、どうする気？」

「当たって砕ける」

メレは声をあげて笑った。

「まさか、大げさね。ねえ、わたしのそばにいてくれない？　このステーションを離れるまで、おたがいに見張り合いましょう」

もと宙兵隊がなぜ自分に親しげにするのか、ロハンは不思議に思っていた。わたしが若い女性にモテる男じゃないことはわかっている。だが、メレにとって何か得になる存在なのかもしれない。それなら話はわかる。

一行が部屋に着いてみると、だだっ広い部屋にずらりと簡易ベッドが並んでいた。プライベートな空間はバスルームだけだ。いくつかのビデオ画面が壁に取り付けてある。早速それを観ようとした者たちが、一分ごとに視聴料を取られることに気づいた。

「こいつがドル箱ってわけだな」ロハンはメレに言った。

近くにいた職員がイヤな顔をした。

「われわれはサービスを提供している。このステーションがなかったら、おまえたちはどこへ行くことになったと思う？」

「まだ〈ブライアン・スミス〉に乗って、次の星系に通じるジャンプ点をめざしていただろうよ」と、ロハン。

職員はロハンをにらみつけた。

「口のききかたに気をつけ――」職員は片手のこぶしをあげかけて、動きを止めた。すぐそばでメレが腕組みしたまま、じっと見ていることに気づき、手をおろして、その場を離れた。

ロハンはメレにうなずいた。

「恩に着る。わたしは口が過ぎたようだ」

「あんた、もと政治家だと言ったわよね」メレは避難民たちを身ぶりで示した。みな、程度はさまざまだが、絶望や苦悩の色を浮かべて、うろうろと歩きまわっている。「政治家としての手腕をふるって、この人たちを統率できるんじゃない？　全員が協力して用心しないと、ステーションのやつらに身ぐるみはがれるわよ」

ロハンは驚いて、一団を見た。

「きみが手を貸してくれるのか？」

「あんたの仕事ぶりしだいよ。わたしは表立って行動しないほうがいいみたい。これまでの経験から、そう感じるの。でも、あんたが指揮をとってくれたら、したがうつもりよ」

ロハンはもういちど、うなずいた。なぜかはわからないが、メレをがっかりさせたくない。いままでずっと、ロハン自身も含めて、誰もロハンの能力を認めてくれなかったせいかもしれない。それとも、過去の数々の失敗から逃げることにうんざりしているせいなのか。とにかく、いずれは逃げるのをやめて、新たな挑戦をしなければならないだろう。

「やってみるよ」

メレはまじまじとロハンを見た。やがて、いきなりロハンの身体を引き寄せて抱きしめ、ロハンの耳に顔を押し当てると、ロハンにしか聞こえない声でささやきかけた。

「たぶん、この部屋は盗聴されているわ。おたがいに警告する必要があるときは、この古い暗号を使って」メレは人差し指でロハンのうなじをすばやくトントントンと三回叩き、続いて、少し間《ま》をあけながら三回、それから、ふたたび、すばやく三回叩いた。

メレは身体を離すと、どこかでモニタリングしている連中をだますために、恥ずかしそうな表情を浮かべた。

「ごめんなさい。すぐにボディタッチしちゃうのよ」

「かまわないさ」と、ロハン。できれば、もっと長く抱きしめていてほしかったくらいだ。

メレは、その先に進むつもりはないのだろうか？

しかし、メレは微笑し、ロハンを見て首をわずかに横に振った。まるでロハンの内心の疑問に答えたかのようだ。ロハンが淡い期待を抱くまもなかった。

ロハンは避難民たちに向きなおり、大声で注意を引いた。

「おい、みんな！ いくつか提案がある」

カルメン・オチョアは地球へ行くために火星を離れて以来、宇宙空間に出たことがない。宇宙空間に出るのは十年ぶりだが、大した違いはなかった。することは昔と同じだ。定期シャトルで軌道ステーションまで行き、航宙船に乗り換える。今回の船は大型の新造船で、箱型の船体内部には何百人もの乗客を収容できるスペースがある。豪華な部屋から、ほかの乗客と共有の大部屋まで、客室のタイプはさまざまだ。広い貨物室も数多くあり、地球から遠い新コロニーが先を争って手に入れようとするはずの物資が積みこまれている。

カルメンが軌道ステーションを通り抜けようとすると、地球艦隊の兵士の集団がいた。どこを見ても、制服姿の男女だらけだ。混み合ったバーの前で順番待ちの列に並んでいる者もいるが、大半はいくつかのグループに分かれ、暗い表情で突っ立っている。祝賀会じゃないことは、たしかだ。

「どうかしたんですか？」カルメンは兵士の小集団にたずねた。

年配の男がステーションの向こうを身ぶりで示した。制服の袖に数個の年功袖章がついている。

「艦隊がファウンダーズ級の最後の駆逐艦三隻を廃棄処分にしたんだよ」

その男と同じ年ごろの女が不機嫌そうにうなずいた。

「〈ジョージ・ワシントン〉、〈シモン・ボリバル〉、〈ジャンヌ・ダルク〉です。退役式は一時間ほど前に終わりました。わたしは三年間、〈シモン・ボリバル〉に乗っていました。現在、〈シモン・ボリバル〉に乗っているのは受託業者で、すべてのシステムをシャットダウンしています。それが終わったら、艦は惑星ラグランジュ5の〝艦の墓場〟に葬《ほうむ》られ、永遠に宇宙空間をただよいつづけることになります」

「あなたたちはほかの艦に移るの？」と、カルメン。

「現役艦隊にはもう充分な数の艦は残ってないんだ。われわれの大半は軍を離れることになるだろうな」と、年配の男。「早期退役するか、余剰人員として解任されるか、どちらかだ」

「太陽系を非武装化するという噂を聞きました」と、女性兵士。困惑と怒りの入り混じった口調だ。「艦隊を完全撤退させるんですよ。そうなったら、誰が地球を守るんですか？　いざというときに、誰が旧コロニーを守るんですか？」

通りかかった士官が立ちどまり、その質問の一部に答えた。

「地球に近い旧コロニー群は、すでにわれわれの管轄外だ。辺境宙域のコロニーには自衛してもらうしかない。噂によると、地球政府は、旧コロニーがわれわれを守るよう手配を進めようとしているらしい」

「では、わたしたちは旧コロニーの艦隊に配属されるかもしれませんね」と、女性兵士。

「せいぜい、がんばれ」と、士官。「だが、旧コロニーはどこも当てにならんぞ。事態が悪化すると、地球を頼ってくるくらいだからな」

カルメンは言った。

「新コロニーはたくさんあります。いずれ人員や物資を必要とするようになるでしょう」

兵士たちは、程度の差はあれ、それぞれ好奇と疑いの目でカルメンを見た。

「新コロニーはどこで艦を手に入れるつもりなのかな？　造船所を建設するには時間がかかりますよ」と、年配の男。

「旧型艦を安く買うんだろう」と、士官。うんざりした皮肉っぽい表情でカルメンを見つめた。「きみは辺境宙域へ行くのか？　新コロニーの連中に伝えてくれ。地球には戦闘艦がたくさんあり、まだまだ耐用年数がたくさん残っている艦が墓場行きになっている、とな」

「艦を買ったら、新兵も募集するかもしれませんね」と、女性兵士。「わたしたちの大半が、当面はふたたび艦に乗れる日を待ちわびながら、ぶらぶら過ごすことになりそうです。わたしは、今後の成長が期待できる艦隊の一員でいたいんです。地球艦隊最後の兵士で終わるつもりはありません」

「覚えておくわ。それくらいしかできなくて、悪いけど」と、カルメン。

「きみたちも、やっとわかってきたようだな。くたびれた連中とくだらないゲームを延々と続けていても無駄だ、と。過去の人になるのではなく、われわれが歴史を変えたときのことを記憶にとどめろ。それが、ここでの最後の仕事だ」士官は険しい表情で近くの壁を見た。パネルに宇宙空間が映し出されている。「おれも辺境宙域へ行くかもしれない。いいよな？おい」士官は兵士たちに言った。「来いよ。〈シモン・ボリバル〉のクルーが顔を合わせるのも、これで最後だ。みんなに一杯おごろう」

兵士たちがバーへ向かういっぽうで、カルメンは定期シャトルに乗りこんだ。座席の前のエンターテインメント・パネルに外の風景を映し出すと、細長い形をした三隻の駆逐艦が乗り換えステーションに接近しているのが見えた。ステーション周辺には、ずんぐりした大型貨物船が何隻もいる。動きも遅く、すらりとした駆逐艦とは大違いだ。駆逐艦は肉食性の獰《どう》猛《もう》な魚バラクーダさながらに、獲物の群れのどまんなかをゆうゆうと泳いでいる。

パネルをタップすると、駆逐艦の情報が表示された。三隻とも、〝非現役余剰物〟だ。もう名前もない。地球の艦として何をしていたのか……どんなクルーが乗っていたのかを示すものも、残っていない。〝非現役余剰物〟とは、地球の運命を示唆しているかのようだ。存在はしているものの、これといった活動はせず、地球がほかの星に送り出した人類に気にとめられることも、もはやない。

新造船〈モノノケ〉に乗り換えると、陰鬱《いんうつ》な思いは吹き飛んだ。

カルメンは大部屋の簡易ベッドに荷物をドサリと置いた。カルメンを含む四人の女性がこの部屋を共有することになる。大部屋といっても、四人でギリギリのスペースしかない。荷物はバックパックと中型の旅行カバンだけで、あまり多くのものはない。だが、火星の貧民街で育ったカルメンは、物的財産にしがみつくことの愚かさを知っていた。

各簡易ベッドの壁ぎわにディスプレイが設置してあり、いずれも〈モノノケ〉の予定針路を表示している。めざすは辺境宙域……これまでの人類の居住区域の境を越えた、〈天の川〉の中心方向にある銀河系の渦状腕だ。カルメンは画面を拡大し、船が星から星へジャンプしながら進むはずの曲がりくねった航路を詳しくチェックした。

一人の女が入ってきて、簡易ベッドのひとつに荷物を置いた。

「どこまで行くの？」女はカルメンにたずねた。

「終点まで」

「ほんとに？　あたしはブラフマー星系へ戻るところよ」女は簡易ベッドに大の字に寝た。

「あたしには旧コロニーがちょうどいいの。超空間に入ったことはある？」

「いいえ。みんなが言うほどひどいところなの？」と、カルメン。

「最初はそれほどでもないわ。日ごとに悪くなってゆくの。ブラフマー星系までは六日しかかからないけど、気分が悪くなるのは間違いないわね。そのあとは、耐えられるとしても、だいたい二週間が限度よ。通常空間に出るころには、自分の皮膚が自分のものじゃないような感覚になってるはず」

カルメンは簡易ベッドに腰かけ、予定針路を注視した。なぜ、この船がいきなり目的地へ行かずに、星系から星系へのジャンプを繰り返さなければならないのかわかった。ひとつには、ジャンプ・エンジンの性能の問題がある。どの星系からジャンプするかに関係なく、そこからもっとも近い星系にジャンプするのが精一杯なのだ。もうひとつの理由は、ルームメイトの女が言ったこと、つまり、超空間にいる時間が長くなればなるほど、不快感が募《つの》るというわけだ。長期間にわたって超空間で過ごした人々の身に何が起こったかは、噂に聞いている。身の毛もよだつ話ばかりだった。

「旧コロニー宙域の向こうで宙賊行為が横行しているそうだけど、それについて何か知ってる？」

「たしかに事実よ」と、ルームメイト。「あたしが知ってるのは、それだけ。星系が孤立すればするほど、勝ち目はなくなるわ。あなたが行こうとしてるような遠い星系では、船がよく襲撃されてるらしいわね。噂になるくらいだから、襲撃を受けた船はかなり多いはずよ。でも、ただの噂だわ。本当にそんなことが起こるのかは、行ってみなきゃわからない」

「旧コロニーの人たちは、それが広がることを心配していないの？」

「いままでは安全だったから。不満分子の集団が辺境宙域へ行ってトラブルに巻きこまれても、あたしたちに責任はない」

もはや議論の余地はないと判断し、カルメンは話題を変えた。

「最初のジャンプ点まで二週間かかるのよね？」

「そうよ」と、ルームメイト。宇宙旅行者としては、カルメンよりも少しだけ先輩のようだ。「〈モノノケ〉は普通の貨物船よりは速いけど、戦闘艦ほどではないわ。だから、そうねえ、ブラフマー星系に通じるジャンプ点までは、地球からだと十三日半くらいかしら？　ジャンプ・エンジンのしくみは知ってるでしょ？」

「宇宙空間が星々の質量によって引き伸ばされるのよね」と、カルメン。「宇宙という布にところどころ、ほころびができて、船がそこを出入りできるようになる。ジャンプ点は、ほかの星系にある宇宙空間のほころびにアクセスするためのほころびってこと」

「ええ、そうね。どこからでもジャンプできるわけじゃない」

「超空間は灰色だと聞いたことがあるわ」

「あはは！」ルームメイトが笑い声をあげたので、カルメンは驚いた。「延々と灰色の空間が続くの。あまりにも灰色だらけなので、ほかの色が頭に浮かばなくなるくらいよ。それはもう想像もつかないほど退屈な空間だわ。正体不明の光は別だけどね。聞いたことある？　ときおり、いくつもの光が現われては消えてゆくの」

「なんの光？　どこから来るの？」と、カルメン。

「ええと……まだ、その正体はわからないわ。でも、いまに解明されるはずよ」と、ルームメイト。確信に満ちた口調だ。「あなたは弁護士じゃない？」

「いいえ」と、カルメン。

「失礼！　じゃあ、物理学者？」

「わたくしが？　とんでもない。わたくしの仕事は物理学よりもはるかに難しいわ」と、カルメン。「紛争解決屋よ」

「紛争解決屋？　少なくとも辺境宙域で安定した職につけるわね。出身は地球？」と、ルームメイト。

この女に本当のことを話すつもりは毛頭ない。

「そうよ」

「しかも、終点まで行くつもりなの？　なんていったかしら……コサトカ星系？」

「ええ」と、カルメン。

「コサトカ星系のどこがそんなに特別なの？」

「行ってみれば、わかると思うわ」

「なんでしょうか？」と、ロハン。

「いまからお話しします」と、険しい表情をした若い男。医師であることを示す肩章をつけている。中継ステーション内の狭い診察室で、男は診察台を指さした。「ドアを閉めて、診察台にすわり、口をつぐんでください」

中継ステーションに滞在しはじめて、もう数週間になる。ロハンの我慢は限界だった。本当は、この部屋から出ていきたい。だが、ロハンはケンカを売るすべを覚えた。それに、その気になれば、あとでこの会談を直接対決に変える時間もあるだろう。ロハンは言われたとおりに診察台に腰かけた。すぐ上の壁にマルチ・スキャン装置が取り付けてある。

医師は少しためらってからコンピューター・パッドにいくつかのコマンドを入力し、感情のこもらない目でロハンをじっと見た。

「あなたがどれほどカネを積もうと、ぼくはなんの躊躇《ちゅうちょ》もなく、あなたのように善良な市民の命を奪えます。しかし、ぼくにも越えてはならない一線があります」

「どんな一線ですか？」と、ロハン。穏やかな口調だ。

「人身売買です」医師はふたたびパッドを確認した。「いまは監視システム妨害装置が通常作動していますが、必要以上に長く作動させたくありません。だから、黙って、ぼくの言うことを聞いてください。三日後に、貨物船が一隻やってきます。ヴァラーハ星系の船だという話です。あなたたちは、その船に乗せてもらえるでしょう」

「それがどうかしたんですか？」

「お静かにと言ったはずです。本当はアプルー星系の船のようです。アプルー星系は過酷な労働をさせるために、生身の人間をほしがっています。あなたたちは、いやおうなしにアプルー星系へ連れてゆかれ、傍《はた》から見るかぎり、姿を消すことになります」

3

「われわれは拉致《らち》されるんですか？」と、ロハン。「そんなバカな。理解できません」

「なぜです？　最近はどんな技術でも手に入るから、人の手は必要ないと思うのですか？　さっきも言ったように、アプルー星系では骨の折れる仕事がたくさんあるのに、住民はそのような仕事をしたがらず、人手不足なんです」

「強制労働ですか。そんな仕事、機械ですればいいんですよ」と、ロハン。

「旧コロニーでは機械化されていて当然かもしれません。ですが、ここには機械は数えるほどしかなく、おまけに高額で、維持費もかさみます。輸入しようにも輸送費がかさみますが、あなたたちは自分たちで旅費を払って、ここまで来てくれました」と、医師。歯をむき出し、すごみのある笑みを浮かべた。「人間は機械よりも融通がきき、カネがかかりません。使いものにならなくなったら、捨てるのも簡単ですからね。あなたたちは貨物船に乗っていったきり消息不明になり、その貨物船が本当はどこから来たのかを明らかにできる者は誰もいない。このステーションに残った記録はすべて消去され、ステーションは闇ルートを通じて、アプルー星系から報酬を受け取る」

「われわれは、どうすればいいんですか？」

「さあね。ぼくの知ったことではありません。だが、これだけは言っておきます。あなたたちがその答えを導き出せたら、上出来ですよ。もうひとつ。このステーションにいるあいだは愚かな真似はしないように。暴動を鎮圧する準備はできています。あなたたちがケガでもしたら、治療が必要になるかもしれません。ぼくをあまり忙しくさせないでください」

ロハンは冷徹な表情の若い医師を見つめた。

「われわれに力を貸してくれませんか？　さもなければ、あなたから警告を受けたとステーション側に話しますよ。さあ、どうしますか？」

またしても医師は一瞬、作り笑いを浮かべた。

「あなたが嘘をついていると主張しますよ。あなたの反論を待たずに、ぼくは嘘発見器にかけられるでしょう。しかし、嘘発見器のパラメーターを設定するのは、このぼくです。すでに設定は終わっています。もう、ぼくは絶対に疑われないはずです。ステーション内の誰も、嘘発見器の不正操作をあばけませんから」医師は注射器を手に取った。「あなたたちの病気に対する免疫力はまだ不安定です。この注射が効果を発揮します。まぎれもない合法ドラッグです。自分で考える力を失い、盲目的に指示にしたがうようになります。あなたは避難民のリーダーになったが、ステーション側はあなたをリーダーでいさせたくない。今日から、このクスリを少量ずつ、避難民たちの食事に混ぜることになっているんですよ。あなたたち全員が貨物船に押しこめられるまで、少し自分のことに無頓着でいてもらうためにね。この部屋を出たら、少し頭がぼんやりして、決断力が鈍るでしょう。酔っぱらいが、今まで得意だったはずのチェスをしようとしても、うまくいかない。そんな感じです」

「ご親切にどうも」と、ロハン。

医師はもういちどうなずくと、パッドをタップした。

「今の注射で楽になるはずですよ」監視システムを警戒して、そう言うと、本当に使ったかのように注射器をおろした。

「頭がくらくらしてきました」と、ロハン。そのふりをしている。

「異常ではありません。そういうものです。ご心配なく」

「ああ……はい」と、ロハン。

ロハンは診察室を出て、通路を進んだ。中継ステーションの何人かのクルーとすれ違った。みな一様にロハンを見ていないふりをしている。ロハンは立ちどまり、どちらに行くか迷うふりをして通路の前後を見ると、もと来た道を戻りはじめた。やがて、ためらいながら、きびすを返し、ゆっくりとクルーたちのそばを通り過ぎた。

ロハンが離れていったとたん、背後で押し殺したような短い笑い声があがった。ロハンは聞こえないふりをした。

避難民の宿泊区画に戻るまでの短い時間、ずっと考えていた——ほかの者に聞かれないように、どうやってメレ・ダーシーに伝えればいいのか？　そもそも、このやっかいな事態から逃れる方法がわからない。それでも、メレに話せばなんとかなる気がした。

「まだ、そんな気にはなれないわ」簡易ベッドで一緒に過ごそうとロハンに誘われると、メレは言った。

「でも、本当にきみが必要なんだ」と、ロハン。低い声だ。目の前のテーブルを軽く叩いた。すばやく三回、少し間《ま》を置きながら三回、もういちど、すばやく三回。

メレは小首をかしげ、ロハンをじっと見た。声には出さないが、その表情からロハンの暗号の意味を理解したことは明らかだ。

「あら、そういうこと？　あんたのベッドで？　今夜？」

共用の大部屋ではプライバシーを守れない。個人活動にいそしむには毛布をかぶって人目を避けるのがいちばんだ。メレはロハンの上に身体を重ねた。数枚の毛布が二人の姿をおおい隠している。メレはロハンの耳もとでささやきかけた。柔らかい口調だが、内容はものものしい。

「これが本当の緊急事態だったら大変よ」

「そうだな」ロハンは声を落としたまま、医師から聞いた話を伝えた。

ロハンが話しおえるまでの数分間、メレは黙って考えこんでいた。

「その医師の言うとおりよ」ようやくメレはささやいた。「いろいろチェックしたけど、ステーション側は、この部屋にガスを充満させることもできるし、暴動防止用の道具を山ほど用意してある。わたしたちはどうあがいても無駄ってことよ」

「貨物船のなかでは、どうだ？　宙兵隊も暴動を鎮圧したりするよな？」

メレがフッと笑い、ロハンの耳に息がかかった。

「わたしも宙兵隊のはしくれだけどね。専用の道具はないわ。船内で暴動を起こしたら、殺されるだけよ。いいえ、そんなことはさせない。貨物船がわたしたちを運ぶためによこすシャトルをハイジャックするしかないわね」

「それから、どうする？　この星系にはほかに逃げこむ場所はない。それに、シャトルは星系間をジャンプできないんだぞ」と、ロハン。

「次の船を待つのよ。今回の旅を予約する前に、船の航行予定を確認したの。シャトルをハイジャックしてから次の船が到着するまで、数日とかからない」

メレは、こともなげに言った。だが、ロハンは不安を覚えた。すべての避難民が一機のシャトルに乗りこめるのか？　シャトルには長期の旅を想定した生命維持装置は用意されておらず、食糧や水なども充分にはない。しかし、たしかに、ほかに方法はなさそうだ。

「わかった。で、具体的にどうする？」

「とにかく、あんたは目をつけられているわ。だから、おとなしくステーション側の指示にしたがってちょうだい。みんなを動揺させないのも、あんたの仕事よ。協力してくれそうな人が何人かいるの。ステーション側があんたに気をとられている隙に、わたしが手配を進めるわ。抜け目のない言動は避けてきたから、まぬけな宙兵隊員だとしか思われていないはずよ。計画に気づかないかぎり、誰もわたしに目をつけないでしょうね」

「計画をどうやって詰めるんだ？　何かを決めたいとき、どうすればいい？」と、ロハン。

「話し合いや議論のチャンスは、これからもずっとない。あんたがわたしに任務を与えた。わたしを信用してくれる？」と、メレ。

それは難しい。本当に難しい。よく知りもしない女に自分の運命を預けるのだから。それに、ロハンはつねに自分が主導権を握っていないと気がすまなかった。商取引でも、政治運動でも……。

そして、結婚生活においても。

それで結局このざまだ。

そろそろ、あれこれと首を突っこむのをやめて、自分自身のことを考えるべきときなのかもしれない。第一、メレの言うとおりだ。われわれ避難民どうしが話をすればするほど、ステーション側は疑いを抱き、われわれの計画に気づく可能性が高くなる。

「よし」ようやくロハンは言った。「きみは最初から、わたしを信用してくれていた。わたしも、きみを信用しよう。われわれが能天気で従順な羊だと思わせるためなら、なんでもする。ステーションのやつらは油断し、シャトルのクルーたちにも、問題はないと伝えるだろう」

「じゃあ、わたしはシャトルをハイジャックできるよう手配を進めるわね」

シャトルをハイジャックするにはどうすればいいのか？　ロハンはアクション・ビデオ（そのビデオがどれほど現実に即しているかは大きな疑問だ）で観たかぎりのことしか知ら

ない。そんなことが本当にできるとは、いまだに確信が持てない。

「問題にぶつかったら、どうするんだ？」

「あんたに報告するわ。万事順調なら、おたがいオープンに話せばいいわ。最初からそうしているみたいにね。でも、ステーション側に服従しているふりは忘れないで。ああ、そのふりをするのがわたしじゃなくて、よかったわ。そんなこと、苦手だもの」

「だろうな」と、ロハン。

「わたしがシャトルに乗りこんだら、背後を守ってサポートしてちょうだい。ほかの避難民たちが怖がらないように気を配ってね」

「オーケー」と、ロハン。ふと、ひとつの考えが浮かんだ。「なぜ、わたしがきみを確実にサポートできると思うんだ？　臨機応変に対処する能力がわたしにあると言うのか？」

「だって、あんたはとても抜け目がないもの。あんたと話す必要があれば、今みたいに話し合いの場を設けるつもりよ。でも、もう話がないなら、行くわよ。考えなきゃならないことがあるの」

「行ってしまうのか？」と、ロハン。失望を隠しきれない。

メレはロハンの耳もとでかすかな笑い声を立てた。

「そうよ。悪いわね。あんたなら、うまくやれるはずよ」

「しくじったら？」

「最悪よ」と、メレ。またしても声をあげて笑った。

メレは毛布をはぎ取り、するりとベッドを出た。ロハンは、不安といらだたしさを感じながら暗闇を見つめていた。

三日後、ステーション職員の一人が気軽な調子で避難民たちに告げた。ヴァラーハ星系からの〈ハーコート・F・モダー〉という貨物船がヴェストリ星系に到着し、さらに数日後にはシャトルが避難民を迎えにくるという。

カルメンは〈モノノケ〉の乗客用ラウンジに立ち、ラウンジの中央に浮かぶ映像を見つめていた。ブラフマー星系の主要惑星が映し出されている。非常に詳細な映像だ。絶えず観測を行ない、更新されつづけている。最初のルームメイトはすでに下船し、今はブラフマー星系から来た女が新しいルームメイトだ。

惑星を見ながら、カルメンが感じているのは……怒りだった。目に見えるクレーターは古いものばかりで、大昔の自然現象としての衝突の産物だ。税関のお役人たちは滑稽《こっけい》なほどのんきで、ずさんだ。シャトルの発着ドックの映像を見たが、武装した保安員は一人だけ。その保安員も本気で警戒している感じではなかった。ブラフマー星系の主要惑星は裕福で楽しくて居心地がいい。旧コロニーのなかでもっとも古い惑星のひとつで、これまでずっと旧地球の保護下にあった。惑星および星系全体の富裕層は、急激な人口増加にまだ危機感を覚えていない。

火星の人口の半分がなだれこんできたら、たちまち、この幸せな惑星に飢えと絶望と荒廃をもたらすことになる。だが、すでに多くの人々が耐えている困難を他人に押しつけたいと思うのは恥ずべきことだ。ブラフマー星系のコロニーを引きずりおろしたところで、ほかの旧コロニーが救われるわけではない。

しかし、なにごとに対しても、ブラフマー星系の連中がこれほど高慢でさえなければ、と思わずにはいられない。高慢だけならまだいいが、あまりにも自己中心的すぎる。のうのうとしていられるのは、誰にも対処できそうにない大問題に直面していないからだ。ブラフマー星系にとって、旧地球が大きな犠牲を払って悪戦苦闘してきたことは、歴史の一ページにすぎない。ほかの旧コロニーの未来など、知ったことではないだろう。

カルメンが辺境宙域で何をしようとするにしても、現地で人員や物資を調達するしかない。旧コロニーの支援を当てにはできないのだから。

避難民たちが、ヴェストリ星系の中継ステーション内をドックへ向かって歩いてゆく。その表情は複雑だ。粗末な宿泊区画に押しこまれていたせいで疲労をにじませてはいるが、これからどこへ行くのかと思うと期待がふくらむのだろう。ロハンは一団の先頭近くを進んだ。医師と診察室で話をして以来、精神的に集中できないかのように、顔をしかめている。

集団のなかほどにメレがいた。平然とした表情で、規則違反のイヤリングはつけていない。だが、メレの近くにいる数人は見るからに緊張している。最後にまたカネを搾《しぼ》り取られたせいだと、中継ステーションの職員たちには思ってほしい。ロハンはあいかわらず、黙って指示にしたがうふりをしていた。個人的にカネを請求されるたびに、うつろな表情でうなずき、承諾した。宇宙ウォレットが本当の財布なら、ロハンの財布はもう、ほとんどからっぽになっているところだ。

貨物船の三人の保安員が、避難民をシャトルに乗せるために待っていた。その三人を見たとたん、中継ステーションの医師に対する疑いが晴れた。あの医師が警告したことは本当だったのだ。男が二人に女が一人。三人とも体格がよく、鋭い目をして、ものうげな笑みを浮かべている。この連中の役目は、避難民があばれないようにすることだ。丈の長いジャケットを着ているため、ウエスト部分のホルスターに入れてあるはずの麻痺銃はほとんど隠れており、わずかなふくらみが認められるだけだ。もともと警戒していない者にとって不安材料になるはずもない。

ロハンがシャトルに乗りこむと、背後でメレがくすくす笑うのが聞こえた。まるで屈託のない少女のようだ。

最後の避難民が乗りこんでハッチが閉まったとたん、メレがつまずき、保安員の二人のほうへよろめいた。二人は一瞬、緊張したが、バランスを取り戻したメレがおどおどした微笑を向けると、肩の力を抜いた。

「席について、シートベルトをちゃんと締めるのよ」女の保安員が、まだ誰もすわっていない椅子の列を指さした。幼い子供に言い聞かせるような口調だ。

メレは座席に向かうと見せかけて、いきなり行動に出た。両腕と両手をすばやく動かしている。目にもとまらぬ早業とは、まさにこのことだ。いちばん近くにいた男性保安員はシャトルの側壁に叩きつけられ、気絶していた。続いて、女性保安員がガクリとひざまずき、両手をのどもとに近づけたとき、メレがダメ押しの一撃を見舞った。

残る一人は恐怖のあまり、もはや叫ぶことも、麻痺銃を手に取ることもできなかった。ルーカスという名の背の低い避難民がすかさず、なぐりかかり、立てつづけに何発かなぐってノックアウトした。

前方では、キャシーという避難民がふたつの装置の取り付けを終えていた。ひとつは操縦室のハッチ横の隔壁に、もうひとつは、パイロットが乗客デッキを監視するためのカメラの隣に装着してある。

「みんな、おとなしくしていろ！」と、ロハン。避難民たちは信じられないといった表情で見つめている。「われわれは、もう少しで拉致されるところだった。だが、このシャトルを完全に制圧した。全員を安全にここから逃がしてやる」ロハンは倒れている保安員の一人のそばにひざまずいた。予想どおり、ポケットにワンタッチ・タイプの手かせが複数、入っていた。「きみときみ、こいつらを縛《しば》るから手を貸してくれ。メレ？」

メレはハッチの近くに、ルーカスと一緒にいた。二人とも保安員から奪った麻痺銃をかまえている。

「キャシーが、監視カメラを停止させる装置と、このハッチのロックを解除する合鍵も作ったのよ」と、メレ。「それがうまく機能したら、すぐに操縦室を制圧して離昇することになるわ。ロハン、もう一丁の麻痺銃を奪って、メイン・ハッチのそばを見張ってちょうだい。中継ステーションのやつらがことに気づいて、阻止しようとするかもしれないから」

　ロハンは麻痺銃を手に取り、注意深く握った。他人に対して使えるだろうか？　折り重なって倒れている保安員たちをちらっと見ると、麻痺銃を握る手に力をこめ、ハッチのそばに陣取った。

　電子マスター・キーが静かなかんだかい音を立てると、ロックが解除され、シャトル前部に続くハッチが勢いよく開いた。メレはハッチを駆け抜けた。麻痺銃の発射音がロハンの耳に届いた。

　メイン・ハッチの警告ランプが点滅した。何者かが外からハッチを開けようとしているようだ。

　シャトルが横揺れしたかと思うと、ひょいと浮き上がり、やがて猛スピードで上昇しはじめた。避難民たちは転倒し、つかめるものがあれば、なんでもつかんで身体を支えた。

「みんな安心しろ！」ロハンは大声で言った。「もう大丈夫だ。メレは宙兵隊員だからな。きみたちも知っているだろう。こんなことができたのは、メレのおかげだ」

「いったい、どういうことだ？」と、避難民の一人。「どうして、おれたちが拉致されそうになったんだ？」

「アプルー星系で強制労働させられるところだった。とにかく落ち着いてくれ。そうすれば、この困難を乗りきれるはずだ。いまやシャトルは、われわれの支配下にある」と、ロハン。

ロハンは、このように自分の意思を避難民たちに押しつけていいものか、ずっと迷っていた。だが、避難民たちは落ち着いている。ロハンの口調のおかげか、ロハンが見るからに自信たっぷりなおかげか、それとも、食事に混ぜられていたクスリのおかげかはわからないが、いずれかが奏功したようだ。避難民たちは席に着き、シートベルトを締めた。シャトルは加速を続けているため、身体が後ろに引っ張られそうになる。ロハンはその力にあらがい、前へ進んでいった。

麻痺銃を浴びたパイロットの一人が、ハッチの近くに手足を伸ばして倒れている。もう一人の女性パイロットは顔から汗をしたたらせながら、コントロール装置に向かってすわっていた。その横にメレがすわり、パイロットのこめかみに麻痺銃を突きつけている。ロハンは思った——そういえば、至近距離から麻痺銃で頭部を撃たれると、命にかかわることもある。だから、パイロットはこれほど動揺しているのか。

ルーカスが笑顔でロハンにうなずいた。

「心配ご無用だ」

「ありがとう。あのパイロットをさっさと倒してくれたようだな」と、ロハン。

ルーカスは満面に笑みを浮かべた。

「身体が小さくても、デカい相手を倒せる。その方法を身につけてたのさ」

「わたしたちをどこへ連れてゆくつもり、ボス？」メレがロハンにたずねた。隣のパイロットから目は離さない。

ロハンは身を乗り出し、パイロットの前のディスプレイをのぞきこんだ。アプルー星系から来た貨物船はすぐに見つかった。一光分しか離れていない場所にいる。ヴェストリ星系内のジャンプ点を示す複数のマークも見えた。

「〈ブライアン・スミス〉が到着したジャンプ点に向かう」ロハンは画面を指さした。「ほかの船が現われるとしたら、ここしかない」

「このシャトルがどれだけもつと思うんですか？」と、パイロット。とげとげしい口調だ。恐怖で顔がこわばっている。「こんなに大勢の人々を乗せているんですよ。生命維持装置は数時間ともたないでしょうね」

「大丈夫よ。うまくやるわ。キャシーが今、徹底的に調査しているところよ」と、メレ。

「キャシーはとてつもない能力を持っているからな」と、ロハン。

「キャシーは技術者なのよ。でも、専門バカの技術者じゃないわ。指示に従って過度に専門化するのを拒否したの」と、メレ。

「はみ出し者たちの一員としては、ちょうどいい。きみは何もかもうまくやってくれたようだな」と、ロハン。

メレは、ちらっとロハンを見たが、すぐにパイロットに視線を戻した。

「自分は大したことはしなかったと思っているの？　あんたは重要な問題を特定して、それを解決できるのはわたしだと気づき、あれこれ干渉したり、細かい指示を出したりしないで、わたしに対処をまかせてくれた。それに、つねに全体像を把握し、わたしを信じてくれた——

—わたしが適切な行動を取り、問題が生じたら、あんたに報告するだろう、と。事態が悪化したときも、わたしを援護してくれた。わたしに言わせれば、あんたは最高のボスよ」

胸苦しさを覚えながらも、ロハンは思わず、メレに笑みを見せた。

「わたしがすごいことをやってのけたと言うのか？」

「そうよ。あんたの人生の連敗記録をストップさせることになって、申しわけないけど」

「われわれはまだヴェストリ星系を出ていない」

「あなたがたが何を耳にしたかは知りませんが」パイロットが口をはさんだ。「わたしたちは正規の商船のクルーです。あなたがたを……乗せてゆくつもりでした……ヴァラーハ星系へ」

「ヴァラーハ星系？」と、ロハン。

「そうよ」

「副操縦士の身元は調査済みだ。ＩＤはアプルー星系のものだった」

「あんたたちはＩＤをどこで手に入れたの？」メレは麻痺銃でパイロットの額《ひたい》をピタピタと叩いた。「わたしは副操縦士が携帯していた軍用拳銃を奪い取ったわ。致死兵器だった。商船のクルーが、そんなもので何をしようというの？」

「実刑判決を受けたくなかったら」と、ロハン。「この星系から次の星系をめざすわれわれに協力することだな」

「くわだてたのはわたしじゃありません」と、パイロット。

「では、喜んで協力してくれるよな？」

「このシャトルで逃げようとしても無駄ですよ。あの貨物船が追ってきますからね」と、パイロット。

「貨物船は武器を搭載しているの？」と、メレ。

「ええ……まあ……パルス粒子ビーム砲を」

パイロットが答える前に一瞬ためらったのを、ロハンは見逃さなかった。

「いいか」と、ロハン。「わたしは政治家としての経験をいくらか積んできた。だから、わかるんだ。嘘をつこうとすると、正直に答えるよりも時間がかかるとな。あの貨物船が追ってくるとしたら、好都合だ。シャトルよりはるかに質量が重いため、機動力の点で劣る。シャトルに追いつくまでに時間がかかるだろう。至近距離まで近づいてきたら、あの船を出し抜いて逃げられる」

「このシャトルは高価なんですよ！　そう簡単に逃がしてもらえるはずがありません！　シャトルの生命維持装置が機能停止したら、あなたがたはあきらめるか、死ぬか、どちらかです。貨物船は、そのときを待つでしょう」と、パイロット。

「それまでに、われわれは次の乗物を探すさ」と、ロハン。心にもない強がりだ。

一日半後、ロハンの強がりがどこまで通用するか、真の意味で試されようとしていた。

「もう少しで空気中の毒性レベルが致死量に達するわ」メレがロハンに小声で言った。

ロハンは避難民たちをちらりと振り返った。みな椅子にぐったりとすわっている。無理もない。三十六時間ものあいだ、食事はおろか、水分もろくにとっていない。乗客デッキの室温は上昇し、空気の状態は確実に悪化しつづけている。

「あとどれくらいもつ？」

キャシーは肩をすくめた。炎天下で一日じゅう溝掘り作業をしていたかのように、疲労困《こん》憊《ぱい》した表情だ。

「生命維持装置にできるかぎりの微調整を加えたわ。あと六時間で気を失う人が出てくるかもしれない。死者が出はじめるまで、最大でも八時間しかない」

ロハンは前方に目を向けた。ルーカスがパイロットを油断なく見張っている。貨物船はシャトルに迫ってきていた。まだ追いつかないが、シャトルから数光分以内の距離を保っている。そもそもシャトルは長距離加速を想定して造られてはいない。燃料が減ってゆくにしたがい、パイロットは切迫した口調で悪態をつきつづけた。

「きっと、約四時間後には、あきらめなきゃならなくなるわ。それ以上、我慢したら、貨物船とドッキングする前に死者が出はじめる」

キャシーがうなずいた。

「ええ、たぶんね。問題は、今あきらめるか、それとも、その四時間を耐え抜くのか、よ」

「四時間を耐え抜くわ。まだダメだと決まったわけじゃない」と、メレ。

「わたしにはわからないわ――どうすれば、今の状況を変えられるのか」と、キャシー。

「ギリギリになってあわてるのだけは避けたいのよ。仲間を失うことが決定的にならないうちに、あきらめるべきじゃない？」

メレはロハンを見た。

「ルーカスは、自分が仲間の生死を決めるわけにはいかないと言っていたわ。だから、あんたの一存で決めてちょうだい」

メレとキャシーはロハンを見つめた。ロハンの返事を待っている。ロハンは思った——こんな役目を代わってくれる者がいたら、とっくに代わってもらっていただろう。おれが選択を誤ったせいで死者を出すなど、考えただけで、ぞっとする。だが、われわれがあきらめたあとで、救いの船が現われる可能性だってある。

メレは待つという。誰の選択がいちばん信用できるかといえば、それはやっぱりメレだ。

「ジャンプ点をめざしつづけよう」と、ロハン。

「何時間？」と、キャシー。あきらめの口調だ。

「さっききみが言ったとおりだ。四時間後までに助けが来なければ、あきらめるしかない」

「あきらめるんじゃないわ。今、戦って死ぬより、ふたたび戦うために生き延びるのよ」と、メレ。顔を流れ落ちる汗をぬぐいながら、にやりと笑った。「そのときが来たら、アプルー星系の連中はわたしを捕まえたことを後悔するでしょうね」

「わたしもね」と、キャシー。

ロハンは目をそらした。わたし程度の政治的手腕を持つ者なら、強制労働制度というかぎられた領域でも、地位を築きあげることができるかもしれない。

メレ、キャシー、ルーカスを見捨てて、敵に寝返れば……。

そんなことを考えるのは、やめろ。もううんざりだ。

「そうだな」ロハンはうなずいた。「まんいち捕まったら、アプルー星系のやつらを後悔させてやろう。シャトルの救難信号は今も発信されているか？」

「はい、ボス。緊急救助要請に設定してあるわ」と、メレ。

「無駄よ。タイミングよく船が現われて、それに応えてくれないかぎりはね」と、キャシー。

「たしかに。でも、悪くないわね。船が来たら、わたしたちが助けを必要としていることが即座にわかるもの」と、メレ。

キャシーは肩をすくめた。メレとロハンには逆らえないという、あきらめの表情だ。やがて、立ち上がり、ゆっくりと注意深い足どりで、ほかの避難民の様子を見にいった。

ロハンは陰鬱《いんうつ》な気分で、キャシーの後ろ姿を見送った。

「どうして、結局、こうなっちまったんだ？」と、ロハン。メレの返事を期待したわけではない。

しかし、メレはいたずらっぽい表情をロハンに向けた。

「さあ、どうしてかしら」

「本当のことを知りたいか？」

「まあね」

ロハンは思わず、微笑した。

「知ってのとおり、わたしが負け犬だからだ」

「いいえ」メレは首を横に振った。「あんたはいろいろなことに挑戦して、失敗した。そう言っていたじゃない。負け犬じゃないわ」

「まあいい」と、ロハン。「そう思いたければ、どうぞ。わたしはいままで、なんでも細かく管理しなければ気がすまなかった。だが、口うるさく言う理由を、きみにも、ほかの誰にも話したことはない」

今度はメレが肩をすくめた。

「理由がそれほど重要？」

「もちろんだ」ロハンは言葉を切った。苦いものでも味わっているような表情だ。汚れた空気を吸っているせいではない。「あれこれ細かく管理すると、それだけで、うまくコントロールしているつもりになって、ものごとを理解したり気にしたりしなくなる。それが、いままでわたしのしてきたことだ。本気で何かを理解しようとしたことは、いちどもない。結婚も例外ではない。妻はわたしのすべてであるべきだった。しかし実際には、すべてを仕切るのが、わたしのすべてになっていた」

メレは、とがめるような表情で片方の眉をあげた。

「奥さんを愛していなかったの？」

「愛しているつもりだった。本当に、愛していると思っていた。だが、わたしが愛していたのは……」

「奥さんに愛されていると思いたかったのね」

ロハンはメレを見つめた。

「ああ、たぶんね。だから、結婚生活に終止符を打った。それがわたしの本当の姿だ、メレ。わたしがここへ来たのは、失敗続きの人生を逆転できる何かを見つけるためだ」

メレはシャトルのキャビンを見まわした。

「その何かが強制労働だとは思えないけど」

「むろん、そんなつもりはなかった。しかし、この星系から出たら――」

「それはあんただけの話なの？　それとも、すべての避難民の身に起こったことを言っているの？」と、メレ。

ロハンは一瞬、考えこんだ。本音と建て前、どちらを口にすればいいのか？

「そのとおり。避難民みんなのことを案じていた」

「わたしたちがこの星系を出たら、ということね。うまくいきそうだわ。いままで、どれほどの人々がアプルー星系のような場所へ連れ去られたのかしら？　気にならない？　ほかの星系はどうなのかしら？　人の目が届かないのをいいことに好き放題やっている星系は、ほかにもあるかもしれないわ」

「当然、あるだろう」ロハンは頭を振った。「しかし、問題が大きすぎて、とても立ち向かえそうにない。たった一人の力ではどうしようもない」

「このシャトルをハイジャックしたのは、たった一人の力？」と、メレ。ロハンの言葉に憤慨した口調だ。「あんたはずっと独りぼっちで人生を送ってきた。結婚生活もそう。チームワークの重要性にまだ気づかないの？　もっとチームワークを考えるべきよ。手柄を独り占めしようなんて思っちゃダメ。自分には関係ないふりをするのは、やめて。やる価値のあることをするなら、誰の手柄かはどうでもいい。大事なのは、それをやりとげることよ」

ロハンは一分ちかく、黙ってすわっていた。メレの率直な意見に反論できるような根拠を、頭のなかで探そうとした。それは無駄だった。腹を立てようとした。それも無駄だった。しかし、今度ばかりは、このような失敗も悪くないと思えた。

「わかった。きみの言ったことを考えてみるよ、メレ。ありがとう」

メレは笑みを浮かべた。

「いつでも叱ってあげるわよ。いいなあ、あと数時間は考える以外に何もすることがないなんて」

シャトル内の空気の汚染は進みつづけ、ロハンの疲労も募《つの》っていった。短時間ではあるが、何度も気を失いかけた。睡眠や休息をとった感覚はまったくない。しかし、そのような状況になければ、次の三時間をとてつもなく長く感じただろう。さいわい、ロハンと同様に、避難民みなが疲れきっていたため、パニックになることも、早々とあきらめることもなかった。あと一時間。ロハンはふたたび操縦室へ行った。ルーカスと交代したメレが、またしてもパイロットを監視していた。

「いつまで、こんなことを続けるつもりですか？」パイロットはロハンにたずねた。うんざりした口調だ。

「あともう少しだ」と、ロハン。

「まず子供たちが死ぬことになりますよ」

「ああ、そうだったな。アプルー星系では、どれくらい生きられる？　子供たちに何をさせようっていうんだ？」

「知りません。わたしは無関係ですから。でも、子供たちは……。かわいい子供にとっては、ひどい場所だと聞いています」と、パイロット。

「いったい、そんな星系と、なんでかかわってるの？」と、メレ。パイロットに麻痺銃を向けたまま、引き金に指をかけそうになった。怒っている証拠だ。

パイロットは頭を振った。

「何かひとつのことに協力すると、またひとつ、さらにひとつ……と、気づいたときには、どっぷりはまっていて、抜け出せなくなっているんです。わたしは恥ずべき人間です。でも、あなたがたを監視することになっていた三人の保安員とは違います。あいつらは人を家畜だとしか思っていません。わたしが事態を知ったときにはもう手遅れで、たくらみに加担してしまっていました」

「たとえ、われわれがあきらめても、きみはわれわれの力になりうるかもしれない。われわれが捕まってからも力を貸してほしい」と、ロハン。

パイロットは首を左右に振った。悲しげな表情だ。

「わたしは英雄ではありません。勇敢でもありません。ただのパイロットです」

「だが、子供たちが――」

「そのことは考えないようにしています。自分の身を危険にさらすような真似をするつもりはありません」

ロハンは、ちらっとメレを見た。メレは頭を振った。これ以上、パイロットと話し合っても、時間の無駄だと言わんばかりだ。

四十五分後、ロハンは決断を余儀なくされた。

新たな物体が画面に現われた。

パイロットは顔をあげた。驚きの色を浮かべている。

「もう一隻、商船が来ました。貨客船のようです」

ロハンはゆっくりと息を吐いた。笑いたかったが、理性を失ったように聞こえそうだったので、必死で抑えたのだ。

「その船に到達するまで、どれくらいかかる?」

パイロットは人差し指でバーチャル・ディスプレイの画面をなぞった。

「このシャトルで、ですか?　四時間です」

「長すぎるわ」と、メレ。

「あきらめたほうがいいと思います」

「船のほうから近づいてきてくれるとしたら?」と、ロハン。

「本シャトルはまだジャンプ点から〇・五光時、離れています」と、パイロット。不満げな口調だ。

「わたしにあの船と通信させてくれ」と、ロハン。思わず、声を荒らげた。「絶対にしくじるな。ちょうどいいタイミングであの船に出会わなければ、きみもわれわれと一緒に死ぬことになるんだからな」わたしは本気で言っているのか? 自分でもわからない。

しかし、パイロットは納得したようだ。すばやくコントロール・スイッチを叩き、ロハンに向かってうなずいた。

「こちらはロハン・ナカムラ。シャトルから救難信号を発信している。たったいまヴェストリ星系に到着した貨客船に告ぐ。われわれは貨物船〈ブライアン・スミス〉の乗客だったが、宙賊に襲われ、ここで足どめされている。本シャトルを追ってきている貨物船はアプルー星系のもので、われわれは力ずくでそれに乗せられ、ここから連れ去られようとしている。緊急の要請だ。本シャトルに接近するよう針路を変更してほしい。生命維持装置の機能が著しく低下し、もうあまり、もちそうにない」

ロハンは言葉を切り、画面を注視した。大丈夫だ。ご先祖様が必ず助けてくださる。

「返信を待ってはいられません」と、パイロット。切迫した口調だ。「たがいの距離は〇・五光時です。つまり、あなたのメッセージが先方に届くのに三十分、返信が届くのに、さらに三十分かかるということです。いまから一時間後にあの船と出会えても、もはや手遅れです。空気の状態が悪化しすぎて、生命を維持できません。全員が死ぬでしょう」

「あの船が、われわれを迎えにきてくれるかもしれないぞ」と、ロハン。

「罠《わな》だと思われるだけです！　わたしたちを宙賊だと勘違いし、だまされて船を乗っ取られるのではないかと疑うでしょう！」と、パイロット。「針路を変えるとは断じて思えません！　このシャトルに乗っている全員が死ぬことになります。あなたのせいで！」

ロハンの心は揺れた。乗客デッキにいる避難民たち……特に子供たちのことを考えると、たまらなくなる。

ロハンはメレを見た。

「きみはどう思う？」

「わたし？」メレは、にやりと笑った。「もちろん、やってみるべきだと思うわ。もともと、わたしは永遠に生きるつもりなどなかった」

「この女は宙兵隊員です！」パイロットがうなるような声でロハンに言った。「宙兵隊はみな正気じゃない！」

「わたしにも宙兵隊の魂がのりうつったかな」と、ロハン。キャシーがどの方法を選ぶかはわかっていた。自分自身はどうなろうとかまわないが、ほかの避難民の身を案じているに違いない。ルーカスはあいかわらず、かかわりあいになるのを避けている。ここで意見して、あとで責められたくないのだろう。つまり、わたしが決めるしかないということだ。いや、わたしだけじゃない。わたしとメレ。ひとつのチームだ。わたしはチームの一員としてプレーしたことがない。だが、おそらく最後と思われる決断をくだすはめになり、ようやくメレに言われたことの本当の意味を理解できた。チーム・プレーをすると責任の所在があいまいになると、ずっと思っていたが、そうではなかった。自分だけの手柄にならなくてもいい。問題の解決と個々の人間、その両方を尊重できるようになることが大事だ。たとえ、わたしが自分で決められないことでも、メレの助けがあれば決められる。「よし、やるぞ。できるだけ早く、あの船をインターセプトするよう、針路を調整しろ」

「もう、まにあいません！」

「やるのよ」と、メレ。ロハンでさえぞっとするような、すごみのある口調だ。

パイロットは頭を振りながら調整を行なうと、やがて椅子の背にもたれ、両目を閉じた。唇を動かしているものの、声は聞こえない。祈りを捧げているのかもしれないし、ロハンとメレに対して悪態をついているのかもしれない。

あと一分。まだアプルー星系の貨物船に捕まる恐れはある。だが、その一分は無事に過ぎ去った。ロハンは、例の貨客船がゆっくりと近づいてくるのを見つめた。わたしはシャトルの全員を破滅へ導いてしまったのだろうか？

きっと、そうだ。

4

「ベクトルを変更しているわ」と、メレ・ダーシー。「だと思うんだけど、違う?」シャトルのパイロットをつついた。

パイロットは目を開けると、画面をじっと見て驚いた。

「そのようです。約二十分前に下方にいるわたしたちのほうに向かいはじめています。でもその時点では、あなたたちのメッセージはまだ届いていないはずなのに。なぜでしょう?」

「救難信号だ」と、ロハン・ナカムラ。「信号を発してから数時間たつ。ジャンプ点に着くと同時に受信したんじゃないか? それで、こっちに向かってきているんだ」

パイロットはコントロール・スイッチを忙しく操作した。

「助かるかもしれません。このまま近づいてきてくれれば、可能性はあります」

「あと少し、あの貨物船と出会うまで、なんとか生命維持装置をもたせてくれと、キャシーに頼んでくる」と、ロハン。よろけながら、もういちど乗客デッキへ行った。空気をはじめとする環境の悪化で、身体が衰弱してきている。「助けが来たぞ!」ロハンは声を張り上げた。「大きくて新しい、美しい船だ!」

二十分後、ロハンが操縦室に戻ると、貨客船からメッセージが届いた。ヴェストリ星系に着いてすぐに送ったに違いない。

「こちらはブラフマー星系船籍の〈モノノケ〉です。救難信号を受信し、ベクトルを変更して、そちらに向かっています」

カルメン・オチョアは四角い小テーブルの一辺を前にしてすわった。武力衝突を解決した経験があると搭乗者記録に記載されていたため、会合への出席を要請されたのだ。カルメンから見て、正面に〈モノノケ〉の副長、右側に〈モノノケ〉の保安主任がすわっていた。左側はロハン・ナカムラという男だった。よれよれの服を着ているが、シャトルに乗っていた避難民たちを救ったリーダーだ。どこか痛むのか、ときどき顔をゆがめている。

「大丈夫ですか？」と、副長。

「大丈夫です、副長」と、ロハン。片手で頭を押さえた。「船医によると、頭痛の原因はシャトルの生命維持装置の機能低下だそうです。じきに、おさまるでしょう」

「貨物船〈ハーコート・F・モダー〉があなたがたを引きわたすよう、要求してきています。シャトルをハイジャックした犯人として」保安主任がロハンに言った。

「なぜハイジャックなどするはめになったかは、すでに説明したとおりです」と、ロハン。

「証拠としては弱いものの、あなたの説明を裏づける証拠がいくつか存在します」と、保安主任。「ヴェストリ星系の中継ステーションについての数々の苦情や警告は、われわれも把握しており、ファイルに保管してあります。さらに、シャトルと離れる前に、シャトルのシステムからデータをダウンロードし、シャトルも〈ハーコート・F・モダー〉もヴァラーハ星系から来たのではなく、あなたの言うとおり、アプルー星系のものであることを確認しました。引きわたしに応じないよう船長に進言するのに充分な理由になります。しかし、中継ステーションと〈ハーコート・F・モダー〉に対して訴訟等を起こすに足る証拠は、ひとつもありません。今回の経験を高くついたまわり道だと考えて、きっぱり忘れたほうがいいと思います。もっと悪い状況にもなりえたのですから」

「では、宙賊行為は許されるんですか？」と、ロハン。

「表向きは」と、副長。「この星系を含む人類の居住星系すべてにおいて、地球の法律が適用されます。しかし、実際に執行されることはありません。各星系独自の法律は甘く、何をしても、許されてしまいます。特に、ヴェストリのように、どの星系とも協定を結んでいない星系は、いろいろな点でわがままがきくのですよ。ブラフマー星系の船が襲われたら、ブラフマー政府はなんらかの手を打つでしょう。だが、やっかいな連中を相手に危険な真似をするほど愚かではありませんからね」

「つまり、積極的に行動するとはかぎらない、い、い」保安主任は低くつぶやいた。

カルメンがうなずいた。

「おっしゃるとおりです。地球に泣きついても、約一年後に、自力で解決せよという返事をもらうだけかもしれません」カルメンはロハンに向きなおった。「でも、地球の法律も少しは役に立つのよ。中継ステーションが利用料として法外な対価を要求したとき、その全額が、あなたたちの持っていた宇宙ウォレットから引き落とされたの？」

「そうだ」と、ロハン。「ほかに方法はなかったからな。われわれの全財産が宇宙ウォレットに入っていた」

カルメンは微笑した。

「地球の法律では、不当だと思う請求に対し、撤回と異議を申し立てることができるの。ウォレットを出して、ＥＵＬＳ二八一二三六・一七七二二と入力してみて」

ロハンはウォレットを引っ張り出すと一連の文字と数字を入力し、ディスプレイを見つめた。

「引き落としは無効になり、全額が返還されると表示された。どうなっているんだ？　わたしはフランクリン星系から来て、このウォレットもそこで購入した。フランクリン星系の法律では異議を申し立てることは可能だが、引き落としを無効にすることはできない」

「地球の宇宙法制度なら可能なのよ」と、カルメン。「それに、さっき副長がおっしゃったように、表向きは、宇宙のどこででも、地球の法律は今も有効なの。請求の撤回と異議の申し立ては、すべての宇宙ウォレット・プログラムで行なえるわ。地球で書かれた初期バージョンでそう決められていて、ほかのあちこちで書かれた追加バージョンでも、その点は変更されていない――というのも、そんな決まりの存在さえ知られていない場合がほとんどだったせいよ。中継ステーションを経営している企業は、あなたに対して支払いを行なうよう法的に要求することで、あなたの異議申し立てに対処できる。でも、中継ステーションでの引き落としの無効を取り消すには、地球の法廷に法的要求をしなければならないの」

副長は声をあげて笑った。

「決着がつくまで、どれくらいかかるんでしょう？」

「何光年も離れた星系どうしで通信しながらだと、訴訟を起こしてから判決を聞くまで十年はかかりますね」

「本当に、これを入力するだけなのか？」と、ロハン。ウォレットとカルメンを交互に見ている。ジーニーを見るような目だ。ジーニーとはイスラム神話に登場する精霊で、悪いことをすると神によってランプや瓶に閉じこめられるが、そこから出してくれた人の願いごとをかなえるという。

「そう。入力した時点で、おカネがウォレットに戻ってくる。この船から支払い取り消し／異議申し立ての通知を送り、中継ステーションが受理すると同時に支払い金にロックがかかって、使用も移動もできなくなるの」カルメンは苦笑いを浮かべた。「地球の法律を知ってると、役に立つこともあるのね」

「誰でも、できるのか？」と、ロハン。「市民オチョア、みんなが聞いたら、きっと大喜びするよ。中継ステーションにぼったくられて、すっからかんになった者もいるんだ」

「人助けできて、なによりよ」と、カルメン。この数カ月で最高の気分だ。

「喜んで中継ステーションに通知を送りますよ」副長がロハンに言った。「全員が入力しおわったらまとめて送ります。たてつづけに送れば、中継ステーションは受信拒否できませんからね。地球の法律はもちろん、ブラフマー星系の宇宙法にも定められているとおり……」

カルメンに向かってうなずきながら、付け加えた。「われわれには、あなたがたを最寄りの安全な場所にお連れする義務があります。宿泊スペースは充分にありますが、なかには窮屈な思いをされるかたもいるでしょう」

カルメンはロハンを見て返事を待った。だが、ロハンはうなずいただけだった。

「大変ありがたく思います。ウォレットにカネが戻ってくるようなので、もっと先まで行きたいと思う人がいるかもしれません。そこまでの旅券は購入できますか？」

「もちろんですとも。終点はコサトカ星系です」

「この話をみんなにして、全員に支払いの取り消しをさせますよ」と、ロハン。「市民オチョア、われわれはきみに借りができた。わたしもきみに借りができた。何かわたしにできることがあれば言ってくれ」

カルメンは笑みを向けながらロハンを評価した——協力する相手として悪くなさそうね。

「じゃあ、何かあったら、そのときはよろしくね」

ロブ・ギアリーは、グレンリオン星系の評議員であるキム、オドム、カマガンの三人を見つめた。新設された防衛部会の面々だ。

「拿捕《だほ》した艇の指揮をわたしにまかせたい。しかし、正式な艇長にすることはできない——

そうおっしゃるのですね」

「評議会は」と、オドム。厳しい口調だ。「きみが臨時の指揮官でいてくれるのが最善だと考えている」

「評議会の総意ではない」キムがオドムをにらみつけた。

「多数決で決まったことだ。投票には全員が応じた」と、オドム。

「仮の階級とはいえ、あなたが大尉であることに変わりはありません」カマガンがロブに言った。あきらめの色を浮かべている。ミスをしでかした本人の代わりにお詫びをする者のような表情だ。「グレンリオン星系はまだ、先の見えないトンネルを手探りで進もうとしている状態です。ほかに選択肢がないか、じっくり考えたい評議員もいます。わたしたち防衛部会の三人がいますぐに、この状況を変えることはできません。でも、わたしは、これからもずっと、あなたのために尽力しつづけるつもりです」

「みなさんは例の情報報告をお読みになったんですよね？　艇のファイルからニンジャが抜き取ったデータと、ダニエル・マーテルの証言が記載されていたはずです」と、ロブ。

「マーテルの証言など信じられるか。あの艇に乗っていた士官の一人だぞ！」と、オドム。

「マーテルは地球艦隊のもと少尉で、あれはスカザ星系艦隊でのはじめての任務でした。任務の内容さえ知らされていなかったんです。それに、マーテルの証言は艦のデータと一致していました」と、ロブ。「スカザ星系はほかにも二隻の戦闘艦を保有しています。旧ソード級駆逐艦です。かなりの規模の陸上軍も持っています。もっとも、われわれには陸上軍がないので、比べものになりませんが。バッカニア級警備艇《カッター》を拿捕されて、スカザ星系がおとなしく引き下がるとは思えません。それどころか、警備艇を拿捕されたこととは関係なく、すでに近隣星系に対する侵略的政策を表明しています。あの艇にあったデータがなによりの証拠です。スカザ星系の指導者たちは、この宙域を支配する権利があると信じています。その考えを正当化するために、スカザ星系には優秀な移住者が集まっていると主張し、旧地球や旧コロニーで受けてきた扱いに不満を持つ人々の心をつかもうとしているのです」

オドムが首を振った。

「辺境宙域にやってくるのは、旧地球や旧コロニーでの生活に不満を持つ者ばかりだ。だからといって、われわれ以外の者すべてを疑いの目で見るわけにはいかない。スカザ星系はわれわれに脅威を与え、われわれはそれを撃退した。これからスカザ星系は、もっと危険の少ない事業に注意を向けるはずだ。協力関係を見いだそうとするかもしれない」

「ガキ大将のやりかただ」と、キム。めずらしく、オドムと意見が一致した。

落ち着いた声を出そうと、ロブは返事をする前に時間をとった。ひどく感情的になっているという理由で自分の意見が軽視されるのは、なんとしても避けたい。

「僭越《せんえつ》ながら、スカザ星系が組織的に侵略を行なっているのは明らかです。われわれは防衛のための組織化ができていません。基幹定員しかいないうえに、パワー・コアに問題のある小型戦闘艇が一隻あるだけです」

キムはカマガンを見た。

「パワー・コア制御を安全な基準まで引き上げるという契約をコービン・トレスとしたんじゃないのか？」

「しました」と、カマガン。

「しかし、任務のために軌道を離れる警備艇にトレスは乗りません」と、ロブ。

「トレスは志願兵を訓練している」と、キム。何年もかけて培《つちか》われた専門知識が、わずか数週間でほかの者に引き継がれるとでも、思っているかのようだ。

ロブは無力感にさいなまれた。アルファル星系の艦隊にいたときと同じだ。経験も専門知識もある者が意見を出しても、いろいろと支障が出るという理由で却下されるだけだった。おれは、よくそういう場面の中心にいた。下級士官だったおれは、もっと多くの上級士官たちが、志願してきた熟練の特技兵の話に耳を傾けるようにしようとした。

「グレンリオン政府が依頼する任務に、責任を持って取り組めるかどうか、微妙なところです」と、ロブ。「任務に提供される資源が不足していそうですから。それでは、わたしを含め、警備艇で任務につく志願兵全員が、必要のない危険にさらされます」

「何が必要なんですか？」キムとオドムが返事をする前に、カマガンがたずねた。

「臨時ではなく、より永続的な地位をわたしに与えていただければ、必要なものが手に入りやすくなると思います」と、ロブ。

「コロニーが発展するこの初期段階で、本格的な軍の階級を作り上げるのは気が進まない」と、オドム。断固とした口調だ。「どちらかといえば、われわれの防衛組織は、その組織が

守る社会の一部であることが望ましいと思っている。社会から切り離されたものではなく

「社会から切り離されたいとは思っていません。自分の仕事が重要だとみなされているのかどうかを知りたいだけです。特に、個人として、肉体的損傷を受ける危険がありますから」

「もちろん、きみの仕事は重要だと考えられている！　だが、政府は必要な手続きをとる準備がまだできていない」と、キム。

「われわれは必要となるものについて同意ができていない」と、オドム。

「わたしは、その点においても不満だ」オドムの声が聞こえなかったかのように、キムが話を続けた。「だが、きみには、このことの重要性がわかっている。きみに断わられたら、ほかに適任者はいない。グレンリオン星系にいる全員のために、もうしばらくこのコロニーの防衛に尽力してほしいと頼んでいるのだ」

　評議員たちは知らないだろうが、おれはもともと、コロニーの企業のひとつで建築工事の監督として働く予定だったが、その仕事は、おれがスカザ星系から来た戦闘艇に対処しているあいだ〝不在〟だったという理由で、ほかの者にまわされた。この任務を断われば、もう誰かがサインしてしまって、どの職にも空《あ》きがないコロニーで、仕事を探しつづけるはめになるだろう。ひょっとすると、警察の機動部隊に空きがあるんじゃ……。

　ちくしょう。あの艇を誰にまかせるにしろ、そいつはふさわしい経歴の持ち主ではないだろう。それを知りながら、どこかで別の仕事をしても、いい気分でいられるはずがない。それに、艇長がズブの素人《しろうと》だったら、クルーに志願した者たちはどうなる？

「わかりました」と、ロブ。「ですが、艇にない必需品を、公式記録に記載させてもらいますから。評議会は、スカザ星系はこれ以上の行動には出ないと考えるのか、それとも、スカザ星系の次なる行動に対して少なくともなんらかの準備をするのか、を決めてください」

キムとオドムからは、どこか満足げな様子がうかがえた。二人とも、ロブが人の期待を無視できない人間だと知っていたかのようだ。カマガンは、ゆっくりとうなずいている。ロブを見るその目つきからすると、カマガンも同じことを期待していたらしい。だが、ロブに無理やり承諾させたのを、気まずく思っているようだった。

「ギアリー大尉」と、カマガン。「仕事を引き受けてくださり、ありがとうございます。ついでに、お知らせしたいことがあります。評議会は、あの艇を〈スコール〉と命名することにしました」

「〈スコール〉？　あの気象用語のですか？」

「そうです」と、カマガン。「過去に何度か、小型戦闘艇は悪天候にちなんで名づけられています。個人や場所にちなんだ名前には異論をとなえる評議員もいたので、誰も反対できない名前を選んだのです」

「だが、立派な名前だ」と、キム。「人類の歴史上、〈スコール〉という名を持つ艦艇《ふね》は数多く存在する」

「そうです」カマガンが繰り返した。「そのとおりです。あなたとクルーは、伝統的な名前の艇に恥じない活躍をしてくれるでしょう」

ロブにはよくわからなかった——皮肉を言ってるのか？

「もちろん最善を尽くします」ロブは退出の挨拶をして部屋を出ると、拿捕した警備艇に戻るためにシャトル発着区域に向かった。〈スコール〉か。悪くない。立派な名前だ。今のおれにとっては、どこかの政治家の名をつけられるよりは、よっぽどいい。

外でニンジャが待っていた。

「仕事にありつけたの？」と、ニンジャ。ロブの横に並び、一緒に歩きはじめた。

「らしいな」と、ロブ。「正式ではないようだが」

「断わればよかったのに」と、ニンジャ。

「ああ。でも、できなかった」

二人で歩きながら、ニンジャは視線を脇にそらしてたずねた。

「じゃあ、また軌道に戻るのね？」

「ああ」と、ロブ。同じ返事をしながら心が痛んだ。ニンジャと話をするのが好きだ。会合のあと、おれを待っていてくれたニンジャを見て、本当に気分が軽くなった。

「その……残念だね。ちょっと離れることになるなんて」

「こっちも、いろいろ忙しいから」ニンジャは気にしないでと言いたげに手を振った。

「それはわかってるけど……ニンジャ……」

「なに？」

「その……きみのことが頭に浮かびそうだな」なんてまの抜けたセリフだ——ロブは思った。

ニンジャはようやくロブに顔を向けた。

「あなたがあたしのボスになりそうな仕事は、もう引き受けるべきじゃないって言ってるの？」

「きみの行動を縛《しば》ったりはできないよ」と、ロブ。

「あなたがはっきりしてくれないと、こっちは何も決められないわ」と、ニンジャ。二人はシャトルの発射台のそばまで来ていた。

「きみも」ロブはニンジャから離れてシャトルに向かった。「身体に気をつけてね」

腹立たしかった。しかし、口にしたとして、それは心からの言葉なのか？　はっきりと言葉にしない自分が出られなくなるんだ。どのくらい続くのかも、まったくわからない。そんな関係をニンジャは受け入れたいと思うだろうか？　もっとも、ニンジャがおれと真剣に付き合いたいと思っているとしての話だが。

シャトルが離昇しても、ロブはあれこれ考えつづけた——まったく皮肉だな。戦闘艇を指揮して向き合うことになる数々の困難やストレスのほうが、ニンジャとの関係をどうしたいのかを考えるより楽な気がするなんて。

気を紛らわせようと、ロブはスカザ星系について考えた。二隻の駆逐艦……そのどちらか一隻でも現われたら、どうなる？　グレンリオン星系の防衛手段は、寄せ集めのクルーが乗る一隻の老朽警備艇だけだ。おれの指揮も、すぐに行きづまるかもしれない。そんなことにニンジャを巻きこまないほうがいい。

まったく。おれはまたニンジャのことを考えてるじゃないか。

カルメン・オチョアは椅子の背にもたれ、額《ひたい》をなでた。〈モノノケ〉で利用可能なファイルにある新コロニーに関する最新データを調べているうちに、疲れきっていた。何かイヤな感じがするのは超空間にいるせいだろうが、もっと別の感覚もあった。

少し歩いて何か飲んだほうがいい――カルメンは思った。それから、誰かと話がしたい。でも、誰と？　旧地球からの乗客とは、あまり話をしてこなかった。無意識の言動から自分が火星出身であることがバレるのではないかと、怖かったからだ。

船内にいると時間がわからなくなる。気づいたときには、船内時間はカルメンが思っていたよりもずっと夜遅くになっていた。それでも、ラウンジで足を止めて、なかを見ると、テーブルは満席だった。無理もない。超空間では、することがあまりないからだ。カルメンは立ち去ろうとして、ふと動きを止め、テーブルのひとつに目を凝《こ》らした。男が一人でテーブルについている。知った顔だ。

ちょうどいい話し相手がいたわ。

「こんばんは」カルメンはテーブルに近づき、声をかけた。

ロハン・ナカムラが驚いて顔を上げた。

「やあ、どうも。旧地球の弁護士さんでしたよね？」

カルメンは笑った。

「旧地球は正しいけど、弁護士ではないわ。倫理学の試験をスルーしたら、ロースクールを追い出されたの。ちょっと話をしてもいい？」

「どんな話かな？　つまり、もちろんいいってことだけど」ロハンは手を振り、テーブルの別の椅子を示した。

「あなたたちの身に何が起こったのか、聞きたかったの。この辺境宙域一帯がどうなっているのかってことも」と、カルメン。

ロハンは悲しげな表情でカルメンを見た。

「きみと同じことを言ってきた人がもう一人いたよ。わたしは自分があまりにも無知だと、うすうす気づきはじめたところだ。もっとよく知っていたら、ヴェストリ星系ではめられることもなかっただろう」

「もし、よかったら、一緒に考えてくれない？」カルメンはすわりながら言った。「あなたたちは、もともと乗っていた船が宙賊に襲われ、中継ステーションに逃げてきて、あやうく、強制労働のために連れ去られそうになったのよね？」

「ああ。あんなことさえなければ、いまのところ、ご機嫌な旅だけどな」

この人にはユーモアのセンスがあるのね。気に入ったわ。

「これからどうするつもり？」

「苦情を申し立てようと思っていた。告訴しようかと」と、ロハン。「だが、苦情を申し立てるって、誰に？　実際問題、誰がどうにかしてくれるっていうんだ？　そんな人間がいるのか?」

「いないわね」と、カルメン。「だからこそ、あなたたちは命の危険をおかして、あのシャトルで逃げなければならなかった」うつむいてテーブルを見つめながら、口にするべき言葉を考えると、ふたたびロハンを見た。「この船の船長たちが、あなたのことをなんと言っているか知っている?」

ロハンは肩をすくめた。

「〝バカ〟とか〝イカれてる〟とかじゃないのか? そうだろ?」

「いいえ。あんなことをするなんて本当に勇気があるって、褒めていたわ。あなたのリーダーシップがなかったら、全員がアプルー星系の船に乗せられていたはずだって」

ロハンは笑い、頭を振った。

「わたしは大したことはしていない。助かったのは、メレ・ダーシーのおかげだ」

「メレ・ダーシー? その人は……」

「フランクリン星系出身のもと宙兵隊員だ」ロハンは言葉を切り、自分の飲み物を見おろした。「なぜかメレは、わたしを評価してくれたらしくてね」

カルメンは気づいた――しばらく前から、ずっと飲んでいたのね。

「違うの?」

ロハンは、またしても笑った。だが、今度のは自虐的な笑い声だ。

「わたしの人生は失敗続きだ。シャトルで逃げるときは、多少なりとも力になれたかもしれないが。だとしても……なんというか……あれは例外的な出来事だよ」

「じゃあ、なぜ、その宙兵隊員はあなたを信用したの？　避難民たちだって、リーダーはあなただと口をそろえて言ったのよ」

ロハンは飲み物を両手で持って何度かあちこちに傾けると、だいぶたってから返事をした。

「そう言われれば、そうなのかもしれないが。この新たなスタートは、本物なんだろうか？　この辺境の地で、われわれは再出発の道を見つけ、同じ失敗を繰り返さずにすむだろうか？」

カルメンはわずかに肩をすくめた。

「個人としてのわれわれ？　それとも、種としてのわれわれかしら？」

「おいおい、待ってくれ。自分の人生をやりなおそうとするので手一杯だ。人類をどうこうするなんて、とんでもない」と、ロハン。以前の出来事か会話を思い出したかのように、顔をしかめた。「ほかに誰かが行動を起こそうとしているとしたら……」ロハンは言いかけて、口ごもった。

カルメンは両肘をテーブルにつき、身を乗り出した。

「行動を起こしたがっている人たちはいるわ。わたくしも、その一人よ。たぶん、あなたも。あなたが避難民たちをヴェストリ星系の罠《わな》から救うようなリーダーなら」

「二人では、まだ足りない」ロハンは、またもや顔をしかめた。今度は論争的な口調だが、その言葉はカルメンではなく、自分自身に向けられているようだ。

「そのとおりよ」と、カルメン。「でも、二人でも、ふさわしい技能を持っていて、すべてがまだ流動的でほかの誰もが決心をつけかねているうちに必要なことをすれば、これからここで起こることに大きな影響を与えられるかもしれないわ。そういう再出発なら、する価値があるんじゃない？」

　ロハンはふたたびカルメンを見た。懐疑的な様子だ。

「協力して、ことに当たるということか？　たしかに、これまでのわたしの人生で唯一の成功には、協力という要素があったな。何が必要だと考えているんだ？」

「具体的にはわからない。問題は、ロハン……ロハンと呼んでもいいかしら？」

「もちろん、かまわない」

「個人的なことをきいてもいい？」と、カルメン。「あなたは、失敗がどんなものか知っていると言ったわよね。個人のレベルで。わたくしは惑星レベルの失敗を目にしてきたわ。失敗の経験は重要よ」

「自分の失敗に意味があったと知って、うれしいよ」と、ロハン。おもしろがる調子と苦々しく思う調子が半々だ。

「失敗したことのない人、流動的でまだ定まっていないことに挑戦したことのない人は、自分の挑戦が成功したのは、自分個人の力のせいだと思いこむ傾向があるわ」と、カルメン。「最善のプランを台なしにする外的要因に気づかず、自分たち自身の性質が問題にどういう影響を与える可能性があるかにも気づかない」

　ふたたびロハンが顔をしかめた。ちょっと踏みこみ過ぎたかしら？――カルメンは思った。

「きみは、メレ・ダーシーと話をしたことはなかったよな？」

「ないわ。どんな話？」

「なんでもない」ロハンは苦笑した。「つまり、きみの言いたいことはわかるってことだよ。何も間違ったことはしていないはずなのに、おかしな事態になることがある。でも、二人と
も、そのことをわかっていても、状況に大した影響は与えられないだろう」

「旧地球ではね……あるいは火星、旧コロニーでは」と、カルメン。「いったん完成して、すっかり定着したしくみを動かすのは、難しいわ。変化をきらうから。でも、まだすべてが流動的なときに捕えて何度かこづいてやれば、結果を変えられるかもしれない」

　ロハンはにやりと笑った。

「ニュートンの運動の法則を人間の組織に応用するってことか？　奇抜なアイデアだ」ロハンは考えこんだ。「でも、そこには多くの真実もあるかもしれないな。その法則は、人についても当てはまるということだろう？　人がまだ決めかねているうちに、正しい方向に向かうよう、つついてやればいいんだ。でも、そのこととわたしとどんな関係があるんだ？」

　カルメンは注意深く言葉を選んで言った。

「あなたなら知っているでしょう？　旧地球は、旧コロニーのために、宇宙で通用する法律を維持していたわ。ヴェストリ星系で起こったことは、数十年前なら起こりえなかった。どこかよそへ行くための通過点にすぎないヴェストリ星系のようなところは、ジャンプ・エン

ジンがなければ誰も訪れないでしょうし、そんなことを誰かが画策したとしても、旧地球が対処する人間を送るでしょうから。旧地球が帝国的な支配をしていたということじゃなくて、星系どうしのつながりがとてもゆるかったせいで、平和維持に関して、旧地球は力を発揮できたのよ」

「それは辺境宙域での話だ」と、ロハン。「中枢宙域の星系では、ほかとの関係を断ち切っている。旧地球やほかのコロニーと、いっさいかかわりたくないと思っている」

「そのとおり。だからいま人類は、活動の場を急激に拡大している。誰もが辺境宙域に向かっているように見えるわ。でもそういった宙域に、法で取り締まる機関は存在しないのよ」

「わたしは、その種のことにうとくてね」と、ロハン。ふたたび認めた。

カルメンが大きくため息をついた。

「わたくしは、そうした法について、もっと多くのことを知ろうとしてきたわ。情報はあふれている。新しい星系に続々と新しいコロニーが建設されてゆく。でも、情報の伝達速度は場所ごとに違う。一、二カ月遅れの情報もあれば、数カ月遅れ、あるいはそれ以上のものもある」

「アプルー星系についての情報はあるのか?」

「アプルー星系はいい見本よ」と、カルメン。「アプルー星系に関するデータはほとんどないわ。旧地球当局で登録されたコロニー化計画くらい。そういう登録はまだ行なわれているのよね。ずっとそういう習慣だったからだと思うけど。でも、データとしてはそれだけ。アプルー星系は秘密主義に徹している。それから、スカザ星系。あの星系が外に向けて発信している情報を見ると、そこは完璧な小ユートピアってことになっている。でも、旧コロニーから余剰の戦闘艦や地上用武器を買っているという情報もあるのよね。そういうのって、ユートピアからはほど遠いと思えるんだけど」

カルメンは大きく身ぶりした。

「コロニー化のための遠征に出て、消えてしまった集団もあったわ。あまりにも辺境に行きすぎたみたいで、連絡がとれなくなってしまった」

「なんだってみんな、そんな遠くまで行くんだろう？」と、ロハン。

「さあ。そのうちの何隻かは、実業家が百パーセント所有するもので、その人たちは政府の干渉――本人たちの弁だけど――にはうんざりしていると公言していたわね。自分たちの選択の幅をせばめる法や規制がないところで、自由に事業を行ないたいと思ったんじゃないかしら」カルメンは何かを思い出したようにうなずいた。「そういえば、旧地球と火星には、カンパニー・タウンというものがあったわね。ひとつの大企業が、あらゆるものを所有していた。家や店舗やビジネス、そこのすべての住民は、さまざまな形でその企業の役に立っていた。火星には、まだそのようなところがあるわ。もっとも、その所有者は、企業家というよりギャングでしょうけど。すごい辺境に行った人たちは、そういう環境を求めていたんだと思うわ」

「まるごとひとつの惑星をビジネス・ゲームの場にするのか？　そんなことを働き手に承知

させるのに、企業はどんな約束をしたんだろう?」

「知らないわ」と、カルメン。「場所が遠いだけに、新しい移住者がその人たちと出くわして、企業ルールにのっとった実験の結果を知るのには、しばらくかかるわね」

ロハンはやれやれと首を振った。

「われわれはみな、自分たちが離れてゆこうとするものから、なんらかの形で自由になることを求めていた。しかし、同時に、法と規則からも離れてゆこうとしている。われわれをはじめとして、そうした企業型コロニーに家族とともに移住した労働者といった人々を保護してくれていたものから。どんなまずいことが起こりつつあるんだろう?」

「ものごとは、数世紀をかけて再編成されてゆくわ」と、カルメン。

隣のテーブルにいた男が立ち上がり、カルメンをにらみつけた。

「聞こえちまったぞ。あんたは、おれたちがどこぞの大地主の言いなりになって当然だと言いたいんだろ? もう、うんざりだ。旧地球や旧コロニーで苦汁をなめさせられたからな。やっと、自分たちの故郷と呼べる惑星が手に入りそうなんだよ。もうエールって名もつけた。頼むから、おれたちの故郷にはかまわないでくれ!」

子供のころ、ギャングの用心棒とわたりあっていたカルメンは、平然と男を見返した。

「でも、侵略されそうになったら、どうするの?」

「出てゆけと言うさ。それでダメなら、戦うしかない!」

「戦う? どうやって? 旧地球ではうまくいった? あなたたちの力だけで故郷を守れ

た？」

男はしばらくカルメンをにらみつけていたが、やがて、頭を振った。

「地球の歴史なんか、何も知らないくせに」

「そうでもないわよ」と、カルメン。男の話しかたから、地球のどこの出身かは見当がついている。「侵略者に襲われたとき、呼べば助けにきてくれる強い友人がいたら、つらい歴史に苦しめられることはなかったんじゃないの？　それに、あなたたちに強い友人がいると知っていたら、誰も侵略しようとは思わなかったはずよ」

男はしばらく無言で考えこんだ。

「問題は、友人が見返りに何を要求するか、だ」

「本当の友人なら、見返りを強要したりしないでしょ」と、カルメン。「無理にとは言わないけど、自分の友人がどんな人間か知っておいてもいいと思う。いつか友人の助けが必要になったときのためにね。絶体絶命の事態になってから、見返りのことでもめないためにも」

「その点は、あんたの言うとおりだ」と、男。さっきよりも穏やかな口調だ。「あんたはどこの出身だ？」

「アルバカーキよ」と、カルメン。本当のことを言えば、男は不快感をあらわにして立ち去り、自分の宇宙ウォレットが抜き取られていないか確かめるだろう。

「へえ、そうか」男は、まぎらわしい答えだと思ったかもしれないが、そんなそぶりは見せなかった。「で、どこへ行くんだ？」

「コサトカ」

「コサトカ？　アルバカーキよりは綴《つづ》りが簡単だな」

男はカルメンに会釈すると、ずっと黙って見つめていたロハンにも会釈し、ラウンジを出ていった。

ロハンは品定めするような目でカルメンを見た。

「よく平然とあんな芝居ができるな。きみにはトランプで勝てる気がしないよ」

カルメンは肩をすくめた。

「人のあしらいかたは身につけているわ。でも、それ以外のことは経験不足よ。一対一なら、なんでも言えるんだけど、集団を相手にするのは苦手なの」カルメンは頬杖をつき、ロハンを見つめた。「誰か協力者がいたらいいのに。やっかいな事態になったときに頼れる人。わたくしが個人を相手にするのと同じように、集団を相手にできる人」

ロハンは顔をしかめて、うつむいた。

「きみは、わたしを買いかぶっているようだ」

「あなたは自分のことをよくわかっているつもり？」

そう言われ、ロハンは笑みを浮かべた。

「またメレと同じようなことを言うんだな」

「それは褒め言葉よね？」と、カルメン。

「もちろん」

「あなたたち二人は……」

「違うよ」ロハンの笑顔がしかめっつらに変わった。「言いたいことを言い合える、いい友だちだ。わたしは過去に学んだよ――汚い政治がまかりとおっている理由のひとつは、自分に正直じゃない人間が多すぎることだ。いろいろなものをほしがるくせに、それにふさわしい代価を払おうとはしない。だから、自分たちの代わりに面倒な交渉、取引、妥協、譲歩などをしてくれる政治家を、投票で選ぶ。政治家は、割の合わない仕事を押しつけられたうえに、バカにされている」

「不公平だというの？」と、カルメン。

「政治家として百パーセント正直な人間にとってはね」と、ロハン。「むろん、自分を選んでくれた人民のために、可能なかぎり最良の取引をしている政治家にとっても、だ。そんな政治家は数えるほどしかいないと、みな思っているだろう。わたしだって、完璧だったとは、とても言えない。山ほどミスをした。選挙で負けて当然の人間だった。だが、ヴェストリ星系での経験は、わたしにとって教訓になった。一人の宙兵隊員に手厳しく叩きこまれたけどな。わたしは、その程度の人間だ。それでも、協力者になってほしいか？」

「それは本心なの？」と、カルメン。

「そう、わたしは――」ロハンはハッとした。自分がにやにやしていることに気づいたからだ。「わたしはどんな政治家だろう？」

「わたくしにとって必要な政治家よ。たぶん、多くの新しいコロニーにとっても」

ロハンは飲み物をぐいっと飲み、言葉を切った。新たな挑戦の覚悟を決めたかのようだ。

「われわれの使命はなんだと思っているんだ？　どうやって、それを実行するつもりだった？」

「これから発展してゆくコロニーのひとつから始めなければならないわ」と、カルメン。

「早い段階からかかわり、わたくしたちにできることがあれば、それを利用して……梃子《てこ》入れするのよ！　だからこそ、わたくしはコサトカ星系へ行くの。何年か前にコロニー化が始まり、すでにふたつの都市を中心として多くの町がつくられようとしている。新たな移住者が怒濤《どとう》のように押し寄せ、もっと先の辺境宙域をめざす人々や船にサービスを提供するビジネスも急成長をとげているわ」

「早くも問題が生じているのか？」と、ロハン。

「この船が入手した情報の日付を見るかぎり、その時点で内部問題がいくつかあって、しかも、悪化しているようね。わたくしたちが自信たっぷりに威厳ある態度をとったら、問題の解決を望む人々は耳を傾けてくれるはずよ」

「誤解を招きかねないぞ。きみが住民を支配しようとするような人間だとは思わない。だが、わたしがそうじゃないと言えるか？」と、ロハン。

「あなたはヴェストリ星系で避難民全員を救った。そんな人が他人を利用して、あやつろうとするはずがないわ」

「あのときわたしが何を考えていたかなんて、どうしてきみにわかるんだ？」と、ロハン。

「あのシャトルには避難民全員が乗っていたんでしょ」と、カルメン。「あなたが自分と仲間のことだけ考えていたのなら、シャトルをハイジャックして、ほかの乗客を置き去りにすればよかったのよ。でも、生命維持装置が機能しなくなる危険もあったのに、あなたは全員を救助した」

ロハンは、またしても顔をしかめた。

「自分たちだけ助かろうなどとは思いもしなかった」

「そう。そこよ。それさえわかれば、充分だわ」カルメンは〈モノノケ〉のブリッジを見わたしながら、うなずいた。「さっき、船長とヴェストリ星系での事件について話をしたの。船長は包み隠さず話してくれたわ。船長が勤めている運輸会社のおえらがたは、新たなコロニー宙域へ船を行かせることに、ますます慎重になっているみたい。ハイリスク、ハイリターンになる危険性が高いからよ。いつか〈モノノケ〉のような船が、旧コロニーと辺境宙域の新コロニーのあいだを行き来しなくなる日が来ることになるわ。そうなったら、コサトカを含む新設コロニーへの移住者は激減し、貿易も完全に途絶えてしまう」

ロハンはうなずき、考えこむ表情で目を伏せた。

「わかった。わたしも……ええと、その……チームに入れてくれ。とにかく乾杯だ。コサトカと、それから……銀河系を救うことに、か？」

「銀河系のごく一部だけどね」と、カルメン。カルメンがもうひとこと言いかけたとき、〈モノノケ〉の保安員の一人が近づいてきた。

「ロハン・ナカムラさんですか？」と、保安員。

「そうです。どうかしましたか？」

「女性客を一人、拘束していますが、その女性が保証人としてあなたの名を挙げたんです」

ロハンは思わず、額を叩いた。

「メレ・ダーシーですか？」

「はい」と、保安員。「ご同行いただけますか？　ダーシーさんをお引き取りいただく前に、副長があなたと話したいと申しています。もちろん、おさしつかえなければ、ですが」

「メレ・ダーシーには恩義がありますので、それくらいのことはしますよ」と、ロハン。

「市民オチョア――」

「カルメンよ」

「カルメン、すまないが、ちょっと行ってくる」

カルメンはうなずいた――これは、ロハン・ナカムラのことだけでなくメレ・ダーシーのことを知るにもいい機会だわ。

「わたくしも同行していいかしら？　必要なら、法的アドバイスもするわよ」

「本当に？　助かるよ！」


約三十分後、副長と少し話したあと、ロハンは保安員に案内され、殺風景な場所に着いた。独房の外を少人数の私設警官隊が見張っている。いまだにわからない――いったい、メレは何をやらかしたんだ？

それに、独房と保安員が並んでいる状況で、カルメンはどのように対処するつもりだろう？　わたしの見るかぎり、カルメンの態度は非常に慎重で丁寧だ。今のカルメンを見ていると、フランクリン星系の犯罪多発地域で育った昔の知人を思い出す。アルバカーキも、そんな場所なのか？　いや、まさか。だが、カルメンが実際どこで警官を警戒するようになったかはわからないが、わたしの知人と同様に、カルメンもその話をするのを避けてるようだ。

まあ、そんなことはどうでもいい。わたしだって、過去で判断されたくない。そもそも、こんな辺境宙域にやってくるのは、過去の失敗から解き放たれて、人生をやりなおすためなのだから。

ロハンたちを案内してくれた保安員がひとつのドアの前で立ちどまり、鍵を開けると、いま来た通路を身ぶりで示した。

「事務処理は終わっています。ダーシーさんを連れて帰ってくださってけっこうです」

「ありがとうございます」カルメンがロハンのぶんまで礼を言った。

ロハンがドアの横のボタンを押すと、ドアがスライドして開いた。

「おい、どうしたんだ？」ロハンは呼びかけた。質問というよりも、自分の存在をメレに知らせるためだ。

メレは奥の壁を背に小さな簡易ベッドにすわっていた。ケンカしたらしく、身体は、あざや傷だらけで、服もボロボロだ。ロハンを見ると、笑みを浮かべた。

「バーにいたやつらが宙兵隊を笑いものにしていたの。だから、やめてほしいって礼儀正しくお願いしたのよ」

「礼儀正しく？」

「まあ、そんな感じで。なのに、とても侮辱的な態度をとられたから、もと仲間たちの名誉を守るはめになったってわけ」

カルメンはメレから見えない位置にとどまったままだ。ロハンはドア枠にもたれ、腕組みした。

「何人いたんだ？」

「その連中？　十人かな」メレは言葉を切り、大げさに眉をひそめて考えこんだ。「十一人かも」

「たった一人で、そいつらを相手にしたのか？」

「わたしはもと宙兵隊員だけど、それでも、十一人が相手じゃ、力は互角よ」と、メレ。

「宙兵隊の名誉挽回《ばんかい》とばかりに、連中と派手にやり合った。ほかの客は巻きこんでいないわ。しばらくすると、なにごとかと保安員がやってきたの。わたしは保安員の許可を得て、残りのビールを飲みほしたわ。そして、拘束された。ところで、ドアの向こうにいるのは誰？」

「カルメン・オチョアよ」独房の外からカルメンが声を張り上げた。「その十一人も拘束されたの？」

「たぶん、あとで拘束されたんじゃない？」メレが大声で答えた。「あんたが例の弁護士さんね？　わたしは、ぐでんぐでんに酔っぱらっていたのよ。そんな人を拘束していいの？」

「わたくしは弁護士じゃないけど、その場合は拘束するべきじゃないと思うわ」

ロハンは頭を振った。メレの話を聞いて、必死に笑みを隠そうとしている。

「きみのせいで、船長たちが迷惑しているぞ。この船が次に立ち寄るのはタニファ星系だ。副長に言われたよ――下船予定の乗客と一緒に、きみにも、そこで降りてもらう、とね」

「タニファ星系？　どんな星系？」

カルメンが答えた。

「コロニー化が始まったのは約六年前。主要惑星には三つの都市があり、惑星の軌道上に完成した居住地と造船所があるわ。タニファ星系は、辺境宙域とのあいだを行き来する多くの船にとって交通の要《かなめ》よ」

「じゃあ、どんづまりじゃないのね？」メレは顔をしかめ、考えこむ表情であごをさすった。「オーケー」

「オーケー？」と、ロハン。メレの決断の速さに驚いた。

「どうせ、どこかで降りなきゃならなかったんだもの。タニファ星系に長居することはないと思うけど、自分の選択肢を見なおすチャンスだわ」

「まあ、そういうことなら」と、ロハン。内心、がっかりした。「ええと……きみは釈放され、いまや、わたしの保護下にある。タニファ星系に着くまで、二度と騒ぎを起こさせないからな」

メレはいたずらっぽく微笑した。

「この船に乗っているあいだは、あんたを困らせてもいいのね」

「きみがそんなことをするはずがない」と、ロハン。

「そうね。あんたは、なかなかイカしてるから。タニファ星系まで何日かかるの？」

カルメンが大声で答えた。

「超空間に入ってから三日後に通常空間に出て、星系内を三日間進んだら、移送シャトルが迎えにくる予定よ」

「一週間ちかくってこと？」メレは頭をかきむしった。「そんなに長いあいだ、おとなしくしているなんて無理よ。わたしをこのまま独房に閉じこめておいたほうがいいかもね」

「メレ」と、ロハン。今度ばかりは、思わず、笑顔になった。「きみがその気になれば、一週間おとなしくしてるくらいは簡単だと思うけどな」

「おっしゃるとおりでございます、ボス」メレは立ち上がり、伸びをした。「それから、ありがとう。ええと……」

「カルメンよ」

「お世話になったお礼がしたいわ。バーはまだ開いてる？　おごるわよ」

「もう朝食の時間だ」と、ロハン。

「ビールはないの？」と、メレ。

「コーヒーは飲まないのか？」

「わたしがコーヒーを？」メレはロハンとともに独房を出ながら、またしても、にやりと笑った。「ねえ、カルメン。信頼できる人にロハンをまかせられそうで、安心したわ」メレは通路を進みながら、保安員たちに手を振って、さよならした。「迷惑かけたわね。悪く思わないで」

「二度と世話を焼かすなよ」と、保安員の一人。

「大丈夫。この人を困らせるようなことはしないわ」と、メレ。ロハンを示した。ロハン、カルメンと一緒に朝食をとりにいきながら、メレは話しつづけた。「どこまで話したっけ？　そうそう、コーヒー。ねえ、二人とも聞いてくれる？　まる一週間、一睡もしてはならなかったときのことよ。正式に認可されているクスリがひとつも手に入らなくて、だから、わたしも飲んじゃったの、コーヒーを。嘘じゃないわ。本当のことだってば」

六日後、ロハンはシャトルの発着ドックまでメレに付き添っていった。シャトルが〈モノノケ〉とドッキングする場所だ。

タニファ星系で下船する乗客たちが列をなしてエアロックへ向かいはじめると、メレはバッグを持ち上げた。

「お見送り、ありがとう、ボス。なぜ、そんな暗い顔してるの？」

「きみも一緒にコサトカ星系へ行くと思っていたからだ」と、ロハン。「きみは、わたしに教えてくれた。なんでも自分ひとりでやろうとしたり、あきらめたりせずに、みなと協力することも考えるようにって」

「悪いわね。コサトカへは行かない。いいところみたいだけど、もっと遠くの辺境宙域へ行くべきだという気がするの。今に、わたしのいるべき場所がきっと見つかるわ」メレはいぶかしげにロハンを見た。「あんたもカルメンもコサトカへ行くの？」

「ああ」と、ロハン。

「きいてもいい？　個人的理由で？　それとも、共同のビジネスのため？」

ロハンは微笑した。

「ビジネスだ。いままでの失敗は忘れて、新たなことに挑戦したい」

「ふうん。わたしと話したことを、ひとつたりとも忘れないでね。必ず誰かと協力して、ことを進め、決定をくだすのよ。手柄を独り占めするのもダメ。チームとして協力し合ったからこそ、わたしたちはアプルー星系へ連れていかれずにすんだんだから。ほかの連中にも機会を与えるのよ。あんたがしたような大失敗をおかす機会をね」

ロハンはうなずいた。

「わたしみたいにヘマばかりするやつがいるなら、顔を拝ませてもらいたいね。きみの力を借りざるをえない状況になったおかげで、よくわかったよ——なんでも自分でしようとするのは間違いだった。能力を発揮するチャンスをほかの連中にも与えるべきだった」

「つまり、わたしたちは何を学んだの？」と、メレ。

ロハンは情けなさそうな笑みを浮かべた。

「当事者はわたし一人ではないこと。一人で重大な決定をするのは、その必要があるときのみ。助言を求めること。信頼できる仲間を選ぶこと」

「そして、その仲間に仕事をまかせること。わかった？　わりと簡単よ。それが全部できたら、コサトカ星系ではいくつか成功をおさめられるかもね」メレはロハンに身を寄せて、きつくハグすると、ふたたび離れた。「あんたと一緒に過ごせて楽しかったわ、ロハン・ナカムラ」

「こちらこそ、メレ・ダーシー。きみがいなくなると、とても退屈しそうだ。身体に気をつけて、宙兵隊員どの」

メレはにやりと笑った。

「わたしがいなくても、カルメン・オチョアがそばにいれば、刺激的すぎて、退屈するどころじゃないかもしれないわ。カルメンは、警戒するべき状況に慣れているようだから」

ロハンは顔をしかめた。

「カルメンを信用してないのか？」

「そういう意味じゃないわ。カルメンなら、あんたに危険が及ばないよう目を光らせてくれるわよ。わたしの代わりに、必ずあんたの力になってくれるはず」メレは略式の敬礼をした。

「さよなら三角（原文は“See you later on a'gator.”。“See you later alligator.”とも言う。一種の言葉遊びで、これに対しては“After a while crocodile.”と答えるのが通例。later と alligator、while と crocodile の語尾がそれぞれ韻を踏んでおり、alligator も crocodile もワニである。日本語では、「さよなら三角」、「また来て四角」に相当する挨拶）」

メレの別れの言葉の意味はよくわからなかったが、親しみがこもっていたのは、たしかだ。

ロハンはメレの後ろ姿を見送った。メレはエアロックに入り、やがて見えなくなった。シャトルが離昇すると、ロハンは何人かの避難民と共有している部屋へ戻った。考えなければならないことが山ほどある。

タニファ星系からさらにジャンプすると、〈モノノケ〉はまだ名前すらない星系に出た。ヴェストリ星系と同様に、ほかの星系へ向かうための通過点にすぎない星系だ。ここの恒星も赤色矮星《わいせい》で、恒星を周回する惑星群は、恒星に近すぎて暑すぎるものから、遠すぎて寒すぎるものまで、さまざまだ。おもに、表面が岩か氷か、またはその両方が入り混じっているかによって色が違ってくる。

そのような星系なので、氷の惑星のひとつの軌道上に新しい小規模施設を見つけたときの驚きは、ひとしおだった。

「あの中継ステーションもカモを探しているんだろうか？」ロハンは、昼食をともにしていた数人の避難民に向かって大声で言った。〈モノノケ〉がこの星系に到着したのは約七時間前だ。次のジャンプ点に向かって通常空間を進むあいだ、乗客とクルーはここで見つけた新しい施設の目的と由来をあれこれと推測していた。

「もっと、たちが悪いかもしれないわ」と、カルメン。

ロハンが振り向くと、いつのまにかカルメンがそばに立っていた。さえない表情だ。

「どうした？」

「船長たちと話してきたところよ。あの施設からメッセージが届いたの。アプルー星系がこの星系の所有権を主張していて、トゥラン星系という名前もついているそうよ」

「まさか。そんなことが可能なのか？　勝手に自分たちのものにするなんて」と、ロハン。

「もちろん、旧地球が定めた星系間法では無理よ。でも、誰が連中を押しとどめるの？　旧地球じゃないことは、たしかね」

「なぜ、アプルー星系はこんな星系をほしがるんだろう？　何もない星系なのに」

「いいえ、あるわ」カルメンは〈モノノケ〉の隔壁の向こう——船外を指さした。「複数のジャンプ点がある。船にとって必要不可欠なものよ。メッセージによると、今後、この星系を通過する船には、アプルー星系に通行料を支払う義務が生じるんですって」

「迂回できないのか？　この星系を通らずに、ほかの星系を通ればいいだろう？」と、避難民の一人。

「迂回すれば、旅が長引き、時間も経費もかさむことになるわ。アプルー星系の連中が利口なら——いまのところは、うまく立ちまわっているようだけど——この宇宙空間での強奪でボロもうけするために、大まわりしてコサトカのような星系へ行くよりは安いけど、それでも高額な料金を設定するでしょうね」

　ロハンはようやく、カルメンの言わんとしていることを理解した。

「ここから先へ向かうには、ただでさえコストがかかるのに、通行料まで上乗せされることになるんだな。貨客運賃も値上がりするだろう。あげくの果てには、ここより奥の全星系がアプルー星系に通行料を払うはめになってしまう」

「ほかの非占有星系で同様のことが起こらないようにするには、どうすればいいんだ？」話を耳にした一人がたずねた。

「お手上げね」と、カルメン。

「このままでは辺境宙域じゅうの貿易が途絶えかねない」と、ロハン。「旧コロニー群がするべきことは――」ロハンはハッとして言葉を切った。

「なに？」と、カルメン。

ロハンは低い声で苦笑した。

「わたしは政治家であり、経営者でもありつづけてきた。そんなことを続けていると、どうなると思う？　収支が気になってしかたなくなるんだ。この取引にはいくらカネがかかるか？　誰がそれを支払うのか？　増税？　誰に負担させればいい？　はるかかなたの星系でそのような問題が起こっても、かかわろうとする政治家など、いないだろう。状況が変わらないかぎりは無理だ。大企業は、短期的経費や、辺境宙域を一掃するための軍事的努力に必要なコストばかり気にして、尻ごみする」

「でも、長期的には――」誰かがロハンに意見しようとした。

「長期的？」と、ロハン。「大企業の経営者たちは次の株主総会のことしか考えていない。連中の目をその先に向けさせるのは至難のわざだ。旧コロニーなら、強い発言力を持つ者のほぼ全員の協力が得られなければ、今回の問題は解決できないだろう。だが、そういう大物はたいていい自己中心的で、協力したがらない。そこに助けを求めても無駄だ」

「じゃあ、どこに助けを求めればいい？」

「ここだ」と、ロハン。大勢がロハンの言葉に耳を傾けている。「これは、われわれの問題だ。われわれが解決しなければならない。ほかに誰が当てになるというんだ？」

質問自体は簡単だが、答えを出すのは難しい。どうやって、独立心の強い新コロニーの協力を得て、かぎられた資金をつぎこませればいいのだろう？　どうやって、自分たちにとって得にならない場所に投資する必要性を理解させればいいのか？

5

「大尉」

その声でロブ・ギアリーは目覚め、目をしばたたいた。低い天井を這うようにめぐらされたパイプやダクト、電線管が見える。ここは、新たに〈スコール〉と命名された警備艇のなか——仰々しくも艇長室と名づけられた部屋だ。だが、アルファル星系の駆逐艦で、もう一人の大尉と共有していた部屋より狭い。部屋が狭いのは、大したことではない。評議会が、いまだにおれの正式な身分を認めないのと同じくらい、どうでもいい。表向きは艇長ではなくても、実質的には、おれが〈スコール〉の指揮官なのだから。

「どうした？」

簡易ベッドの脇にある通信パッドに当直士官が映っていた。当直中の警報に動揺する表情を浮かべている。また平穏な当直が続くはずだった艇内時間の真夜中に、いきなり鳴ったからだろう。

「二隻の船が、この〝バケツ〟……もとい、この警備艇が到着したのと同じジャンプ点に現われました」

「スカザ星系とつながるジャンプ点か？　どんな船だ？」と、ロブ。不安で心臓の鼓動が激しくなった。スカザ星系の駆逐艦か？　〈スコール〉の拿捕《だほ》から一カ月以上たつ。スカザ星系がその件を耳にして報復攻撃のための艦を送りこむには、充分な時間だ。

「貨物船です。スカザ星系船籍の民間船だと、一斉通信しています」当直士官は言葉を切り、顔をしかめた。「とにかく、そう知らせていいました。現在は二隻とも静かです」

ロブはベッドから跳《は》ね起きると、緊張をほぐしながら思った――やれやれ、肝心なことを報告してくれよ。

「武器を備えているか確認できるか？」と、ロブ。いらだちが声に出ないよう気をつけた。

「ええと……センサーでは、武器を搭載できるよう改造した形跡は確認できません。しかし、どちらの貨物船にも、二機の大型貨物シャトルが取り付けられています」

「シャトル？　シャトルも非武装か？」

「はい、大尉」通信パッドに映る当直士官は自分の画面をのぞきこんだ。「周回するこの惑星に到達するベクトルを保っています」

二隻の貨物船。非武装船だが、こちらに接近している……。スカザ星系は何をするつもりだ？

ロブは自分の画面を立ち上げ、古いシステムがまたたいて安定するのを、いらいらしながら待った。二隻の貨物船が商船の速度で移動している。戦闘艦に比べれば、非常に遅い。○・○二光速で惑星に到達するには、二週間ちかくかかるだろう。

〈ウィンゲート〉が出発してから、だいぶ時間がたっていた。星系内には、まだほかに一隻がいて、ジャンプ点に向かっている。ジャターユ星系、その先のコサトカやタニファなどの星系に戻る船だ。ほんの二日前に、新しい設備一式と、新しい惑星での新たな出発の意欲に燃える大勢の男女と子供の新たな一団を降ろし、惑星の軌道を離れたばかりだった。

ロブは背筋を伸ばし、まじめでプロらしい外見を作ると、通信ボタンに触れた。ささやかな満足感を覚えた。艇内時間は、惑星グレンリオンのまだひとつしかない都市の時間と一致させてあり、この時間にメッセージを送れば、評議員を叩き起こすことになるからだ。

「こちらは〈スコール〉のギアリー大尉です。スカザ星系の船籍であると主張する二隻の貨物船がこの星系に到着し、惑星へ向かっています。こちらで判断できるかぎりでは、二隻とも非武装船です。現在の速度で進んだ場合、十三日後に惑星に到達すると推測されます。二隻への対処について、指示を求めます。〈スコール〉で二隻をインターセプトし、これが新たな敵対行為でないことを確かめるために精査するべきだと、わたしは考えます」

十五分後、チザム評議会議長が返信してきた。不安げな様子で、寝起きのために髪はボサボサだ。

「なぜ、これが新たな攻撃かもしれないと思うのですか、大尉？」

「先般、スカザ星系がここに警備艇を送りこんできたのは、攻撃が目的でした」と、ロブ。

「それに、あの二隻は到着後、いったんは自分たちの身元を一斉通信で明かしましたが、やがて、やめてしまいました。通常はありえないことです。ひょっとすると、〈スコール〉は、われわれからカネを巻き上げるだけでなく、二隻の貨物船の案内役として、この星系内をうろつくことになっていたのかもしれません」

「なぜ、貨物船に案内が必要なんですか？　貨物船に何ができるというんです？」

「わかりません。だから、わたしは、あの二隻をインターセプトして精査するよう提案したのです」と、ロブ。

チザムは沈黙し、考えこんだ。

「貨物船をインターセプトするのに、どのくらいかかりますか？」

「大至急ということでなければ、約三日です。もっとも、基本的な準備が整ってからの話ですがね。必要となる人員や物資の再配備に、もう一日かかります」

「では、四日ですね。わかりました。貨物船をインターセプトしてください。準備が整いしだい、出発してかまいません。〈スコール〉が二隻に向かうあいだに、評議会は行動方針について審議し、決定をくだしておきます」

「貨物船を調査する必要があります」と、ロブ。

「行動方針は評議会が決めます」と、チザム。頼もしい口調だ。もっとも、実際には、あまり当てにはできないかもしれない。

「もうひとつ提案してもよろしいでしょうか？」と、ロブ。精一杯、やんわりとした口調でたずねた。「あの二隻を精査する仕事は、リン・メルツァーに依頼できると思います。メルツァーなら、船のシステムに侵入し、貨物船が何をしようとしているのかを発見できるでしょう」

「名案ですね。しかし、依頼は評議会が行ないます」と、チザム。

「けっこうです」と、ロブ。本心からの言葉だ。評議会から依頼すれば、ニンジャは、おれではなく、評議会に報告することになると考えたのかもしれない。だが、評議会が依頼するのであれば、おれがふたたびニンジャのボスにならずにすむ。ロブは、そのような事態を避けたいと、ますます強く思うようになっていた。

通信が終わると、ロブはさっそく〈スコール〉の状況を再確認した。軌道を離れて貨物船のインターセプトに向かうには、何をする必要があるだろう？　評議会は、食糧や水といった必要物資の購入を、いまだ短期的にしか行なってくれない。そのため、この警備艇には約六日分の食糧しかない。評議会にとっては不本意かもしれないが、艇が数週間、活動するのに必要なカネを出してもらう必要がある。だが、おれたちに与えられるのは、ほとんどが防災用品から流れてきた非常食で、その質に喜ぶ者はいない。ロブは、コーヒーが充分にあるかどうかも再確認した。艇は燃料電池で動くが、クルーはコーヒーで動く。少なくとも〈スコール〉の燃料に関しては、拿捕したときに積まれていたものがまだ利用できるだろう。艇には、一カ月以上の通常活動に必要となるパワーをまかなうのに充分な燃料電池が積まれている。

〈スコール〉と自分自身の忠誠心の対象が変わって以来、ダニエル・マーテルは、ほとんど〈スコール〉から離れなかった。グレンリオン星系で自分は歓迎されていないようだとマーテルに打ち明けられ、そう感じるのは無理もないとロブも思った。マーテルが孤立しがちなことに、ロブは責任を感じていた。マーテルは、ロブをのぞけば訓練を受けた唯一のクルーだったので、いつもロブの近くにいて、艇でのさまざまな問題の処理を手伝ってもらっていたからだ。惑星には、この艇に乗艇を希望するクルーが何人かいた。そして、〈スコール〉には、しぶしぶ乗艇している請負業者のような兵士が一人いる。本人がすすんで協力してくれないなら、〈スコール〉から降りてもらわなければならない。あいつとの取引がうまくゆくとは、とうてい思えない。

ロブは朝、地上のシャトル一機に移送に備えるよう伝えると、必要物資のリストを評議会に送り、艇に収容することになったクルーにその旨を知らせてから、例の〝請負業者〟を捜しはじめた。

艇の一日が新たに始まる一時間前に、ロブは眠っていたコービン・トレスを捜し当て、目を覚まさせた。

「評議会の命令にしたがい、この艇《ふね》は軌道を離れる。きみにも一緒に来てもらいたいが、強制はできない。自分で決めてくれ」

トレスはロブに向かって顔をしかめた。

「契約の時間ぶんは働いた。これ以上、任務を続ける気はない。シャトルには、いつ乗れる?」

「五時間後に一機がここに来る。それまで、今やっている仕事を片づけて、その他、必要な情報を後任の者に伝えられる。おまえが訓練した者たちがパワー・コアを安全に操作できると、自信を持って言えるか？」

トレスは肩をすくめた。それが返事だった。

「自分がこれまで伝えられた知識はわずかだと知りながら、後継者《あとがま》を平気で送り出すのか？」と、ロブ。今度ばかりは、思わず、冷淡な口調になった。

トレスはロブをにらみつけた。

「この艇にどこぞへ行けと命令を出したのは、おれじゃない。その独善性は、その責任を負う者たちのためにとっておけ。あいにく、そこにはあんたも入っているがな！　クルーを送り出すのを決めるのはおれじゃない。あんただよ！」

「自分にはまったく責任はないと言いたいのか？　え？　さっさとおれの艇から降りてくれ」ロブはその場を離れようと、きびすを返した。

「連中がありがたがると思うか？」トレスがロブの背中に向かって叫んだ。「あんたの身に起こることを、連中が本当に気にかけると思うのかよ？　おめでたいやつだ！　まぬけな若き理想主義者だよ、あんたは。責任者たちにへつらえば報われると、信じているとはな！」

ロブはわざわざ立ちどまって振り返ると、トレスに向かって頭を振った。

「他人のためじゃなく、自分のためにやっている。こういうことをする必要があると、自分が思うから、やっているんだ。見返りは期待していない。そんなことは、どうでもいい」

ロブは歩き去りながら思った――わかっている。自分にそう言い聞かせてはいても、本当はどうでもいいとは思っていない。他人《ひと》から認めてもらえないのは、つらい。あの小規模で党派的な士官グループと、排他的な男女の集団のいるアルファァル星系の艦隊を離れたのは、そういう部分が大きかった。連中は付き合うべき相手を知っていた。遂行しやすい任務を引き受け、その結果のよしあしにかかわらず、勲章を手にし、順調に昇進していった。だが、今のおれにとっては、それもどうでもいいことだ。とにかく、おれはする必要のあることをするつもりだから。それだけは間違いない。おれは、やるべきだと自分で思うことをやる。そうしなければ、良心に恥じない生きかたはできないだろう。コービン・トレスのように、無気力でひねくれた人間にはなりたくない。つまるところ、その運命を避けたくて、おれはアルファァル星系を離れた。そう考えていたから、〈スコール〉の指揮を引き受けた。常識のあるやつなら、くたばっちまえと評議会にとっくに言っているだろう。

十二時間後、充分な追加の食糧と水、そして、満足とは言えないが全員を生かしつづけるためのコーヒーとともに、ロブの現在の全クルーである男女十四人が乗艇した。ロブはブリッジの自分の席にすわり、画面の予定針路をチェックした。スカザ星系から来た二隻の貨物船の針路は、約四光時の距離の弧を、広範囲にわたって描いている。四千億キロ以上の距離だ。うまくことが運べば、貨物船はその旅を途中でやめ、引き返すことになるだろう。おれの予想どおりなら、二隻には、何かグレンリオン政府がその星系内に持ちこまれたくないものが積まれているはずだからだ。

〈スコール〉は、星系の新しい名にちなみ、すでにグレンリオンと呼ばれている惑星の軌道を離れると、貨物船の弧をインターセプトする別の弧に沿ってすばやく進み、惑星から約二光時の位置で貨物船と出くわすことになる。貨物船が惑星に到達するには、あと四日以上かかる。そのあいだに、たっぷり時間をかけて貨物船について調査し、そのほか評議会が委任したさまざまな手を打つことができるだろう。

クルーの大半は、興奮と同時に不安を感じていた。どのクルーも航宙軍での任務の経験はない。例外は二人だけだ。そのようなクルーにとって、これはスリルと恐怖を感じさせる新しい経験だ。

二人の例外のうち、一人がロブだ。ロブはまったくスリルを感じなかった。感じるのは恐怖ばかりだ。もう一人の例外は、作戦監視ステーションにすわっているマーテルだ。

かつてスカザ星系の艦隊士官だったマーテルは、〈スコール〉がまだスカザ星系のものだったときも、その作戦監視ステーションについていた。現在はグレンリオンのために働いている。クルーにマーテルを加えることを評議会に同意させるのは困難をきわめたが、ロブは譲らなかった。〈スコール〉に関してマーテルより詳しい者はいなかったし、マーテルが、本人の言葉どおりの人物のように思えたからだ。だまされてスカザ星系と契約したが、今はグレンリオン星系のために働くことができて感謝していると言っている。マーテルが、地球艦隊のもと下級士官だったという点も重要だ。だが、マーテルには階級も正式な身分も与えられていない。それがどれほど苦痛か、ロブは自分の経験からよく知っていた。

「何かあったか？」ロブはマーテルにたずねた。

「いいえ。スカザ星系がこの警備艇を所有していたときからの記録を、もういちどすべて調べていたんです」と、マーテル。「わたしが閲覧を許可されていなかったものも含まれていますが、あのような二隻の貨物船を使う計画に関する記録は見つかりません」

「この艇の、もとの艇長は何か知っていたと思うか？」

「艇長はあの〝わめき屋《スクリーミング》〟ピートですからね、上官たちがあの男に何か余分な情報を与えていたとは思えません」と、マーテル。「スカザ星系に雇われていたときにわかったのは、たがいにほかの者のしていることがわからないようにするために、全情報を個別に組織化しているということです。中央保安部だけは例外で、ここはすべての情報にアクセスできます。これは推測にすぎませんが、わたしが思うに、スカザ星系があのような貨物船をここに送るとすれば、グレンリオン星系がいやがることをするためでしょう」

通信ステーションに席を占めるドレイク・ポーターが首を振った。ポーターはグレンリオン星系の志願兵で、〈スコール〉の拿捕に協力し、そのまま艇の人員をそろえる手助けをするためにとどまっていた。

「しかし、誰もきみの言葉を信じないだろうね。われわれは例外だが」

「わかってる」マーテルはため息をついた。「みんな、わたしのことを、偽の新兵募集に引っかかった最初の人間だと思うんでしょうね」

ポーターは同情するようにうなずいた。ロブは、ポーターがマーテルを気に入っていることに気づいていた。気に入る以上の感情かもしれないが、これまでのところ、マーテルは、ごく友好的な態度をとっていた。

柔らかな音がして、ポーターが画面に注意を戻した。

「大尉あてのメッセージが入っています」

ロブが自分の画面を確認すると、ポーターがすでにリンクを張ってくれていた。受信コマンドをタップすると、目の前にニンジャの顔が現われた。

「こんにちは。それとも、こんばんは、かな」

「ねえ、これって」ニンジャがロブに向かって顔をしかめた。「あなたが、また新たな仕事をあたしに用意してくれたってこと？」

「評議会のための仕事だよ。おれのための仕事じゃない」と、ロブ。

「それはわかってる。つまり、どういうこと？」

「つまり、すべては風まかせってことだ」

「すべては風まかせですって？」ニンジャがいらだたしげな目をロブに向けた。「思いこみは禁物よ。あなたたちは軌道を離れて相手に接触するのよね？」

「おれはそう指示された。武装はしていないようだ」と、ロブ。

「もちろん、そうでなきゃ困るわ。その任務を聞いて、マーテルは平然としてるの？　そうは思えなかったけど。あたしは相手が何をしようとしてるか調べるつもりよ。あなたがあの貨物船に押し入るために宇宙に飛び出すのを阻止するには、それしかあたしにできることはないみたいだから」と、ニンジャ。

通信が切れ、取り残されたロブは思った――おれは何かまずいことをしたのか？

「出発しよう」ロブはブリッジ・クルーに言った。大型艦や、全クルーがそろっている艦なら、一人の当直士官に操舵の指示を与えるだけでいい。指示は繰り返され、戦術システムが推奨する指示と一致するかチェックされる。だが、人員不足の〈スコール〉では、正しい指示が入力されたかどうかを確かめるような余分な行為はできない。代わりに、ロブは、大声で自分に向かって指示を復唱し、自分が艇にさせたい動きと一致しているかどうかを確かめ、指示の最終確認をした。「左に六十度、上方に三度、転針し、〇・〇五光速まで加速せよ」

ブリッジを見まわすと、全員が自分を見つめていた。ロブはなぜか、歴史的な一瞬に立ち会っている気がした。

「さあ、始めよう。これが、グレンリオン星系初の防衛戦闘艇〈スコール〉の最初の作戦任務だ」

ロブが実行コマンドをタップすると、あとの処理は自動戦術システムが引き継いだ。〈スコール〉は宇宙でもっとも敏捷《びんしょう》な艇というわけではないだろう。だが、スラスターが噴射して艇がなめらかに方向転換しはじめると、ロブの口もとが自然にゆるんだ。メイン・エンジンが始動して〈スコール〉は惑星の軌道を離れ、接近してくる貨物船をインターセプトするベクトルに乗った。

控えめな拍手の音がブリッジに響いた。

「艇長がここで一席弁じるべきでしたね」と、ポーター。

マーテルが声をあげて笑った。ロブがマーテルと知り合って以来、はじめてのことだ。

「わたしは何か新しいことに参加しているんですね！　はじめてのことに！　地球から来た者にとって、それがどれだけ奇妙なことか、わかりますか？」

「この記念すべき瞬間を祝うために、何か持ってくるべきだったな」と、ロブ。満面の笑みを浮かべた。

「コーヒーを持ってきますよ」と、ポーター。

「ここでは、それがもっとも適当な飲み物だろうな」ロブも同意した。ポーターがブリッジを離れると、ロブはマーテルをちらっと見た。「宇宙空間を移動するための例の約束ごとは、どのくらい前から使われてきたか知っているか？　左舷《ポート》側や右舷《スタボー》側といった言葉のことだ」

　マーテルはじっと考えこんだ。

「その約束ごとについては、以前、航法学の講座で習いました。いつからだったでしょう？　二十一世紀のなかばだったように思います。二十一世紀後半だったかもしれません。その決まりが必要になったのは、惑星間を個々に移動する艦船が増えてからです。左舷側と右舷側という言葉は海で使われていました。星系における動かない基準点は恒星です。そのため、恒星側に近づく方向を右舷側、恒星から離れる方向を左舷側と言います。そして、上下は、惑星が周回する平面に基づいていています」

「じゃあ、特に新しいものではないんだな」

　マーテルはもういちど笑った。

「むしろ古典的な決まりですね」

〈スコール〉のクルーは少人数なので、当直をまかせてもいいと思われる者たちとともに、ロブ自身もブリッジで当直をつとめる必要があった。そのせいで夜の睡眠時間が短くなったが、それはクルー全員に当てはまることだ。ロブがブリッジにいたのは四時間。そのあいだに艇の新たな一日が始まり、ようやく、ふたたびニンジャから連絡が入った。〈スコール〉と惑星の時差は三十分ちかくになっており、リアルタイムでの会話はできない。

ニンジャはストレスがたまり、柔軟さがなくなっているように見えた。

「悪いニュースよ。あの二隻の貨物船は、この星系に着いたときに船籍情報と一緒に一件のメッセージを送ると、すべての送受信装置をシャットダウンしたみたい。あたしは鍵のかかったドアを通過できる。でも、ドアがなければ、お手上げよ！　あなたにきかれる前に、評議会に報告することを言っておくわ。二隻のあいだにリンクは張られてない。通信はいっさい行なってない。作動してる受信装置は確認できなかった。きっとスカザ星系は、あたしたちが〈スコール〉を手に入れた方法について推測したんでしょうね。ファイアウォールではあたしを阻止できないとわかって、あらゆる通信や信号から貨物船をほぼ完全に隔離したのよ。はっきりしてるのは、貨物船とはまだ距離があるから、入りこむ方法を探って結果を手に入れるために、信号一式を投げるくらいの時間はあるってことね。でも、あんなふうにずっとシャットダウンしたままなら、どんなにファイアウォールが脆弱《ぜいじゃく》でも、あたしはシステムに侵入できない。とにかく何度もやってはみるけど、あまり期待はしないで。悪いわね」

ロブは不安を感じて口もとをなでた。いつものようにニンジャが魔法のような仕事をしてくれると期待していた。だが、スカザ星系は、それを回避する方法を見つけていたようだ。

ロブは返信コマンドに触れた。

「ありがとう、ニンジャ。きみが侵入できないなら、誰にもできない。何かわれわれにできる方法はないだろうか？　この艇が充分に接近すれば、盗聴器のようなものを取り付けられるんじゃないか？　貨物船の船体に物理的に何かを装着して、外部から船内システムに入りこめないだろうか？　この艇にある機器を改造して作れるものになるだろうから、答えはノーかもしれないが、わたしが間違っているのなら、知らせてくれ。ともかく、ありがとう」

ほかにも何か言うべきだろうか？　でも、これは公式の通信だ。「ギアリーより、以上」

出発時にクルーのあいだにあった興奮はしだいにおさまり、変化のない宇宙空間を何百万キロも移動する退屈な日々の業務のなかに消えていった。ロブもマーテルも、この種の〝冒険〟の骨の折れる単調な仕事は経験している。だが、ほかのクルーにとっては、はじめての体験だ。退屈してうんざりしているうえに、その扱いに慣れていない者たちは、リーダーシップを鍛えるのにはもってこいだった。

「二人とも下がれ！」ロブは、ケンカを始めようとしていた二人の志願兵をにらみつけながら命じた。「ヴラド、今度テリの半径一メートル以内に入ったら、おまえに救命服を着せて、艇体にダクトテープでくくりつけるぞ」

ヴラドは強情そうな目でロブをにらみつけた。

「こんなことを我慢する必要はない」

「いや、ある。グレンリオン惑星に戻ったときに辞めたいと思えば、辞めてくれてけっこうだ。だが、この艇にいるあいだは命令にしたがえ。礼儀と尊敬の念を持って仲間に接するんだ！」

ロブは、ヴラドがぶつぶつ言いながらその場を離れるまで待った。

「大丈夫か？」ロブはテリにたずねた。

「大丈夫です」と、テリ。怒りのせいで、表情はまだ硬い。「あんなやつ、自分で片づけられました」

「問題はそういうことじゃない。おまえが片をつけてはならない。おまえが片をつけると、個人的な問題になる。これはこの警備艇における規律の問題だ。規律を乱す者は、おれが片をつける」

「わかりました、艇長」

ロブが振り返ると、マーテルがこちらを見ていた。マーテルは、自室へ向かうロブと一緒に歩きはじめた。

「指揮官らしい毅然《きぜん》とした口調でした」

「そんな口調だったか？」ロブはマーテルに疑うような視線を向けた。

「はい。いつもより低音で、わずかに大きめの声でした」

「ほう」ロブは驚いた――自分ではまったく気づかなかった。「地球艦隊でも、同じような感じで対処するんだろうか？」

「なぜ、地球艦隊のやりかたを気にするんです？」と、マーテル。

「地球艦隊はお手本だからな。もっとも古い最善の手本だ」と、ロブ。

マーテルが笑い声をあげた。とげのある笑いだ。おかしくて笑っているのではない。

「地球艦隊がその評判どおりだったら、どんなによかったか！　ええ、わたしならそうしたと思います。アルファル星系の大尉だった人が、もと少尉の意見を気にするんですか？」

「きみはプロだ。自分ではそれほど意識していないかもしれないが。プロがどう思うか気になる。おれは、まだこのようなことを学んでいる途中だ」と、ロブ。

「そんな意識では提督にはなれませんよ」と、マーテル。


〈スコール〉が約一日半かけて、惑星から一・五光時の場所に到達したとき、ようやく評議会の指示が届いた。チザム評議会議長が自分の新しい執務室から、じきじきにメッセージを送ってきていた。ほとんど装飾のない部屋で、壁にはほぼ何も飾られていない。この壁に、これから数世紀をかけて、多くの飾り板や写真や装飾物が並ぶのだろう。

「ギアリー大尉、以前の指示どおりに、スカザ星系からの貨物船のインターセプトを実行してください。貨物船を査察する権利を主張し、人を送って慎重に調べさせなさい。ただし、ダニエル・マーテルは送ってはなりません」

その最後の言葉を聞き、ロブは額《ひたい》を叩いた。録画でよかった。リアルタイムの通信なら、おれの反応が丸見えだ。

「貨物船が査察を拒否した場合は」チザムは話を続けた。「もと来たルートを引き返し、この星系を去るよう指示しなさい」

ロブは安堵《あんど》のため息をついた。評議会がそういう必要な手順をためらうのではないかと恐れていたからだ。

「次のことは、はっきりと理解しておいてください」と、チザム。「どのような状況下であっても、貨物船を攻撃してはなりません。武器を用いて、貨物船とその周辺をねらってはなりません。二隻は民間船であり、武装していません。そのため、星系間の宇宙法により、戦闘艦による攻撃は禁じられています」

ロブの安堵は吹き飛んだ。

「引きつづき、そちらの動きを知らせてください。これまでの指示に含まれない行動をとる必要がある場合は、必ず事前に評議会に申し立てて承認を得るように。チザムより、以上」

ロブは、聞きのがしたことがあるのではないかと思いながら、メッセージを再生した。

そんなものはなかった。

メッセージについて、誰かに不満をぶちまけたい――ロブはそう思い、マーテルを自室に呼び出した。評議会はいい顔をしないだろうが、この〝指示〟をほかの者に知らせるなとは言わなかった。

マーテルは無言でメッセージを見ていた。チザムが自分の名前を口にしたときだけ、ビクッと反応した。

「評議会はなぜ、わたしを送らないよう大尉に言う必要があると思ったんでしょう？」メッセージが終わると、マーテルがたずねた。「そんなことを言わなければならないほど愚かなら、大尉はこの艇を指揮していないはずです」

「好意的に見れば」と、ロブ。皮肉っぽい口調だ。「評議会は、この艇の指揮をおれにまかせるのに、まだ迷いがあるということだろう」

「ああ、そういうことなのかもしれません。わたしも、スカザ星系に戻りたがっていると思われているようですね。そこまで頭が悪いと思われていたなんて、なんだか残念です。しかし、弱りましたね。攻撃ができないとは。貨物船がジャンプ点に戻れという指示を無視したら、どうしますか？」

「厳しい言葉で対処しろということらしいが」と、ロブ。

「評議会に申し立てをして承認を得なければ、何もできないのですね」マーテルは評議会の意図をロブに気づかせた。「評議員たちはわかっているんでしょうか？　あの貨物船をインターセプトする前にメッセージの送受信が終わっている必要がありますが、その時間だけでも、何時間もかかるというのに」

「貨物船はどうすると思う？」

「貨物船が受けている命令によりますね。その命令どおりに動くはずです」と、マーテル。

「スカザ星系艦隊にいるときにはっきりとわかったのは、命令にしたがわないと非常にまずいことになるということです。中央保安部は命令遵守に関して非常に熱心です」

ロブは首を振り、デスクの上のチザムのメッセージが映っていた場所を見つめた。

「なぜ、きみは地球艦隊を離れたんだ？　ここへ来て、このような事態に対処するためか？　われわれのことを、素人《しろうと》くさいやりかたをする頭の悪い連中だと思っているんだろうな」

マーテルは笑みを浮かべ、首を振った。

「いいえ。地球艦隊なら、可能性のあるすべての状況についてのチェックリストを作るでしょうね。そのチェックリストの下には、さらに細分化された複数のチェックリストがあって、そうしたチェックリストや下位のチェックリスト、そのまた下のチェックリストにきっちりしたがうよう、規則で決められているんです。地球艦隊は、どこよりもずっと長いあいだ、こうしたことを行なってきています。そして、誰かがミスをするたびに、チェックリストは長くなってゆきます。ミスが繰り返されないように」

「アルファル星系の艦隊では、地球艦隊は崇拝されていた」と、ロブ。椅子の背にもたれ、マーテルを見た。「繰り返しになるが、きみたちは長い歴史を持つプロだ。無敵の男女の集団だ」

マーテルはふたたび首を横に振った。急に歳をとったように見えた。

「真実を知りたいですか？　地球艦隊はゾンビです。死んでいるんです。もうずいぶん前に。でも、動きつづけている。死んでいるということに気づいてないんですよ。伝統と死んでいることへの否認が人々と艦を動かしつづけています。でも、それも時間の問題でしょう」マーテルは憂鬱《ゆううつ》そうな表情をした。「地球は戦争にうんざりしているんです、大尉。人類は破壊という楽しい娯楽に飽きたりしないと思うかもしれませんが、地球はあまりにも多くのことを目にし、あまりにも多くのことに耐えてきました。地球の人々はそのゲームから降りようとしています」

「じゃあ、地球艦隊が新しいことをしたがらないということではなかったんだな？　きみが艦隊を離れたのは、艦隊が崩壊寸前だったからか？」と、ロブ。いつか、地球艦隊はバラバラに解体してしまうのだろうか？

「そうです」マーテルは何かを思い出しているような目をした。「みな、いつもの手順にしたがったり巡視を行なったりしながら、艦隊が終焉《しゅうえん》に向かっている事実に気づかないふりをしていました。すべてが瓦解《がかい》しつつあると口にすべきではないとさえ思われていました。なぜなら、それは否定的態度を示すものであり、士気に悪影響を及ぼすからです。わたしたち全員が、死にかかっている艦隊のみとり役でした。しかも、すべてがうまくいっているというように笑顔で振る舞うことになっていたんです。わたしには無理でした」

　マーテルはため息をつき、問いかける目をした。

「わたし以外にも、沈みゆく地球艦隊の生き残りはいるでしょうから、いつか出くわすはずです。いいですか、大尉、あなたが次に会う地球艦隊の者——訓練を積んだ士官は、厳密に手順と規則にしたがう鬼だと思います。内面も外見も知的で鋭く、艦の動かしかたも知っていますし、だいたいが勇敢で、全力で戦います。しかし、緊急時においては答えを書物に求め、そこに答えがなければ、うろたえます」

「新しいことをやってみないということか？」と、ロブ。疑う口調だ。

「新しいことを行なえないのです」と、マーテル。「そうするよう訓練されたのです。課された仕事において成功したかどうかは問題にされません。チェックリストのすべての手順や、その仕事に関するすべてのルールにしたがっていなければ、失敗したと判断されます。重要なのは、その手順であり、結果ではありません」

「まさか」と、ロブ。

「本当です。なぜわたしが、スカザ星系が作った新兵募集のおとぎ話を信じようとしたか、わかりますか？　地球艦隊から一刻も早く離れたかったからです」

ロブはマーテルにうなずいた。

「覚えておこう。すでに、スカザ星系は、ほかにも地球艦隊の退役兵をとりこんでいるだろうか？」

「たぶん」と、マーテル。「しかし、わかりません。なんだかまずいところに来たと最初に感じた瞬間のひとつが、はじめて出頭してそのことについてたずねたときでした。ほかの艦にどんなクルーが乗っているかなど知らなくていいと言われたんです」

「それは奇妙だな」ロブは驚いて言った。

「どちらかというと、疑心暗鬼という感じです。わたしは自分の力で何かを変えられる場所で働きたかったんです。自分のした手順が正しいか、いちいち気にしなければならないような場所ではなく」

「その点では運がよかったな」と、ロブ。

「スカザ星系の支配層のひどさは〈レッド〉並みです」と、マーテル。「支配層の多くは、もともと〈レッド〉だったに違いありません」

「〈レッド〉?」

「火星出身者のことです。聞いたことありませんか？　火星は、ギャングや独裁者が統治する小さな窃盗国家が集まった無法地帯です。前世紀における地球艦隊の任務の半分は、〈レッド〉による信用詐欺や強奪にかかわることでした。〈レッド〉に出くわしたら、片手で財布を押さえ、もう片方の手で応援を呼べと言われています」

「火星出身の全員がそうなのか？」と、ロブ。信じられない様子だ。

「噂では」と、マーテル。「なぜ、大尉はアルファル星系を出たんですか？」

「何をするにも先例にしたがうべきだとされていたから、という理由がほとんどだな。息をするのも、二十年前と同じようにやれと言われた。当時は、そのやりかたですべきだとされていたという理由でだ。おまけに、アルファル星系の艦隊はもともと小規模だったのに、さらに縮小していたからな」ロブは横を向いた。将来は、いま以上に縮小した艦隊となるのかと気づいたときの気持ちを思い出していた。その点で、おれとマーテルは、似たような経験をしてきたようだ。「まだ艦隊は生きていて、死につつあるという状態ではなかったが、規模は縮小しており、ふたたび増強されるという望みはなかった。人類が外に向かって拡大しはじめたとき、旧地球と旧コロニーはなぜ、内向きになったんだろう?」

「そのほうが楽だったからでしょう。実際に未来志向の者は、みな外に向かいます。大尉のように」と、マーテル。

「きみもだ」ふと、ある考えが浮かび、ロブは口を閉じた。「スカザ星系をコロニー化した者たちもそうだな。スカザ星系はどこの言いなりにもならないと約束して、移住者を募集していると言ったよな? 古くからある場所は、そこにいるやっかいものを送り出しているんじゃないか? やっかいものどうしを争わせておき、過去の存在である自分たちは、誰にも邪魔されずにまどろんでいようとしているんじゃないのか?」

「そうだとしたら、大尉は、成長するビジネスのスタート地点にいることになりますね」と、マーテル。

ロブは笑った。

「ああ、あるのはチャンスだけだ。ずいぶん遠くまできたものだな! おれは一時的に、バッカニア級警備艇《カッター》の制約付きの指揮官になった。艇の武器は少なく、使用許可も出ていない。クルーの大半は経験のない志願兵だが、任務をビデオで見たときよりもずっと楽しいと感じるようになってきている。この艇に命令を出すのは、こんなことは起こってほしくないと思っているいる評議会だ。そして、何かまずいことが起これば、それは、おれの落ち度になる」

「そのようなことは変わらないと思っていたんでしょう?」マーテルがロブに鋭い視線を向

けた。「なぜ、あのメッセージを見てほしいとわたしに頼んだんです？」

「自分以外の者の視点が必要だった」と、ロブ。

「それだけが理由ではないでしょう」

ロブは苦しそうに顔をしかめた。

「ああ。誰かにぶちまけたかったんだ」

「それで、わたしを選んだんですね。率直な意見を申し上げてもよろしいでしょうか、ギアリー大尉？」

ロブは眉をひそめてマーテルを見た。マーテルはなぜ、こんな慇懃《いんぎん》な態度をとるんだ？

「もちろん、かまわない」

「大尉はこの警備艇の指揮官です」と、マーテル。「グレンリオンが保有する軍の上級士官です。つまり、大尉は、そのように情報をぶちまけてはならないのです。文民統制という点において、してはなりません。クルーは話を聞いています。大尉がそのように話すのを耳にすれば、政府ばかりか大尉への尊敬の念が揺らぐかもしれません。もっと悪ければ、大尉への尊敬は変わらずに、政府に対する尊敬だけが低下するかもしれません。そのベクトルは、どこへ向かうでしょう？」

ロブはマーテルに向かって首を振った。

「おれは政府に脅威を与えたりしない」

「大尉のあとに続く人たちはどうでしょう？」と、マーテル。「これから形成されるグレンリオンの軍の伝統では、大尉の言動のすべてが手本となります。その基礎がどのようなものであってほしいと思いますか?」

これまでロブは、そういうことについて、あまり考えたことがなかった。

「おれは必要なことをしながら、なんとかものごとに対処しようとしていただけだった。おれの言うことは、それほどまでに重要になるのだろうか?」

「それほど重要ではないと思いますか?」

ロブは首を横に振った。

「いや。きみの言うとおりだ。おれは自分ができないことについてばかり考えていたようだ。だが、まったく意識せずにできることもある。将来、グレンリオンの艦隊が大きくなろうと、小規模なままであろうと、この艇がグレンリオン艦隊における最初の戦闘艇であるのは変わらない。われわれがここですることや、おれがここですることが、未来に影響を与える。そうだろう? わかった。おれはいい手本になるよう努めよう」マーテルが退出しようと立ち上がったとき、ロブはマーテルを見ながら、がっかりした気分になった。「誰も思い出さないんだろうな」

「何をです?」と、マーテル。

「われわれがしたこと、こうしてやっていることをだ。伝統や慣習は人々の記憶に残るだろうが、われわれのことは忘れ去られる。そういうことは歴史の欄外にあり、データベースのなかに埋もれてしまう。きみのことも、おれのことも、誰も思い出さない」

マーテルは肩をすくめ、ロブを見た。

「何かをするのは、そのためですか？　歴史に残るためですか？」

「いや。自分のため、自分が大切に思う人々やものごとのためだ」

「じゃあ、何が問題なんです？」

「自分のしたことは重要なことだったと思いたいんだ」と、ロブ。

もういちどマーテルは肩をすくめた。

「大尉のすることは重要だという点で、わたしたちは意見が一致したと思っていました。でも、したことの重要性と大尉の存在が記憶されることとは、まったく別の話だと思います」

「きみはなんとも思わないのか？」と、ロブ。

マーテルはかすかに笑った。

「大尉、わたしは地球から来ました。長い時をへた場所です。無数の男女が行き来し、みな自分のしるしを残してゆきます。新旧の遺跡、地形の変更、消し去られる種属、保存される種属、数千年をへた構造物。そういったものから、ものの見かたが学べるでしょう。多くの名前は忘れ去られます。でも、その人たちがしたことは、地球という存在に寄与します。そのことに文句を言っても無意味です。ものごとは、そうなっているのですから。何かもっと違ったものがほしいのでしたら、先祖の働きに対し畏敬《いけい》の念を示せばいいのです。これは、あらゆる場所で行なわれています」

「そうしたことは、アルファル星系以外ではあまり行なわれていないと思っていた」と、ロブ。「旧地球に思いをはせる。われわれがやってきた場所、われわれの先祖について考えるんだ」

「グレンリオンでは、どこででも行なわれているようです」と、マーテル。「地球のいくつかの集団のあいだでも、そういった信仰の形はつねに存在しますが、新しいコロニーでは、大勢のあいだに広まっています。過去や地球や先祖に対して感謝の念を捧げ、あらゆるものに不案内な場所にいるわれわれのことを、先祖が守ってくれるよう祈るんです。これは一時的な流行かもしれませんが、だからといって、単なる流行にすぎないとは言えません。死とは決定的な終焉でしょうか？　それとも、新たな始まりでしょうか？　その答えは、まだわれわれにはわかりません。わかる日は来ないかもしれません」

ロブはにやりと笑った。なぜか気分はよくなっていた。

「誰もが、いつかその答えを知るだろう。まだ不死についてのはっきりした考えがないとしても、地平線に見えはじめてから、もう何世紀にもなるんじゃないか？」

マーテルは笑みを返した。

「地平線とは何か知っていますか？　近づくと遠ざかる幻の線です」

「ありがとう、マーテル。本物のプロといろいろな問題について議論ができて、本当に感謝している」

「あなたも本物のプロですよ、大尉」マーテルは厳粛な面持ちで敬礼した。「忘れないでください」

スカザ星系からの貨物船は、完全武装の部隊を詰めこんだトロイの木馬ではないか……部隊を〈スコール〉に乗艇させて奪い返すつもりではないのか……。ロブはそのような不安を抱きながら、貨物船からわずか一光秒以内の位置に〈スコール〉を移動させ、二隻とベクトルを一致させた。どれだけ充分な訓練を積み、多くの装備を整えていたとしても、三十万キロもの宇宙空間をジャンプして移動しようとする兵士はいない。

スカザ星系による〈スコール〉をねらったハッキングの可能性も不安視していたロブは、艇のシステムを守るためにニンジャがインストールしたファイアウォールをチェックしつづけた。

「ハッキングしようとしています」と、マーテル。「しかし、こちらのファイアウォールが防いでいます。ニンジャが用意してくれたものは強固です」

「だが、ニンジャが送ってきた自動侵入ルーチンは、まだ相手のシステムに入る道を見つけていない」と、ロブ。

考えてみると奇妙だった——表面上は、一隻の警備艇と二隻の貨物船が宇宙空間を疾走しているだけだが、人間の目には見えないレベルでは光速での戦いが行なわれているのだ。双方の信号コードや放射線がぶつかり合い、信号コードが損傷したり、敵のシステムに侵入しようとして失敗したりと、目に見える被害はないものの、戦いに負けた側はやはり、つらい思いをすることになる。

「どうやら引き分けのようですね」と、ドレイク・ポーター。ロブの考えを言葉にした。

「巨大権力的にやってみよう」と、ロブ。細心の注意を払って〝責任者はわたしだ〟という態度をとると、指揮官らしい口調——マーテルに指摘されるまで自分が身につけているとは気づかなかった——を使うことに過剰に意識を向けないようにした。「スカザ星系から来た船に告ぐ。こちらはグレンリオン星系艦隊の警備艇〈スコール〉のロバート・ギアリー大尉だ。きみたちは、グレンリオン政府が所有および統治する宙域にいる。ただちにこの星系に来た意図を明らかにし、本艇が調査できるよう自動システムを開放せよ。また、運んでいる積荷を調べるための査察団を乗船させる意思を示せ。指示どおりの返事ができない場合は、ベクトルを変更してスカザ星系に戻るよう要求する」

貨物船と〈スコール〉は一光秒しか離れていない。返信にかかるタイムラグはほとんどないはずだ。だが、数分が過ぎても返事はなかった。

「どうしますか？」と、ポーター。

ロブはマーテルと視線を交《か》わした。マーテルは両手を開き、お手上げを示す古いしぐさをした。

要求を繰り返すこともできる。だが、そんなことをすれば、スカザ星系から来た貨物船から返事をもらえない自分の無能さを強調するだけだろう。もっと脅威のレベルを上げて要求を行なうこともできるが、そうするには貨物船を攻撃すると脅すしかない。そして、また無視されるようなら、脅しは通用しないことになる。ロブ自身がばつの悪い思いをするのはさておき、グレンリオンは口先だけだという印象を敵に与えてしまい、将来、さらなる問題に発展しかねない。

できることはひとつだけだ。

「評議会からの指示を考えると」ロブは、ポーターをはじめとするブリッジ・クルーに言った。「おれができるのは、あの貨物船を脅すための許可を要求することだけだ」

「パルス砲のパワーを充塡し、一隻に照準を合わせてみますか?」と、ポーター。

ロブがマーテルを見ると、マーテルは、ほとんどわからないぐらい、かすかに首を振った。マーテルの意見は明らかだ。だが、それをはっきり声に出して言うほどうかつではない。

それでも、ポーターの提案は魅力的だ。実際にやったとしても、表面的には評議会の指示には反しないだろう。

しかし、指示の精神には反する。反していないふりはできない。

「ダメだ」ロブはポーターに言った。「命令は明確だ。別の手を打つ許可を与えてくれるよう、評議会に要求する」

「われわれが何をしたとしても、それは評議会が目にするずっと前に終わっています」と、ポーター。

「これは議論するようなことではない」と、ロブ。決意は固かった。「ポーター、政府からするなと言われているのに、自分たちが好きなようになんでもできると考えるのなら、致命的な悪をグレンリオンにもたらすことになる。政府はわれわれに武器と同時に責任を与え、われわれは命令にしたがう。これはバカバカしく思えるかもしれないが、われわれが政府の命令を無視して軍の伝統を打ち立てたときに起こることより、ずっと好ましいのだ。命令無視が導く未来へ、われわれは誰も行きたいとは思わない」

ロブはクルーを見ながら反応を待った。一人、また一人と、クルーがうなずきはじめた。マーテルもうなずき、笑みを浮かべた。

これでいい――ロブは自分を慰めつつ、評議会へのメッセージを作成するために自室へ向かった。たしかに、まだ貨物船をインターセプトできていない。だが、いつかもっと大きなダメージを与える恐れのある何かは食い止められた。

「こちらが送ったメッセージに、貨物船は返信してきません。自分たちのシステムにアクセスを許可してわれわれの査察を受け入れよという要求にも、ジャンプ点に引き返してこの星系を離れろという指示にも、返信してきません。二隻に対処するためのさらなる選択肢をいただけなければ、二隻が惑星に到達するのを阻止することはできません。評議会からの現在の命令では、貨物船の積荷、その任務内容、グレンリオン星系の住民にとって脅威となるものを載せているかどうかをつきとめたくても、その方法がありません。こちらの要求を強要するために、貨物船を威嚇《いかく》攻撃する権限をいただきたいのです。攻撃の許可がいただければ、乗船人員への危険は最小になるようにしながら、メイン推進装置などの機器に損傷を与えるよう、照準を合わせることができます。繰り返しますが、現在われわれの受けている命令では、惑星に向かうスカザ星系の貨物船を阻止することはできませんし、惑星に到達する前に、二隻がどのような人々や荷物を運んでいるかも判定できません。また、評議員のかたがたに思い出していただきたいのですが、われわれのもっとも詳細な情報によれば、スカザ星系は、政府の自由になる大規模な陸上軍を有しています。それに対し、グレンリオンには、敵対的な兵士が惑星に降下してきた場合に対処する効果的手段はありません。ギアリーより、以上」

ロブは、とにかく明確な表現になるようにした。これが精一杯だ。

今回、返事が届いたのは、ほぼ丸一日が過ぎてからだった。そのあいだ、三隻は、〇・〇二光速──時速二千百万キロ──の速度で惑星に向かいつづけ、クルーと同様にロブも、いっそう不安といらだちを募《つの》らせた。

ロブが驚いたことに、今回、返事を送ってきたのは、リー・カマガン評議員だった。表情は曇っていて、その声と同様に厳しかった。

「ギアリー大尉、われわれは、あなたがたの懸念と依頼とその背景となる理由を理解しました。しかしながら、スカザ星系の民間船に対する攻撃の権限は与えられません。民間船を武力で威嚇する行為は許可しません。グレンリオン星系は、争いの原因であると思われたり、攻撃的な反応をしたとみなされたりするわけにはいかないのです。評議会はスカザ星系を信用しておらず、その意図について懸念を抱いていますが、スカザ星系が支配宙域拡大のために、われわれに対する侵略的行為を考えているのなら、孤立しているわけにはいきません。ほかの星系から支援を得ようとするなら、われわれが攻撃を受けており、そのような攻撃を誘発する行為をしていないことを明らかにする必要があります。大尉、必要であれば、こちらが先制攻撃を受けてください。そうすれば、われわれが反撃しても、ほかに選択肢がなかったのは明らかですから。どのような任務を要求されても対処できるよう、大尉が〈スコール〉を整えていてくれると、われわれは確信しています。カマガンより、以上」

ロブは椅子の背にもたれ、天井を仰いだ。

「上等じゃないか。先制攻撃を受けてやるよ」問題は、どこでどうやって攻撃を受けるかだ。評議会も、ちゃんとわかっているらしいな——ロブは気づいた。スカザ星系が何を攻撃するにしろ、それは〈スコール〉ではないだろう。あの貨物船に、そんなことができる手段があるようには見えない。代わりに攻撃を受けるのは惑星であり、評議会自身だ。

「先制攻撃を受けるのは評議員たちということだよな？」ロブはメッセージをマーテルに見せてから、たずねた。

「ええ」と、マーテル。感心した表情でうなずいた。「攻撃されるまでは、するべきことに同意できないからかもしれませんが、スカザ星系がねらっているのは惑星だと知っているはずです。そうでなければ、あの大型貨物シャトルの説明がつきません」

「カマガン評議員が険しい顔をしているのは、そのせいだろうか？」

「かもしれません」マーテルはロブに向かって首を振った。「ですが、どの言葉も本気で言っているのだと、大尉に知ってもらいたかったのかもしれません。厳しい態度を見せなければ、あのような命令にしたがわなくてもいいという言外の意味があるのだと、大尉が解釈しかねない――そう受け取る評議員もいるはずですから」

「ありうるな」と、ロブ。「評議員たちは、おれのことをよく知らない。だから、危険をおかしたくないという気持ちは理解できる。それに、スカザ星系の連中は、この駆け引き全体をとても狡猾《こうかつ》に進めている。スカザ星系が、われわれによる〈スコール〉の拿捕に反応し、すぐさま戦闘艦を送りこんで攻撃させていたら、自分たちが侵略者であることを否定できなかっただろう。連中はそうする代わりに民間船を送ってきた。こちらが攻撃すれば、戦争を始めたのは、われわれだとみなされるからな」ある考えがロブの頭に浮かんだ。「連中は貨物船に非戦闘員を乗せたんだろうか？」

「民間人をですか？」マーテルは眉をひそめて考えこんだ。「少なくとも、どちらかの船に、子供を含む家族が乗っている可能性はあります」

「だが、それをわれわれが知るすべはない」ロブはすわったまま一瞬、思案すると、顔をあげて、ふたたびマーテルを見た。「あの貨物船が部隊を運んでいて、部隊がグレンリオンに降下してきたら、われわれの造り上げたひとつしかない都市を簡単に占領できるだろう。警察では兵士たちを阻止できない」

「はい。それで、どうなるんでしょう？」

「カマガン評議員は、どんな任務を要求されても対処できるよう〈スコール〉を整えておいてほしいと言った」と、ロブ。「われわれの都市が攻撃され奪われたら、ほかのコロニーはまず間違いなく何か行動を起こす。だが、それは、スカザ星系が足場を固める前に、その話を耳にした場合だ」

マーテルは話を理解してうなずいた。

「この話をほかの星系に伝えることが大尉の任務になるのですね。でも、スカザ星系は、こちらがそうするだろうと気づいているはずです」

すると、あの貨物船は、〈スコール〉を倒すための何かを備えているということになる。だが、いったい、何を備えているんだ？

6

「貨物船はシャトルに荷を積みこんでいるようです。積荷の中身は不明です」と、ロブ。

〈スコール〉は、スカザ星系からの二隻の貨物船の監視を続けていた。その下では、青と白と茶と緑の惑星グレンリオンがゆっくりと移動している。〈スコール〉はそのような監視を行なうため、貨物船が軌道上にいるあいだ、さらに大きく二隻に接近しなくてはならなかった。今は約五十キロしか離れていない。

「貨物船がどこに着陸するつもりか、わかりますか？」と、リー・カマガン評議員。

「現時点で知る方法はありません。この軌道からは、惑星上の多くの場所へ行けます。除外できるのは、北極と南極の一帯ぐらいです。シャトルが射出されれば、着陸するおおよその区域が予測できるようになると思います。しかし、射出されるまでは予測もできません」

「ニンジャは、貨物船のシステムをハッキングするチャンスがまだつかめないと言っています。準備は万全ですか？」と、カマガン。

「できるかぎりのことはしています。武器の用意はできています」と、ロブ。

「評議員の半数は市内にとどまるよう言われています。残りのメンバーは、市外の三カ所に分散しました。最初のシャトルから降りてきた者たちに都市が侵略された場合、誰かが大尉と連絡をとり、シャトルが軌道に戻るときに破壊するよう許可を出せると思います」

「スカザ側が評議会からの信号を妨害した場合は？」と、ロブ。「あの貨物船は、そういうことのできる機器を密かに積んでいるかもしれません」

カマガンがしばらくしてから答えた。

「大尉の最善の判断にまかせます。現時点まで、大尉は、ご自分に与えられた指示の精神と字句にしたがってきました。ですから、大尉は、評議会の意思だとご自身が考えるものに反する行ないはしないと、わたしは固く信じています」

よい行ないが報われることもあるらしい。あるいは、少なくとも認められるときが。

「わかりました」と、ロブ。「おまかせください。この軌道上にいるわれわれ全員でグレンリオンを守ります。しかし、まだ貨物船が〈スコール〉を無力化する手段を持っているのではないかと案じています。相手はこの艇を片づけたいと望むはずですから」

「それがどのような手段かわかりますか？」

「いいえ」と、ロブ。「このあいだ、われわれがこの艇に対してやったように、こちらのシステムをハッキングするつもりではないかということぐらいです。しかし、ニンジャのファイアウォールが防いでくれています」

「大尉の言うとおりであることを祈りましょう」と、カマガン。

カマガンの顔が消えると同時に、作戦監視ステーションのダニエル・マーテルが声を張り上げた。

「貨物船がふたたび軌道を変えています！」

ロブは顔をしかめ、画面を見た。スカザ星系からの貨物船が、スラスターとメイン推進装置を使い、もっと高い軌道へと少しずつ位置を変えながら惑星の赤道へ迫っている。

「二隻が惑星に到達してから、これで三度目だ。何をしているんだ？」

「わかりません」と、マーテル。「でも、貨物船に合わせて位置を自動的に保つよう戦術システムを設定できるので、相手が軌道を変えるたびにシステムに命令を出す必要はありません」

「わかっている」と、ロブ。「アルファル星系の戦闘艦にも同じ機能があった」だが、ロブは、戦術システムを自動にするメニューを出すと、ふたたび眉をひそめて考えた。スカザ側もこうした機能は知っている。それなのに、なぜ、あんなふうに動きまわっているんだ？〈スコール〉がなんの苦もなく自分たちの軌道変更に合わせられると気づいているはずだ。

ロブは選択メニューを見た。理由もなく、ますます落ち着かない気分になり、やがて〝相対的位置を自動的に保つが、許可の要求が必要〟を選択した。こうすると余分な手間がかかって時間をとられるが、なぜかこのほうがいい選択だと感じられた。

「許可の手順は必要ないと思いますが」自分の画面に表示された設定変更を見て、マーテルが言った。「このシステムは信用できます」

「わかっている」と、ロブ。

マーテルはロブに当惑した顔を向けたが、肩をすくめて、ふたたび自分の画面を見つめた。

十五分後、貨物船はまたもや軌道を変えた。今回は、少し低い軌道に移動して極地に向かっている。ロブは、許可を求めてすぐに画面に現われた自動化された手続きをにらんだ。再判断を迫られて、いらだっている。単純な軌道変更だ。貨物船に向かってすばやく方向転換したら少し低い軌道に移動し、今までと同じ位置を保てばいい。その許可に悩む必要はない。だが、設定を完全自動に変更しようと手を伸ばしたロブは、代わりに承認コマンドをタップしていた。

〈スコール〉は曲線を描いて向きを変え、低い軌道へ移動した。

〈スコール〉が新しい軌道に落ち着くと、ロブはこぶしを作って艇長席の片方の肘かけを軽く叩いた。

「なぜ、こんな動きをしているんだ？」ロブは声に出して言った。

「われわれを翻弄《ほんろう》しているんです」と、ドレイク・ポーター。

「ああ、しかし、なんのために？　翻弄するつもりなら、もっとわれわれが悩むような動きをするはずだ。この艇は自分たちの動きに合わせて自動的に位置を調整できると知っているのだから」

「そこが気になるのですか？」と、ポーター。

「そうだ。その理由を知りたい」ロブはマーテルを見た。「貨物船があんな動きをする理由が理解できない」

マーテルは首を振った。

「自分たちの目的にかなう行為をさせるためには、われわれに貨物船を追いかけさせる必要があると考えているということでしょうか。それとも、自分たちを追いかけさせて楽しんでいるのかもしれません。自分たちの勝手な振る舞いを止められないわれわれの無能ぶりを、はっきり示せるからです」

ロブは椅子の背にもたれ、画面をにらんだ。

五分後、新たな警報が鳴り、ロブの画面上のシャトルを示す複数のアイコンが、貨物船から離れていった。

「シャトルが射出されました。ベクトルはまだ判明しません。判明したらすぐにお知らせします……貨物船が、また軌道を変えています」と、マーテル。

ロブは目を閉じて五つ数え、不可解な動きをする貨物船を頭から追い出した。今はシャトルに考えを集中しなければならない。

目を開けたとき、〈スコール〉の動きを提案する自動戦術策が表示された。ロブは腹を立てながら、承認しようと手を伸ばした。

ロブは動きを止めた。

宇宙空間に弧を描きながら次の軌道へ向かう針路を見て、何かを感じた。なんだ？

「大尉？」と、マーテル。

「待て」何が引っかかるんだ？――ロブは宇宙空間に伸びる提案された針路を見つめ、答えを探そうとした。びびっているだけか？　貨物船とシャトルの両方に注意を向けなければならない難しい局面に直面して、おれは身動きできなくなっているのか？

ロブは自己の不安にあらがって、戦術策を承認した。

おれは指揮官なんだ――ロブは思った。〈スコール〉が軌道を変えはじめた。恐怖に屈するわけにはいかない。〈スコール〉に貨物船を追わせなければ――。

マーテルは、さっきなんと言った？――〝貨物船は、われわれに自分たちを追いかけさせています〟。

ロブは、カーブを描く〈スコール〉の予定針路を見つめた。今回の針路は、シャトルの射出時に貨物船がいた軌道位置をまっすぐにつらぬいていた。

気づいたときには、手を伸ばしてメイン推進装置に命令を出すキーを叩いていた。メイン推進装置がいきなりフル稼働したせいで〈スコール〉が跳《は》ね上がり、艇内の全クルーがよろめいた。

「なんなの？」マーテルはあえぎながら画面を見つめると、驚いてロブを見た。

宇宙空間でそのようにメイン推進装置を急激に動かせば、艇のベクトルが変わって針路のカーブがゆるくなっただろう。だが、軌道上では、その法則は変わってくる。加速によって〈スコール〉は上昇する――より速く前に押し出されながら、より高い軌道に跳ね上がるのだ。スカザ星系からの貨物船がいた位置を通過するはずだった〈スコール〉の予定針路は、弧を描いて上へ向かい、その軌道位置の上を通過した。

〈スコール〉は軌道に入ってもまだ加速と上昇を続け、さらにその針路より高い位置に跳ね上がった。さきほどまで貨物船がいた軌道位置をいっきに通過したとき、警報が鳴り響いた。

「何かが爆発しました！」マーテルが叫んだ。「われわれは危険地帯にいると、戦闘システムは判断しています！」

破片や衝撃波が艇尾や底部のシールドに当たって〈スコール〉が振動し、ふたたび安定した。

ロブはふたたびサッと動き、メイン推進装置を切って深呼吸した。

「何が起こったんです？」と、ポーター。その口調には恐怖が感じられた。

マーテルがロブを見つめながら答えた。

「少なくとも、ひとつは機雷があったということね。貨物船はその発着ドックから、シャトルを射出すると同時にステルス仕様の機雷をいくつか投射したんだわ。なぜ、わかったんですか？」マーテルはロブにたずねた。

「わかったわけじゃない。ただ……連中が、われわれに自分たちを追わせたがっていることに気づいたんだ」と、ロブ。

「それで、その理由を考えたんですね？　あのまま、あのベクトルで進んでいたら、〈スコール〉はひどい損傷を受けたか、大破していました」

「充分な距離がありましたし、爆発地点から離れようとしていたので、シールドが持ちこたえました。艇に被害は出ていません」と、ポーター。

　ロブはうなずきながら思った——自分の勘を信じてよかった。全員が喜びと驚きの入り混じる表情で自分を見ていることに、少しずつ気づきはじめた。しかし、スカザ星系のシャトルは、まだ惑星をめざして進んでいた。

「全員、仕事に戻れ！　あのシャトルの向かう先をつきとめ、交戦命令が出たら実行できるよう、ふたたび貨物船に接近しろ！」

「なぜ、攻撃できないんです？　連中はわれわれを攻撃したんですよ！　この艇を破壊しようとしました！」と、ポーター。

「連中がやったという証拠がない」と、ロブ。「それに、あの貨物船と交戦する権限をおれに与える指示は出ていないんだ！」激しくなった呼吸を整えようとしながら、通信コントロール・ボタンに触れた。「〈スコール〉はもう少しで機雷源に誘いこまれるところでした」評議会に報告した。「シャトルを射出したときに、貨物船が機雷をばらまいたに違いありません。しかし、いまのところ、その証拠はありません。これまでシャトルについてわかっているのは、北半球の中緯度地方のどこかを着陸地としてめざしているということだけです」

　返事を待つあいだ、もういちど貨物船に接近するための新たなベクトルに向かおうと、〈スコール〉が慎重に回頭した。そのとき、さきほどの爆発地点付近でさらに三度、爆発が起こり、ロブの画面で赤い危険マーカーが光った。

「証拠を破壊したんだわ。われわれが、もうそこを通って戻ることはないと知って」と、マーテル。

「連中はどんな予備の武器を持っていると思う?」ロブはマーテルにたずねた。「機雷での攻撃が失敗したときのために、別の武器を用意しているはずだ」

「わかりません。その種のことは、わたしより大尉のほうがよほど詳しいと思います」と、マーテル。

ロブは驚いて目をしばたたいた。おれは地球艦隊で訓練を受けた士官に一目《いちもく》置かれているのか?

「さらに機雷を投射するかどうか、見て確認できるか?」

「はい。シャトルを射出したときのように、どこかを開放する必要があります。機雷自体はステルス仕様で、こちらのシステムをだませるほどのレベルですが、機雷が放出されるところは確認できるはずです」

「よし」

「評議会からメッセージです!」ポーターが声を張り上げた。

ロブが画面に表示すると、今回はチザム評議会議長の顔が現われた。まだ自分の執務室にいる。チザムも、スカザ星系による攻撃を受ける可能性に直面しながら都市にとどまっている人々の一人だった。ロブのチザムに対する評価が、いくらか上がった。

「ギアリー大尉、貨物船を攻撃しましたか?」

「いいえ」

「現在、貨物船は何をしていますか?」

「軌道にとどまっています」と、ロブ。攻撃が失敗したのになぜ、貨物船は逃げだそうとしないんだろう？　少なくとも二隻が別行動をとれば、〈スコール〉は攻撃するのが難しくなる。それなのに、それさえしないとはどういう——ロブはハッとした。

「おれに攻撃させようとしているのか」

「そうです」と、チザム。「挑発しているのです。まだ、われわれに先制攻撃をさせようとしているんです。最初に侵略的行為をするのはスカザ星系でなければなりません、ギアリー大尉。敵対行為を始めたのは誰か、はっきりさせる必要があります。そして、スカザ側が最悪のことをしたあとで、どれだけ重大なミスをおかしたのか、思い知らせるのです」

ロブが返事をする前に、マーテルが声を張り上げた。

「シャトルの着陸予想地点がわかりました！」

ロブは目の前に地図の映像が現われると、その映像を評議会のメンバーたちにも送った。

「シャトルはもうひとつの北半球の大陸に向かっています」

「その着陸地点に向かいなさい！　あのシャトルが何を降ろすのかを確認するために、なるべく鮮明な頭上からの映像が必要です！」と、チザム。

「ただちに向かいます」と、ロブ。

〈スコール〉はふたたび軌道を変えた。下方へ向かいながら貨物船から離れはじめたとき、ニンジャから通信が入った。

ニンジャはロブをにらみつけた。

「まだ生きてるみたいね？」

「ニンジャ、今はちょっと――」

「シャトルと貨物船は、まだおとなしくしてるわ。まだハッキングできない。でも、〈スコール〉をハッキングするために送りこんできたものがあって、それを見てたの。なかなか大したものよ」

ロブは画面上の〈スコール〉と二機のシャトルのルートから目を離し、ニンジャに警戒する目を向けた。

「われわれは危険な状態にあるのか？」

「違うわ！」と、ニンジャ。屈辱を感じている口調だ。「あたしがインストールしたファイアウォールは、もっとずっと強力なものにも対抗できるわ。でも標準的なファイアウォールだったら、ハッキングされてたでしょうね。あたしたちがアルファル星系を離れる直前に発売されてたものでも防げなかったと思う。スカザ星系はおカネを払って優秀なプログラマー《コードモンキー》を雇ったみたいね」

「じゃあ、スカザ星系は、われわれのシステムに対する遠隔攻撃が成功すると思っていたということか？」と、ロブ。

「そうよ」ニンジャは問いつめるように目を細めてロブを見た。「で？」

「もう知っているだろうが、連中は機雷でわれわれを攻撃しようとした。艇がバラバラになるところだった。それで、連中の予備の武器はなんだろうとずっと考えていたんだ」ロブは説明を始めた。「でも、きみがいま言ったことを考えると、機雷が予備の攻撃用武器だったんだろう。スカザ側は〈スコール〉を傷つけずに奪還したいと思っている。奪還が失敗した場合に備え、乱暴なやりかたでわれわれを排除する準備をしていたんだ」

「ふんふん。そうね。そのとおりかも」ニンジャは両手で顔をこすった。「シャトルが着地するとき、連中は通信する必要に迫られるかもしれない。シャトルと貨物船とのあいだで交《か》わされる信号で〈スコール〉が傍受できたものすべてを、あたしが手に入れることはできる?」

「ポーター」と、ロブ。「われわれが傍受した信号にニンジャがアクセスできるよう設定できるか?」

「ええと、そうですね……」と、ポーター。「数分ください。できるかやってみます」

「今できるようにしている」ロブはニンジャに言った。「もう、状況監視に戻らなければならない」

ニンジャの顔が消え、一瞬で軌道の映像に切り替わった。

「シャトルが向かっている着陸地点を特定できたようです。大幅な針路変更がなければ、ここがシャトルの目標地点です」と、マーテル。

ロブは目を細めて映像を見た。

「海に流れこむ大きな川のある開けた平野か。毎度おなじみの地形だな」

「われわれが最初に造成した都市の地形に酷似していますね」ポーターは驚いた表情を浮か

べた。「ちょっと待ってください」自分の個人用データ・パッドを取り出すと、何かを確かめた。「ああ、やっぱり。そっくりなはずです。評議会が、将来の都市の建設用地として目をつけている場所ですよ」

「われわれの計画は不測の事態に見舞われたようだな」と、ロブ。うんざりした気分だった。「大型貨物シャトルに、大量の装備と人を運べる貨物船……。そして、都市建設に絶好の立地である着地地点か。このようなものから何が見えてくる？」

「そんなこと、許されない！」と、ポーター。我慢できない様子だ。「違法行為ですよ！」

「しかし、行なおうとしている。われわれの惑星に自分たちのコロニーを造るつもりだ」と、ロブ。

最初のシャトルが着陸するのと同時に、〈スコール〉は上方からの監視に適した場所にたどりついた。地上の映像は介在する大気によって多少かすんでいて、細部はそれほど鮮明ではない。だが、男と女と子供が、丈の低い草におおわれた地面を移動しているのはわかった。

「家族です。シャトルを攻撃していたら、子供を殺していました」と、マーテル。

二番目のシャトルが着陸し、建築資材が次々と運び出された。さらなる家族も資材も、かつてロブたちがこのグレンリオンにやってきたときとよく似ていた。

「もう干渉してもいいんですよね？」と、ポーター。「何か手を打つ必要が――」言葉を切り、不安げな顔になった。「われわれは何ができるんでしょう？　警察は……あそこに降り立った人々は、すでにこちらの警官の数を超えています」

「大尉」と、マーテル。「もし、まだなのであれば、評議会はスパイを探しはじめたほうがいいと思います。スカザ星系は、グレンリオンの防衛の実態について、非常によく把握しているようですから」

「ごく一部の実態だ」と、ロブ。だが、認めないわけにはいかなかった。スカザ側の行動は、どれもグレンリオンの内部情報に基づいている。「情報を流しているのが誰だとしても、非常に高い地位についていたり、最新情報を持っていたりはしないはずだ。ファイアウォールを突破するのは無理だとは考えていなかったようだからな。つまり、ニンジャの仕事については、あまりよくわかっていなかったということだ。だが、たしかに連中は、すぐさま現われて新しいコロニー建設に待ったをかけるような組織はここにはないと、知っていた。それでも、そういう情報ならアルファァル星系から入手できただろう。われわれのコロニーが何を持ってきたかを知るだけでいいからな。そして、それは情報源を開示している契約をしらみつぶしに調べればいいだけのことだ」

五分後、すぐにまた評議会が通信してきた。チザムは、激しい怒りを隠そうともしていなかった。背後の叫び声から、評議員の多くが同じ気持ちだということは明らかだ。

「離陸するときに、シャトルを機能不全にさせられませんか？」

ロブがマーテルをちらっと見ると、マーテルは肩をすくめた。ロブはチザムに向かって首を振った。

「不可能ではないでしょうが、ブドウ弾は使えません。ブドウ弾はいくつもの小弾をひとつにまとめたもので、ねらいどおりにダメージを与えるのが困難です。パルス粒子ビームは理論上、シャトルのメイン・エンジンだけを破壊できます。しかし、あの大型貨物シャトルでさえ、艦船に比べれば小さいのです。内外のいたるところに重要な機器が設置されており、粒子ビームは停止しない——厚くて貫通できないものに衝突するまで、あるいはエネルギーが絶えるまで止まりません。シャトルをねらった攻撃が、目標ではない重要設備や、乗船者に当たらないとは、約束できません」

「貨物船に戻るシャトルに乗船者はいないのでしょう？」と、チザム。

「わかりません」と、ロブ。「スカザ側は、これまで非常に抜け目なくものごとを進めてきています。惑星上で自分たちがやっていることを隠そうとする様子もありません。つまり、これは——」

「何組かの家族がシャトルに戻ってゆきます」と、マーテル。

「思ったとおりだ」と、ロブ。「たしかにシャトルはふたたび離陸の準備をしています。スカザ星系のシャトルは、子供も含めた民間人をつねに乗せています。惑星にやってくるときも、離れるときも」

またしてもチザムの背後で大声が飛び交った。チザムはロブの話を聞き、歯を食いしばっている。

「大尉のわかる範囲でかまいません。われわれにあのシャトルを攻撃する法的権利があると思いますか？」

「こちらが警告しても相手がしたがわないのであれば、その権利はあります」と、ロブ。

「しかし、そのあとでどこかに助けを求めた場合、法的な観点を議論することになるでしょう。そうすると、スカザ星系は――」

「死亡した子供の死体を提示するでしょうね。わかりました。何かをするより、何もしないほうがましなようですね」と、チザム。

ロブはその考えに与《くみ》したくはなかった。そもそも〈スコール〉のような軍事的資源を持つ目的は、このような事態に対処するためじゃないのか？

だが、その考えにある正しさも認めないわけにはいかない。〈スコール〉とその武器は、いわば金槌《かなづち》だ。だが、おれたちが直面する問題は釘のように単純なものではない。

「現時点では、そうするのが正しいと思います、チザム議長」

「引きつづきスカザの連中の動きを監視し、指示を待つように！」チザムはそうロブに命じ、通信を切った。

ロブは椅子の背にもたれ、ブリッジを見まわした。

「われわれは指示が出るまで待機することになった。しばらく、この状態が続くことになりそうだ」

「スカザ星系のシャトルがわれわれの惑星に次々と荷を降ろすのを見ながら、じっと待機しているのはつらいでしょうね」と、ポーター。

「わかっている」

「惑星上に、地上での事態に対処する方法を知る者はいるんでしょうか?」

ロブは首を横に振った。

「おれが知るかぎりではいないな。〈スコール〉を拿捕《だほ》するためのチームをまとめる退役兵を探したとき、陸上軍の経験を持つ者は皆無だった。スカザ星系の貨物船が現われる直前に、ここを離れたあの貨客船は、数百人の新参者を降ろしていった。ひょっとすると、そのなかに、地上での作戦についての知識がある者がいるかもしれない。あれは旧コロニーから来た船だったか?」

「違うと思います。もともとはタニファ星系の船だったと思います」と、ポーター。


メレ・ダーシーはタニファ星系に長居はしなかった。具体的に何がどうとは言えなかったが、何か違う気がした。さらに宙域奥に向かう船にさっさと飛び乗ると、そのまま終点まで行った。

たどりついた場所は現在の人類宙域の果てのようで、設立されたばかりのコロニーでは、長期的にはチャンスは無限大ではあったが、短期的には限定的だった。残念ながら、長期的チャンスでは、食べ物とか雨風をしのぐ場所のようなすぐに必要となるものは、まかなえない。地元の警察部隊は定員に達していて募集はなく、かといってほかにつけそうな職は、どれもメレの仕事の技能とは釣り合っていないようだった。コロニーがとりまとめている航宙軍の原型のようなものにも当たってみたが、戦闘艦のクルーになった経験もなければ、そのような仕事を本気でやりたいと思っていたわけでもなかった。このコロニーは、陸上軍や宙兵隊の創設に興味はないようだ。実のところ、メレが興味を持っていたのは、軌道調査を強化するために行なわれる新しい惑星での地上探査に関する仕事だったが、人々の現在の注意は成長を続ける最初の都市の周辺に向けられていた。そのせいで、メレは、せっかくの高い技能を活用する場がなかった。

メレと一緒に到着した新たな移住者の一団の多くが仕事を探していたことも、追い打ちをかけた。そのうえ、さらに二隻の船がこの惑星に向かっているという噂も飛び交っており、メレの職探しはいっそう困難をきわめそうだった。その二隻の船には何か奇妙な気配がただよっていた。どういう人々でどこから来たかという政府からの具体的な情報が、なぜか、ないのだ。それでも、通りを行き交う人々は、誰もそんなことを気にしてはいないように見えた。

メレは、真新しいコーヒーショップでオンラインの求人情報を調べていた。エスプレッソ一杯で、もう一時間もねばっている。むっつりとした表情で、農場の仕事か建設現場か、どちらが採用してくれそうだろうと決めかねていると、店内に警戒報道が大音量で流れた。

その警戒報道には具体的情報がなく、そのせいで何か重大なことが起こっているような印象を与えた。

「これは正当な理由のない、あからさまな侵略行為です！」憤慨するアナウンサーが断言した。「二週間前にわれわれの星系にやってきた二隻の船が、スカザ星系から来たものであることが判明しました。ごく普通の貿易船を装って軌道に近づき、人々と資材を降ろしはじめました。われわれの惑星に別のコロニーを造るためです」一枚の地図が表示され、ある場所が拡大された。メレのいる都市から何千キロも離れた場所だ。スカザとかいう星系がその場所を選んだ理由が、メレにはよくわかった。面倒な反応をするであろうすでに存在するこの都市から充分に離れているし、侵略者によって占拠された大陸に、もともとあったコロニーが居住地を拡大しようとしてきても、あの場所なら阻止できるだろう。ほかにどんな利点があるにしろ、戦術的にも戦略的にも理にかなった場所だ。

「信頼できる筋《すじ》からの情報によれば」アナウンサーは話を続けた。「一週間以上前、われわれの戦闘艇である〈スコール〉がスカザ星系からの船をインターセプトしましたが、統治する評議会のみが知る理由で何も行動は起こしませんでした。情報筋によれば、〈スコール〉の指揮官は貨物船を阻止する許可を求めたものの却下され、われわれの惑星に護送するよう言われたとされています！　侵略行為は現在も続いており、〈スコール〉は何もしないよう指示されています」

憤慨したアナウンサーの話はまだ続きそうだったが、ドラマティックな音楽をともなった公式発表が割って入った。広いがほぼ装飾のない執務室にすわる一人の女性が、穏やかだが隠しきれない険《けん》のある口調で話しはじめた。

「わたしは評議会議長のチザムです。評議会を代表して話をしています。わたしたちもみなさんと同じように、法と個人の自由を無視したこの不当な行為にショックを受けています。

スカザ星系の支配者たちは、わたしたちだけに授けられたこの星系の、わたしたちだけに授けられたこの惑星に、自分たちのコロニーを造ろうとしているのです。このような挑発に対し、わたしたちは手をこまねいているつもりはありませんし、よその星系の行為にわたしたちの自由を限定させるつもりもありません。しかしながら、わたしたちがこの惑星に最初の都市を造り上げてから、まだあまり日数がたっていません。そのような時期にこの重大な脅威が訪れたため、行動方針を決める前に市民のみなさんの意見をなるべく多く聞きたいと評議会は考えました。

現地時間で本日の一四〇〇時に、グレンリオンの市民と評議会の緊急会議を開きます。この会議は、都市の南側にある新設の円形劇場で開かれます。全市民が出席でき、その場によるネットワーク等を介した参加も可能です。わかっているスカザ星系の行動、および、われわれの惑星に対する目に余る侵略行為に対処する方策について議論します」

メレは、冷めたエスプレッソをひとくち飲み、考えた――ひょっとすると、すぐに別の仕事が見つかるかもしれないわね。やっと、わたしの技能にお呼びがかかるかもしれない。

メレは会議に出向くことにした。

その円形劇場は、以前なら何百、あるいは何千人もの人々が何年もかけて築くような建築事業のひとつだった。数光年はなれた場所で製作された自動機械が、もともとは旧地球で考案された建築設計を使って、都市の南側の丘陵地帯の一部を削り、掘り返した土や岩を圧縮

・融合させて、だんだんとせり上がってゆく何列もの座席にした。だが、データを利用するネットワークのほとんどは未整備でまだ敷設されていなかったため、円形劇場は、スピーカーシステムや、議論に貢献したい人のところへ向かうドローンといった大昔の代替装置にまだ頼っていた。メレは、高校で習った歴史の記憶をかき集めながら考えた――ギリシャや中国やニューヨークなどの古代の場所での集会は、こんな感じだったに違いない。発言するときには、実際に歩いてマイクの近くまで行く必要があったのだろう。

仮想三次元プログラムや機器類も、足りないものがあったり未調整だったりし、そうした設備にはまだいろいろな不具合があることが多かった。そのため、別の場所で会議に参加している人々は、二台の大型表示スクリーン――順次、切り替わってゆく映像がずらりと並んでいる――に自分の姿が映っていることだけでも、よしとしなければならなかった。技術は少々旧式に感じられたが、とりあえず目的は果たしていた。

するべき仕事もなかったので、メレは会議に出席する評議員たちがすわる演壇からそれほど遠くない場所をすばやく確保していた。軍にいたおかげで、待つのには慣れている。円形劇場の多くの席があとからやってきた者たちで埋まるあいだ、少し居眠りをした。

一四〇〇時が近づくと、あくびをして完全に目を覚まし、まわりの話に耳を澄ませた。人々は心配し、腹を立て、スカザ星系の最新の侵略行為についてどうすべきか――というか、よくあるように、自分以外の誰かがどうすべきか――を話し合っていた。多くの人が、なぜ〈スコール〉は何もしないのかと憤《いきどお》っていたが、それは〈スコール〉のせいなのか、それとも評議会のせいかという点になると、意見は分かれるようだった。

一四〇〇時を二十分過ぎたとき、ようやく評議員たちが壇上にぞろぞろと現われ、聴衆の拍手や野次に迎えられた。やがて静まると、チザム評議会議長が前に歩み出て、メレが数時間前にニュースで聞いたことと同じ内容を繰り返した。

「シャトルはまだ資材や設備を惑星に降ろしています」と、チザム。「どう見ても、自分たちのコロニーをここに造ろうとしているとしか思えません」

さまざまな叫び声があがった。

「あってはならないことだ！」

「すでにやっているんだぞ」

「どうすればいいんだ？」

「通報しろ……知らせるんだ……これは、どこに連絡すればいいんだ？」

「なぜ、グレンリオンの警備艇はシャトルを阻止しなかったんだ？」誰かがどなった。「あの警備艇を動かすために、われわれはカネを払ってるんじゃないのか？」

「警備艇側の話を聞こう！」大勢が口々に言った。

チザムの身ぶりで表示スクリーンのひとつが切り替わり、一人の男が映った。メレの目に映った男は、戦闘艇と思われる艇の席にすわっていた。

「臨時指揮官のロバート・ギアリー大尉です」と、チザム。

ロブは円形劇場を見わたした。

「現在、わたしは〈スコール〉に乗艦しています。この艇は、スカザ星系の者たちによって占拠された場所の上方の軌道にとどまっています。われわれは――」と、ロブ。

「なぜ、何もしないのですか？」

いっせいに出た質問が静まってから、ロブは話しはじめた。落ち着いた口調だ。

「われわれは評議会の指示にしたがっています。そうした指示に関する疑問であれば、評議会にたずねる必要があると思います。われわれは、評議会の指示に反する行動はとれません。監視するだけで攻撃はしてはならない、というのが、われわれに与えられた指示です」

この大尉は問題を本来の責任者である評議会に投げ返したわ――メレはにやりと笑った。評議員もしたたかだ。ほとんどの者が、自分以外の誰かが答えるべきだと思っているかのように、おたがいを見ている。

「評議会は大尉に助言を求めたんですか？」「大尉はどんな助言をしたんです？」ほかの聴衆たちが質問した。

ロブは、しばらくしてから答えた。

「わたしは評議会から助言を求められ、意見を述べました。その内容については、評議会の許可がなければ話せません」

怒りを帯びた不満げな声が円形劇場にあふれた。

やがて一人の評議員が立ち上がった。

「わたしは評議員のリー・カマガンといいます。ギアリー大尉は評議会に、スカザ星系のシャトルと交戦すれば、子供を含む民間人に死者が出るという重大な危険があると言いました。評議会はそのような行動をとることに同意するわけにはいきません。この点で反対するかたはいますか？　スカザ側は、大勢の丸腰の男女と子供が乗った船やシャトルをわれわれに攻撃させたかったのです。攻撃しているのはグレンリオンだと主張するためです。スカザ星系に対抗するため、われわれには支援が必要となります。しかし、スカザ側が非暴力的任務と主張するものにわれわれが攻撃を加えたとみなされれば、必要な支援は得られません」

「助けはどこから来るんです？」しかるべき質問があがった。「どこか別の星系が、われわれを助けてくれるんですか？」

「地球だ！」数百人が叫んだ。「旧地球だ！」

「地球は何もしてくれない！」また別の者たちが声を張り上げた。「自力でなんとかするしかない！」

メレは円形劇場内を移動する警官たちに気づいた。一人の聴衆が評議会に質問ができるよう、張り合って声をあげる者たちを静めている。

「われわれは誰に訴えるんですか？　このような件を、誰が対処してくれるんです？」

「われわれは」カマガンの声が円形劇場に響きわたった。「行動を起こすのは自分たちだけだと考える必要があります。近隣星系に援助を求め、また、いま声が上がったように、旧地球にも求めます。しかし、援助が来るという保証はありません」

「ちゃんと考えてから反応すべきです」ほかの質問者が主張した。「法律にのっとって対処する必要があります。この件について対処できる機会を旧地球に与えるべきです」

ここでようやく評議会議長のチザムがふたたび言葉を発した。

「わたしたちのメッセージが旧地球に届いて、わたしたちがその返事を受け取るまで、六カ月はかかるでしょう。しかも、それは、高速船を使ったうえに旧地球が迅速に対処してくれた場合です。しかし、高速船は料金を払って借りる必要がありますし、旧地球のすばやい対応を期待できる理由はありません。みなさんのなかには旧地球から直接ここに来られたかたもいるでしょう。どう思いますか？　旧地球はわれわれを助けるため部隊を送ってくれるでしょうか？」

劇場に沈黙が流れ、それはどんな言葉より雄弁にその質問の答えを物語っていた。

壇上にいた一人の男が立ち上がった。

「評議員のキムといいます。われわれに手をこまねいている余裕はありません。この惑星の土地に、スカザ星系は居住地を拡大しようとしているのです。そのすべてがグレンリオンのものである惑星にです！」

「自分たちのコロニーではないという理由だけで、あるコロニーを攻撃することはできません！」ほかの評議員が反論した。

ふたたび人々は口々に議論を始めた。今回は、壇上の評議員も円形劇場の聴衆も同じように意見をぶつけ合っている。

議論の嵐を破ったのはロブだった。原始的なスピーカーからロブの声がとどろいた。

「最後に来たシャトルから、何かこれまでとは違ったものが降ろされています。明らかに民間人である四百人以上がすでに上陸しており、同時に多くの土木建築用具も降ろされました。しかし、この最後にやってきたシャトルの積荷は、これまでのものとは異なっています。今、分析しているところです」

ロブの姿が消え、中継による軌道からの映像に切り替わった。男女が列を作ってシャトルから降りてくる場面だ。メレは、その動きややりとりを見て、ロブがまだ何も言わないうちに男女の正体を知り、運び出しているコンテナの種類を見分けた。軍の関係者が身につける通常の制服とまったく同様に、利用されていたそのコンテナにも、ある種の同質性があった。

「軍の人間よ」メレが叫んだ。「おそらく陸上軍だわ」

数人が振り返ってメレを見つめた。だがほとんどの者は軌道からの映像を注視したままだ。

「何人いるんです？」チザムが誰にともなくたずねた。

「百人ほどですね」と、ロブ。

「家族のなかに百人の兵士をまぎれこませるとは！」キムが吐き捨てるように言った。「自分たちの民間人、自分たちの子供を人間の盾として利用するとは！」

みな口々に何か言いはじめたが、カマガンが割って入った。

「すでにはっきりしたことがひとつあります。これはスカザ星系による単なる違法なコロニー建設ではありません。間違いなく侵略です」

「だが、スカザ星系は自衛のための兵士だと主張するだろう！」別の評議員が抗議した。

ほとんどの聴衆が、壇上で議論を再開した評議員たちに視線を移した。誰もがこの事態に呆然《ぼうぜん》としているようだ。軌道の映像から目を離さずにいたメレは、あるものを目にし、そのだいたいの正体をつかんだ。

「ちょっといいですか、ギアリー大尉！」メレは呼びかけた――あの大尉がまだ評議会と聴衆の話を聞いているといいけど。「今、シャトルから降ろされた積荷ですが、重砲ではありませんか？」

ロブは即答した。

「そうです。この艇のデータベースは、対軌道粒子ビーム用の主要設備であると判断しました。設備の組み立てが完了すれば、その上方や付近の軌道にいる艦船の脅威となります」

円形劇場の集団は、怒りの叫びをあげるというよりも、失望に息をのんだ。

「われわれの艇は危険な状態にあるのか？」と、オドム。

「いいえ」と、ロブ。「正しく組み立てて設置するにはしばらく――二週間はかかるでしょう。その設備が必要とするエネルギーを供給するために、地上のパワー・プラントも稼働させなければなりません。使用できる状態になっても、攻撃できるのは一定の軌道にいる目標だけです。しかし……ええ、たしかに、この警備艇をスカザ基地の上の軌道にとどめておけば、その武器の脅威にさらされます。それは、その武器の攻撃範囲にいるほかの艦船も同じです」

「つまり、そこに衛星は置けないということですね」と、カマガン。「侵略された場所で何が行なわれているのかをモニタリングするための軌道監視衛星は使えなくなります」

「侵略された場所だと単純には呼べない」と、オドム。不満げな口調だ。「あそこには家族もいる。子供の姿が見えただろう！」

「人間の盾です」キムは繰り返した。「単純な軌道からの攻撃によって、あの場所が一掃されないようにしているんです」

「軌道からの攻撃を選択肢として提案しているわけではないだろうな！」

「スカザ星系は具体的には何をするつもりだと思いますか？」と、キム。「ギアリー大尉！　われわれがスカザ星系から拿捕し、いま大尉が乗艦しているその艦には、軌道から爆撃できる能力があるのでしょう？」

「いいえ」と、ロブ。「警備艇は、そのような任務を考慮して設計されてはいません」

メレはキムを見た。キムは顔をしかめて黙りこんだが、やがて、ふたたび話しはじめた。

「しかし、スカザ星系が所有するほかの戦闘艦はどうです？　二隻の駆逐艦は？　駆逐艦なら、そのような攻撃ができるのでしょう？」

「はい。ダニエル・マーテルによれば、スカザ星系の者は、自分たちが要求しているカネを強制的にわれわれから引き出すために、警備艇による威嚇《いかく》に屈しないようなら、軌道から爆撃すると言って脅せばいいと話し合っていたそうです」

「マーテルは信用できるのか？」別の評議員が不満げにつぶやいた。「あの星系の者たちの仲間だったんだぞ！　スカザ星系の艦隊士官だった人間だぞ！」

「もともとは地球艦隊にいました」と、ロブ。「ここにいるわれわれと同様に再出発をするために、ここへやってきて、事実と異なる保証や約束を提示したスカザ星系の新兵募集に応じたのです。マーテルは検査を受けており、すべての指標でわれわれに対して正直で誠実であるという結果が出ています」

「検査は絶対確実ではない。なぜ、そのマーテルという者は、スカザ星系がこのようなことを計画していると警告してくれなかったのだ？」と、オドム。

メレはロブの表情を見て、どう感じているかわかった――この大尉は、保身に走らず、言うべきことを言う人だろうか？

ロブは言うべきことを言った。

「失礼ながら、評議員」と、ロブ。「マーテルは、われわれに警告してくれました。われわれを力で支配しようとして失敗したスカザ星系が、黙って引き下がったりしないだろうと。別の手を打ってくるはずだと注意喚起し、その警告は評議会に伝達されました」

たしかにそう指摘するのも無理はない――メレは思った。でも、迫りつつある問題への時宜《じぎ》を得た警告を自分が無視したことを思い出して認める上官など、めったにいないのも真実だ。将来、あの大尉は、その率直さのせいで代償を支払うはめになるだろう。この政府が、あの大尉を必要としなくなるまでは大丈夫だとは思うけど。

ロブの指摘がもたらした沈黙を破ったのは、キムだった。

「しかし、その忠告は、あまり真剣には受け止められませんでした！」キムの叫び声に、オドムばかりか、ほかの数人の評議員たちも鋭い目でにらみつけた。「こうした事態に備え、われわれはなんらかの対策を講じるべきだったのです!」

　聴衆の面前で、さらに大きな口論が始まりそうな雰囲気が評議員のあいだに生じた。だが、カマガンの声がそれを制した。

「われわれがすべきだったこと、われわれができたであろうこと、それは、もはや問題ではありません。われわれは、今すべきことを決断しなければなりません。侵略に対抗するために必要な人的および物的資源がないため、選択肢はかぎられています。評議員のみなさんに思い出していただきたいのですが、〈スコール〉の拿捕はギアリー大尉の行動がもたらした成果です。これにより、われわれは、宇宙空間における限定的な防衛力を手に入れました。しかし、これでは、この惑星上で直面する問題には対処できません」

「警察はどうなんだ?」聴衆のなかの誰かが叫んだ。

「非致死性の麻痺銃で武装した二十人の屈強な警官、それがわれわれの警官隊です。全隊員を動員しても、五百人近い非協力的な民間人に対処するのは難しいでしょう。この警官隊に百人の兵士の相手をさせるのは、自殺行為です」

「志願兵を募《つの》ればいい」と、キム。「市民軍をつくって、自前で軍用武器を調達し――」

「それには時間がかかる」と、ほかの評議員。「最新の軍仕様の武器という話なら、その設計は複雑だ。必要な原料を採鉱によって手に入れなければならないだろう。そのような武器に必要となる部品の在庫がすべてそろっているわけじゃないからだ」

「スラッグ銃は?」

「たしかに製造はしやすいと思うが、現代の武器に比べると効果は劣るだろう」

「武器と志願兵のほかにも必要なものはあります」と、チザム。「リーダー的素質と訓練です。ギアリー大尉、あなたがこの仕事を引き受けるとしたら、わたしたちが必要とするような部隊ができあがるのに、どのくらいの期間がかかると思いますか?」

ロブは驚いた顔をすると、頭を振った。

「わたしには無理です。陸上軍のやりかたを知らないからです。部隊を組織することはできるかもしれませんが、どのような訓練が必要かはわからないでしょう。その戦術も知らなければ、作戦の立てかたもわからないと思います。陸上軍を経験した者か、宙兵隊の経験者が必要です。スカザ星系のシャトルから降りてきたのは兵士だと、最初に気づいたのは誰でしたか?」

「ここにいる女性だ!」メレのまわりにいた人々が、メレを指さしながら大声で言った。

メレは立ち上がりながら思った――また、よけいなことを言ったせいで、今度はどんな目にあうんだろう?

「ええ、わたしが最初に気づきました」

「陸上軍についての知識があるのですか? あるいは軍務についた経験が?」と、チザム。

「はい」と、メレ。「フランクリン星系艦隊のもと宙兵隊員です」

〝宙兵隊員〟という言葉がメレの周囲で何度も繰り返された。周囲の人々の視線がメレに注がれている。まるで、突然現われた異星の生物を見るような目だ。

「今は何を?」と、オドム。

「最近、ここに来ました。メレ・ダーシーと申します」

「なぜ、グレンリオンに来たんだね?」

メレは肩をすくめた。

「ここにいるほとんどの人たちと同じ理由だと思います。再出発したくて来ました」

「なぜ、フランクリン星系の宙兵隊を離れたんだ? 罪を犯したのか?」と、オドム。尋問する口調だ。

さらに背筋を伸ばして腕組みすると、メレはオドムと目を合わせて首を横に振った。

「あなたには関係のないことですが、そんなことはありません。ご自分はどうなんです?」

オドムは、いっそうにらみをきかせた。なにごとか言おうとしていたのかもしれないが、カマガンが割って入ってきた。

「宙兵隊員としての専門はなんでしたか?」

「われわれは非常に小さな組織でした」メレはなんとか緊張をほぐそうとした。「そのため、あまり専門的にならず、さまざまなことをしました。わたしは地上と宇宙空間での攻撃、武装偵察、特殊任務など、必要とされたすべての訓練を受けました」

「なるほど。では、この状況は、あなたの訓練と経験でカバーできそうですね。あなたなら、評議会にどのようなアドバイスをしますか?」

メレは、その場にいる数千の聴衆と、スクリーンに並ぶもう数千の映像を見まわした。

「そうですね……わたしなら、もっと公開範囲を限るようアドバイスするでしょう。これから起こるかもしれないことを、スカザ星系の人間に教えてやるようなものですから」

誰もがその発言について議論しはじめ、メレは楽な姿勢ですわった。会議に出席した者の半数は、メレなら独力で地上にいるスカザ星系の部隊を片づけられると思っているようであり、あとの半数は、グレンリオン政府の転覆をもくろむ極悪な策略を練っているに違いないと思っているようだ。わたしの能力は多くの人の信頼を得たみたいね——メレは思った。でも、困惑すればいいのか喜べばいいのか、よくわからない。フランクリン星系でわたしの勤務評価を書いた上官たちは、これほどの信頼をわたしに寄せてはいなかった。

なんだか、もう、わたしがやることに決まったみたいな雰囲気じゃない？　丁重にお断わりして、さっさと逃げだしたほうがよさそうね。グレンリオンには一隻の小型警備艇しかない。陸上軍に類する手段が何もないのに、装備も組織も格段に上等などこかの星系と戦うなんて、希望のない目標に思える。

しかし、メレは、そこにすわったまま待ちつづけた。

わたしは希望のない目標にいつも共感し、希望のない戦いに勝てるかどうかといつも思案していた。その答えを見つけるときが来たのかもしれない。

7

論争が続き、議論を尽くすうちに、円形劇場に集まった惑星グレンリオンの住民たちも評議員たちもすっかり嫌気《いやけ》がさしていた。評議員たちは口々に、自分以外の誰かにどれほど犠牲を払わせてでもコロニーを守ると熱弁を振るった。メレは二人の警官にともなわれて、混雑した円形劇場をあとにし、真新しい建物に連れていかれた。なかに入ると、チザム評議会議長と評議員のキム、オドム、カマガンが顔をそろえていた。

壁の一面にかかった画面ごしに、ロブ・ギアリー大尉も会議に参加していた。ギアリー大尉の人となりを知るチャンスだと思い、メレは注意深く視線を送った。メレの経験上、好感の持てる士官などいたためしはなかった。

疲れた表情のチザムが部屋の中央に置かれた大きなデスクに向かってすわり、こめかみを手でもんでいる。

「興味深い話でした」チザムはメレに向きなおった。「では、あなたの提案を聞かせてください」

注目を集めるかのように、メレは無意識にチザムやほかの参加者にうなずいた。

「選択肢は三つあると思います。一番目は、何も行動を起こさず、スカザ基地が土地を少しずつ奪うのを黙って見ていることです。しかし、みなさんは誰ひとりとして望んでいらっしゃらないでしょう。

二番目は、即席の武器をつくり、人員を集めるだけ集めてスカザ基地をいっきに攻撃することです。コロニーには住民が何千人かいるので、充分な人数を確保すれば、基地に百人の兵士がいようと、数で圧倒できるはずです。ただ、問題はすぐに解決しますが、代わりにかなり高い代償を払うことになるでしょう」

「かなり高い代償というと」と、オドム。重苦しい口調だ。「つまり、人命か？」

「そうです。少なくとも何百人かの死者が出るでしょう。ですから、それもおすすめしません」

「そうだろうな」と、オドム。苦々しい口ぶりだ。

「三番目は」と、メレ。「わたしが最善だと思う方法です。志願兵を集めて小規模軍隊をつくり、充分な時間をかけて訓練を行ない、軍仕様の武器を製造します。そのうえで奇襲をかけて対軌道砲やほかの軍事施設を破壊し、われわれが扱える装備を奪います。奇襲後は警備の強化が予想されるので、巡視隊や敵兵を個別にねらいうちして、警備を手薄にしていきます。スカザ基地への攻撃を続けていれば、増援部隊の到着前に基地が弱体化するはずです」

「増援部隊ですか？」と、チザム。

「もちろんです」と、メレ。「スカザ星系があのような小コロニーをそのままにしておくわけがありません。基地を拡張するはずです。軍事力を強化して、基地の地盤を強固にすると思われます」

「あの地域一帯を支配するようになるのですね？」と、カマガン。

「われわれが基地のすぐそばに新たに都市をつくって、基地の拡張を阻止すれば――」と、オドム。

「無理です」チザムがオドムの言葉をさえぎった。「都市をつくるだけの人員も機材も、これ以上は確保できません。ひとつだけ離れた小さな町だと、スカザ基地の危険にさらされるだけです！」

「そのとおりです」と、メレ。

「さっき、充分な時間をかけて、と言ったよな。どのくらいだ？」と、キム。

「志願兵の経験と能力にもよりますが、最低でも二、三週間です。それでも確実とは言えません。しかし、兵士たちがやるべきことをしっかり把握していれば、もっとも安全な自衛策だと思います。どこかに支援を要請しても数週間で援軍が到着することはありえないでしょう。でも、その期間で陸上軍の戦闘能力の強化は可能です」

「われわれは近隣星系に支援要請を考えています。グレンリオン星系に来る前に、近隣星系の軍事力について何か耳にしましたか？」と、チザム。

「いいえ、あまり知りません。ほとんどはグレンリオン星系と似たようなものでしょうね」

メレは具体的な星系名を出すのを避けた。外部からの侵略に対する評議会の準備不足を指摘するようなものだ。

「コサトカ星系」と、キム。「ここから二回ジャンプするだけだ。それに、コサトカはグレンリオンより前にコロニー化されている。われわれを助けてくれる近隣星系があるとしたら、コサトカ星系だと思う」

評議員たちは画面に映るロブを見た。

「あなたに行ってもらわなければなりません」と、チザム。「グレンリオン航宙軍はあなたしかいませんし、ほかに使用できる艦もありません。コサトカ星系までの往復はどのくらいかかりますか？」

ロブは横にある何かに顔を向けてから、評議員たちに向きなおった。

「最短で三週間です。単純にジャンプ点からジャンプ点へ行くのにかかる日数です。〈スコール〉のパワー・コア問題はまだ解決していないので、実際には一カ月近くかかるでしょう。〈スコール〉は全行程を全速力で進むことはできないので」

「コサトカ星系が助けてくれる理由はあるのか？」と、オドム。

「スカザ星系がこれほど攻撃的なら」と、カマガン。「コサトカ星系にも同様のことをしているかもしれません」

「そうだ」と、キム。大きくうなずいている。「スカザ星系から直接的な被害を受けたことはないにしても、グレンリオン星系で起こったことを知らせる必要はある。スカザ星系がもっと強大になったら、コサトカ星系にとっても脅威になるはずだ。しかし、コサトカの軍事支援を何ヵ月も待ちながら、スカザ基地の拡張を黙認するわけにはいかない。コサトカが助けてくれるということ自体、確実ではない。そもそも、コサトカがどの程度の軍備を持っているかもわからない。われわれに残された選択肢は三番目だけだ！」

カマガンがメレを見た。

「救援要請を送ると同時に、あなたの三番目の提案を実行するのがいいようです。スカザ基地に対抗する手段を外部に求めるとともに、小規模軍隊を組織して基地を弱体化しましょう。あなたはもと宙兵隊員でしたよね。その種の軍隊の訓練と指揮をお願いできますか？」

「しかし、この人の素性はまったくわからないんだぞ！　本人の言葉だけだ！」と、オドム。

「知識や能力を計るのは簡単なことだろう」と、キム。

「しかし、なぜ、この女性がグレンリオン星系のために戦ってくれるんですか？」

全員の目がメレに集まった。メレの返事を求めている。なぜ、わたしはグレンリオンの運命が気にかかるんだろう？　メレは考えてから、答えた。

「グレンリオン星系の人々をほうっておけないからですよ。あなたたちは戦いを求めてはいませんが、外部から攻撃されたら喜んで自衛するつもりのようです。スカザ星系は近所のいじめっ子のようなものです。いじめられている人がいたら、助けます」

「宙兵隊での最高位の階級はなんでしたか？」と、チザム。

メレはかすかに身をすくめた。

「軍曹を、数週間だけです」

「数週間？　なぜです？」

「ある士官の部隊準備報告書のデータ改竄《かいざん》に対し、異議をとなえました。その士官はデータ改竄を命令した容疑でのちに逮捕されましたが、命令を拒否したときの無礼な言葉でわたしも逮捕されました」

「わかりました」チザムは、ほかの評議員たちに視線を向けた。

　カマガンが質問を引き継いだ。

「それでフランクリン星系艦隊を辞めたのですか？」

　メレは首を横に振った。

「違います。ほかにも命令違反と規律違反がいくつかありました。ごく軽微《けいび》なものですけどね。でも、そのために、軍備縮小時に最適な候補者として、わたしの名前が挙がりました」

「きみにこの仕事をまかせるに足りる理由はなんだ？」と、オドム。とげとげしい口調だ。

「どのような点で、きみがこの仕事に適任だと言えるのか？」

「そもそも」と、メレ。「お引き受けするとはまだ言っていません。わたしは一兵士でした。士官ではありません。あなたがたが求めていらっしゃるような軍隊を指揮したことも、組織化したこともありません」

　カマガンがおもしろがるような表情でメレを見た。

「もと宙兵隊員のあなたには、それだけの能力がないということですか？　つまり、手にあまると？」

メレはにやりと笑い返した。

「お上手ですね」

「ええ。それでお返事は？」

「そういうことなら、喜んでやらせていただきます」

「きみは、この仕事を受ける気になった理由をまだ答えてないぞ」と、オドム。

「もとから志願したのではありません」と、メレ。「わたしの提案をお話しするということで、実際に選択肢を提示しました。それ以上のことを提示されたので、お引き受けするだけです。わたしからお願いしたことではありません」

「われわれには、この人しかいない」と、キム。

「それは立派な理由になります」と、メレ。「これだけは言わせてください。わたしは大事な場面では失敗しません。いままでも、そして、これからもそうでしょう。命にかかわる局面では、適切な行動をとります」

「言いだした責任を感じているのですか？」と、カマガン。

「わたしを頼りにしてくれる人々を失望させることはありません」と、メレ。

「きみを信じるだけの根拠があるのか？」と、オドム。

カマガンがメレに向かって片手をあげ、代わりに答えた。

「報告書のデータを改竄するよう命令されたとき、この人は拒否しました。軍曹の経験はたったの数週間だと、みずから告白しました。ほかにも軽率な言動があったと認めました。われわれが知りようもない事実を隠すこともなく、さらけだし、完璧な経歴を作り上げて自分を偽ることもない正直な人です。それこそわれわれが求めるべきもっとも重要な資質です」

「それに、訓練を受けた軍隊経験のある唯一の人だ」と、キム。

「ギアリー大尉」と、カマガン。「メレ・ダーシーについてどのようにお考えですか？」

ロブ・ギアリーは自分の名前を出されて迷惑そうだ。

「わたしもみなさん以上のことはわかりません。しかし、言動から判断するかぎり、プロらしい態度に感銘を受けました。また、状況に応じた行動から自分の責務を果たす人物だとわかります」

「信用できるかね？」と、オドム。

ロブはメレの目をまっすぐのぞきこんだ。メレもロブの視線をしっかりと受け止めた。

ロブはうなずいた。

「はい」

チザムは大きく息を吐き出した。

「では、決定します。ほかの評議員たちに伝え、相応の誓約書と契約書を用意します、メレ・ダーシー。評議会は、あなたに対するわれわれの推薦を受理するはずです」

「わたしの身分はどのようなものになりますか？」と、メレ。

カマガンは口もとをゆがめてメレに笑いかけた。

「あなたは指揮官になります。宙兵隊と陸上軍を統合したグレンリオン星系軍の当面の指揮官です。ほかの通達があるまで、軍曹に戻ったと考えてください」

「この契約の報酬はどのくらいにしましょうか？」と、チザム。

「おカネはほかの用途にも必要です。コロニーの経済成長にさしつかえない範囲でもっと必要になります」と、カマガン。

「この話は別の場でしたほうがいいと思うが」と、オドム。メレを指さしている。

「軍隊の訓練と対軌道砲への対処の見積もりを出してもらえますか？　ざっくりでかまいません。そうすれば、われわれも感じをつかめます」と、カマガン。

「どの程度の人数の新兵を扱う権限をお考えですか？」と、メレ。

「何人くらい必要だ？　装備についてはどうだ？」と、キム。

三百人——と言いたいところだ。でも、バカげている。それほどの人数をどうやって訓練するというのか？　組織化するだけで何週間もかかるはずだ。

「五十人です。最低でもそのくらいはいないと機能しません。装備は、入手可能なものはなんでもいただきます」

「わかりました」と、カマガン。「ギアリー大尉は、惑星グレンリオンの軌道をすぐに離れる予定です。ギアリー大尉の出発前に何か必要があれば……お二人で調整してください」

「承知しました」と、メレ。敬礼するのがふさわしい場面に思えたので、軍服を着用していなかったが（軍服をどうするかも考えなくてはならないだろう）、メレは評議員たちに右手をあげ、礼儀正しく敬礼した。ビシッとした足どりで、まわれ右して部屋を出ながら、どこでこのようなことになってしまったのだろう、と考えた。

メレはロハン・ナカムラに思いをはせた。ロハンはトラブルに巻きこまれていないだろうか。


二人のあいだに恋愛感情はなかったが、カルメン・オチョアはロハン・ナカムラと毎回のように食事をともにする習慣になっていた。コサトカ星系に着いたら、このささやかな習慣はどうなってしまうのだろう。この何日か続いているいらだちは、ロハンに告白しなければならないことのせいではなく、超空間にいるせいだと思いこもうとした。

「ロハン、わたくしたちは明日、コサトカ星系に到着するわ。その前に、わたくし自身のことで知っておいてもらいたいことがあるの」

ロハンは酒をひとくち飲みながら、興味を引かれて片眉をあげた。

「まじめくさった表情と声からすると、何か信じられないほど悪いことだな。やっぱり、実は弁護士だと言うんじゃないだろうね？」

カルメンの張りつめた表情がゆるみ、一瞬、笑みが浮かんだ。

「弁護士より悪いことよ。ロハン、わたくしは〈レッド〉なの」

「なんだって？」

「知らないの？　地球では……いいえ、太陽系ではどこでも、火星出身者は〈レッド〉と呼ばれているのよ」

ロハンは眉をひそめてカルメンを見つめ、手に持ったフォークを皿に置いた。

「口ぶりからすると、侮辱的な言葉のように聞こえるが」

「そのとおり。まさか、この言葉をいちども聞いたことがないの？」カルメンは言葉の説明をしなければならないことに、安堵《あんど》とも狼狽《ろうばい》ともつかない思いがした。「火星についてはどの程度、知っているの？」と、カルメン。

「ううん……あまり知らないなあ。たしか、人類が最初に移住したコロニーだよな？　それから、ええと、独立したのかな？」

「独立したというより、むしろ孤立してしまったわ」と、カルメン。「火星は、距離が非常に近いことから地球の悪影響を大きく受け、地球のようになってしまったの。太陽系内の長期宇宙飛行の実用化が進み、低価格になったことで、地球以外ではじめて植民地《コロニー》が実現したってわけ。人類はこぞって火星に進出し、いくつもの政府や民間会社や民間団体がそれぞれ独自に小コロニー国家をつくり、火星そのものや資源の権利を主張するようになったの。火星の他地域からの独立を主張するコロニーもあったわ。規模の大小を問わず、何十ものコロニーがおのおの主張を繰り広げた。小コロニーが都市に発展すると、各都市が独立した存在になり、たがいにいがみ合い、騒乱が起こることもあった。共通の目的のために一致団結して協力関係を結んだのは、MAWFI《マウフィ》のときだけよ」

「星間料金《マウフィ》か？」と、ロハン。

「いいえ。いわゆる、火星独立戦争《マーシャン・ウォー・フォー・インディペンデンス》よ」

「ああ。それで、きみは……なるほどね」と、ロハン。当惑した表情を浮かべている。「火星は、どこから独立したんだ？」

　カルメンはため息をついた。

「実際のところ、火星独立戦争の目的は、火星に持ちこまれたあらゆる法と秩序から脱却することではなかった。地球の政府平和維持機関、法執行機関、税執行機関、税務署員、まだ機能していたあらゆるものよ。でも、一般的な〈レッド〉は——どこまでが一般的なのかわからないけど——その種の干渉を排除すれば自分たちの問題がすべて片づくと、思いこまされてしまった。ところが現実には、大きな武力を持った支配者が欲望のまま自由に振る舞うようになっただけだった。火星独立戦争の英雄たちの多くは、ほどなくして殺されたわ。のちのち悩みの種になることを支配者たちが恐れたからよ」

　ロハンはカルメンを心配げに見つめた。

「他人が成功するのを助ける者が理想主義者だ（アメリカの実業家、ヘンリー・フォードの言葉）」と、ロハン。「何世紀か前のどこかの金持ちの言葉だよ」

「わたくしは理想主義者よ。あなたとわたくしで、ものごとをいい方向へ向けられるはずだわ」

「そうだな。だが、これまで話したことからすると、きみの理想主義は現実に即したものだ」と、ロハン。「理想に反する問題を起こすからといって現実を否定するのではなく、ものごとを改善するための現実的な方法があると信じている。どうやら火星にはうまく共存できない社会がたくさんあるようだな。それで、それと、きみが他人に……ええと〈レッド〉だと知られたくないことと、どういう関係があるんだ？」

「それは……」と、カルメン。「火星には中央政府というものがないの。突出した地方自治体さえないわ。ささやかなユートピアをめざして理想主義者が設立した地域も遅かれ早かれすべて、冷酷な現実主義者たちの支配下に置かれることになった。火星にはほかのなによりも優先されるべき法律も存在しない。都市国家の多くは事実上、腐敗した政府高官や、少数独裁政治家集団、財閥、ろくでもない火星人独裁者が支配している。そのほかの人々は生き延びるだけで精一杯よ。太陽系のほかのコロニーでは、〈レッド〉だとわかれば、泥棒、殺人者、詐欺師、物乞いなどとみなされ、やっかいもの扱いされるわ」

ロハンはカルメンの言葉に顔をしかめ、悲痛な表情を浮かべた。

「いまでも、そうなのか？　〈レッド〉だとバカにするだけで、救いの手を差しのべる者は誰もいないのか？」

カルメンは軽く鼻で笑った。

「いないわ。そのような人たちを非難するつもりもないしね。火星人みずからも、状況を変えようとするほどの気概はなく、外部の人間が火星の状態をよくするためにわざわざ泥沼に飛びこむはずもない」昔の記憶が次々と浮かんできて、カルメンは目をしばたたいた。「ロハン、ほとんどの地域はギャングともいえる人々に支配されているの。表向きは民兵組織や自警団などと呼ばれているけど、実際にはギャングよ。地球から持ちこまれた理想主義は、火星では冷笑され、適者生存という考えかたにねじまげられ、人々を生存に必要なことは何でもするという状況に追いこんだ」

「だが、きみは違う」と、ロハン。

「わたくしも火星を出る前は同じだったわ」と、カルメン。「生きてゆくためよ。教育を受け、なんとかして充分なおカネを稼ぎ、しかるべき人々に賄賂《わいろ》を渡して地球へ移住する許可を得た。自慢できることではなく、火星を出るときに記憶から消したの。いいえ、ロハン、そうじゃないわ。地球人の目から見ると、いまでも、わたくしの汚点なのよ。わたくしが火星出身者だとわかると、〈レッド〉というくくりでしか見てもらえなくなる。まるで犯罪者よばわりよ。信用されることも信頼されることもないわ」

「では、どうやって、地球で政府の仕事についたんだ？」と、ロハン。

「わたくしは火星で生まれ育ったけど〈レッド〉ではないことを、しかるべき人々に示したからよ」と、カルメン。「政府職員になってからは、アルバカーキ出身だと言うようにしたわ。なぜか、アルバカーキ出身者は、まともだと思われるの」

ロハンはしばらくカルメンを見つめ、つとめて冷静に言葉を発した。

「なぜ、わたしに何もかも打ち明けてくれたんだ？」

カルメンは落ちこむ気分を抑えながら、片手で髪をかきあげた。

「あなたに信頼してほしいからよ。あなたにはすべてを知ってもらったうえで信頼してもらわなければ、ほかの人たちに信じてもらうことなどできないでしょ。ずっと秘密にしておいて、あとで知らせたら、そのほうがあなたにとってのショックは大きく、わたくしへの疑念をよけいにふくらませてしまうだけだと思ったの」

ロハンはフォークで皿の料理をつつきながら、首を振った。

「カルメン、過去のきみがどうだったかではなく、現在のきみがどんな人間であるかが重要なんだ。こうして外の世界へ出る人たちはみな、新しい生活を始めることが目的じゃないのか？」

「でも、自分の過去からは逃げられないわ」と、カルメン。「自分の過去をなかったことにはできないし、知識や経験を完全に忘れることもできない」

「わかった」ロハンはカルメンの目を見すえた。「わたしは、やることなすこと失敗だらけだった。失敗を恐れるあまり、一人ですべてを支配しようとしたせいだ。いままでと同じでは、また失敗するのは目に見えている。きみは地獄のような場所から必死で抜け出し、人々を助けるために尽力してきた。そうだよな？　きみとわたしのどちらが友情に値しない人間だと思うかね？」

「ロハン、あなたは自分を卑下《ひげ》しすぎよ」

「ああ、わかっているとも。たしかに、以前のわたしとは違う。ヴェストリ星系へ行き、わたしは変わった。あの出来事に遭遇し、周囲の人々のおかげで、変われたんだ。きみこそ、卑下しすぎだぞ。じゃあ、話はこれで終わりだ。きみのことがよくわかって、よかった。食べよう」

カルメンは自分の皿の手つかずの料理を見おろし、ロハンに視線を戻した。

「冗談じゃないのね？　あなたはそれでいいの？　ロハン、あなたがわたくしの好みでなくて残念だけど、最高の友人よ」

ロハンはおどけて目を見開いた。

「わたしは辺境宙域に来てから不運つづきだよ。若い女性と知り合っても、男として見てもらえないようだ」

カルメンは微笑した。

「あなたのすべてを求めてくれる女性と出会えるわよ。コサトカ星系にいるかもね」

「コサトカの状況がきみの言うとおりなら、仕事が忙しくて恋愛どころじゃなくなるだろうな」と、ロハン。

カルメンは奇妙な胸騒ぎを覚え、身体の奥がチクリとうずくのを感じた。

〈スコール〉の再出航があまりにも突然決まったので、ロブは充分に時間をかけて準備できるはずもなかった。非常事態での要請なら、なおさら急ぐ必要がある。スカザ星系の貨物船はピストン輸送で荷物を地上に運び、荷をすっかり降ろすとジャンプ点へ向かって進みはじめた。重量貨物のシャトルを一機、あるいは二機とも残し、〈スコール〉が星系を出たあとに暴れまわるのではないかというロブの心配は杞憂《きゆう》に終わった。シャトルを二機とも積みこみ、ジャンプ点へ向かっている。少なくとも、その心配だけはしなくてすむ。

しかし、出航前に、さらに食糧の積みこみが必要で、志願したクルーのなかで惑星グレンリオンから一カ月も離れられない者を地上に降ろし、代わりのクルーを見つけて軌道上の〈スコール〉まで連れてこなければならなかった。もちろん、ニンジャと通信する時間はしっかり確保した。ニンジャは当然のように事情を知っていて、厳しい言葉をかけてくることもなく、ロブは大いに勇気づけられた。

準備にあわただしいなか、時間をさいて例の宙兵隊員に通信を入れた。

「メレ・ダーシー？」と、ロブ。メレと一対一でじっくり話すため、自室から通信している。

画面のなかのメレが、ロブにうなずき返した。いかにもプロの軍人らしい表情で、ロブを見る目は用心深い。現在の市境界線のすぐ外の野原に立ち、ショートヘアが風で乱れていた。

ロブがメレの人となりを判断しているように、メレもロブを品定めしているようだ。

「はい。出航前にご連絡ありがとうございます。カマガン評議員からお話しするよううかがっています」

「きみは厳密にはどのような身分だ？　評議会は、きみの地位を承認したのか？」

メレは口もとをゆがめて皮肉っぽい笑みを浮かべた。

「厳密な意味で承認されたわけではありません。一時的で暫定的な地位です。その言葉はもう、うんざりするほど見聞きしたように思います」

ロブはうなずいた。

「わかるよ。おれの任務も一時的で暫定的だ。なんの担当になったんだ？」

メレは愛嬌のある笑みを浮かべた。

「グレンリオン宙兵隊と陸上軍の指揮官ですが、部下は一人もいません」

「評議会からどのような地位を示された？」

「地位はありません。軍曹に戻ったと考えろ、そう言われましたよ」

ロブは頭を振った。

「少なくとも、評議会は、おれを将校である大尉だと認めてくれている」

「大丈夫ですよ、大尉。あなたを悪く思うつもりはありませんから」と、メレ。

ロブは思わず笑った。

「きみは、いかにも軍曹らしいな」ロブは片手であごをさすりながら、メレをじっと見た。

「おれは以前、旧地球のもと宙兵隊軍曹についての研究報告を書いたことがある。その時点で、小国の王や支配者になっているもと軍曹が複数いたよ」

メレは興味を引かれると同時に、当惑した表情を見せた。

「意外だとは思いませんが、わたしとどんな関係があるのでしょうか？」

「きみはつい最近、グレンリオン星系に来たばかりだ。グレンリオンに忠誠心を持つほど日がたっていないだろう」と、ロブ。「きみだけでなく、われわれも同じだ。われわれが持っているのは、グレンリオンへの忠誠心というよりも、むしろ理念と友人への忠誠心だ。きみの場合はどうかな、軍曹？　忠誠心の対象はなんだ？」

メレは真剣な表情を浮かべ、うなずいた。

「大尉もおっしゃったとおり、わたしも理念と友人に忠誠を尽くします。わたしは何かほかにすることを求めてフランクリン星系を出ました。特別な何かを求めていたのではありません。航宙船に乗り、終点まで来ました。そこがグレンリオン星系でした。グレンリオンで過ごした日数はまだわずかですが、大尉のように立派なかたがたが惑星の人々のために正義を果たそうとしていらっしゃるのはわかりました。また、スカザ星系は間違いなく武力によりグレンリオンを侵略するつもりです。そういうわけで、わたしもお手伝いするべきだと思ったのです」

メレの口調は率直で、いかにも協力的だ。とはいえ、何かたくらんでいないとも言いきれない。

「将来の目標はあるのか？」

メレは目を大きく見開いた。

「わたしのことを心配してくださっているのですね？」

「そうだ」

「わたしは士官たちからよく心配されます」と、メレ。一転して笑顔になった。「大尉、わたしがどこかを支配するつもりなら、もっと体制の整っているところを選びます。スカザ星系のようなところかもしれません。惑星や政府の統治経験は全然なく、かかわりたいとも思いません。ただの兵士です。小規模な軍隊を組織し、スカザ星系の連中が建設したばかりの基地をぶち壊したいだけです。そして、死なずにやりとげたいと思っているだけですよ。それが現時点での将来の目標だと言えます」

ロブは不安を感じつつも感銘を受け、うなずき返した。

「ここへ来る途中で、旧コロニー出身の軍人を集めている星系について耳にしたか？」

「はい、大尉」と、メレ。思わず顔をしかめて、手を星系の外へ向けて振った。「途中、タニファ星系に立ち寄りました。バーで、スカザ星系やアプルー星系などで働く気のある軍人を探す者がいました。スカザとの申し分ない契約について聞きましたが、そのような人間の言葉はまったく信じられないのは身をもって知っています。アプルーは好きこのんで行くような場所ではないと、経験から知っていたんです」

「というと？」

「はい、大尉。ちょっとした事件がありました。乗っていた貨物船がハイジャックされ、強制労働を目的とするアプルー星系へ連れていかれそうになったんです」と、メレ。なんでもないことを話すかのように気軽な口調だ。「あやうく難を逃れて、そのようなごろつき連中とはいっさいかかわりを持たないと心に決めました。スカザ星系の評判も、あちこちでたずねました。町なかの声もいいものでなく、なにより勧誘しているのが、わたしのきらいなタイプの人間でした。わたしはおカネほしさに戦うわけではありません。契約書を隅から隅まで読みましたが、その内容も気に入りませんでした。そのような経緯で、ふたたび船に飛び乗り、もっといい選択肢を求めて辺境宙域のさらに奥まで来たというわけです」

ロブはうなずき、核心に触れる質問をした。

「英雄になりたいか？　グレンリオン星系を救って？」

「いいえ、とんでもない」と、メレ。顔をほころばせている。「グレンリオン星系の人々が助けを必要としているので、そのために、わたしの得意なことを生かしたいだけです。世間の評判によると、大尉こそが典型的な英雄です。〈スコール〉を拿捕《だほ》したいきさつを聞きました」

「そんなことはない」と、ロブ。どうにも落ち着かない気分にとまどった。「おれも英雄ではないよ。知ってのとおり、おれは〈スコール〉でコサトカ星系へ行き、スカザ星系に対抗するための支援を要請することになった。出発前に軌道上にいくつか衛星を配備し、スカザ基地の最新映像を見られるようにしておく以外に、戻ってくるまできみの役に立てることはない。いちばんの気がかりは、おれが戻る前にスカザ星系から増援部隊が到着してしまうことだ。スカザには二隻の駆逐艦がある」

メレはあからさまに嫌悪の表情を浮かべ、空を見あげた。

「軌道上から爆撃されるのだけはごめんです。大尉、なるべく早く戻ってきてくださいね」

「もちろんだ」と、ロブ。「きみの計画はわからないし、政府からきみにどのような装備が提供されるかもわからない。しかし、おれが〈スコール〉を拿捕できたのは、ニンジャことリン・メルツァーのおかげだ。コロニーにいるハッカーは数知れないが、あれほどの腕を持つ者はいない。多少なりとも優秀なハッカーの助けが必要なら、ニンジャを強く推薦する。ニンジャと契約するよう、評議会にも働きかけるといい」自分の友人を政府の仕事に推薦するのは道義に反するかもしれない。だが、ニンジャなら、メレの強力な助けになるはずだ。それに、メレが政府に対してよからぬことをたくらむなら、ニンジャが協力するわけがない。

「リン・メルツァー」と、メレ。「わたしの任務に関する分野もわかりますか？」

「わたしと同じで、アルファル星系の艦隊にいた人間だ」

「やはり大尉ですか？」

「いや」と、ロブ。「下士官だ」

「ありがとうございます、大尉」と、メレ。「ご助言に感謝します。そのお返しになるかどうかわかりませんが、コサトカ星系へ向かっていた二人の人物を知っています。二人がコサトカに腰を落ち着けていたら、きっと手助けしてくれるはずです。ロハン・ナカムラとカルメン・オチョアです」

「すでにコサトカで、ある程度の影響力を持っているはずだと思うのか？」

「はい、大尉。確信があります。ロハンは本人の自覚以上に才能あふれる政治家です。カルメンは旧地球から直接来ました。どこかの紛争解決部門で働いていたそうです」

「紛争解決こそがわれわれに必要なものだな。移住したばかりでは、まだあまり影響力がないかもしれないが、ともかく情報に感謝する」

「わたしも新参者ですが、こういう状況ですよ」と、メレ。「大尉、われわれは同じ側の人間です。大尉にもそう思っていただけたことを願います。わたしは全力を尽くしてスカザ基地の問題に取り組み、大尉やグレンリオン星系のかたがたへの忠誠をつらぬきます。大尉の任務成功をお祈りしています」

「ありがとう」ロブは少し思案してから、言葉を続けた。気持ちを共有してくれるのは、メレ以外にない。「おかしな気がしないか？　突然、このような責任が降りかかってきたことがこれまであったか？　こいつはなかなか慣れないものだ」

「わかりますよ。いきなり指揮する立場に置かれたわけですから。〈スコール〉には何人クルーがいるんですか？」と、メレ。

「十四人だ。地上に降りたクルーの代わりの予備役志願兵が乗艇してくれていればだがね。満足できる人数にはほど遠い」

「それでも、わたしよりましです。いまのところ、宙兵隊と陸上軍は、わたし一人ですからね」メレはふたたび、にやりと笑った。かすかな不安を感じながらも元気づけられ、少し気がまぎれたような表情だ。「大尉がご不在のあいだは、わたしが惑星グレンリオンを守ります」

　メレとの通信を終え、ロブはしばらく考えこんだ。公然と軍事力で向かってくる敵に、グレンリオン星系が対決する道を進むには、メレは必要不可欠な存在になるだろう。それとも、敵に損害を与えるいっぽうで、味方も同じくらい犠牲を払うことになる白馬に乗った英雄なのだろうか。

　時期が来ればわかることだ。さしあたって、グレンリオン星系からコサトカ星系への支援要請がうまくゆくよう準備を進めなければならない。

ロブはコントロール画面を呼び出し、備蓄品の補給状況と、ユリア・ジョーンズが乗艦したかどうかを確認しようとした。画面がフリーズし、〝いますぐ再起動しますか？〟というメッセージを見て悪態をついた。このメッセージを見るたびに不快感が募《つの》ったが、ニンジャによると旧システムではよくあることらしく、我慢するしかなかった。

スカザ星系の駆逐艦と戦うことになったら、せめて戦闘中だけは正常に機能してほしい。

六時間後、ロブはしぶしぶブリッジへ戻った。少なくともいったん軌道を離れたら、休めるときもあるだろう。

「全部署、出航準備状況を報告せよ」ロブは艇長席にすわり、自分の画面に映った予定針路を見ながら命令した。グレンリオン星系内を、大きな弧を描くようにジャンプ点へ向かっている。ジャンプ点から人類の住んでいないジャタールー星系を経由し、コサトカ星系へ向かう。

果てしなく広がる、何もない灰色の超空間から、〈モノノケ〉は星々がきらめく宇宙空間へ出た。通常空間に何かがあるわけでもないが、超空間と違い、どこか親しみを感じる。

ロハンは気分がよかった。〈モノノケ〉が目的地のコサトカ星系に到着したからかもしれないし、最後のジャンプがやっと終わったからかもしれない。

「宇宙旅行を短縮化するために超空間で過ごすのは、いいことなのか？」と、ロハン。

カルメンはおもしろがるような表情を見せた。

「ためしに何世紀かかけて航宙してみる？　光速に満たない速さでは、この辺境宙域まで来ることさえできないわよ」

「それでも、わからない」と、ロハン。両手で左右の腕をさすっている。超空間に入ると、日を追うごとに肌の感覚がおかしくなり、自分の身体から皮膚がずれてゆくような錯覚を感じる。その気持ち悪さのせいで、ジャンプは、しばらくはごめんこうむりたいと思った。

ロハンは混雑しているラウンジを見まわした。

「自室の画面でも超空間から出るところを見られるのに、誰かと一緒に見たいと思う人が大勢いるんだな。やはり人間は社会的動物ということだろう」

「まあ、多くはそうなんでしょう」と、カルメン。ロハンの目には、カルメンは心配ごとでもあるのか、どこかうわの空に映った。「でも、船内時刻で昼下がりだからよ」と、カルメン。「真夜中すぎに超空間を出るのなら、ラウンジに集まる人数はもっと少なかったはずだもの」

「何か悩みごとでもあるのか？」と、ロハン。

カルメンは顔をしかめた。

「わたくしがコサトカ星系へ向かうことにしたのは、火星時代の古い友人に噂を聞いたからなのよ。ある仕事のこと」

「それがどうした？　コサトカ星系はかなり新しいコロニーだ。コロニー建設中なら、いろいろな仕事があって当然だろう」

「問題なのは、ある種の技術を求めている人がいるらしいということなの」と、カルメン。

「ある種の技術というのは、建物などを建設するほうではなく、破壊するほうよ。そんな仕事をする者を公然と募集したのは、コサトカ星系のコロニーじゃないわ。不法行為にかかわっている誰かよ。ギャングを雇い、コサトカで問題を起こそうとしている人がいるみたいね。わたくしが旧地球にいたあいだにも、ちょっとした事件をいくつか耳にしたわ。でも、はるか遠くの地で起こった小さな事件など、旧地球では気にもとめない。コサトカ星系で何が起ころうとしているのか、わたくしは心配でしかたがなかったの。だから、最悪のことは起こっていないと、この目で確かめるまでは安心できないのよ。もう少しで、コサトカ星系のニュースが届くはず。数時間前のニュースではあるけど、確認はできるわ」

「ここはヴェストリ星系ではなく、コサトカ星系だ。肝心なのは、悪いことが起こる前に行動を開始するよう、人々を説得することではないか」

「そのとおりよ。目先の問題だけでなく、これから起こりうる問題に人々の関心が向くよう努力したいわ」

ロハンは、ラウンジにいる人々を見まわした。

「目先の問題だけなら、ことは簡単だ。聞いたこともない問題に注意を向ける人間など、いたためしがない」

「わたくしの火星時代の経験では」と、カルメン。視線は画面に釘づけだ。〈モノノケ〉の信号処理が終わりしだい、コサトカ星系のニュースが映るだろう。「火星で起こる問題は大きすぎて、事態がよくなると信じる気持ちも薄れていったわ。だから、ほかの人と協力して事態を改善しようと思う者もいなかった」

「それじゃ改善されることなんかありえないな」ロハンは首を振った。「問題がもっと大きければ、コサトカの人々も、一致団結してどうにかするしかないと気づくのだろうが」

「恐怖ってこと?」と、カルメン。語気を強めた。「恐怖は、行動の動機づけの最たるものよ。わたくしもよくわかっているわ。だからこそ、そのような駆け引きはしない。恐怖は抑えられないんですもの、ロハン。恐怖を駆け引きに使えば、必ずや、よからぬことが起こり、望む結果は得られないわ」

「そんなことは思っていない」と、ロハン。カルメンの立場もわかっていたが、つい、むきになった。「人々をあおったり脅したりしろと言っているのではない。きみの言ったことが事実なら、コサトカ星系には何かをたくらんでいるやつがいるということだ。恐怖が武器になることを承知で利用しようとしている。違うか?」

カルメンは暗い表情でうなずいた。

「誰もが自分の人生を自由に生きて自立したいと願い、決断したうえでコサトカ星系へ向かっている」と、ロハン。「われわれの行動はそのためのものだ。それを考慮しなければ、悪いことをたくらむ者のように、コサトカの自由を奪うのではないかと非難されることになる。人々は耳を貸さなくなり、大事なものを奪われるのではないかと思うようになる」

「すでに何か悪いことが起こっていないか、イヤな予感がしてならないの。コサトカ星系のニュースがなかなか画面に表示されないのは、奇妙だと思わない?」

カルメンの質問に答えるかのように、ロハンの視界に入るすべての画面から船外の宇宙空間の映像が消えた。代わりに〈モノノケ〉の船長が乗客を見つめていた。その表情は曇っている。

「これからコサトカ星系のニュースをお見せします。その前に乗客のみなさんにお伝えします。〈モノノケ〉にはいかなる脅威も迫っておらず、乗客のみなさんにも危険はありません。現時点では、危険はまったくありません。ですから、落ち着いていてください。また、乗務員も、みなさんがニュースでごらんになる情報しかわかりません。コサトカ当局に詳細と事情をたずねる通信を送りましたが、返信が届くまで何時間かかかります。それまで、どうぞ冷静さを失わないようお願いします。もういちど繰り返しますが、〈モノノケ〉に危険は迫っておりません」

船長の映像が消え、画面が真っ暗になった。とたんにラウンジにいた人々の大声が飛び交った。

「いったい、どうしたんだ?」と、ロハン。カルメンとて船長の言葉以上に知っているはずはない。

「きっと何か恐ろしいことよ」と、カルメン。のどの奥から振りしぼるような声だ。

画面がいちど点滅してから、二人の男性と一人の女性の映像が現われた。一様に、想像もできないものに立ち向かっているような表情を浮かべている。男性の一人が、よどみなく話していた。ラウンジにいた全員が口をつぐみ、信じられないといった面持ちで画面に見入った。

「――死者数の詳細については不明です。ラレース星系船からの情報によると、ラレース星系におけるコロニー建設中の都市の多くは破壊され、製造機器や建設機材なども同様に破壊されました。軌道からの爆撃はなんの警告もなしに行なわれ、いかなる要求もありませんでした。どのような目的で致命的な奇襲攻撃が行なわれたかは、依然として不明です」

「コサトカ星系緊急人民代議員会会議が招集されました」女性が報告書を受け取り、おごそかな声で続けた。「コサトカの第一大臣官邸からの公式声明です」

画面のなかの映像が別の女性に代わり、悪いニュース特有の、聞き取りやすいゆっくりとした口調で話しはじめた。

「われわれの最優先事項はコサトカ人民の安全です。ラレース星系と同様の攻撃を受けた場合の、人民の防衛にかかわる方策は、すでに話し合いをもち、決定しました。みなさんは冷静でいてください。われわれは、一丸となってコサトカ星系を守ります。また、ラレース星系の生存者には、できるかぎりの援助を申し出ました。ソーシャル・メディアに出ている無責任な噂は事実ではありません。未知の異星人が手はじめにラレース星系を急襲したなどというのは事実無根です。ラレース星系船からの映像によると、爆撃を行なった航宙艦は明らかに人類が建造したものです」

画面がふたたび変わり、ニュース映像が映し出された。

「公式声明で言及のあったとおり、ラレース星系を襲った戦闘艦の映像を政府は受け取りま

した。攻撃勢力特定のため、映像の詳細な分析が行なわれています。当局によると、辺境宙域には旧地球や旧コロニーが廃棄した旧型艦が多く存在することから、もとの所属先までさかのぼって調査をしなければ攻撃者の特定は難しいとのことです」

「途中からごらんのかたがたにお知らせします。一カ月前、ラレース星系に戦闘艦が現われ、艦籍を明らかにしないまま星系内に侵入しました。惑星の軌道上から爆発物を発射し、惑星ラレースは広範囲にわたる被害を受けました。さいわい、ラレース星系政府の予防的措置として多くの住民は避難していましたが、死者も相当数にのぼると思われます。コサトカ星系は、ラレース星系の生存者からできるかぎりの援助をしてほしいと要請されています」

ロハンは頭を振った。気分がひどく悪かった。軌道上からの爆撃は歴史書物で読んだ知識しかない。旧地球など太陽系で起こるようなことだと思っていた。そのようなことが今、まぢかで起こるとは思いもしなかった。新しい理念のもと、新しい都市が建設されているさなかに起こるとは、想像さえできない。

「あれこそが恐怖だ」ロハンはカルメンにささやいた。

「軌道上からの爆撃」カルメンのささやき声が震えている。「あのようなことをする敵を止められるのでしょうか?」

「解決策を探そう」と、ロハン。

8

〈モノノケ〉は二週間近くかけて、惑星コサトカの軌道施設に到着した。乗客と貨物を惑星へ運ぶシャトルが待機している。まだ新しさの残る軌道施設に、カルメン・オチョアは目を見張った。地球には古くから受けつがれた建物が多く、火星では何世紀も前に建てられ、あちこち修繕を繰り返した建物ばかりだった。カルメンは観光客になったような気分で、まったく時代を感じさせない建物に興味深く見入った。

シャトルへ向かう乗客の保安検査所はひときわ新しかった。検査所を取り囲むように、種々の武器をいくつも所持した真新しい制服の警備員が立ち、慣れない手つきで、到着したばかりの乗客を調べていた。旅客検査の手法は、従来の方式そのままではなかった。まさに、歴史が作られてゆく過程だ。いつの日か、これがものごとの出発点だったと言われるようになるのだろう。

カルメンはロハン・ナカムラのあとから保安検査所を通ることにした。ロハンなら、なんの問題もあるはずがない。フランクリン星系出身なら、もめごとを起こすのではないかと疑われることもなく、ロハン本人にも健全で信頼できる経歴がある。ロハンはなにごともなく検査を通過した。

しかし、カルメンがアーチ状の検査ゲートをくぐると、警備員の一人が片手をあげ、カルメンを制止した。警備員は自分より若い警備員にいぶかしげな表情でたずねた。

「あれはなんだ？」

若い警備員は目を細めて画面をのぞきこんだ。

「右前腕に何かありますね。ええと、そこを軽く叩くと。これです。ハンドスキャナーを使うよう表示されています」

「了解」と、年長の警備員。「右手を出してください」手のひらサイズの円盤状のスキャナーで、カルメンの伸ばした右腕を調べはじめた。

画面の見える位置まで移動して横からのぞきこむと、右前腕に真っ赤な柄の画像が浮かび上がり、カルメンは、たちまち気分が沈むのを感じた。

「けっこうです。おや、どういうことだ？」年長の警備員は若い警備員に顔を向けた。

「じゃあ……ええと……メニューから……オプションを……」

ロハンは検査所を通り過ぎたところでカルメンを待っていた。

カルメンはなんでもない顔をして平静をよそおっていた。本物の脅威なら、警備員たちが意味をつきとめようと装置をあれこれしているうちに起こっているだろう。火星ならどこでも、この警備員たちは画面とにらめっこするあいだに死んでいるはずだ。

「刺青《いれずみ》ですね」と、若い警備員。「ほら。刺青が消してあります。しかし、機械が跡をたどって復元しています……〈レッド〉です！」のんきな口調が一転してパニックにおちいっている。

若い警備員がカルメンに向けて武器をかまえたが、カルメンはたじろぐそぶりも見せない。「〈レッド〉？」と、年長の警備員。離れた場所にいたほかの警備員たちも近づいてきた。さまざまな武器がいっせいにカルメンに向けられた。

「火星出身のやつだ！　消した刺青は〈レッド〉ギャングのしるしだ！　潜入をたくらんで……きっと……」

「問題ありません」と、カルメン。これ以上ないほど落ち着いた口調だ。

「失礼」と、ロハン。威厳を保ちながらも、穏やかな口調だ。「市民オチョアに何か問題でもありましたか？」

警備員たちは一瞬、警戒を解き、ロハンをちらっと見た。

「この人の知り合いですか？」と、年長の警備員。

「仕事仲間です。書類を確認して、出身地を見てください」と、ロハン。

警備員たちは武器を持ったまま、片目でカルメンをうかがいながら、年長の警備員が書類をチェックする様子を見守った。もっとも、今でも書類と呼ばれているが、実際には電子化された文書のスキャン画像だ。

「地球出身だ」と、年長の警備員。「旧地球だ」

「しかし――」と若い警備員。

「前歴を見てください」ロハンが強い口調で警備員をさえぎった。

「地球政府職員」と、年長の警備員。驚きながらも感服した口ぶりだ。「所属は……紛争解決部門だ！」

　地球や火星ではこのようなことは珍しくもないが、地球政府職員だと知ったとたんに好意的になるのは辺境宙域でも変わらないということか。しかし、ロハンは地球出身であることが辺境宙域では好意的に受け入れられるだろうと、はっきりわかっていた。旧コロニーの考えかたは、旧コロニーではしだいに廃《すた》れているにもかかわらず、新コロニーでも受けつがれているのだ。

「そのとおりです」と、カルメン。本来のしっかりとした口調だ。

「でも、間違いなく〈レッド〉です」と、若い警備員。最大級の非難を浴びせているかのような口ぶりだ。カルメンにとって、これまであらゆる場面で経験してきたことだった。

「さまざまな地域で仕事をしてきたからです」と、ロハン。警備員たちのまぢかに身体を寄せ、わずかに声を落とした。「旧地球は公的には、このような仕事をすることはほとんどありません。しかし、相応の経験のある人間が当該地域を非公式に訪問することはあります……」ロハンは、言外に重要な意味があるかのように、語尾をぼかした。

「非公式に？　ああ！」と、年長の警備員。「非公式に。この女性は……では、あなたがたは……ここへいらしたのは……」

「そうです」と、カルメン。自分が脅威とみなされるくらいなら、どんなことでも同意したいくらいだ。とはいえ、期待どおりにことが運びそうだ。「わたくしたちがここへ来たのは、お手伝いできることがあるからです」

「この人をこのまま通すわけにはいきません」と、若い警備員。かなり自信のなさそうな口ぶりだ。ほかの警備員は緊張をゆるめ、武器をおろしている。

「そうだな」と、年長の警備員。「しかるべき人々との面会が必要だろう。おそらく第一大臣だろうか？　管理者に連絡しろ。こちらのお二人には地上まで付き添いが必要だ。ここでお待ちいただけますか？」先刻までの恐怖は消え、敬意のこもった口調だ。

「わかりました」と、カルメン。にこやかな笑みを浮かべている。

「ご理解いただきたいと思いますが、先ほどは、ええと……」

「もちろんです」と、カルメン。「あなたがたはご自分のお仕事をなさっただけです。非常に完璧でプロらしいお仕事ぶりでした。お心遣いに感謝するとともに、誤解が解けたことをうれしく思います」カルメンにとって相手と面と向かって対処するのは慣れたものだ。称賛の言葉に共感を織りまぜれば、相手が傷つくこともない。年長の警備員はカルメンの言葉を聞いてうれしそうにほほえみ、若い警備員に向かって手をふって合図した。若い警備員もようやく、武器をおさめた。

カルメンとロハンは検査所の横にある部屋に案内された。快適に整えられた室内の様子から、取調室でないのは明らかだ。カルメンはロハンに目配せし、意味ありげに室内を見まわした。おそらくこの部屋のどこかに盗聴器がしかけられていると、ロハンも気づくだろう。

ロハンは、カルメンの意図を察してうなずいた。

「あの場でわたしがあいだに入ったことは問題なかったか？」と、ロハン。慎重に言葉を選んでいる口ぶりだ。

「わたくし一人でも大丈夫だったけどね」と、カルメン。願望もこめた言葉だ。「でも、たがいの身元を保証し合うのが助けになるのは間違いありません」

「誰もが少しいらいらしているな」と、ロハン。

「わたくしたちが通った保安検査所は、運用開始から少なくとも何ヵ月かたっていることに、気づいた？」と、カルメン。

ロハンは目を見開いてカルメンを見た。

「ラレース星系への軌道爆撃を受けてのものではないんだな？」

「ええ」カルメンは、それ以上は口にしなかった。うっかり漏らしたひとことが警備員たちの耳に入り、身分や来訪目的に疑いを持たれてはたまらない。保安検査所では軌道からの爆撃を阻止できない。しかし、惑星に侵入しようとする人間の阻止は可能だ。火星の旧友の警告にあった、コサトカ星系で不詳の〝仕事〟をするような人間を捜し出せる。

ほどなくして管理者が姿を見せた。管理者は軌道施設の警備部長で、施設の主任管理職職員をともなっていた。このように要人扱いされた経験はなかったが、旧地球からコサトカ星系への派遣任務だと思っている二人に、カルメンは精一杯、調子を合わせた。星系内にどのような問題が現存するのかわからないので、少しの努力を要した。

「実のところ、われわれは不満分子の要求がわからないのです」と、主任管理職職員。カルメンはわけしり顔でうなずいている。

「われわれは断固たる措置をとらなければなりません」と、警備部長。

「政府は適切な手順をふみたいと思っています」主任管理職職員はカルメンとロハンに言った。「しかし、どのような手順が適切なのかわかりません。しかるに、事態は悪化するいっぽうです。早急な対処が必要で、いかなるご助言もありがたいところです。あなたがたのご来訪は、本当に願ってもない幸運です。むしろ、旧地球の名案と言うべきでしょうか！」

「最新情報を確認してから提案したいと思っています」と、カルメン。うまく取りつくろっている。

ようやく、カルメンとロハンはシャトル発着場へ案内された。軌道施設の警備部長も同行して、次の便で地上へ向かうことになった。

ほかの乗客が乗りこみ、貨物の積みこみが終わると、シャトルは軌道施設を離れ、惑星の大気圏をめざして進みはじめた。シャトルは東へ向かい、目前に突然、朝日が差しこんだ。それから、惑星コサトカの地上へ向かって降下しはじめた。

カルメンが座席の娯楽モニターで飛行状況を確認すると、シャトルは地上二万メートルの高度を、厚い大気圏を切り裂きながら進んでいた。そのとき、巨人に蹴《け》られたかのように、シャトルがふいに大きく傾いた。ドーンという鈍い音とともに、シャトルに振動が伝わった。シャトル内のどこかで、爆弾が爆発したらしい。

シャトルは片側に大きく傾いたが、さいわいなことに、いまにも空中分解しそうな気配はない。

警報が鳴り響き、パニックを起こした乗客たちの叫び声が響くなか、パイロットは機体を立てなおそうと奮闘し、シャトルはブルブル振動しながら左右に揺れた。

ロハンがカルメンを見つめた。

「何があったんだ？」

「爆弾みたいよ」と、カルメン。乗客デッキの喧騒《けんそう》にかき消されないよう、大声になっている。「でも、パイロットはシャトルを立てなおそうと力を尽くしているので、望みはあります」

「無事に着陸できるのかな？」

シャトルの振動が少しずつおさまり、機体の安定がしだいに戻ってきた。

「もちろんよ！」と、カルメン。

ロハンは乗客たちを振り返り、大声を出した。

「みなさん、大丈夫です！　落ち着いてください！　パイロットはシャトルの制御を取り戻しています！」

乗客たちの騒ぎが沈静しはじめ、カルメンは座席の娯楽モニターを確認した。モニターの機能は今も正常で、これも明るい兆《きざ》しのひとつだ。シャトルは五千メートルも急降下していたものの、降下速度はしだいに低下していった。

警報の残響が止まり、乗員の一人の声が乗客デッキじゅうに響いた。

「機内で緊急事態が発生しましたが、現在は機体制御も回復し、着陸場まで到達可能です。乗客のかたがたは落ち着いて、シートベルトをお締めください。最新の状況がわかりしだい、お知らせします」

ロハンは座席の娯楽モニターを見ていた。

「まだ降下速度が速すぎないか？」と、ロハン。ささやき声だ。

カルメンも自分のモニターでデータを見た。

「わたくしはズブの素人《しろうと》よ」と、カルメン。ロハンと同じように声を落としている。「でも、わたくしもそう思うわ」

「シャトルはどの程度の衝撃まで耐えられるんだろう？」

「そうね。操縦室でもパイロットたちが同じ会話をしているかもしれないわ」

二人に同行している軌道施設の警備部長がカルメンのほうを向いた。

「あのう……シャトルは大丈夫なんでしょうか？」額《ひたい》に玉の汗をかいている。

「いちばん危険なのは、爆発直後です」と、カルメン。「爆発後にパイロットが制御を取り戻せなければ、もっと危険な状態になっていたはずです。しかし、シャトルの制御は回復しているので、おそらく着陸できるでしょう」

「このような経験がおありですか？」と、警備部長。

「何回かあります」と、カルメン。火星で生まれ育てば、爆発の噂を聞くことも、まぢかで爆発が起こることもある。爆発直後の乗客たちのパニックに驚いたものの、まわりの乗客はいままで爆発が身近で起こるような環境にいなかったことを思えば、当然だ。乗客たちにとって、このような出来事は前代未聞で、どのように行動すればいいのかもわからないだろう。「わたくしたちはまだ生きています」カルメンは声を張り上げた。乗客デッキ内のほかの乗客にも聞こえるはずだ。「つまり、無事に着陸できる可能性は充分にあるということです」

シャトルは不規則に上下しながら降下を続け、パイロットたちは機体をなんとか安定させようと奮闘しているようだ。カルメンはかなり強い重力を感じた。どうやら、地面へ向かう力を前方へ向かう力に変えようとしているらしい。着陸場までずっと機体を揺らしながら滑空するのだろう。

皮肉にも、着陸の可能性が見えてきた今になって、ほかの乗客のパニックがおさまったというのに、カルメンはパニックになりそうな自分と闘い、必死で息を整えようとしていた。カルメンが若いころに、航宙船の爆発事故に巻きこまれて火星で亡くなった両親のおぼろげな記憶がよみがえり、その恐怖に圧倒されそうだった。苦心してやっと火星を離れて、はるばるここまでやってきたのに、結局、両親と同じような事故で死んでしまうしかないのか？

ぐっと歯を食いしばりながら、カルメンは娯楽モニターを指で叩き、機外の景色を表示した。急速に近づく惑星の地面が目に入り、カルメンはますますパニックにおちいった。

シャトルの機首が上を向き、降下速度を低下させようとエンジンがうなった。

乗客の多くは、静かになっていた。なりゆきを見守りながら、心のなかで恐怖と闘っている。なにごとか、ひとりごとをつぶやく者もいれば、すすり泣きながら祈る者もいた。

何かが壊れるようなドンという音がした。エンジンの一基が落下し、シャトルが右側へ大きく傾いている。

シャトルが傾くなか、カルメンは身体を左側に持ち上げて支えようと力をこめた。まわりの乗客も同じような努力をしているが、どうにもならない。

今度はシャトルの右翼が上がり、機体は左に傾いた。機首がふたたび持ち上がったが、いまにも下がって前のめりになりそうだ。

ロハンがカルメンの手をぎゅっと握った。

「着陸場で会おう」

「同感よ」と、カルメン。このような状況でも他人を思いやるロハンの強さに、カルメンは恐怖と闘いながらも感動を覚えた。

カルメンの座席のモニター上では、惑星の地面がすさまじい速さで通り過ぎ、シャトルの高度はおぼつかなかった。地上には開けた平野が見えるばかりで、都市にあるシャトル着陸場はまだ先らしい。

「乗客のみなさん、緊急着陸体勢をとってください！」緊迫した口調の機内放送が流れた。

「乗客のみなさん――」

シャトルはいまだに猛スピードで進み、急降下が続いていた。突然、空中で何かに当たったかのような衝撃を受け、機体が後ろへはずみ、上下左右に揺れた。さらに衝撃があり、ふたたびはずんだ。乗客の誰かの叫び声が聞こえる。衝撃で土や岩が飛び散る様子を数瞬映した娯楽モニターは、いまや砂嵐のような無数の小さな点を映すばかりだ。

三度目の衝撃でシャトルは地面に接地し、かんだかい摩擦音を立てて地上をガタガタ揺れながら疾走した。シャトルは基本的に垂直着陸するよう設計されているが、緊急時には滑走しての着陸も可能だ。しかし、このようなコンクリートらしい地面の上で振動しつづけながらの滑走は想定外だ。

シャトルが横すべりして横転や反転の恐れもあるなか、機体の傾きに改善が見られ、ようやく減速しはじめた。

持ち上がっていた側の機体がドスンと下に戻り、でこぼこの円形のスリップ痕を地面に残し、シャトルはほぼ一回転した。最後にもういちど機体が傾き、やっとのことでシャトルが停止した。

乗客たちは誰ひとりとして、口もきかず、身体を動かすこともなく座席にそのままますわっていた。大きく息を吐く者さえいない。乗客デッキの両側の緊急脱出口がボンと弾《はじ》け飛んだ。

カルメンはこういう場合の人間の反応を知っていた。すばやく立ち上がり、脱出口めがけて突進しはじめた半狂乱の乗客たちを振り返って叫んだ。

「落ち着いてください！」

ロハンもカルメンの横に立ち、乗客たちに叫んだ。

「一人ずつです！　あせらないでください！　シャトルは無事に着陸しました。もう安全です。大丈夫です！」

パニックを起こしていた乗客たちは冷静さを取り戻し、誰も取り乱すことなく、すばやく脱出しはじめた。カルメンは立ったまま、自分の順番がくるのを待っていた。このような状況では、みなの手本になるような落ち着いた態度を見せることが重要だ。しかし、内心は一刻も早くシャトルから降りたくてたまらなかった。これほどひどい損傷を受けたシャトルなら、結局、爆発することも多い。燃料タンクはどこにあるのだろう？　どうか損傷個所から充分に離れていますように。

ロハンもカルメンのかたわらで順番を待っていた。ほかの乗客と違い、まぢかにいたカルメンには、ロハンがかすかに震えるさまが感じられた。しかし、ほかの乗客からすると、ロハンもカルメンと同じくらい落ち着いて見えただろう。

軌道施設の警備部長は自分の座席の背もたれに寄りかかり、二人の横に立っていた。

ほかの乗客の避難が終わり、やっとカルメンとロハンの順番がきた。警備部長も一緒に、近くの脱出口から地面にすべりおりた。

地面に降りてから振り返ると、シャトルは見る影もなく壊れていた。パイロットたちが地上まで無事に降下させたのは奇跡としか言いようがない。

パイロットと乗員が専用の脱出シュートですべりおりてきた。みな脚がもつれ、たがいに身体を支え合っている。カルメンがパイロットたちに拍手すると、まわりの乗客からも拍手が湧いた。

救急サイレンを鳴り響かせながら、事故処理車と警備隊が壊れたシャトルに向かって走ってきた。どこまでも青い空に、点々と白い雲が浮かんでいる。わずかに肌寒い空気中に、油と燃料の刺激臭が感じられた。カルメンは大きく息を吸いこみ、まわりの光景がなんと生き生きして見えるのかと目を見張った。

「着陸前に燃料のほとんどを捨てました」乗員の一人が軌道施設の警備部長に報告した。

「あのう……環境影響報告書の提出が必要ですよね？」

警備部長は身体の奥からこみあげるように、ゲラゲラと笑いはじめた。

「そりゃいい！」笑い声は周囲に広がり、安堵《あんど》のなかにヒステリーにも似た響きが感じられた。

喧騒の合間に、残骸と化したシャトルのなかから、とぎれとぎれに繰り返される機械的なメッセージがかすかに聞こえていた。

「コサトカ星系へようこそ！　快適な航行をお楽しみいただけたことと思います！　コサトカ星系へようこそ！　快適な航行をお楽しみいただけたことと思います！　コサトカ星系へようこそ！……」

コサトカの第一大臣ホーファーは、この一カ月で十歳も老けたように見えた。しかし、カルメンとロハンに挨拶すると、二人に会って安心したのか、少し若返った感じがした。

「昨夜は、祖父に導きを求めました。祖父の返事は、助けがくるからそれを待ちなさいというものでした！」

「お祖父さまも一緒にコサトカ星系へ移住なさったのですか？」と、カルメン。礼儀正しい口調だ。

「なんですと？　いやいや、祖父は二十年前に木星の衛星イオで亡くなりました。あなたもご先祖さまと対話されてはいかがですかな」と、ホーファー。熱心な口調だ。

「今のところ、ご先祖さまはどなたも、われわれを助けてくださってはいません」と、硬い表情の女性。警備員と同じ制服のこの女性は、サルコジ保安調整官と紹介された。

コサトカ政府代表の第三の人物は、好意的な表情を見せていたが、最近のストレスから口のまわりにしわが寄っていた。

「クレオン・オットーネ代議員会議長です」オットーネは自己紹介した。「正直なところ、地球政府が労力を払ってくれるとは驚きです」

ロハンは思わず、笑い声をあげた。

「あなたは旧地球からコサトカ星系へ直接移住したのですか？」

「そうです。ナントという都市出身です」オットーネはカルメンに顔を向けた。「あなたはどちらですか？」

カルメンは微笑した。

「アルバカーキです」

「火星にもおいでになったと聞きましたが？」と、サルコジ。警戒する口ぶりだ。

「そのとおりです。残念なことに、火星では規模の大小を問わず、紛争が絶えません」と、カルメン。

「実は、〈レッド〉がコサトカ星系の問題に一枚かんでいるのではないかと思っています」と、オットーネ。「かなりの数の〈レッド〉が辺境宙域に進出していますよね？」

「実際に火星へ行けば、なぜ、火星を離れたがるのかわかるはずです」と、カルメン。オットーネの心配はある程度正しいとわかってはいたものの、どうにも弁護したい気に駆られた。「地球にしても歴史上、紛争と無縁ではありませんでした。木星の各衛星のコロニーも同様です」

「旧地球は何を辺境宙域に送り出しているんですか？」と、ホーファー。不平がましい口調だ。「噂によると、囚人たちを船にぎゅうぎゅうに詰めこんで、まるごとコサトカ星系のようなところへ移そうとしているせいで、からっぽになっている刑務所もいくつかあるとか！」

「たしかに、そのような例もあります」と、カルメン。「以前は地球のなかで行なわれていた好ましくない人物の移住を、今度は辺境宙域に対して繰り返しています。しかし、移送される犯罪者たちは、おもに政治的反体制派で、凶悪犯ではありません」

「その政治的反体制派がコサトカ星系で問題になっているんです！」ホーファーは、部屋の一面にある本物の大窓に視線を向けた。窓の下には新しい町並みが広がり、幅広の道路がほぼ規則正しく格子状に交差し、ロータリーにつながっている。「少なくとも、ラレース星系の恐ろしいニュースの前は、コサトカ星系の大問題でした。みなさん、すわりましょう」

　カルメンとロハンは二人用の長椅子にすわり、コサトカ星系の政府代表はそれぞれの役職を主張するかのように、別々の椅子に腰かけた。

「反体制派の最新状況はどのようなものですか？」と、カルメン。これまでの情報を何ひとつ知らないことはおくびにも出さない。

「以前とそれほど変わりはありません」と、サルコジ。不満げな口調だ。「ご存じのとおり、最新の事件はシャトルの爆弾の件です。爆発物は貨物のなかにしかけてありましたが、シャトル外殻に隣接していたので、まわりの貨物が衝撃を吸収し、内部損傷は抑えられました。爆発による損傷の大部分は、機体にあいた穴です。おかげでシャトルは無事着陸できました」

　ロハンはうなずいた。

「ええと、その反体制派勢力の要求はなんですか？」

「ドラバの自治権です」と、ホーファー。「惑星コサトカには都市がふたつと、そのまわりに町がいくつかあるだけです。ドラバは第二都市としての自治権を要求しているのです！　バカげた話でしょう？　コサトカは全体主義国家ではありません。立憲議会制民主主義国家です。ドラバの住民たちは、ここコサトカの住民と同じく選挙権を持っています」

「最近の社会発展に関する情報はありませんでした」と、カルメン。さらなる情報を引き出すため、言葉を慎重に選んでいる。「どのようなきっかけで、主張するだけでなく暴力をともなうようになったのでしょう？」

「われわれも同様の疑問を持っています」と、オットーネ。「政治的論争はいつものことでしたが、トラブルが起きそうな兆候はありませんでした。だしぬけにさまざまな爆弾事件が起こりはじめ、ドラバの独立を求める声明が発表されたんです！」

「われわれだけでも充分に対処可能だと考えていました」と、サルコジ。「しかし、こう立てつづけに爆弾事件が起こると、ラレース星系の事件があった今、新たな脅威の対抗策にも人員やおカネを割くことになります」

「やはり、コサトカ星系に入りこんだ〈レッド〉が一連の事件に関係していると思います」と、サルコジ。カルメンの顔を横目で見て、推量しているようだ。

サルコジの言動から考えると、カルメンの意見を無視したいのだろう。保安調整官なら当然、軌道施設の保安検査所で刺青の跡が見つかったことを耳にしているはずだ。しかし、いずれはこの事態に直面することになるのはわかっていた。カルメンはサルコジの言葉に動じる様子もなく、ほかの二人を見つめていた。

「反体制派問題は、お言葉を借りるなら、だしぬけに過激化したのですね？　以前は不平を口にするだけだったのに、いきなり爆弾事件に発展した、と。また、お言葉によると、静かな時期があったが、いきなり暴力的な行動をとるようになった、と。外部要因の影響で爆弾事件が起こったようだということですね」

「〈レッド〉です」と、サルコジ。

ことはしたくないものです」と、オットーネ。「しかし、いざとなれば、そのようなことはしたくないものです」と、オットーネ。

「〈レッド〉も関係しているかもしれませんね」と、カルメン。つとめて穏やかな口調で話している。いままで何回も、このような会話が繰り返されてきた。数えきれないほど何回も。「火星を離れた〈レッド〉の大半は、新しく人生をやりなおせることに感謝こそすれ、脅威にはなりません。しかし、何者かが火星出身のギャングを、ここコサトカ星系である種の仕事をさせるために雇うらしいという情報を耳にしました」

「何者かが?」と、ホーファー。

「誰とは知りません。つまり、誰か第三者が資金と装備を提供して、ドラバの反体制派を抱えこみ、人を雇って惑星コサトカで問題を起こそうとしているのです」

しばらく沈黙が流れた。

「なぜですか?」サルコジが沈黙を破った。カルメンの言葉を疑う口ぶりではなく、純粋に理由を知りたいだけのようだ。「なぜ、ラレース星系にしたように直接コサトカを爆撃しないのですか?」

「わかりません」と、カルメン。「コサトカ星系で問題を起こしている勢力は、ラレース星系を爆撃した勢力と同じだとはかぎりません。コサトカ星系とは違い、近隣の星系同様、財力に限りがあるのかもしれません。コサトカ星系にはすでに充分な対抗手段があります。星系に無断で侵入しようとする戦闘艦がいたら、対処可能ですよね?　便宜的な方法で敵による爆撃を阻止することもできるでしょう」

「できれば、そのようなことはしたくないものです」と、オットーネ。「しかし、いざとなれば、しかたありません」

「そういうわけで」と、カルメン。「あなたがたの敵対勢力は資産がかぎられていると推測されます。コサトカ星系は充分に強大なので、ある星系が別の星系を併合したい場合、現状では困難です。しかし、コサトカ星系が内部の問題をめぐって対立していたらどうでしょうか。星系内で分裂が起こり、コサトカ人どうしで戦争が起こっていたとしたら」

政府代表者たちはたじろぎ、身体を後ろへ引いた。

「われわれには、どうしようもないんですか？」ホーファーが沈黙を破った。「コサトカは分裂して、爆弾の爆発も阻止できないと？」

「状況が悪くなれば、そのようなことも起こりえます」と、カルメン。同情を見せながらも、堂々とした口調だ。「わたくしの提案をお聞きになりますか？」

「もちろんです！」と、コサトカ政府代表。三人は声をそろえて返事したが、サルコジだけは少々おざなりだ。

「分離派の支持基盤を取りのぞく必要があります」と、カルメン。「分離派の主張を解決すれば、問題勃発をたくらむ外部勢力につけこまれなくなります。分離派の正式な要求が何かあったと思うのですが、いかがですか？」

「なおいっそうの地方自治権を要求しています。まったくわけがわかりません。誰もが等しく代議員の投票権を持っているんですよ」と、オットーネ。

「地方自治権ですか？　ドラバの自治権はどの程度認められているのですか？　市長はいま

すか？　市議会はありますか？」と、ロハン。

三人は一様に首を横に振った。

「政府が管理しています」と、ホーファー。

「どういうことですか？」と、ロハン。驚いた口ぶりだ。「ドラバ市長はいないのですか？　では、ここはどうですか？　ここも市長はいませんか？」

「惑星コサトカはそこまで大きくありません」と、オットーネ。「だから、コサトカ政府による両都市の運営もなんら問題ありません。ふたつの都市と周辺の町と軌道施設の運営も、星系全体の運営と今のところそれほど違いはありません。われわれだけで充分に可能です」

ロハンがカルメンを見ると、カルメンは先を続けるようロハンに身ぶりした。

「能力の問題ではありません」ロハンはコサトカ政府代表者たちに言った。「星系運営の体制としてのありかたの問題です。コサトカ人民にとって、あなたがたは雲の上の存在です。いいですか、わたしはフランクリン星系でこの種の問題にたずさわってきました。人民というのは、自分たちのことを気にかけ世話をしてくれる人に心を開くものです。星系全体を手がける人に対しては違います。両市とも市長と議会を置いて市の運営をまかせ、政府に報告させるようにするべきです」

「そのような人間は無駄で、必要ありません」と、ホーファー。

「たしかに！　お気持ちはわかります！　しかし、両市ともこれからますます発展し、人口も増えるはずです。そうなったときに、あなたがたは星系全体を管理するいっぽうで、惑星のことも気にかけ、各都市や各町の運営も続けられますか？」と、ロハン。両手を大きく広げ熱弁を振るった。「政府がほかの星系と通商協定を結んだり、惑星全体の景気動向を心配したりするさなかに、それぞれの都市や町に暮らす人々にも気を配れますか？　新しい道路を造ってほしいとか、隣人が裏庭の道楽小屋で鉛の溶解を始めたとかの問題に、対処できますか？」

「そのような問題なら、いまでも充分に対処可能です」と、オットーネ。「住民はコサトカ政府システムの要望部門にメッセージを送信するだけです。そうすれば、その要望が当該部門にまわされ、適切な処理を行ないます」

「その要望処理システムはいつまで機能しますか？」と、ロハン。「システムがうまくまわっているなら、コサトカ人民、とくにドラバの住民が不満を持つこともないのではありませんか？　別の大陸に第三の都市ができたら、どうなりますか？　いますぐ政治的影響力を分割し、市長や市議会の選挙の機会を与えるべきです。そうすれば、市民は市政に直接かかわることもでき、市長や市議会との対話も可能になります。このまま政府がすべての権力を手中にしていれば、いずれは大きいだけの組織になってしまうかもしれませんし、正常に機能しなくなることもありえます。今の段階で、コサトカ政府は将来を見すえて変革すべきだと思います」

「たしかに旧地球ではそのようになっていました」と、オットーネ。「しかし、われわれは、ドラバが望む、地球のような独立した政府を求めていたわけではありません。コサトカは地球よりはるかに小さいのです。われわれは何も……そうです。とにかく、われわれは何も考えずに対処していました。検討が必要でしょうね」オットーネはホーファーに顔を向けた。「分離派の主張を解決し、外部勢力によるテロを排除しましょう」

「そうだとしても」と、サルコジ。荒々しい口調だ。「宇宙からの爆撃に対処する必要は依然として存在します。あなたのお言葉どおりだとすると」サルコジはカルメンを見た。「あのような爆撃を行なった勢力はほかの星系ということですね。われわれはその連中を叩きのめし、必要とあらば制圧し、悪党集団を無効化しなければなりません」

「いけません」と、カルメン。「悪い方向へ落ちてはいけません！　そのような行為を行なえば火星と同じになり、それこそ敵の思うつぼです。そうなれば、治安部隊は自国民を守る防衛軍ではなく占領軍のようになり、人民が、法と秩序は自分たちを抑圧する悪い力だと思うようになります。そのような事態にならなくても、治安部隊は好ましくない人民を抑制するだけの勢力になってしまいます。治安部隊が人民の敵になってしまうのも時間の問題で、人民が治安部隊を排除して無法地帯になることをとめられません」

「火星独立戦争ですよね？」と、ロハン。

「そのとおりです。火星独立戦争では、善意の人々が利用されました。最終的に勝ったのは、我《が》を通したいだけの好戦的な人々でした」

「火星の歴史をよくご存じのようですね」と、サルコジ。

「ええ」と、カルメン。言外の皮肉に気づかないふりをしている。「そういうわけで、コサトカ星系が悪い方向へ行かないようお手伝いしたいのです」

「〈レッド〉はこの暴力行為にまったく関連がないとおっしゃりたいのですか？」

「違います」と、カルメン。「問題を起こそうとしている人間には、火星出身のギャングが雇われているかもしれません。だからといって、火星出身者のすべてが危険とはかぎりません」

「政府に変化を要求する人間は、われわれを困らせるためにやっているに違いありません」と、サルコジ。

「意見が違うというだけで断罪してはいけませんよ」と、ロハン。「政府のやりかたに異議をとなえる人間が、必ずしも敵とはかぎらないのですからね。そのような人々を敵対視すれば、全員が敵になってしまう。フランクリン星系では、対立する意見を持つ人間も法でしっかり守られていました。コサトカ星系も同様のものが必要だと思います」

「そのとおりです」ホーファーは、サルコジのほうへ意味ありげに視線を向けた。どうやら、これまで何回も議論されてきた問題らしい。「もうひとつの問題について考えましょう。ラレース星系の問題です。大したことはできませんが、コサトカ星系は援助を考えています。そのほかに、われわれはどのようにするべきだと思いますか？」

　カルメンはしばらく考えるふりをした。犠牲となった人々のことを思うと、爆撃に嫌悪感を禁じえない。おかしなものだ。つい先ほどはシャトルが墜落しそうになっても、胃が締めつけられるほどの恐怖を感じなかったのに、今は爆撃によるラレース星系の大量殺人で気分が悪くなるとは。

「地球では、あのようなことは、形態は違えど何回もありました」と、カルメン。「直近のものは太陽系戦争中に起こりました。あのような爆撃に対して避けるべき行動は、ふたつあります。第一は、侵略者がこちらの存在に気がつかないように、そのような行為をする価値もないと無視するように願いながら、身をひそめることです。とはいえ、準備をおろそかにしてはなりません。防衛力を持つことは、敵を〝刺激する〟かもしれないという安易な主張にひきずられてはいけません。防衛力は必要です」

「コサトカ星系も同意見です」と、サルコジ。

「第二に、パニックにならないこと」と、カルメン。「あせって何かをしても問題を適切に処理できませんし、かえって悪化する場合も少なくありません。コサトカ人民がひとつとなって政府を支持することが、あなたがた政府の方針に対してのなによりの国民支援となります」

オットーネは頭を振った。

「〝対策を立てる〟や〝コサトカ星系を守る〟は、もう何回も国民に迫られている言葉です。何か行動しなければなりません。でなければ、国民はわれわれをリコールして、ただでなんでもやると言うような扇動家を送りこんでくるでしょう」

「われわれには新たな対策が必要です」と、ホーファー。頬杖をつき、カルメンとロハンをじっと見た。「反体制派の件です。われわれは反体制派と対話すると示したい。地球政府はどのようになさいますか？」

　カルメンは両手を大きく広げた。

「おそらく政府内でなんらかの行動に対して許可を求め、許可するかどうかの議論の結果を待つことになるでしょうね。さいわい、あなたがたはその必要はありません。地球政府は、同様の事件の再発防止の手立てを提言するだけでしょう」

「先ほど防衛力が必要だとおっしゃいましたが」と、サルコジ。カルメンの提案は、善意のものなのか、ただの腐った火星人のたわごとなのか、判断がつかないような口ぶりだ。「いくつかの航宙船になんらかの武器を搭載して、攻撃の意図を持つ侵入者に対抗するのは可能です。それはすでに検討してあるんですよ。いくつかの部品を組み換えて重粒子ビーム砲を造り、そのうちのひとつを、〈プワスキ〉の帰還を待って搭載します。もっと高性能の戦闘艦を入手するまで、〈プワスキ〉を戦闘艦として使用できます」

「貨物船は二隻しかないんですよ」と、オットーネ。「そのうちの一隻を戦闘艦にしたら、貿易に使用できるのは〈コペルニクス〉だけになってしまう。貿易相手の船に頼るしかなければ、〈プワスキ〉に武器を搭載するよりずっと費用がかさんでしまいます」

　ホーファーが片手をあげ、二人の言い合いを止めた。眉をひそめて考えこんでいる。

「もちろん、費用についても議論が必要ですが、早急に結論を出す必要があります。〈プワスキ〉を戦闘艦に改造する費用と、貨物船が一隻だけになることで余分にかかる費用は簡単に計算できます。しかし、ラレース星系のようにコサトカも爆撃されたらコサトカ星系が受ける損失は、計算できないほど莫大です」

「〈コペルニクス〉を地球へ送ってはいかがでしょう？」と、カルメン。「〈プワスキ〉の転用は一時しのぎにすぎません。地球には軍縮のため退役した戦闘艦がいくつもあり、宇宙空間に放置されています。求職中のもと地球艦隊戦闘艦乗組員も大勢います」

「地球までは、かなりの距離ですね。地球の退役戦闘艦は一隻いくらぐらいするんでしょう？」と、ホーファー。

「具体的な価格まではわかりません」と、カルメン。「しかし、戦闘艦を新造するよりも、はるかに安いはずです。地球艦隊の水兵たちと話す機会がありましたが、地球政府が戦闘艦を解体業者に売らないのは、軌道上に固定しておいたほうが安いからだそうです」

「艦の名前をご存じですか？」と、オットーネ。

「はい」と、カルメン。あのとき、兵士たちと話をしていて本当に幸運だった。「わたくしが知っているのは、三隻の駆逐艦です。ええと……〈ジョージ・ワシントン〉……〈シモン・ボリバル〉……〈ジャンヌ・ダルク〉です」

「駆逐艦ですね」サルコジが通信パッドをすばやくタップした。「ファウンダーズ級か。三隻ともラレース星系を攻撃した駆逐艦より、新型で高性能です！　このデータは少し前のものですが、あと三十年は現役で使用可能だと表示されています！」

ホーファーの顔に、徐々に笑みが広がった。

「それはすばらしい！　まずは〈プワスキ〉を改造して代用しましょう。そして、地球艦隊から直接、新型戦闘艦を最低一隻は購入すると、コサトカ人民に伝えましょう。そうすれば、惑星コサトカの現在の防衛だけでなく、将来の防衛もあわせて解決するというわけです」

「人民もさぞ安心することでしょう」と、オットーネ。「それに、この方法なら、これまで話し合ったどの解決策より、費用もかなり抑えられるはずです。市民オチョア、われわれは一隻、ことによると二隻の駆逐艦を安く購入できるんですね？　おまけに、駆逐艦勤務経験のある軍人も雇うことができますよね？」

「そのとおりです」と、カルメン。「地球艦隊本部の正確なあて先に、正式な購入申込書を送るお手伝いもさせていただければ、艦隊の手続きもすみやかに処理されるはずです」

　地球政府の仕事を何年もしていたときは無駄に感じたものだが、辺境宙域に来てはじめて、その経験が実際に役に立った。

　惑星コサトカの第一都市（八年前に開設された）が誇る最新ホテルは、豪華で快適で、年々増加する来訪者を見こして建てられていた。カルメンの宿泊するスイートルームは、これまで住んだどの家よりはるかに居心地がよかった。

「きみとわたしの二人とも、問題解決のためにドラバへ行くんだな？」と、ロハン。ロハンのスイートルームは広間をはさんでカルメンの部屋の向かい側で、部屋の豪華さにとまどっているカルメンと同じく、ロハンも困惑した表情を見せている。

「ええ、政府代表に同行するわ」と、カルメン。「でも訪問の予定は少し先になるはずよ」

「わたしがその会談に同行しても、あまり役に立てるとは思えない」と、ロハン。憤慨した様子はなく、とまどっている口調だ。

「とんでもない。あなたは本当によく助けてくれた。あなたのおかげで、旧コロニーと新コロニーの考えかたの違いも理解できた。わたくしの考えかたは太陽系そのままの古いものよ。わたくしたち二人とも、今日はよくやったと思うわ、ロハン」

「それに、九死に一生を得た！」と、ロハン。一転して笑顔になっている。「そのうち今日のシャトル事故の夢でうなされることもあるかもしれないが、とりあえず今日のところは助かったことに感動している！　実はあの爆発の前に、メレのことが気にかかっていたんだ」

「メレ？　フランクリン星系宙兵隊の？」

「そう。メレ・ダーシー。メレはいい人間だよ」

「わたくしも、そう思うわ。そして、どのような状況でも、自分で身を守れる人のようね」

ロハンは窓に近寄り、星空を見あげた。

「いっぽうで、楽園にいてさえトラブルを起こす一面もある。それとも、楽園にいると退屈だからトラブルを起こすのかもしれない！　メレはどこまで行ったんだろう？　何か危険なことに巻きこまれてなければいいのだが」

9

「ダーシー、おまえほどバカなやつは、いままで見たこともないぞ」

まだ新兵だったころ、教官に言われた言葉がメレ・ダーシーの頭に浮かんだ。どうしたら、たった一人の宙兵隊員でスカザ基地を叩けるっていうんだ？　そもそも、なぜ、こんな仕事を引き受けてしまったんだろう？

いいニュースとしては、ギアリー大尉は約束どおり、基地侵攻作戦のために、新設されたスカザ基地上空の軌道上に静止衛星をいくつか敷設してくれた。おかげで、基地の多くの情報をごく短期間に収集できた。

ロブ・ギアリーがこれほどすんなり助けてくれたのは、なぜなんだろう？　経験上、艦隊の人間が宙兵隊員をすすんで助けることなどなかった。助けてくれるとしても、正規のルートを通して相応の承認が得られた場合だけだ。でも、アルファル艦隊はフランクリン艦隊とは違うのかもしれない。それとも、あの大尉は悪習に染まるほど長くはアルファル艦隊にいなかったから、タイミングよく助けてくれただけだろうか。

悪いニュースとしては、衛星の情報を見るかぎり、基地侵攻は思っていた以上に難しそうだ。スカザ基地の外側を巡視する兵士たちは、重装甲戦闘服を身につけ、相当数の軍用エネルギー・パルス・ライフルかスラッグ・スロウワ・ライフルを所持している。確認できた巡視兵と基地内の兵士の人数から推測すると、基地全体で百人ほどの兵士がいると考えられる。距離を置いて設置された兵舎四棟のあいだの建物は、明らかに民間人の住居だ。兵舎を破壊すれば、民間人の巻き添えも避けられそうにない。まわりを塹壕《ざんごう》で囲んだ陣地もいくつか検出され、ますます攻撃が難しい。そのうちのひとつは巨大な掩蔽壕《えんぺいごう》で、そこが指令所なのは間違いない。スカザ基地の入口には警戒センサーが設置してあり、人間でも物体でも接近するものを感知する。警備艇〈スコール〉が出航して何日かすると、マンタ形の戦闘機が基地から離昇し、あたりを飛びまわってテスト飛行した。ほどなくして、二機目の戦闘機も姿を見せ、テスト飛行を始めた。

とはいえ、基地は全体的に旧式で新品のものはない。そうはいっても、軍用武器を持つ重装甲戦闘服の百人の兵士を相手に、塹壕で囲まれた指令所に、基地周辺のセンサー区域とくれば、侵攻は容易でない。おまけに、敵は二機の戦闘機で上空からも防衛している。

それにひきかえ、こちらはどうだ。志願兵はどのくらい集まるのか。惑星グレンリオンのコロニーでどのような武器を集められるのか、また、どのような装備を提供してくれるのか。それでも、総動員で奇襲作戦を実行し、スカザ基地で建設中の対軌道砲の完成前に破壊しなければならない。

でも、わたしには、フランクリン星系宙兵隊で会得した技術がある。それに、スカザ基地に送りこまれた兵士のあしらいかたは、経験からわかる。

しかし、それだけでは充分ではない。さいわいなことに、あちこち聞いてまわった結果、ギアリー大尉が教えてくれたハッカーの情報は正しかった。メレはそのハッカーに会うために志願兵訓練施設をあとにした。訓練施設は都市のすぐ外に広がる自然のままの野原にあり、ほかの部門から一時的に人員と機械が配属されている。新築のビル内にあるできたばかりのオフィスの前にメレは到着した。〝ニンジャＩＴコンサルティング〟と銀色の文字で記されたドアをノックしてから手をかけると、鍵が開いていた。メレは室内に入った。

少し髪の乱れた若い女性が、ずらりと並んだ画面とパネルを前にしてすわっていた。

「はい？」

「ギアリー大尉から紹介されて来ました」と、メレ。精一杯、愛想のいい口調だ。

「大尉が？」女性は顔をしかめた。「ああ。例の宙兵隊員ね。こんにちは、将軍」

メレは首を横に振った。

「ただの軍曹だよ。生活のためにね。あんたがリン・メルツァーね？」

「そう。友だちはニンジャと呼んでるわ」

「なんて呼べばいいかしら？」

「そうねえ。大尉からあなたが来ることは聞いたわ」ニンジャは、メレを頭のてっぺんから足の爪先まで見た。「フランクリン星系の宙兵隊員だったんですって？　軍を追い出される前に、宙兵隊員には何人か会っただけだけど、みんな難しいタイプだったわ」

「わたしも軍を追い出される前に、航宙兵には山ほど会ったけど」と、メレ。「みんな難しいタイプだったわよ。でも、あの仕事を思えば、しかたないのかも」

「まあね。宙兵隊員も同じよね。なぜ、フランクリン星系を出たの？」

「命令違反と規律違反を繰り返したから」と、メレ。どうやら、リン・メルツァーとはうまが合いそうだ。

「逮捕されたことはある？」

「いちど、自分からね」と、メレ。「というより、仲間の名誉を守るためかな」

「部隊の仲間よね？」ニンジャは笑顔を見せた。「つまり、ちゃんとした理由で追い出されたということね。じゃあ、ニンジャと呼んで、お仲間《シスター》」

「ありがとう」メレは荷物の箱にすわった。室内には、ほかに椅子は見あたらない。「わたしったらどういうわけか、この惑星で起こったスカザ基地のやっかいごとを、自分から抱えこむことになっちゃって。あなたなら、わたしの仕事の強力な助っ人になるだろうと、ギアリー大尉から聞いたの」

「そうねえ。どんなことをするの？」

「できることは、なんでも。最終的には、連中の基地に侵入していろいろと破壊することよ。軌道上の衛星から状況をおおよそ把握したけど、作戦の精度を上げるために、さらなる情報が必要なの」

ニンジャはうなずき、口もとをゆがめて考えた。

「スカザ星系の連中を運んだ貨物船とシャトルは、いっさい通信しなかったから、システムにハッキングできなかったの。地上の様子はどう？　連中はどうやって基地を守っているの？」

「警戒線があるの。基地の境界から二十キロ外側にぐるりとセンサーが設置してあるというわけ。巡視兵が一日じゅう、警戒線沿いを歩いて見まわりしているわ。上空は、二機の戦闘機がもう少し先まで警戒している」

「巡視兵？　重装甲戦闘服の？」

「そう」

ニンジャはふたたびうなずき、にやりと笑った。

「やるわね。連中の警備通信網の大部分は、探知や侵入を防止するために地面に有線で設置してあると思う。でも、巡視兵が戦闘服の通信機を使っているなら、指揮統制のために無線ネットワークが存在するはず。ということは、どこかに侵入する入口が見つかると思うわ。いったん侵入できたら、基地のシステムはなんでもお見通しよ。大尉が警備艇《バケツ》を拿捕《だほ》したときに、スカザのシステムに侵入したけど、連中は警戒や監視に関しては大したものよ。連中の地上警備通信線に盗聴器本体を侵入させることができたら、システムにいろいろと悪さをするプログラム一式をあげるわ。スカザの警備監視ネットワークは、重要なシステムには必ず利用者情報取得《フィンガー》プロトコルが入っているから」

「あなたってすごいのね、ニンジャ。じゃあ、スカザのネットワークをモニタリングできたら、基地に接近して見張りを排除できるというわけね？」と、メレ。

「そうね。あなたが盗聴器を潜入させてくれれば、連中のネットワークから情報をあげられるわ。それでよければ、決まりよ」と、ニンジャ。

「決まりね。盗聴器に必要なパラメーターを入れてくれる？　そうすれば、わたしがしかけてやるわ」と、メレ。

「いいわ」ニンジャはふたたび、にやりと笑った。「だって、あたしは奇襲部隊の隊員みたいにやぶのなかで匍匐《ほふく》前進するなんて無理だから。オンライン攻撃専門よ」

「そっちは、あんたにまかせるわ。評議会の契約金はさぞ高いんでしょうね」

ニンジャはメレの言葉を否定するように片手を振った。

「そんなのはいいの。あなたのことをよろしく頼むって、ロブ・ギアリーに言われたことに意味があるんだから」

「彼の口ぶりからして、大尉は立派な士官という感じだったね」

「口だけじゃないわ」と、ニンジャ。「実務だって最高なのよ」

ニンジャの口調から、何かあるとピンときた。メレは片眉をあげてニンジャを見た。

「あんたたち二人、付き合ってるの？」

ニンジャはまたしても笑顔を見せた。

「まあね。あっちはまだ自分の気持ちに全然気づいてないけどね。さっきの盗聴器を最優先で作らせるには、誰に圧力をかければいいか、あなた知ってる？　知らない？　じゃあ、あたしにまかせて。評議会には貸しがあるから、それも請求書に入れておくわ」

「あんた、本当に航宙兵なの？」と、メレ。「あんたって、わたしそっくりね。そうそう、誰かに聞いたことがあるんだけど、ステルス・ドローンなら、スカザのネットワークに侵入できるほど近くまで飛ばせるらしいわ。ドローンはイカしたおもちゃだから、技術者たちは張りきって作業するんじゃないかしら。スカザ・システムの暗号は破れる？」

「楽勝よ」ニンジャはまたも、大きく手を振った。「あの〝バケツ〟を拿捕したとき、スカザの暗号ツールにアクセスしたの。基地のシステムの暗号はあのときとは違うだろうけど、同じプロトコルを使ってるなら、暗号解読も難しくないはずよ」

「プロトコルを変えてないかしら？」

「どうかしら」ニンジャは両手を大きく広げた。「だって、お役所仕事よ。あなたもどんなものか知ってるでしょ？　何かを変えるためには、議論を重ねて、見積もりを出して、現行システムにかかわっている人間や支持する人間を説得して。基地の建設は緊急案件なのに、何年もかけられる？　それに、基地の人間は陸上軍よ。陸上軍の人間なら誰でも〝バケツ〟を奪われたのはスカザ航宙軍がドジなせいだと思うはずよ。システムのせいじゃなくてね。誰かほかの人間を非難するほうが、重要システムを新規のものにするよりずっと簡単だもの。それで、いつまでに、それをやればいいの？」

「スカザの連中は対軌道砲を造るつもりよ。今は設置中だけど、砲床に兵器を設置して主電源装置をオンラインにするまでには、まだ二、三週間はかかると思うわ」

「じゃあ、その前には、ということね？　対軌道砲の稼働前に連中を叩きたいのね？」

「いいえ」メレはニンジャに向かって、にやりと笑った。「対軌道砲が完成して稼働開始する、ちょうどその日に叩くつもりよ」

グレンリオン星系評議会がメレに用意した土地は、急速に拡大を続けている都市の境界線のすぐ外にあった。もとは訓練用地ではなかったが、両岸が急斜面になった小川が土地のまんなかを流れているので、訓練には最適な自然の障害物となっていた。急ごしらえの小屋が二棟あり、事務所と室内訓練スペースとなっている。

五十人いればと思っていたが、実際に集まった志願兵は男女合わせて四十人だけだった。コロニーのソーシャル・メディアで控えめに募集しただけではしかたがない。そのうちの数人は、ひとめ見ただけで不適格だった。歳をとりすぎていたり、幼すぎたり、過酷な訓練と実戦に耐えられる体型でなかったり、だ。あとの数人は、定型心理テストが不合格だったので、訓練に参加できないもっともらしい理由を伝えて帰らせた。

メレが驚いたことに、残った志願兵のなかに陸上軍の退役兵が二人もいた。二人とも、もと下士官で、メレと同じくタニファ星系から来ていた。一人はアマテラス星系陸上軍出身のグラントという男で、もう一人はブラフマー星系陸上軍出身のスパーリックという男だ。

ほかの志願兵は技術者で、陸上軍兵士としても宙兵隊員としてもあまり期待はできないが、待ち受ける基地侵攻作戦では大きな戦力となるはずだ。なにより、みずから希望して戦ってくれるのだ。

メレは残った三十数人の志願兵をふたつのグループに分け、基礎訓練を始めた。基本的な調整運動や訓練を通して、志願兵たちに交替でグループのリーダー役をさせれば、リーダーの素質を持つ者や全体の足を引っ張る者がわかる。

「なぜ、おれたち退役兵も一緒にこんなことをしなきゃならないんだ？」と、スパーリック。訓練を始めて二日目の昼ごろのことだ。「おれとグラントがいれば、あんたの分隊のリーダーはおれたち二人で決まりだろう」

「わたしは全員の動きを見たいの」と、メレ。スパーリックの口ぶりは気に入らないが、声には出さないよう注意した。これまでの訓練を見るかぎり、スパーリックに目を見張るものはなかったが、あせって判断することはない。

「じゃあ、おれの動きを見てくれたよな」と、スパーリック。わがもの顔だ。

「わたしに見せるためにやるくらいなら、どうでもいいわ」スパーリックのプロ意識については言いたいことは山ほどある。それとも、頭の中身だろうか。ボスをボスとも思っていない。

「おや？」と、スパーリック。メレのすげない返事に対する不満を隠すそぶりもない。「いいかい、あんたにはおれが必要だ。あんたはわかってないだけだ。あんたの作戦は、いかにも宙兵隊員の考えそうなことだ。敵の要塞に正面から突撃して、死傷者を大勢出すようなすごい戦いだろう？　それでうまくゆくわけがない」

「作戦はまだ検討中よ」と、メレ。いよいよ黙っていられない。「あなたの知っている宙兵隊はどこの宙兵隊？」

「そんなの誰でも知ってることだ！　どこの宙兵隊でも、同じように考えて、同じように行動するさ。おれがあんたにアドバイスしてやるのは──」

「アドバイスがほしければ」メレはスパーリックをさえぎり、声にどすをきかせた。「そうお願いしているわよ」気づかないうちに背筋を伸ばし、肩をいからせ、スパーリックを威圧していた。

スパーリックは顔をしかめてメレをにらみつけると、足音を響かせながら自分のグループに戻った。

その日の終わりごろ、両グループが最後の教練を行なっていると、野原の向こうから言い争う声が聞こえてきた。第二グループが野原のまんなかに突っ立ち、大声でどなり合っていた。

天才でなくても、原因はわかる。スパーリックが反抗的な態度でにやにや笑いを浮かべながら、一人だけ離れて立っている。残りのメンバーはかたまりになってちぢこまり、怒りの表情を見せる者も見せまいとしている者もいた。

「いったい、どうしたの？」メレは第二グループに近づき、志願兵の一人のライリーにたずねた。

ライリーは、頭をスパーリックに向けて傾けた。

「スパーリックがみんなの言葉を無視するけど、自分からは何も言わないんです」

メレは無表情のまま、スパーリックに視線を移した。

「あなたの言いぶんは？」

スパーリックは肩をすくめた。

「おれは、ちゃんとしようとしてるぜ」スパーリックの言葉には続きがあるはずだ。〝それで、あんたはどうするね？〟

しかし、その口調と態度から、口にしなくても充分に想像がつく。

「あなたは、古くから伝わるこんな言葉を知っているかしら？〝ひきいよ、したがえ、さもなければ去れ〟」と、メレ。これは最後通牒《つうちょう》だ。

今度は、スパーリックも口に出した。

「それで？」

「この軍隊をひきいるのは、わたしよ。だから、あなたは出ていきなさい」今度ばかりは見すごせない。最初に感じたスパーリックへの不安は的中した。「志願してくれたことには感謝するわ」メレはなんの感情もこめずに、すらすらと言った。「あなたの軍役は終わりよ」

「なんだって？」

「あなたはクビよ。出ていきなさい」

「クビだと？」と、スパーリック。ギラギラした目つきでにらんでいる。「やるべきことがわかっているのは、ここではおれだけだぞ」

「いいえ」と、メレ。「ここには退役兵が三人いる。そのうちのあなただけが、追い出されるだけの理由があって軍を追放されるのよ。さあ、ここから出ていきなさい」

「ああ、そうしてやるよ！　おまえなんか、なんの力もないくせに！」

スパーリックは自分で言うほどのものではない。やり合っても勝つ自信はある。しかし、ここは軍隊で、組織化の途上だ。それに、士官が力ずくで部下をしたがわせるなどとは聞いたこともない。ほかの志願兵に命令したところで、スパーリックとはうまくやっていけないだろう。

メレは携帯通信器を手に取った。

「警察をお願い」

ほとんどすぐに応答があった。

「副署長のタナカです。何か問題ですか？」

「逮捕してほしい者がいるの」と、メレ。あいかわらずスパーリックはにらんでいる。「騒動を起こした者よ。正式な命令を無視して、政府施設に不法侵入しているの」

「すぐに誰かを向かわせます」

メレはポケットに通信器をしまった。視界の片隅にスパーリックをとらえていたので、スパーリックがふいに突進してきても心の準備はできていた。スパーリックはメレに向かって腕を伸ばしたが、メレはすばやく身体をまわしてかわし、スパーリックのこぶしは空中で弧を描いた。メレは片脚をかけてスパーリックの脚をすくいながら、力をこめたこぶしで一撃をくらわせた。スパーリックは完全にのびたまま、地面に倒れた。

メレは腕を軽く振り、緊張をほぐした。志願兵たちは一様に、ポカンと口を開け、称賛のまなざしでメレを見ている。メレは照れ隠しで、志願兵たちに言葉をかけた。

「ほんの少しでも、敵に隙を見せないように。わたしたちはお遊びで訓練しているんじゃない」

まだ小さなコロニーの、まだ小さな都市で暮らすのは、利点もある。そのひとつは、呼べばすぐに警察が駆けつけることだ。ヴァル・タナカ本人が地上車から降り、スパーリックのうつぶせの身体を見おろした。

「こいつが軍曹を先に襲ったんです！　正当防衛です！」と、ライリー。

タナカはメレを見て、頭を振った。

「あなたに襲いかかったの？　とんでもなく、まぬけね」

「ええ。とんでもなく、まぬけよ」と、メレ。「べつに告発したいわけじゃないわ。そんなことに時間はかけていられないから。ただ訓練施設の外に追い出して、二度とここに顔を見せないことをはっきりさせておきたいだけよ」

「本当にそれだけでいいの？」と、タナカ。「こいつはスカザ基地攻撃計画について、何か知っているんじゃない？　このまま自由にしたら、連中のところへ行って情報を売るかもしれない」

メレはしばらく考えた。スパーリックを逮捕してもらったほうがいいだろうか？　スパーリックがスカザ基地へ駆けこんだら、どんな情報を売るだろう？

こいつがそうしようと、かまうものか。メレはタナカに身を寄せ、声を落とした。

「いいの。こいつが基地へ行こうとかまわない。こんなことを聞いたことはない？　何も知らないことによって起こる危険より、知っていると思いこんでいることのほうが、実際には何倍も危険がひそんでいる、と。こいつがスカザ基地へ行って何かしたら、かえって好都合じゃないかしら」

タナカは目を見開いた。

「どういうこと？」

「こいつは、わたしの作戦を何も知らないのよ。でも、わたしのことを無能で役立たずだと思っているのはたしかだわ。だから、スカザの連中にそのまま教えるはずだし、どこかのまぬけな宙兵隊員よろしく真正面から基地を叩くと伝えるはずよ。それに、自分に自信があるから、自分が間違っているかもしれないなんて思うわけもない。だから、嘘発見器にかけられても、嘘だとバレることもないわ。スカザの連中がこいつの言うことを鵜《う》呑《の》みにして、それに対応してくれれば、望みどおりというわけ」

「なるほどね」タナカはうなずきながら、そろそろ目を覚ましそうなスパーリックを見おろした。「じゃあ、これ以上の騒ぎを起こさないよう厳重注意を与えてから、釈放するわ。コロニーから姿を消したら、連絡するわね」

「ありがとう」と、メレ。タナカは張りきった様子でスパーリックに手錠をかけ、引っ張って立たせると、身体を押して地上車へ連れていった。スパーリックへの対応は正しく、自分の命令に重みが加わればいいのだが。

メレは、ほかの志願兵たちを振り返った。

「では、訓練に戻って」

メレが、訓練を再開した第二グループから離れると、グラント・ダンカンが近づいてきた。

「お話をする許可を願います」

メレはフンと鼻を鳴らした。やけに堅苦しい口調だ。

「どうかした？」

「あなたのあの男への対応は適切でした。一応、申しあげておきます」

「ありがとう」と、メレ。グラントのようなベテランに言われるとは、心強い。

「警察はやつを逮捕するんですか？」

「いいえ。行儀よくするよう注意するだけよ」

「あのような男は、またトラブルを起こすかもしれません」と、グラント。真剣な表情だ。

「そうね。警察が監視してくれることになっているわ。あなたを第一分隊のリーダーにしようと思うんだけど、あなたなら第二分隊のリーダーには誰がいいと思う？」

「そうですねえ……」と、グラント。決めかねている表情だ。「どうでしょう。ライリーは見こみがありますが、見るからにこの種のことには不慣れです。オビは身体の動きはいいものの、ビデオゲームでしか戦闘の経験はありません。この二人のどちらかですね」

「二人とも鍛えておけば、あなたに何かあったときの控えになるわね？」と、メレ。

「あるいは、二人ともリーダーにして、三分隊にする手もありますね。この軍はこれから増員するはずです。三十人の陸上軍で、おまけにそのうちの数人は技術者では、これだけのコロニーを守るのは無理です。スカザ基地は、グレンリオンのコロニーより人数も少なく面積も狭いのに、陸上軍の一個中隊が守っています」

「そうね、だいたい中隊ね」メレはうなずいた。陸上軍兵士ではなかったが、グラントの言葉がわかるくらいの知識はある。メレは野原の向こうの、ぼんやりと見えている山々を見つめた。雪をかぶった山のてっぺんから降りてくる風の、マツのような香りがチクチクと鼻の奥を刺激し、その冷たさに頰を叩かれるようだ。探検家や斥候《せっこう》なら、あのような誰も行ったことのない場所へまっさきに行くのだろう。将来的には、軌道からの調査の必要性も増大するはずだ。惑星グレンリオンはそのような調査にこれまで力を入れてこられなかったが、今回のスカザ基地問題が片づけば、本腰で取りかかるだろう。「そうね。コロニー防衛のためには、この訓練施設ももっと本格的なものにしなければならないわね。でも、いまのところは、わたししかいないから、責任を持ってやるしかないわ。評議会は早めにこの部隊をまかせられる士官を何人か雇うだろうし、そうなったら、わたしはまた追い出されるでしょうね。でも、その前に、この軍が大きくなっても大丈夫なように、堅固な土台を作ることはできるわ」

「そのときには、この軍の評判もその士官たちにくれてやるんですね」と、グラント。

「まあね」メレはグラントに笑顔を向けた。

翌朝、警察車両が訓練場の端に停止したのを見て、メレは訓練を中断した。スパーリックがとんでもないことをしでかしたんだろうか？　メレは車まで走った。

「ねえ、宙兵隊員さん。今朝は何も問題ないけど、ちょっとあなたに届けものがあるの」タナカが車から降りた。「コロニーがあなたのために集めたものよ」

メレが車にたどりつくと、タナカがさまざまな武器を車から引っ張り出した。メレは猟銃のひとつを持ち上げ、台尻を肩にあて、都市の向こうの開けた土地に照準を向けた。

「悪くないわ」

「それがいちばんいいものよ」と、タナカ。「猟銃四丁、ターゲット・ピストル二丁、それに麻痺銃六丁。それで全部」

メレも含めて三十人の志願兵に対して、武器は十二丁。おまけに、そのうちの四丁にしか殺傷力はない。簡易再プログラム法の製造所では、軍務に耐えられる仕様の武器の製造は難しい。したがって、コロニーで用意できる武器は当面これだけだ。メレは頭を振った。

「これでやるしかないわね」

「できるの？」と、タナカ。「まじめな話よ。スカザ基地の兵士たちは重装甲戦闘服を着ているとか、言っていたわよね。あれは見たことがあるけど、いい状況とはとても言えないわ」

「そうね」と、メレ。片手に持ったままの猟銃を示した。銃身が地面を向いている。「でも、敵に充分に近づけば、あの重装甲戦闘服でもこれでなんとかできるわ。わたしもあの戦闘服は知っている。ブラフマー星系が旧地球から輸入していたのと同じよ。だから、フランクリン星系では、あの戦闘服相手の戦いかたを教練で学んだ。ブラフマー星系がスカザ星系に転売したとしても、驚かないわ」

「あれに弱点はあるの？」

「弱点のないものなんてないわ」と、メレ。猟銃を注意深くおろし、タナカに向かって、にやりと笑った。「重装甲戦闘服。武器。人間」

「さすが、専門家ね」と、タナカ。目の前に並んだ武器を見おろしてからメレに顔を向けた。

「いつも考えてるのよ」

「なんだか深刻そう」と、メレ。

「そうね」タナカは麻痺銃のひとつを指さした。「わたしは、いままでかなりの年数、これを使って仕事してきた。この武器は相手を動けなくするもので、傷つけるためのものじゃないわ。もちろん、悪用されることもある。なんだって、そうでしょう。でも、基本的には、この武器は人を殺すためのものじゃないわ」

メレはタナカの言葉にうなずいて眉根を寄せた。

「それなのに、わたしは人を殺す仕事をしようとして、そのための武器を必要としている」

「そのことが気になるの？」

「もちろん、気になるわよ。でも、わたしが人を殺すのは、誰かに命令されたからとか、自分がやりたいと思っているからじゃない」と、メレ。「わたしがやらなければ、あなたのようなコロニーの人たちが、スカザの連中みたいなやつらに殺されてしまうからよ」

「そうよね。ただ、この先どうなってしまうのだろうと思ったのよ。旧地球の歴史は少ししか知らないけど、あそこでは、そういうくだらないことが起こっていたから」タナカは空を見あげた。すでに伝説となっている地球の丸い姿がすぐ真上に見えているかのようだ。「それに、こうも考えるの。惑星グレンリオンでも同じことが起こったら、どうなるのかってね？　麻痺銃を使うんじゃなく、旧地球での戦争のように、人を殺す武器ばかりだとしたら。わたしたちの子孫の時代になったら、昔は人を殺さないことが大事だったということなんて忘れちゃってるんじゃないかしら？」

「わたしは、そこまでひどいことにはならないと思うよ」と、メレ。「グレンリオンの人々は、スカザ基地への攻撃を喜んでやるわけじゃない。わたしには、わかる。スカザの連中が無理やり基地を造ろうとしているから、しかたなく軍事で対抗しているだけよ」

「そうであってほしいわね。でも、これから何をするのか、考えてみて。フランクリン星系で本格的な訓練の成果を発揮できたことは、何回あるの？」と、タナカ。

「実戦の経験ってこと？」メレは肩をすくめた。「いちどだけ。人質救出作戦のときよ。でも、人質を取ったやつらは民兵集団で、戦闘服も軍の正規品じゃなかった」

「でも、今度は本物の兵士が相手よ。それに、連中は戦闘艦で脅迫したこともあるのよ」タナカは頭を振った。「こんなことは旧コロニーではなかったわ。何もかも、めちゃくちゃだもの。この先、どんなことが起こるのかしら?」

「ひとつだけ、約束する。わたしがこの軍隊を指揮するかぎり、決して、あんたたちを失望させないわ」と、メレ。

「あなたはいつまで指揮するの?」

「たぶん、評議会が誰か代わりの人を見つけるまでね」メレはタナカの肩をポンと叩いた。

「でも、それまでに、わたしがあの志願兵たちをものにしてみせるわ。ねえ、採鉱事務所まで地上車で送ってくれない?」

スカザ基地に地上から接近したら、銃撃を受けて全滅するのがオチだ。シャトルを使って空から接近したら、地上からの場合よりはるかに手のこんだ自殺行為になる。とすれば、残された方法はひとつしかない。それで、最近名前のついたグレンリオン採鉱会社の技術者たちに、メレは会いにいくことにした。

それほど遠くない昔、遠く遠く離れた惑星で、メレがまだ若かったころ、チョプラ一等軍曹から教えられたことがある。見るからにできそうにないことを、可能にするためにはどのようにすればいいのか、を。

「上官のもとへ行ってもダメだ」と、チョプラ。「決定権を持つおえらがたのもとへ行くのも無駄だ。まず行くのは、技術者のところだ。実際にものを作る人間だ。だが、ただ行けばいいってもんじゃない。〝この道具はわたしのやりたいことができません。できるようになりますか?〟なんて言ってはダメだ。それを聞いた技術者は、〝いいえ、できません〟と答えるだけだからだ。文句を言ってくる人間が次から次にいれば、誰だってうんざりするだろう。いいか、技術者に会いにいったら、こう言うんだ。〝確認したいのですが、この道具はこういうことができますよね〟と。そうすれば、〝はい、できますよ〟と返事がある。そこで、こう言う。〝この道具で、本当は別のことがしたいんですが、科学者によると、できないらしいんです〟と。技術者は見るからにいらだたしげに答えるはずだ。〝科学者だって？あの頭でっかちの連中かい？　それで、どんなことがしたいの？〟と。そうすれば、技術者たちはその道具を調べて意見交換し、どうやって実現させるかを考えるのさ。科学者ができないと言ったことを実現させることほど、技術者が燃えることはないからな。十中八九は、できる方法を見つけるか、できるはずだって方法を見つける。そして、実際に作り出す」

チョプラは言葉を切り、戒《いまし》めるようにメレを見た。

「いいか、技術者が実際にものを作るときは、用心するんだぞ。毎日の安全確認手順を怠ったり、分別をなくしていたりするようなら、おまえはそこから離れろ。試行錯誤しているうちに、爆発することだってありうるからな」

そういうわけで、メレは技術者たちの事務所をたずねた。室内にいた二人の男性と一人の女性が、露骨にいぶかしげな表情でメレを見あげた。

「こんにちは」と、メレ。「わたしはダーシー軍曹。スカザ星系が設営した基地の問題に従事しています。基地侵攻には地下から接近するしかないと考えて、ここへ来ました。あなたがたの〈採鉱《スネ》マシン《ーク》〉なら可能じゃないかと思ったんです」

向けている。

「トンネルを掘るってことですか？　どこに？」と、技術者の一人。なおも疑わしげな目を向けている。

「敵基地周辺地域のデータはありますか？」メレはそのデータがあると知っていたが、技術者たちが調べるのを待った。大画面上に、軌道から観測した惑星の地形図が現われた。

「スカザの連中に見つからないように、この丘の向こう側へ行きたいので、だいたいここから、ここまでトンネルを掘ってほしいんですけど」メレはスカザ基地のセンサー区域外の地点を指さした。

「そうですね、それなら簡単です」と、女性技術者。「直径二メートルの〈スネーク〉でやれば問題ありません。なぜ、基地のもっと近くまで掘らないんですか？」

「スカザ基地のセンサー区域があるからです」メレは、画面の地図上で手をさっと動かしてセンサー区域を示した。「基地のすぐ近くまで掘ったら、地面の振動をセンサーがとらえてしまうでしょう」

三人目の技術者が頭を振った。

「そこは、ちょうどまんなかに大きな川がありますね。川の周辺は水流で振動もまぎれるんじゃないでしょうか？　それに、海岸は、ええと、二十キロ西だったかな？　波はありますか？」

「波はかなり強いわ」と、メレ。「海のなかに並んでいる岩沿いに防波堤ができたら、いい港になるでしょう。でも、今は、外海からまっすぐ波が押し寄せています」

「じゃあ、波の影響で振動がまぎれるのも期待できそうですね。地下の状況はどうだ？」

女性技術者がデータを呼び出し、返事した。

「衛星のスキャン結果によると、表層土は平均して四メートルね。あのあたりは氾濫原《はんらんげん》じゃない？　その下は堆積岩《たいせきがん》ね」

「砂岩かな？」と、三人目。

「衛星からのスキャンでは、内陸奥のシルト岩と海岸近くの石灰岩の混合物ね」

「それなら、海波や川の水流による振動の伝達具合はかなり大きいな」と、最初の技術者。

メレは驚いたふりをした。

「じゃあ、基地のもっと近くまで掘っても、センサーに引っかからないってこと？　お役所では無理だって言われたのに」

「お役所だって？」と、三人目。うんざりした口ぶりだ。「本当は、どのくらい近くまで行きたいんですか？」

「本音を言えば、ここです」メレはセンサー区域内の地点を指さした。

「センサーの性能はどれくらいですか？」

「これが、わかるかぎりのセンサーの仕様です」

三人の技術者は頭を突き合わせ、図表やら図式やら土壌特性データやらを呼び出して、しばらく議論を交《か》わした。

「可能ですよ」ようやく最初の技術者が言った。「〈スネーク〉をそっちのラインに沿って動かします。あなたが考えていたところではありませんが、そのほうが地質特性をうまく利用できます。〈スネーク〉は掘削《くっさく》中にウォームというものを前に出し、周囲の振動を観測します。振動が大きければ、掘削速度が低下して、振動を減少させ、騒音も抑えられるというわけです。あなたのおっしゃるトンネルは表層土を掘るので、岩の掘削は必要ありません」

「岩を掘ると音がうるさいんです」と、女性技術者。「〈スネーク〉はトンネルの壁を速乾コンクリートで固めながら掘削するため、できあがりはご心配なく」

「この個所を修正したら、運転音がもっと静かになるんじゃないかな」と、三人目。

「ええ。名案ね。表層土しか掘らないものね。それには……。いつから掘りはじめますか？」女性技術者がメレにたずねた。

「大至急です」と、メレ。「スカザ基地の増援部隊が到着する前に、連中を叩かなければなりません。本当に可能なんですか？」

「ええ、もちろん」と、最初の技術者。「これは腕が鳴るね。でも、準備に一日か二日かかるな。それに、評議会に請求書をまわすよう本社の人間に伝えていただけますか？」

「あなたたちって、救いの神ね！」と、メレ。お世辞ではなく、本心からの言葉だ。「それから、このことはくれぐれも内密に。まんいちスカザ基地の連中の耳に入ったら、わたしを待ちかまえて……」

「もちろんです」三人目の技術者がうなずいた。「それこそ、最高機密ですよね」

「ええ、そうです」と、メレ。「スカザ基地奇襲後なら、連中もトンネルを捜して見つけるでしょうから、そのときは話してもけっこうです。トンネルは直径二メートルとのことでしたよね？　じゃあ、少し狭いけど、走っていけますね」

「違います」と、女性技術者。「地中車《トンネル・ピード》を使うんです」

「地中車？」

「長くて、低くて、小さな軟車輪がいくつもついた乗り物です。狭い空間用に設計されていて、あまりガタガタしないで乗っていけます。崩落のあった場所や、いまにも崩落の起こりそうな場所などへも行けます。地中車は、あなたたち全員が乗っても、まだ余裕があります。トンネルの入口まで、どうやって〈スネーク〉を運ぶつもりですか？　浮揚車《ウィンG》で？」

「ええ」と、メレ。「小型のウィンGで〈スネーク〉を運べるかしら？」

「問題ありません」と、最初の技術者。「ドンとは話さないでくださいね。表向きはあいつがウィンGの管理者になっていますが、実際に取りしきっているのはベティンです。ベティンなら、ちゃんとお膳立てしてくれるはずです」

　採鉱事務所から外に出て、メレは空を見あげた。フランクリン星系は、だいたいこの方角だろうか。

「ありがとう、一等軍曹！」

　ウィンG駐車場は、海岸の近くにあった。メレが到着したときには、ウィンGが三台ともそろっていた。浮揚翼機《ウィング・イン・グラウンド・ビークル》は水面のわずか数メートル上を飛行するが、地面効果を利用して浮上するので、飛行機なみの速度で水上輸送船サイズの貨物を運ぶことも可能だ。

おまけに、水上でも海岸でも、どこかの荒れ地でも着陸できるため、新世界の新コロニーには最適な乗物だ。

大型のは、ほかの二台をおおいかくすように見えていた。円筒形に近い車体で、幅は三十メートル、長さは百五十メートル以上ある。幅広の短い翼が車体下部に付き、エンジンは上部に付いている。後部には大きな操縦席が見える。小型の二台はどちらも、幅十メートル、長さ四十メートルで、構造は大型のとほぼ同様だ。

ウィンGには武器は搭載されていない。しかし、ウィンGは、低空飛行するので小型ウィンGならスカザ基地からは低い丘の死角に入り、〈スネーク〉の運搬も可能だ。即席の軍隊の輸送手段として、これほど最適なものはない。

メレはベティンを捜して、整備格納庫の一角にある小さな事務所に入った。


二日後、メレが志願兵たちの訓練をしていると、ヴァル・タナカがやってきた。

「あなたが追い出したスパーリックが公式に失踪したわよ」

「行方を追う手がかりはある？」

「実は、かなり大きなものがね。スパーリックは、スカザ基地から五十キロほど南下した海岸で自動測候所の修理チームに志願して作業していたの。作業が終わってチームが引きあげる時間になったら、どこにも姿が見えなかったそうよ。チームリーダーには前もって、そういうこともあるかもしれないと教えておいたから、あわてずにかなりの時間捜したそうだけど、逃走に間違いないということだったわ。だから、チームは報告を入れて戻ってきたの」

「ありがとう、タナカ。あんたはいつも朗報をもたらしてくれるわ」メレは笑みを浮かべた。

「そのおかげで、わたしは、わたしと話をしにくる警官と会うのを本当に心待ちにするようになったのよ」

タナカは頭を振り、メレを見た。

「わたしはお世辞を見抜けるのよ、ダーシー軍曹。もちろん、あなたは悪い娘《こ》じゃないわ。たぶん限界を試すのが好きなだけね。スカザ基地の奇襲は自分自身の限界を試す、まさにうってつけの仕事よね。それを忘れないでほしいの」

「考えておくわ」と、メレ。「それはそうと、これから十二時間くらいは、何か用事があればグラント・ダンカンに伝えてくれるかしら。わたしは手が離せないから」

タナカは片眉をあげて、メレを見た。

「町の外へ行くの？」

「ちょっとね」

「気をつけてね。ウィンG駐車場まで乗っていく？」

メレはうなずいた。

「あと三十分くらいしたら」

「今日は予定が何もないから、それくらい待てるわよ。あなたがわたしの車にかがんで乗っていたら、誰にも気づかれないでしょうね」

都市周辺の硬いが丈の短い草とはまるで違い、メレの足もとにはやぶがおいしげり、ずんぐりとした小枝には細くとがった葉がついていた。丘の向こうのスカザ基地を偵察するために、やぶを這うように進むうちに、むきだしの肌が切れ、メレは小声で悪態をついた。植物から出るわずかな刺激成分と、かすかな麝香《じゃこう》の香りで、いまにも、くしゃみが出そうだ。頭上に広がる空には星々が光っているが、星座はなじみのない形ばかりだ。夜のしじまを破るように、はじめて見る昆虫の出すカチッという音やピーピー鳴く音がときおり聞こえる。惑星グレンリオンの進化においては、ヘビのようなものは見られず、小さなイタチのような生物は種類が多い。このような生物の巣にぶつかるとやっかいなので、メレはあたりに目を配りながら這うように進んだ。

スカザの連中は明るいのが好きなようだ。基地を取り囲むように、内側も外側もライトでこうこうと照らしている。メレは暗闇に慣れた目をまぶしさから守ろうと目を細めた。光に目が慣れると、技術者チームがなにやら手を加えてステルス化したドローンを引っ張り出した。技術者たちはこのステルス・ドローンにすっかり夢中になり、メレが任務のために〝借りる〟だけでも残念そうな表情を浮かべていた。

親指サイズのふたつの信号受信収集器をドローンの上に装着し、メレは小声で短く祈った。それから、注意深くドローンのスイッチを入れ、やぶから高さ一メートル以下を維持するよう気をつけながら上昇させた。信号収集器は最初こそ黒いドローン上で青白く光っていたが、すぐにドローンと同色になり、見分けがつかなくなった。

ドローンが信号を送信しても、あるいはメレがドローンに命令を送信しても、それが無線であれば、すぐさまスカザ基地のセンサーがとらえて見張りに警告が届くはずだ。代わりに、ドローンは見えないほど細いのにほとんど切断することのない光ファイバー・コードでメレの持つコントローラーと有線でつながり、ドローンがスカザ基地に向かって飛ぶにしたがって糸巻からコードが伸びるしくみになっている。ふたつの信号収集器どうしも同様にコードでつながりネットワークを作っているので、収集したスカザ基地の情報は、基地のセンサー区域外で中継送信器にコードづたいに送信することになる。

メレは、どこでふたつの信号収集器をドローンから落とすか目測をつけた。信号収集器底部の長いピンが地面に刺さって信号収集器がきちんと上を向かないといけない。一秒、二秒、三秒……。

センサーの支柱に取り付けられたスポットライトがふたたび点灯し、いましがたドローンのいたあたりの地面を照らした。ドローンのような小さなものでさえ、センサーは見つけ出すということだ。メレはさらに二回ドローンを地面に接地させ、でたらめなジグザグを描くようにさらに何回か接地させてから、斜面をすばやく駆けおりて基地から離れるよう信号を送り、それから低くゆっくり飛ばした。このトリックはメレによい印象を持ってもらいたいセンサー技師が教えてくれたもので、このような動かしかたをすれば、小動物がセンサー域に入りこんだように見せかけられるというわけだ。

メレは緊張しながら、ライトがあちこち照らすのを見守ったが、ライトがドローンをとらえることはなかった。

メレは戻ってきたドローンのスイッチを注意深く切ってから、斜面をすべりおり、基地から見えないところまで出た。中継送信器をすばやく設置して、光ファイバー・コードを信号収集器とつなぎ、接続コマンドを押した。一分もしないうちに頭上の衛星と信号収集器の両方の接続が確認された。中継器は収集器が集めた信号をすべて圧縮して、またたくまに衛星に送信し、そこからニンジャのもとへデータが転送される。

メレはふたたび斜面をのぼり、危険をおかしてスカザ基地の様子を偵察した。地面にうつぶせになり何分かじっとしていると、待っていたものが現われた。遠くから二人の巡視兵がセンサー区域内の端を歩いて近づいてくる。メレは二人の兵士を見つめ、どのように移動して警戒しているか観察した。おそらくは周囲に気を配ることもなく、決まった順路をとぼとぼ歩くだけだろう。重装甲戦闘服の機能まかせなのに、センサーから警告が出ても、本当に脅威があるのかしっかり確認する様子もない。おそらく、惑星グレンリオンには陸上軍もなければ、なんの軍備もないと聞いているのだろう。それに、基地ができてからなんの騒ぎも起こっていなければ、グレンリオンは口先で文句を言うだけで軍事行動を起こすはずはないと思ってしまうのも当然だ。

スパーリックは、すでにスカザ基地でうまくやっているのだろうか？　そうではあるまい。スパーリックの技量では、あれだけの軍隊のなかでそこまで早く地位を得られるはずもない。

それでも、スカザ基地北側で信号収集器を埋めこめたので、ホッとした気分だった。スパーリックは南側から基地へ向かった。うっかりスパーリックと出くわすのは避けたかったのだ。

ようやくメレは斜面をすべりおり、姿勢を低くしたまま地形に沿って走ってウィンＧＢ《ブラボー》の待つ高い斜面の陰まで戻った。しばらく息を整えてから、ウィンＧのなかのパイロットに手を振り、戻ったことを知らせた。車体側面のハッチからコックピットにあがり、やっとひと息ついた。

「首尾はどうですか？」と、パイロットの一人。もう一人のパイロットはウィンＧをゆっくりと浮上させ、車体前部を反対方向に向けた。

「楽勝よ」と、メレ。パイロットから手わたされたボトルの水をありがたく飲みながら答えた。

「それなら、なぜ、そんなに汗をかいているんですか？」

「身体が勝手にね」と、メレ。

パイロットはメレの言葉を聞いて笑った。ウィンＧＢ《ブラボー》は地面の上で加速しはじめると、たちまち海岸線に出て、スカザ基地から見つからないよう南へ向かった。

10

「どう?」と、メレ・ダーシー。身を乗り出し、ニンジャことリン・メルツァーのデスクの前に接続されているいくつかの画面を見た。

「立派なものよ」と、ニンジャ。画面に目を向けたまま、両手を忙しく動かし、コンソールを操作している。「盗聴機の配置が惜しいわね。なかなかいいけど」

「理想的な環境じゃなかったせいよ」と、メレ。そっけない口調だ。

「地面をはいずりまわって、口のなかが泥だらけになるようでなきゃ、物足りないんでしょ、宙兵隊員さん」と、ニンジャ。「そういう環境じゃなくて、残念だったわね。ヘビを食べようにも、この惑星にはいないし」

「ええ。楽園にはほど遠いわね」

「あ、ほら、ここ。なるほどね。ここを攻めれば……ねっ、システムに侵入できそうよ。詳しく話して。わたしに何をしてほしいの?」

メレは一瞬、考えこんだ。また、チョプラ一等軍曹の言葉が思い出された。

「あんたは科学者? それとも、技術者?」

ニンジャはにやりと笑った。

「魔術師よ。道楽神殿の司祭長。高度暗号の専門家にしてファイアウォールの破壊者。システム管理者たちを手玉に取る詐欺師でもあるわ」

メレは笑い声をあげて言った。

「それじゃ、スカザ基地のセンサーに、わたしたちが探知されないようにしてよ。もちろん、連中の重装甲戦闘服のセンサーにもね」

「ふうん。ほかには？」

メレは笑うのをやめ、信じられないという表情でニンジャを見た。

「スカザ基地の保安機器すべての配置と、巡視予定表、入室コード、ロック解除の方法を手に入れること」

「ああ、そりゃそうよね。当然だわ」ニンジャはうなずいて椅子に深く身を沈め、メレに笑いかけた。「いつ必要になるの、宙兵隊員さん？」

「いつでも、あんたが手に入れたときよ、魔術師さん。わたしの仕事の期限は知ってるでしょう」

「ええ」と、ニンジャ。「じゃ、対軌道兵器の完成予定日や始動予定日も知りたいんじゃない？　予定どおり進んでるかどうかの更新情報もね？」

「そのとおりよ」メレは壁にもたれて腕組みし、笑みを浮かべてニンジャを見た。「もっと何年も前に、あんたに会えたらよかったのに」

ニンジャは視線を上に向け、ため息をついた。

「わたしはずっと、ロブ・ギアリー大尉のハートに侵入する方法を探してる。それに比べれば、ほかの侵入なんて簡単なものよ」

「ギアリー大尉の注意を、あんたに向けさせられるかもしれないわ」と、メレ。「まあ、尻を蹴《け》っ飛ばすようなやりかただけど。たいていの男は落とせるわよ」

「宙兵隊式の恋愛指南をありがとう。でも、それより、自分の身を守ることを優先してちょうだい。必要なもの全部をわたしが用意できても、これが恐ろしく危険な仕事になることに変わりはないわ」

メレは答えに迷い、結局いちばん簡単な返事をした。

「そのとおりね」

メレはフランクリン星系の宙兵隊員だったころに何度も呼び出されて叱られたことがあるので、グレンリオン星系評議会防衛部会の三人のメンバーの前に立っても萎縮しなかった。だが、あまり経験したいことでもない。

さいわい、防衛部会のトップはリー・カマガンだ。メレは前に会ったときに、カマガン評議員に対しては率直に出たほうがいいと判断していた。こっちが率直に出れば、好意的に接してくれる人だ。キム評議員は、普段は頼りになる同志かもしれない。ただし、この男は、現実の軍事活動に対する自分の理解力を過大評価している。いっぽう、オドム評議員はコロニーのハト派の感情を代表する者として、防衛部会に加わっていた。つまり、ほとんど毎回わたしを出し抜き、足をすくい、妨害しようとする。でも、それは必ずしも悪いことじゃない。この人のおかげで、自分の想定を疑問視することが大事だとわかった。

「きみは、この惑星に侵入したスカザ人に対して、いつ行動を起こすつもりだ？」と、キム。「連中の対軌道防衛兵器の設置は、ほぼ終わったぞ！　何を待っている？」

メレは静かに、確固たる口調で答えた。

「できるかぎり訓練を積んで、必要な準備をしなければなりません。それに、わたしとしては、スカザ基地の対軌道防衛兵器が作動したその晩に、基地を攻撃するつもりです。ですから、兵器の作動を待っています」

キムは驚きに言葉を失ってメレを見た。オドムは疑う視線を向けた。カマガンは片手で頬杖をついて、たずねた。

「なぜです？」

カマガンは、決定をくだす前に説明を求めるはず――メレの期待どおりの展開だ。メレは漠然とスカザ基地の方向を示して答えた。

「理由は三つあります。その一。連中を油断させるためです。だからこそ、連中が数週間前から、この惑星に居すわりつづけているにもかかわらず、われわれは連中に対して眉をひそめるだけで、いまだに行動を起こしていないのです」

「出ていかせようと交渉を試み、連中の違法行為を受け入れる気はないという意思は示したぞ」と、オドム。厳しい口調だ。

「おっしゃるとおりです、評議員」と、メレ。「現時点で重要なのは、あの野蛮人どもがわれわれのことを、もめごとをきらう口先だけの人間だと思いこんでいる点です。その証拠に、基地周辺の警備をゆるめています。秘密監視装置を設置するとき、地上から確認できました。明らかに、油断しはじめています。

理由その二。対軌道砲が作動したら、さらに油断するでしょう。あのような大型兵器に守られていると思えば、無理もありません。浮かれ騒ぎ、兵器の防衛能力を過信し、ますます気を抜くことになります。そのときこそ、攻撃のチャンスです」

メレは微笑した。乾いた硬い笑みだ。

「理由その三。身の安全を確信し、気をゆるめたとたんに、自分たちを守ってくれるはずの兵器が破壊されるのを目《ま》の当たりにしたら、いやがうえにもショックが大きくなります。自信過剰になっていた野蛮人どもは、縮み上がるでしょう。些細《ささい》なことでおびえるようになり、士気も下がります。われわれがちょっとした行動をとりつづけるだけで、激しい戦闘に及ぶまでもなく、連中を降伏に追いこめるというわけです。それだけの時間があればの話ですが。一対一のケンカのようなものです。一発、ガツンとかましておけば、優位を保って、相手をノックアウトしやすくなります」

「わかりました」と、カマガン。ほかの二人の評議員に向かって、うなずいた。「非常に説得力のある理由ですよね」

「士官でもない宙兵隊員が、どこでそんな考えかたを覚えたのかね？」と、オドム。

メレはカチンときて、思わず、失礼な態度をとりそうになったものの、我慢してにっこり笑った。やれやれ、指揮官になると、こんなときでも感情をあらわにしてはならないのね。

「士官たちがする戦術や戦略の話に耳を傾けていました。本も読みました。大昔、旧地球に孫子という人がいました。孫子は、その著書のなかで説いています——きちんと基礎固めをすれば、戦う前に敵に勝てる——と」

「いいじゃないか」と、キム。オドムの敵意を見て取り、全面的にメレを支持することに決めたらしい。「実にいい」

「この女はたんに戦略理論で動いているだけだ」と、オドム。

「敵の犠牲者をできるだけ出さないで勝利しようとしているのです」と、カマガン。「そうでしょう？」これはメレに向けた問いだ。

「そうです」メレは強い口調で答えた。「とくに、スカザ星系の艦で連れてこられた民間人に被害が及ぶのは、なんとしても避けたいと思います」

「それこそ、われわれの望むことですよね？」カマガンがオドムに問いかけた。

オドムはためらってから、苦々しげにうなずいた。

「そうだ」

「では、ダーシー少佐の戦略を聞かせてもらったところで、これを承認してはいかがでしょう？」

メレは頭のなかで、その言葉を再生した。少佐ですって？　わたしの聞き違いじゃないでしょうね？　いいえ、きっと、そうよ。聞き間違いよ。

「まだ心配だ」と、オドム。「設置した監視装置で映像を集めていることは、わかった。スカザ兵たちが油断しているというが――」メレに言った。「――夜間の見張りが毎晩、二、三発の発砲を行なう様子が、監視装置でとらえられている」

メレはうなずいた。

「それも、連中がたるんでいる証拠です」と、メレ。「何も起こらないと、見張りも巡視兵も退屈し、おもしろ半分にちょっと発砲したいという衝動を抑えきれなくなります。たいてい、〝何か動くものが目に入り、身の危険を感じて、思わず発砲してしまった〟と言い張ります。フランクリン星系では、そのような発砲を〝ワビット狩り〟と呼んでいました」

「その言葉は聞いたことがある」と、キム。「だが、言っていたのはブラフマー星系から来たもと兵士で、〝ラビットでなくワビットだ〟と強調していた。ワビットとはなんだね？」

「わかりません」と、メレ。「もともと地球で使われていた言葉でしょう。地球にはワビットがいるので、そのような表現がごく普通に使われるようになったのかもしれません。肝心なのは、規律正しい部隊では、ワビット狩りなど許されないということです。退屈しのぎにワビットを撃つような兵士は罰せられます」自分にも経験があるから、こんなことまで知っているのだ。だが、そこまでは言わなかった。「ですから、ワビット狩りをする兵士はめったにいません。にもかかわらず、スカザ兵たちが毎晩のように何発か発砲するのは、それをとがめる上官がいないせいです。つまり、上官もたるんでいるのであり、われわれにとっては好都合です」

「あなたがたがワビットと間違えられて撃たれる心配はありませんか？」と、カマガン。

「そのような事態にならないよう、ニンジャが作業に取りかかっています。うまくいけば、われわれは敵のネットワークに侵入し、センサーがとらえたものをわれわれが用意したデータに置き換えられます」と、メレ。「もちろん、ニンジャは成功すると確信しています。作業が完了したら、われわれの望むとおりの姿がセンサーにとらえられるようになるでしょう。あるいは、われわれの姿は、肉眼でしか見えなくなるはずです」

「連中が肉眼で確認する恐れはないのかね？」と、オドム。眉をひそめている。「自分の目で監視しないのか？」

「はい、評議員。気がゆるめばゆるむほど、センサーだけに頼る傾向が強くなります。スカザ兵たちはたるみきっています。比喩ではなく、文字どおりの意味で。間違いありません」

オドムは顔をしかめた。

「本当にそう思っていいのか？　きみは、とんでもなく危ない橋を渡ろうとしているんだぞ。味方からも犠牲者が出るのは、ごめんだ」

メレは、オドムが本気で言っていることに気づき、オドムに向かって礼儀正しくうなずいた。

「うれしいお言葉をありがとうございます。わたしは絶対に、今回の任務を遂行し、無事に戻ってくるつもりです」

「たしかに、よく考え抜かれた作戦だ」と、キム。「ダーシー少佐の行動と計画を承認してはどうだろう？」

また同じ言葉だ。今度こそ間違いない。

数秒後に、オドムがしぶしぶうなずいて賛成した。

オドムとキムが退室したあと、メレは最後に出ようとしたカマガンを呼び止めた。

「わたしのことをダーシー少佐とおっしゃいましたね？　あなたも、もう一人の評議員も」

「ええ。あなたは昇進しました」と、カマガン。事務的な口調だ。

「いつですか？」

「今朝です」

「ありがとうございます。このうえなく、うれしい知らせです。軍曹が最先任上級曹長に昇進する話は聞いたことがありますが、一足飛びに少佐まで昇進するなんて、はじめて聞きました」

「今は例外的な状況ですから。荷が重いですか？」

「近いうちに同じ質問をされたら、わたしには無理だと答えてしまいそうです」と、メレ。警告する口調だ。

「そんなことはないと思いますよ」カマガンは微笑した。「わたしはつねに、相手の本質を探ることにしています。その人とどう付き合えばいいのかを知るためです。さらに、自分自身の動機や考えを確認することも怠りません。〝敵を知り、己《おのれ》を知れば、百戦危《あや》うからず〟と言うでしょう？」

メレは驚いてカマガンを見つめた。

「孫子の書を読まれたのですか？」

「もちろん。クラウゼヴィッツは読んでいません。読んだほうがいいですか？」

「クラウゼヴィッツが言ったように、戦争はひとつの政治的行為だからです」

「時間のあるときにね」と、カマガン。「もっともあなたは、クラウゼヴィッツが説いていることのほとんどを心得ているようです。フランクリン星系宙兵隊の下士官でいることに退屈していたのですよね？　だからときどき、やっかいごとを起こしたりしたのでしょう」

「否定はできません」と、メレ。

「朗報がありますよ——あなたはもう、自分がまたやっかいごとを起こすのではないかという心配などする必要はありません。しばらく退屈する暇なんてないはずですからね、ダーシー少佐」カマガンは笑顔を見せ、部屋を出た。

メレはカマガンの後ろ姿を見つめて考えた。わたしが少佐になったと聞いたら、わたしがいた宙兵隊の連中はどう思うだろう？　あの部隊にはいまもぜひ会いたい軍曹が一人いた。それに高慢ちきな中尉も。

もう一人の女軍曹は、頭を振ってこう言うだろう——「ダーシー、このまぬけ、わたしがいつも言ってたでしょう——ふざけた真似をやめれば、あんたは、あっというまに昇進するって。やっと、言うことを聞いたのね」

外へ出て、グレンリオン陸上軍訓練基地という仰々しい名前の施設へ戻る途中、メレは足を止めて空を見あげた。最近、今のわたしと同じように、空を見あげる人が多い。自分たちがもといた場所を……これから向かう場所を……自分の知っている人々がいる場所を見ようとして。ロハン・ナカムラはコサトカ星系に着いたかしら？　あのカルメンとまだ一緒にいるのだろうか？　カルメンは、何か、誰にも言ってない秘密があるようだったけどね。わたしが少佐になったことを、ロハンに知らせたい。でも、それは無理だから、ロハンが無事でいてくれれば充分。きっと大丈夫。とにかく、コサトカは平和な星系らしいから。


惑星コサトカの第二都市ドラバの建設にあたった者は、わざわざ第一都市とは違う建築様式を使ったらしい。あまり大きな違いはないものの、個人主義的な色彩がはっきり見える。ロハンは好ましく思った。コサトカを動かす人々は、過ちをおかしたにせよ、正しいことをしようと努力している。第一都市と違って、ドラバの居住空間はまだ半分ほどしか埋まっていないようだ。航宙船が到着するたびに降りてくる新しい移民を収容しようと、建物を造りすぎたのだろう。

車が交通量の少ない通りを進む途中で、ロハンは、またカルメンを見た。今日のカルメンは気分の変化が激しい。自分たちのなしとげたことに気をよくしたかと思うと、すぐに何かよからぬことを予期しているかのように暗い顔であたりを見まわす。ロハンは、率直に話せそうだと思ったときに、何か気になることがあるのかとたずねたが、カルメンは首を振って〝幽霊〟とつぶやいたきりだった。

ドラバの代表者たちとの会談は、完成したばかりの建物のなかで行なわれることになっていた。

「ここなら、悪い歴史とは結びつきようがありません」ホーファー第一大臣は苦々しげに、ロハンとカルメンに言った。「コサトカの歴史は始まったばかりなのに、すでにいろいろな場所に、よいイメージや悪いイメージがつきはじめています。しかし、ここはまだ、なんのイメージもついていません」

幅の広い両開きのドアからなかに入ると、がらんとした広い玄関ホールが続いていた。できたばかりのリフト・チューブはどれも調子が悪く、一行は階段をのぼって二階にあがった。ロハンのほかに、カルメン、ホーファー第一大臣、オットーネ代議員会議長、サルコジ保安調整官、さらに警護官が一人。サルコジは、つねにカルメンが視野に入る位置を歩いていた。

壁に何も飾っていない廊下を少し進むと、二階の続き部屋に入った。ロハンが最後だ。

「ドラバの代表が来るまで、われわれは内輪の問題を話し合っておかなければなりません」ホーファーがロハンとカルメンに言った。「しばらく、この部屋でお待ちいただけますか？」

「わかりました」と、ロハン。

ホーファー、オットーネ、サルコジの三人は、奥の部屋に入った。ドアが閉まりきらないうちに、サルコジが力をこめて話しはじめたが、言葉はロハンには聞き取れなかった。

ロハンたちと一緒に残された警護官は、奥の部屋に通じるドアの前に立ち、二人にちらりとすまなそうな表情を向けると、これ見よがしに入口をふさいだ。ロハンはいぶかった――サルコジの命令にしたがっているだけだろうか？

ロハンは室内を見まわした。細長い部屋だ。奥行きは七メートル、幅はその半分ほどか。長辺の壁の中央部に廊下への出口があり、その向かい側に奥の部屋のドアがある。短辺の壁のひとつには大きな窓があるが、カーテンがかかっていて外は見えない。廊下と同様に、この部屋の壁にも絵や飾りはなかった。ここがコサトカだとわかっていなければ、フランクリン星系か地球に戻ったのかと思うほど、違和感がない。

「不思議だな」ロハンはカルメンに言った。「われわれは旧地球から遠く離れた場所にいる。人間は、まっさらな惑星に、まっさらなものを造った。それなのに、そのなかに身を置くと、過去数世紀のいつかどこかで造られたもののように思える」

返事をしようとしたカルメンが、ふいに当惑と不安の混じった表情で口をつぐみ、廊下への出口を振り返ったかと思うと、ロハンに跳びかかった。

カルメンに押されたロハンは、よろめいて後退した。その瞬間、廊下への出口に立って武器を向ける人影が見えた。

「危ない！」奥の部屋への入口に立つ警護官が叫び、必死で上着の下の麻痺銃を抜き取ろうとした。「ドアの鍵を閉め――」

警護官は大きく三度、身体をひきつらせ、背後のドアに倒れかかった。見開いた目を、正体不明の襲撃者に向けたままだ。銃声はくぐもって低かったが、ただでさえ静かな建物のなかでは、はっきり聞こえた。

すでに室内に入っていた襲撃者は向きを変え、ロハンとカルメンをねらった。ロハンは驚きのあまり身動きもできなかった。敵の姿がチラリと目に入っただけだ。やせた強靭《きょうじん》な身体つき。はげかけた頭。こちらを向いた銃口。

ビデオ・ドラマなら、ここで悪漢がひとくさりセリフを述べる。銃の引き金を握ったまま標的を見すえているところに、正義の味方が飛びかかってゆく。

敵は一瞬、ロハンとカルメンのどちらを先に撃とうか迷った。

ロハン一人なら、行動を決めかねているあいだに撃ち殺されただろう。だが、カルメンはロハンを押しのけたあと、敵が迷った瞬間を利用して跳びかかっていった。

ロハンはメレの格闘を見たことがある。訓練された確実な打撃で、相手の力を奪った。だが、カルメンの格闘は違う。

汚い戦いかただった。

敵に跳びかかったカルメンの動きが、すべて見えたわけではない。見えたのは、カルメンが親指を敵の片目に押しこみ、股間に膝を食いこませたところだ。二人は床に倒れ、カルメンが、銃を持つ敵の手首に嚙《か》みついた。敵は痛みに叫び声を上げ、転がって逃れた。銃はカルメンに奪われている。

ビデオ・ドラマなら、ここで正義の味方が戦いをやめ、悪漢に降伏をうながすところだ。カルメンは銃を上げると同時に、敵を撃った。次の瞬間、ねらいを定めて再度、発砲し、とどめを刺した。

動揺しているロハンをよそに、カルメンは殺された警護官のそばにかがんで、警護官が抜こうとしていた麻痺銃を取り上げ、ロハンに向かって放り投げた。

「音からして、外に、少なくともあと一人はいるわ」と、カルメン。「ドアの横……そっち側に行って。それ、使える？」

ロハンは麻痺銃を見おろした。アドレナリンと激情で、理性も感情も混乱している。視線をカルメンに戻した。

「わたしは銃を撃ったことがない」銃を持ち上げて答えた。

「あなた、覚えが速いでしょう？」と、カルメン。すべてを抑えこみ、なんの感情も表わさない。ただひとつ、敵から奪った銃を握りしめる指に、緊張が見てとれる。

「目的はなんだ？」と、ロハン。カルメンの向かい側にひざまずき、ぎごちなく麻痺銃をかまえた。そのときになって、自分が、死んだ警護官と廊下のドアのあいだに立っていたことに気づいた。カルメンが押しのけてくれなければ、最初にロハンが撃ち殺されていただろう。

「平和的な解決のチャンスを全部つぶしたがっているのよ」と、カルメン。冷静な口調だ。「新たに残虐行為を働けば、もっと取り締まりが厳しくなる。無実の人々を暴力の連鎖に巻きこんでゆく、とても古い戦略よ」

奥の部屋から声がした。

「そこにいるのは誰ですか？」

「オチョアとナカムラです」と、カルメン。「警護官は死亡しました。廊下に、少なくともあと一人、敵がいます。わたくしたちは外側のドアを守っています。ここを敵が突破した場合に備えて、その部屋のドアは開けないでください」

しばらく沈黙が続いたあと、ふたたび、さっきと同じ声がした。ロハンは、それがサルコジ保安調整官の声だと気づいた。

「あなたに謝らなければならないことがあります、市民オチョア」

「そういう話なら、あとで」と、カルメン。

カルメンは一瞬、ロハンの背後へ目を向け、ドアに視線を戻した。

カルメンの目を見て、ロハンは身震いした。火星育ち。そういうことだ。〈レッド〉であるとは、こういうことだ。生き残るために戦い、戦って火星を出たというカルメンの話を、ロハンはようやく理解した。文字どおり、戦って生き延びたのだ。

「ちょっと」廊下から女の声がした。「そこにいるあんた。グラフを殺したのかい？」

「ええ」と、カルメン。ロハンの知らないなまりが加わった。「男は死んだわ」

「大したもんだね。グラフは血に飢えた〈レッド〉だよ。あんた、ヘラスのギャング？」

「シャンダカールの者よ。ギャングじゃないわ」カルメンは銃をドアにしっかり向けたまま答えた。

「シャンダ？　ハハッ！　弱虫のシャンダに殺されたと知ったら、グラフは怒り狂うだろうね」

カルメンはすばやく周囲に目を走らせ、ドアにねらいをつけるよう、切迫した様子でロハンに合図した。カルメンはそのまま、足音を忍ばせ、窓のそばの廊下側の隅まで後退した。

「おい、弱虫シャンダ」廊下から女が呼びかけた。「あんたが逃げられたら、追わないことにする。取引だよ。どうだい？」

ロハンはカルメンを見た。カルメンは答えない。腹立たしげに頭を振り、ドアから目を離すなと身ぶりで伝えてきた。

「そこにいるのかい、シャンダ？　早く答えないと、取引が無効になるよ」

窓ガラスが割れ、カーテンが内側にふくらんだ。一人の男が跳びこんでくると、床を転がって立ち上がり、奥の部屋のドアに銃を向けた。男が発砲するより早く、壁ぎわのカルメンが男に背後から二発の銃弾を撃ちこんだ。男は身をよじってよろめき、手から銃を落として倒れた。

窓から現われた男に目を奪われ、ロハンはあやうく、廊下のドアから身をかがめて跳びこんできた女を見落とすところだった。ロハンはねらいもつけずに発砲し、ポンという麻痺銃の音に驚いた。

ロハンが意図したわけではないが、幸運にも、麻痺銃の弾丸は女の背骨をかすめた。女は倒れて全身を痙攣《けいれん》させ、唇をゆがめて銃を持ち上げようとした。

ロハンは麻痺銃が自動で再装塡されるあいだに腕を伸ばしてねらいを定め、もういちど撃った。女は完全に動かなくなった。

　カルメンは自分が撃った男の身体を念入りに調べたあと、ロハンのそばに駆け戻って女を調べた。意識のない女を撃ち殺すのではないか？　ロハンの予想ははずれ、カルメンは身震いすると、手で軽く目をこすってドアに視線を戻した。

「市民オチョア」奥の部屋からサルコジが呼びかけた。「われわれの即応部隊が、この建物に入ろうとしています」

「わかりました」カルメンは大声で答えた。「この部屋に近づいたら、即応部隊のほうから声をかけてもらってください。廊下に、ほかに襲撃者が何人いるか、こちらにはわかりませんので」

「今、部隊が二階へあがっています。隊長はドミニク・デシャーニ守衛官です」

　廊下でかすかな物音がし、ロハンはふたたび緊張した。

「部屋のなかの人」はっきりした声が呼びかけた。「こちらは公衆安全即応部隊のデシャーニ守衛官です。お名前をどうぞ」

「カルメン・オチョア」カルメンは声を張り上げて答えた。

「ロハン・ナカムラ」ロハンも同じように大声で答えた。廊下にいる者をカルメンが信用している様子に、胸をなでおろした。

「武器をすべて床に置いてください」と、デシャーニの声。「それから立って、はっきり見えるように両手を広げてください。そこには、お二人以外に誰かいますか？」

ロハンが麻痺銃を置いて立ち上がると、カルメンが答えた。

「四人います。全員、倒れています。二人は死亡、もう一人も、たぶん死んでいます。一人は意識不明です」

「了解」小型ドローンが飛んできて室内に入り、カメラを横に一回転させた。「立ったまま、動かないで。いま、なかに入ります」

防護服を身に着け、武器をかまえた一隊が入ってくると、ロハンの安堵《あんど》感は新たな恐怖に変わった。武器のいくつかが、ぴたりとロハンに照準を合わせている。ほとんどは殺傷力のない麻痺銃だが、もっと危険な銃もひとつふたつ、あるかもしれない。

痛いほどの緊張が数秒つづいたあと、デシャーニ守衛官と思われる男が、じりじりと奥の部屋のドアに近づいた。

「司令官？　この部屋の安全を確認しました」

「よろしい」サルコジがドアを開けた。安堵の表情だ。その後ろから、ちらりと、ホーファーとオットーネのひきつった顔がのぞいた。

デシャーニは防護用のフェイスマスクをはずし、部下たちに向かって声を張り上げた。

「警戒解除。被害者の状態は？」

「その人の言ったとおりです」部下の一人が答えた。「エリツィン警護官は死亡しています。そっちの男も死んでいます。何発も弾丸を受けていました。こっちの男は虫の息です。これも弾丸を受けたためです。一応、生きているので、救急隊を呼びました。女は意識がありません。麻痺弾の跡が見えます」

デシャーニが、カルメンの足もとの銃からロハンが置いた麻痺銃に視線を移し、顔を上げて二人を見た。

「この二人は味方ですか？」デシャーニがサルコジにたずねた。

「味方どころか、命の恩人よ」奥の部屋から出てきたサルコジが、倒れている警護官を見おろした。陰鬱《いんうつ》な表情だ。

「襲撃者は、この銃で警護官を撃ちました」と、カルメン。爪先で、足もとの銃を示した。

「わたくしが襲撃者から銃を奪い、襲撃者を撃ち殺しました。警護官は、あなたがたを守ろうとして死んだのです」

「エリツィン警護官には勲章が授与されるでしょう。あなたがたの命も危ない状況でした」と、サルコジ。「あなたがたの会話を断片的に耳にしました。この襲撃者たちがどこから来たか、わかりますか？」

カルメンはため息をついた。

「誰が送りこんできたかは知りませんが、どこの出身かはわかります。火星です。三人とも〈レッド〉です。女の意識が戻るのを待って、尋問してはいかがですか？　取引を持ちかけたら、知っていることを話すかもしれませんよ。マリネリス峡谷地方に特有のなまりがありました。手ごわい相手です。マリネリス峡谷地方の出身者に脅しは通用しないでしょうが、たいてい、取引には進んで応じます」

　サルコジはカルメンを見つめ、うなずいた。カルメンに対する疑いが晴れたようだ。

「あなたが火星について何か隠しているのではないかと思っていましたが、勘違いでした。コサトカは、あなたにたいへん感謝しています」サルコジは片手を差し出した。「今日から、わたしがあなたの力になります。守衛官、市民オチョアと市民ナカムラを全面的に信用し、礼儀を尽くしなさい」

　カルメンはサルコジと握手すると、ロハンに近づき、不安げに見つめた。

　カルメンが何を心配しているか、ロハンにはわかった。

「気にするな」と、ロハン。

「本当？　わたくしを見たでしょう？　本当のわたくしを？」

「見たのは、きみの一部だ。どうして、あの男が窓から入ってくるとわかった？」

「常套《じょうとう》手段なのよ」と、カルメン。意気消沈した表情で、うなだれている。「女が廊下から声をかけて、わたくしの注意を引いているあいだに、男が窓に近づく。物音を立てても、わたくしと女の話し声にまぎれて聞こえないというわけよ。ロハン――」

「気にするなと言っただろう」ロハンは表情に、できるだけ共感をこめた。「こんな重荷を抱えて生きていると、ときには、つらいこともあるだろうな」

「かなぐり捨てたい記憶は、たくさんあるわ」と、カルメン。「わたくしの場合、ふたつ三つ余分に加わっただけ」

「きみには、いままで以上に感心したよ」と、ロハン。ひとことひとことに力をこめた。「あんな世界から抜け出して、今のきみになった。すごいことだ」

カルメンはようやくロハンを見た。疑う表情だ。

「感心ですって？」

「きみがいなかったら、わたしは死んでいた」と、ロハン。

「たぶんね」

「ほかにも、気づいたことがある」と、ロハン。「銀河系の奥をめざしはじめてから、二人の若い女性と知り合った。わたしに関心を寄せてくれているが、わたしを男として見ているわけではない。それどころか、ことあるごとにわたしに武器を握らせ、使わせようとする」

「あなたは間違った選択をしようとしているわ。」と、カルメン。かすかに笑みを浮かべた。

「窮地におちいったときどんな人にそばにいてほしいのかを考えると、実に正しい選択だ」と、ロハン。ロハンは心配そうにカルメンをじっと見た。「元気がないんだな？」

カルメンは首を横に振った。

「わたしで力になれることがあるか？」と、ロハン。

「今夜は泥酔せずにはいられそうにないわ。わたくしから目を離さないで。酔いつぶれたら、わたくしの部屋まで連れて帰ってほしいの」

「わかった」と、ロハン。

「火星出身者はみな、わたくしと似たようなものよ」カルメンは急いで言った。「まっとうな人間になろう……みっともない真似は二度とするまい……と努力するわ。でも、よその人たちからすると、火星出身というだけで、あの殺し屋たちと同じ〈レッド〉にしか見えないの。現に、あいつらみたいに、恐怖や悪い噂や怒りを増長させる〈レッド〉があとを絶たない」

ロハンが返事に困っていると、デシャーニがふたたび二人を見て呼びかけた。

「市民のお二人、何か、われわれにお手伝いできることはありますか？」

「大丈夫です」と、ロハン。

「ケガはありませんか？」

ロハンがカルメンを見ると、カルメンは肩をすくめて答えた。

「かすり傷や打ち身だけです。なんともありません」

「救急隊に調べてもらったほうがいいでしょう」と、守衛官。「あなた一人で、あの男を倒したのですか？」

「ええ、まあ」カルメンはしぶしぶ認めた。

「ご恩は忘れません。何かお困りの場合は、われわれに連絡してください。わたし個人を呼び出してくださって、けっこうです」カルメンとロハンに自分の連絡先を渡しながらも、デシャーニの目はカルメンしか見ていない。

「きみの崇拝者が、また一人、現われたようだ」部下たちのそばに戻るデシャーニを見ながら、ロハンはカルメンに言った。

「おかしな話ね」と、カルメン。デシャーニの後ろ姿を見つめている。「〈レッド〉と警官。めずらしい信頼関係だわ」

当然ながら、ドラバの代表者たちとの会談は翌日に延期された。だが、ホーファー第一大臣はドラバの人々の心情に配慮して、公式会見を開き、会談が中止ではないことを強調した。「勇敢な警護官の命を奪った三人の襲撃者は、ドラバの人間ではありませんでした。旧地球から来られたお二人の勇気ある行動がなければ、さらに多くの犠牲者が出たでしょう」と、ホーファー。「連中は別の星系から来た工作員で、自分たちの残虐行為を、いかにもドラバの人間がやったことのように見せかけるつもりだったのです。もちろん、そのようなたくらみが成功するはずはなかったと惑星コサトカの住民全員が知っています。コサトカの住民は心をひとつにしているからです。われわれは本気で、ドラバが抱えているすべての問題に取り組もうとしています。また、わたし個人としては、ドラバにいても自宅にいるのと同じように安心していられます。その二点をドラバのみなさんにご理解いただきたいと思います」

その夜、カルメンの部屋で、ロハンは酒を飲むカルメンのそばにいた。カルメンがバーのような公共の場を避け、自分の部屋にボトルを運ばせて飲むことにしたからだ。カルメンは何杯か飲んだあと、低い声で話しはじめ、過去の出来事や記憶をロハンに打ち明けた。いちどは永久に葬《ほうむ》ってしまいたいと思った過去を掘り返すかのような話しぶりだ。ロハンは、ときおり声にならない声を発し、ちゃんと聞いていることを示したが、それ以外は無言で耳を傾けた。わたしの意見を求められているわけではない。そもそも、カルメンの過去を裁いたり、とやかく言ったりする資格は、わたしにはない。カルメンは胸にたまったものを吐き出したいのであって、自分の痛みをわたしと分かち合いたいとは思っていない。ロハンは話を聞くことで、カルメンが抱える重荷のごく一部を肩代わりした。

何が変わったのだろう？　カルメンはなぜ、こんな打ち明け話をしようと思ったのか？　たぶん、われわれがチームとして、今日の事件に立ち向かったからだろう。わたしは、少しだが、ひどい状況を他人と共有するようになった。この人なら、必要に迫られた場合に正しい選択をしてくれるかもしれない。

ボトルが空《から》に近くなると、カルメンは眠そうにつぶやきはじめ、テーブルにだらりと頭をのせた。ロハンはカルメンを立たせてベッドに寝かせ、安全を確認してから、自分の部屋に戻った。

疲れていたが、ロハンは部屋に入っても、長いあいだ起きていた。目には何も映らない。わたしにも過去の記憶はたくさんある。愉快な記憶ばかりではないが、カルメン・オチョアの過去ほどいまわしいものではない。フランクリン星系で生まれ育った自分が、どんなに幸運だったかなど、これまで考えたこともなかった。べつに、フランクリン星系が完璧だとは思わない。ほかのコロニー惑星と同様、一長一短だ。だが、火星のような悪の巣窟《そうくつ》はなかった。

しかし、悪の巣窟化は、太陽系外の惑星でも起こりうる。コサトカのような平穏に見える惑星でも、内外の圧力や過ちでゆがみ、善意を重ねて整備された長い道をたどるうちに、火星と同じ状況におちいるかもしれない。アプルー星系などは、すでに持ち逃げ可能なものが何かを知りはじめた。どこかの戦闘艦が、はっきりした理由もなくラレース星系のコロニーを爆撃した。それに、はるかかなたの星々へ移り、誰も干渉できそうもないほど離れてしまった、企業が保有するコロニー群も忘れることはできない。あのコロニー群が結集したら、どんな場所になるだろう？　カルメンが心配するのも、もっともだ。

「わたしは、どこか別の場所を探していた」声に出して言った。自分に言ったのか、惑星全体に言ったのか、それとも、もっと大きな何かに対する言葉か、自分でもよくわからない。「それがここでは、いけないか？　また失敗するなら、大きなことに挑んで失敗したってていいだろう。何か大事なことをしようとして。とにかく、わたし自身より大事なことだ。子供たちが、カルメンや、あの三人の襲撃者みたいな育ちかたをせずにすむようにするとか、人命を救うとか」

ロハンはため息をつき、さきほど麻痺銃を握っていた自分の手を見おろした。

「わたしは、つねに武器をたずさえている戦士とは違う。銃を手にした二回とも……違和感があった。わたしに銃は合わない。だが、銃だけが武器ではない。ほかのものを武器にして戦う方法は、いくらでもある。コサトカのために戦おう。ほかの星系のために戦うコサトカにとって、力になれるかもしれない」

返事はない。当然だ。部屋には誰もいないのだから。少なくとも、誰の姿も見えないし、声も聞こえない。だが、ようやくベッドに横になると、いままで経験したことがないほど穏やかな気持ちになった。

ロブ・ギアリーはコサトカ星系について、あまり多くの噂を聞いていない。平和な星系で、数年前にコロニーが建設された……人類がコサトカ星系の主要惑星に広がり、近隣星系でも同様だが、急速に発展したという。

だから、超空間からコサトカ星系に出たとき、近くに航宙艇ひとつ見えなくても驚かなかった。旧コロニーでは、ジャンプ点を数隻の航宙艇が見張るのが普通だった。その目的は戦争ではなく、関税をきちんと支払わせることだ。しかし新コロニーには、ジャンプ点を見張るための資金さえないところのほうが多いのだ。

コサトカ星系の平和なイメージは、〈スコール〉が星系内の放送を受信すると、たちまち崩れた。ロブは信じられない思いでニュースを見た。荒廃したラレース星系の映像。地表の無数のクレーターは、間違いなく周回軌道上からの爆撃であることを物語っている。クレーターの周囲の瓦礫《がれき》は、新コロニーとして急速に発展したはずの都市の残骸だった。

「誰がこんなことを?」と、ダニエル・マーテル。声には、ロブと同じようにショックの色がある。「あの映像の船は、スカザ星系の戦闘艦ではありません。それに、ラレース星系はスカザ星系から遠く、何度もジャンプしなければ行きつけません」

「これは、もう古いニュースだ」と、ロブ。「このニュースがコサトカ星系に届いたのは、何週間も前だ。もとの情報を焼きなおして、コメントを加えている」

「どうしましょう？」と、ドレイク・ポーター。「すぐ、グレンリオンに帰ったほうがいいでしょうか？　あの艦がグレンリオン星系に現われたら、どうなるでしょう？」

恐怖がみるみるクルーのあいだに広がってゆく。止めるのは、おれの役目だ——ロブは思った。

「おれたちは、ここで仕事がある。グレンリオン星系を守るための仕事だ」と、ロブ。「仕事をしなければならない。メッセージを伝え、返事をもらえるかどうかを確認する。それからグレンリオン星系へ戻って、この種の危険からコロニーを守る。ポーター、主要惑星に通信したい。用意はできているか？　いますぐ、おれたちが何者かを知らせたほうがいい」

現在、主要惑星までの距離は四光時だ。〝いますぐ〟送信しても、四時間たたないとメッセージは届かない。だが、〈スコール〉の到着風景が惑星に届くにも、同じくらい時間がかかる。すぐにメッセージを送れば、〈スコール〉の目的を誤解されずにすむ。

「ええと、ちょっと待ってください。はい、用意できました」

ラレース星系襲撃のニュースに驚きながらも、ロブは気持ちを落ち着け、穏やかでプロらしい表情を心がけた。

「こちらはグレンリオン星系戦闘艇〈スコール〉のロバート・ギアリー大尉です。平和的な任務で、ここに来ました。コサトカ星系に支援要請をするためです。もういちど申します。われわれはコサトカ星系に害をなす者ではありません。至急、コサトカ星系政府との通信を許可してください。グレンリオン星系政府からの支援要請を伝えたいと思います」

メッセージを終えようとして、ロブはラレース星系のニュースの内容を思い出した。たしか、正体不明の戦闘艦が惑星に近づいたと言っていた。

「われわれの平和的意図を明確にするため、〈スコール〉はこれ以上、惑星に近づかず、ジャンプ点の近くにとどまります。ギアリーより、以上」

「待っているあいだ、何をすればいいんですか？」と、ポーター。

ロブは、ぐったりと椅子に沈みこんだ。惑星コサトカから応答が届くのは、早くても八時間後だ。

「いま言ったように、ここにとどまって待つ」

ちょっとした用事を片づけたあと、ロブは自室へ向かった。惑星上の都市が何時かわからないまま、メッセージを送信したが、到着したときの〈スコール〉艇内は遅い時刻だった。

ラレース星系の恐ろしい映像が、頭から離れない。眠れるだろうか？

ベッドの隣の通信パネルがしつこく鳴らす呼出音で、ロブは目を覚ました。

「うん？」横目で艇内時刻を見た。〇三〇〇時。いや、あたりまえだ。緊急事態は時刻を選ばない。

「惑星コサトカから、いくつかメッセージが届きました」と、ポーター。「すみません。何か通信が入ったら起こせというご命令だったので」

「うん」と、ロブ。眠気を振り払おうとした。「転送してくれるか？」

「わかりました」

ポーターの顔が消えて硬い表情の男が現われ、非常に厳しい口調で言った。

「正体不明の戦闘艦に告ぐ。こちらは惑星コサトカだ。星系内部へ進んではならない。惑星に接近しようとすれば、敵対行為とみなす。いますぐ正体を明らかにせよ！」

はじめての通信にしては、あまり丁寧な挨拶とは言えないが、状況を考えれば理解できる。

ロブは次のメッセージを見た。前のものから、あまり間《ま》を置かずに送信されている。同じ男からだが、今度は表情が少しなごみ、声もあまり厳しくない。

「グレンリオン星系戦闘艇〈スコール〉のギアリー大尉、こちらは惑星コサトカ。そちらの通信を第一大臣の執務室へ転送した。ジャンプ点の近くにとどまるというお申し出に感謝し、貴艦が約束を守ってとどまりつづけることを希望する」

ロブは顔をさすって眉をひそめ、コサトカ星系に到着してから〈スコール〉のセンサーがとらえた最新情報を呼び出した。

星系内に戦闘艦がいる様子はない。ほかの防衛設備もなさそうだ。コサトカがあらゆる戦闘艦や武器を隠す驚異的な技術を持っているか、いま受け取ったメッセージのおどし文句がはったりか、どちらかだ。

はったりだろうとなんだろうと、どうでもいい。だが、ラレース星系襲撃のニュースがコサトカ星系に与えた恐怖は、計り知れない。その心情を真剣に受け止めなければ、コサトカ星系の協力は得られないだろう。

「大尉？」ふたたびポーターが現われた。申しわけなさそうな顔をしている。「武器の当直員たちが、当直をはずれてもいいかどうか、おたずねしたいそうです」

ロブは〝よろしい〟と答えそうになった。経験からわかる——なんの危険もない状況での戦闘配置の当直は、うんざりするものだ。

だが、躊躇《ちゅうちょ》した。〈スコール〉は戦闘艇だ。戦闘任務についている。しかも、ここはジャンプ点に近い。新たに到着した敵に不意打ちされる危険性がいちばん高い場所は、ジャンプ点だ。

「ダメだ、ポーター。退屈なのはわかるが、今は戦闘状態だ。何が現われても対処できるようにしておかなければならない。不満を漏らす者がいたら、おれも当直についていることをわからせてやる」

〇五〇〇時に、またしても応答があった。今度は、油断のない顔つきの女性からだ。

「わたしはサルコジ保安調整官です。グレンリオン星系で何が起こっているのか、詳細をお知らせください。このメッセージを送りますので、応答願います。コサトカを代表して、このメッセージを送りますので、応答願います。なお、目下、コサトカの人的および物的資源は非常にかぎられているため、充分な支援はできないかもしれません。以上」

〇六〇〇時にブリッジで当直につかなければならない。ロブはもう眠るのはやめ、応答することにして、グレンリオン星系の評議会が作成したメッセージを添付した。送信ボタンを押そうとして手を止め、服装を整えて、返信に自分の言葉を付け加えた。

「こちらはギアリー大尉です。グレンリオン星系の状況に関心を示してくださり、感謝します。ご質問にお答えするべく、グレンリオン星系政府からのメッセージを転送いたします。ご返信をお待ちしています。なお、われわれの力になってくれそうなかたが二人、コサトカにいるようだと、聞きました。お二人に、われわれの問題をお伝えください。お二人の名は……ロハン・ナカムラとカルメン・オチョアです。よろしくお願いします。以上」

ロブは立ち上がって、あくびをし、即席の軍服が見苦しくないことを確認すると、ブリッジへ向かった。ブリッジまでの短い通路が、いつもより静かな気がする。

ブリッジに着く直前、ふいに静寂を破って総員配置の警報が鳴り響いた。

11

ロブ・ギアリーは目の前に迫ったブリッジのハッチに駆け寄り、なかに入った。

「なにごとだ？」

当直を終えて非番のはずのドレイク・ポーターが、当惑の色を浮かべてロブを見た。

ロブは艇長席にすわり、ディスプレイのスイッチを入れた。画面が現われるまでの数秒を、いらいらしながら待っていると、ダニエル・マーテルが駆けこんできて作戦監視ステーションに跳びこんだ。

「航宙艦が現われました！」ようやくポーターが報告した。

「総員配置警報を止めて、戦闘配置につくよう全員に知らせろ」と、ロブ。

画面の映像が安定した。

駆逐艦だろうか？

「ジャンプ点から戦闘艦が一隻、現われました」と、マーテル。「ここから一光分の距離です。あれは……大尉、ウォリアー級の駆逐艦です」

その意味をロブが理解するのに、少し時間がかかった。

「ウォリアー級？」と、ロブ。「ラレース星系を爆撃した艦と同じ型か？」

「はい」と、マーテル。「旧式とはいえ威力はあります。それに、ＩＤを公開送信していません。ラレース星系を襲った艦も、そうでした」

戦う必要はない。〈スコール〉は、コサトカ星系を防衛しにきたのではない。ロブは、危険な状況になった場合にどうするかの命令は受けなかった。

だが、そんなことはどうでもいい――そう決断するのに、一秒もかからなかった。ロブは通信ボタンを叩いた。

「正体不明の戦闘艦、こちらはグレンリオン星系の警備艇《カッター》〈スコール〉。ただちにＩＤを明らかにせよ」

通信を切り、マーテルに向きなおった。

「完全戦闘態勢をとれ。武器すべてにパワーをまわし、防御シールドを最強にしろ。機関部に、パワー・コアが造り出す力がすべて必要だと知らせろ」

「はい、大尉」

マーテルが命令を実行しているあいだに、ロブは戦術画面を出し、正体不明の駆逐艦の位置を示して、インターセプトする方法を表示させた。

たちまち解決策が出た。〈スコール〉は短く平たいカーブを描いて駆逐艦に近づき、向かい合う。文字が現われた――

インターセプトを実行しますか？　はい　いいえ

「〈スコール〉の状態は？」ロブはマーテルにたずねた。

「武器は準備できました。防御シールドを強化しています。ほとんどの戦闘ステーションは準備ができました。機関部から警告です——パワー・コアから全パワーを引き出すのは、本当に必要になるまで控えたほうがいいとのことです」

「わかった。ポーター、駆逐艦から通信はあったか？」

「いいえ」ポーターは不安げだ。「まったく」

ロブはゆっくり深呼吸し、画面の情報を確認した。ウォリアー級の駆逐艦。一世紀ちかくも前のものだ。標準装備は、運動エネルギー弾発射装置が一基、ブドウ弾発射装置が一基、それと、〈スコール〉のものより一世代前の粒子ビーム砲が一門。

「交戦した場合の勝算は五分五分です」と、マーテル。「センサー情報によれば、駆逐艦の艦尾防御シールドが劣化しています」

駆逐艦は星系内部へ針路を定め、コサトカ星系の主要惑星へ向かっている。〈スコール〉の戦術システムは自動的にインターセプト・コースを修正し、新しい形を示した。


インターセプトを実行しますか？　はい　いいえ

ない。

〈スコール〉は、グレンリオン星系が所有する唯一の戦闘艇だ。大きな損傷など負わせられない。

だが、あの駆逐艦も、五分五分の戦いになることを知っている。艦長も、艦を送りこんできた星系も、駆逐艦を失いたくないはずだ。なによりも、あの艦の装備や乗っている者が調べられたら、ラレース星系のコロニーを破壊した犯人として特定される。

「遠まわりして、ゆっくり接近すれば――」マーテルが言いかけた。

「わかっている」と、ロブ。「だが、この戦いでは、砲火を交《まじ》えずにすばやく勝つ必要がある。敵も戦いたくないかもしれない」

「戦いたいかもしれません」

「それなら、向こうが勝つだろう。機関部に伝えろ――フル・パワーが必要だ。前部防御シールドを確実に最強にしろ」

ロブは目の前の画面の〝はい〟の文字に触れた。

スラスターが噴射し、〈スコール〉は揺れながら回頭した。メイン推進装置が働き、駆逐艦へ向かって突き進んでゆく。旧式の慣性補正装置がかんだかい音を立て、ストレスのかかった艦体構造がきしむ。慣性補正装置が緩和しきれなかった加速のGがかかり、ロブは座席に押しつけられた。

駆逐艦は〇・〇三光速で進み、〈スコール〉は〇・〇四光速まで加速するところだ。一光分たらずの距離を〇・〇七光速の合成速度で進むと、一分半のあいだに、合計およそ千八百万キロを移動することになる。

「武器の照準を駆逐艦にロックしろ」ロブはマーテルに命じた。「射程内に入ったら発砲するよう、セットしろ」

「はい、大尉。合成速度〇・〇七光速で受ける打撃は、われわれの発射制御システムの能力を超えています」

「敵は、そんなことを知らないかもしれない」駆逐艦からは、まだなんの通信も入ってこない。ほっそりしたバラクーダ形の艦は、〈スコール〉の左舷艦首……少し下方にいる。〈スコール〉は、駆逐艦があと一分五秒で到達する位置に武器の照準を合わせた。

「〈スコール〉の針路変更は、もう敵にも見えているはずです」と、マーテル。「インターセプトまで、あと三十五秒。大尉、敵は反応する時間があまりありません」

「それがねらいだ」と、ロブ。「無防備なコロニーを爆撃するような卑怯者《ひきょうもの》どもに、われわれが対抗するつもりでいることを……連中が行動を決めるのに数秒しかないことを思い知らせてやる」

「敵が姿勢を変えています！」マーテルの言葉と同時に、ロブの画面に警報が表示された。

おたがいに相手の射程に入るまで、あと二十秒。駆逐艦は何をする気だ？　交戦しやすいように針路を変えるか？

「敵はスラスターを全力噴射しています」と、マーテル。「あいかわらず上方へ進みながら、向きを変えています」

ロブは大急ぎで新たな命令を打ちこんだ。駆逐艦にねらいをつけたままでいられるよう、〈スコール〉を上昇させ、敵の上をかすめる針路をとる。

「敵はメイン推進装置に点火しています！」

駆逐艦は姿勢を変え、上昇する大きな弧を描きはじめた。艦首が、ほぼジャンプ点を向いている。

ロブは交戦までの二秒で、もういちど〈スコール〉の針路を調整した。

双方とも防御シールドと武器の出力を最大にし、正面から向き合って交戦するはずだったが、駆逐艦が向きを変えたため別の形になった。駆逐艦は戦闘態勢をとる時間も、加速して危険を逃れる時間もほとんどなく、防御シールドの劣化した艦尾を〈スコール〉に向けた。

その瞬間、〈スコール〉がそばを通過した。

〈スコール〉が発砲し、反動で艦体が傾いた。発砲は自動システムが制御する。最接近の瞬間が訪れて去るまで一秒もかからないので、人間の反射神経では対応しきれない。

ロブは新たな作戦行動命令を打ちこみ、もういちど駆逐艦を攻撃しようと〈スコール〉の向きを変えた。だが、画面が表示した解決策には、赤く点滅する警告メッセージがついていた。

この作戦行動で、艇体にかかるストレスが限界に達します。

実行しますか？　はい　いいえ

「ちくしょう」ロブはつぶやき、あらためて〈スコール〉が崩壊する恐れのない作戦行動を命じた。新しい予想針路が弧を描いて前の予想針路に重なり、先へ伸びてゆく。ロブはその先を見きわめずに、新しい解決策を承認した。もういちど交戦しても、〈スコール〉がばらばらになったのでは意味がない。

「損害報告が入ってきました」と、マーテル。「敵が発射したブドウ弾が前部防御シールドに当たりましたが、防御シールドは持ちこたえました。敵は……艦尾防御シールドに、まだら状に穴が開きました！　艦尾に、こちらの砲撃が何発か命中しました！」

クルーが勝ちどきをあげたが、ロブは画面の上にかがみこんで情報を調べた。

「われわれのセンサーは、敵の損害評価を見きわめられない。きみはどう見る、マーテル？」

「ちょっと調べさせてください」マーテルは自分の画面上に両手を走らせた。「敵のスラスターの力は、最大でも、あの型の駆逐艦が発揮できる力の六十パーセントに落ちています。ジャンプ点から出てきたときは、最大で八十パーセントを示していました」

「それじゃ、敵に打撃を与えたんだな」と、ロブ。

「はい。充分ではありませんが」

マーテルの言葉の意味は、ロブにはすぐにわかった。駆逐艦は速度を安定させ、最短の針路でジャンプ点へ向かっている。〈スコール〉はさらに交戦するため、大きな弧を描いているが、予想される交戦可能位置はジャンプ点の向こう側だ。

「え?」と、ポーター。

「敵は逃げようとしている」と、ロブ。「再交戦の前にジャンプして、この星系を出てしまう」

「はあ。しかし、われわれが――」

「無理よ」と、マーテル。「〈スコール〉の機動力では、できないわ。物理学はやっかいなもので、これ以上の攻撃を可能にしてくれないの」

「とにかく、〈スコール〉は今の針路のまま進める」と、ロブ。「敵が気を変えても、対応できるように」

だが、駆逐艦は、どんな任務があったにせよ、もう星系内を飛びつづける気はないようだ。見つめるうちに駆逐艦はジャンプ点に到達し、〈スコール〉と二十光秒の距離を置いたまま超空間へ消えた。

「戦闘ステーションから、危険は去ったと報告が来ている」と、ロブ。

「敵は戻ってきませんよね?」と、ポーター。

「そのとおりだ。超空間内で向きは変えられない。あの駆逐艦はジャンプ先まで行くしかない。戻りたければ、目的の星系に出たあと、あらためてジャンプしなければならない」

「このジャンプ点から行けるいちばん近い星系まで、五日かかるわ」と、マーテル。「つまり、戻ってくるとすれば、早くても十日後ね」

ポーターがヒューッと口笛を吹いて言った。

「べつに文句があるわけじゃない」

マーテルがロブに笑顔を向けて言った。

「荒々しい戦いでした。感銘を受けました」

「ありがとう」と、ロブ。心臓がまだ早鐘を打っている。「ああ、何も食べる暇がなかった。何かあるか？」

「ドーナツが一パック、残っていたと思います」

「勝利の宴会ですね！」ポーターが叫んだ。

「航宙軍兵士の朝食よ」マーテルが笑い声を上げながら同意した。「さあ、ポーター、大尉にドーナツとコーヒーを取ってきて、〈コサトカの戦い〉の勝利を祝いましょう」

ロブはゆっくりした針路変更を命じた。〈スコール〉をもとの位置に戻し、惑星コサトカからの返事を待たなければならない。すでに決着のついた戦いの光景が、四時間後に惑星に届いたら、惑星の人々はどう思うだろう？


八時間後に届いた惑星コサトカからの返信映像には、六人の人物が現われていた。一人は、ほかの五人の映像に重ねて接合された映像で、〝軌道施設の最高執行責任者〟という文字が表示されている。ほかの五人はみな同じ部屋に立っており、前に通信してきた保安調整官の女性も交じっていた。

「ギアリー大尉」中央の男性が話しはじめた。「わたしはコサトカ第一大臣ホーファーです。保安調整官は、すでにご存じですね。こちらはオットーネ代議員会議長です。それから、もちろん、こちらが、お探しの市民カルメン・オチョアと市民ロハン・ナカムラです。われわれは、ラレース星系を襲ったのと同じ航宙艦と思われるものに対して、あなたがたがすばやく勇敢に行動し、この星系を防衛してくださった様子を見ました。グレンリオン星系の航宙艦に救われたことを、われわれは決して忘れません。あなたがたは、コサトカ星系を防衛する義務はないのに、危険をおかして、われわれのために戦ってくださいました。大尉とグレンリオン星系に対して、われわれは筆舌に尽くしがたい感謝の念を抱いております」

ホーファー第一大臣は言葉を切り、身じろぎした。

「あなたがたを支援する手段があれば、すぐにもお渡しするところです。ですが、ごらんのとおり、われわれには自分の星系の防衛手段もありません。市民オチョアがこの問題の解決策を伝授してくれましたので、その方法をとるつもりですが、現在は自衛すら不可能です。あの恐ろしい戦闘艦がまた姿を現わすとしても、その時期は一週間以上あとになります。そのころには、われわれは貨物船の一隻を改造し、即席の戦闘艦を用意しているでしょう。防衛力を手に入れしだい、あなたがたに何倍もの恩返しをするよう努力します。グレンリオン評議会のみなさまに、コサトカは決して恩を忘れないとお伝えください」

ホーファーはロハン・ナカムラに手で合図した。ロハンは少し当惑した様子で話しはじめた。

「大尉、カルメン・オチョアとわたしの名前をお知らせしたのが誰かは知りませんが、われわれ二人は心から、可能になりしだいグレンリオン星系を支援するべきだと、コサトカに助言したいと思います。もっとも、われわれの助言がなくても、コサトカはそうするつもりでいます。あなたがたの行動のおかげで、その意思が固まったようです」

ホーファーは両手を広げて歓迎の身ぶりをした。

「感謝します、グレンリオン。コサトカより、以上」

ロブは自室の座席に身を沈め、安堵《あんど》の吐息をついた。勝利の瞬間の栄光が薄れるにしたがって、ロブもクルーも、〈スコール〉がいないあいだの無防備なグレンリオンが心配になっていた。

ロブはふたたび背筋を伸ばし、メッセージを作成した。

「コサトカのみなさま、支援のお申し出を光栄に思います。この星系に関するご心配も、理解できます。あの駆逐艦がまた姿を現わす前に、コサトカ星系はそれなりに防衛態勢を整えるようですので、われわれは同様の危険からわれわれの星系を守るために、グレンリオン星系へ帰りたいと思います。そちらでは探知されなかったかもしれませんが、逃げた駆逐艦は、戦闘中に、推進装置に損傷を受けました。ジャンプ点から星系外へ逃げたときには、最大出力の六十パーセントしか出せなくなっていました。超空間にいるあいだは、艦外の損傷個所を修理できません。修理するまで、もういちど戦う危険はおかさないでしょう。どこから来たかは知りませんが、送り出した星系へ戻る必要があるはずです。

ですから、わたしは〈スコール〉をグレンリオン星系に戻します。われわれを必要となさる緊急メッセージが新たに届く可能性を考慮して、このメッセージを送信後、八時間はここにとどまります。八時間たっても事態が変わらなければ、防衛のためグレンリオン星系に帰り、ご返信を政府に伝えます。

市民ロハン・ナカムラと市民カルメン・オチョア、お名前を教えてくれたのは、グレンリオン陸上軍の指揮官メレ・ダーシーです。あなたがたのご多幸をお祈りしているはずです。メレにご伝言があれば、できるだけ早く送信してください。コサトカが緊急事態でわれわれを必要としないかぎり、〈スコール〉は八時間後に出発します。ギアリーより、以上」

八時間後に届いたメッセージは、コサトカ政府の新たな感謝の言葉だった。ロハンとカルメンからメレへのメッセージが添えてある。

メレはすでに危険な任務を実行しているはずだと、二人に言ったほうがよかっただろうか？　〈スコール〉がグレンリオン星系に帰ったころには、メレは死んでいる可能性が高いと？

いや。そんなことを伝えてなんの得がある？　友人が元気で活躍していると、できるだけ長く思ってもらったほうがいい。

ロブはブリッジに通信した。マーテルが当直だ。

「マーテル、ジャンプ点へ向かえ。グレンリオンに帰る」

故郷を出てからおれが出した命令のうちで、今のがいちばん好評だろう。

〈スコール〉はスラスターを噴射し、艦体を震わせながら、近くのジャンプ点へ直進する針路をとった。

三週間半。それだけあれば、正しい敬礼のしかたくらい、教えられる。必要な装備も詰めこめる。だが、スカザ基地は今日、対軌道砲の設置を完了させ、発射テストをしようとしている。帯電粒子を、惑星グレンリオンの大気の外の宇宙空間へ送り出すテストだ。テストが迫っているという警告を受けたグレンリオンは、機動力のある衛星を、スカザ基地の粒子ビームが届かない軌道へ移した。だが、その結果、スカザ基地で行なわれていることを監視できなくなった。

最低限の準備をするだけの時間しかなかったが、もう実行しなければならない。

「よし、みんなよく聞け」メレ・ダーシーは、急襲部隊を構成する最良の二十人の志願兵を見まわした。メレ自身をのぞけば、戦闘で頼りになるのはグラント・ダンカンだけだ。ほかの者は、熱意は充分だが、自分たちがどんな事態に立ち向かうか、よくわかっていない。理論やゲーム、シミュレーション、ストレス・テストなどの訓練と、現実に自分を殺そうとする相手に立ち向かうのとはわけが違う。「諸君は基礎訓練しかできなかった。だが、われわれには非常に有利な点がいくつかある。スカザの兵士たちを監視してきた結果、向こうは襲撃に備えていないことがわかった。自分たちが充分に兵器を持ちこんだから、グレンリオンは避けられない事態として受け入れるしかないだろうと思っている。われわれが何か行動を起こすとしたら、バカな行動だろうとしか考えていない。でも、われわれは利口に立ちまわる」

メレは自信ありげな口調を心がけ、先を続けた。

「だから、われわれは連中を急襲する。向こうは応戦の準備などできてない。わたしは訓練を受けているので、多くの場面で先頭に立つ。ニンジャが見事に下地を整えてくれたが、みんなも集中を保ち、警戒をゆるめないでほしい。諸君も、われわれの大きな利点のひとつだ。スカザ人は、グレンリオンがスカザ基地を負かすために、こんなに短時間でこれほどの兵を集められるだろうとは想像もしていない。諸君には、それぞれ大事な役割がある。わからなくなったら頭を使え。それから、忘れるな——スカザ基地では、民間人は一人も殺さないよう気をつけること。標的は兵士だけだ。質問は？」

誰も質問しない。兵士たちは不安げだが、真剣だ。グラントだけは、やっかいな仕事に取り組む熟練工の表情をしている。

きっと、わたしの顔も同じだろう——メレは思った。

「武器を持っている者は全員、安全装置がかかっていることを確認しろ。チェックだ！　大丈夫か？　では、乗車せよ」メレは命じた。二十人が列を作って浮揚車《ウインG》に乗りこむ様子を見つめ、最後に自分も車内に入った。

ライリーをのぞく全員が、乗客デッキの座席に身体を固定した。ライリーは即席爆弾をチェックしに後尾へ向かい、メレは前部のコックピットへ進んだ。

「機材は全部乗せたか?」メレは二人のパイロットにたずねた。

パイロットたちはうなずいた。興奮している。

「自分が、こんなゲームをすることになるとは思いませんでしたよ」と、一人のパイロット。

「これはゲームじゃない。間違いは許されない。デルタ隊は、どう動く?」と、メレ。

「途中まで、この車と一緒に来て、あんたがたが仕事をしてるあいだに設置します。デルタ隊が必要になりそうですか?」

「デルタ隊は保険だ。必要にならないことを祈ろう。でも、必要になるときは全面的に必要になる」と、メレ。

もう一人のパイロットがメレを振り返って言った。

「ほかの目的で設計された道具を使って、よくこれだけの準備をしましたね。われわれの装備がこんなことにも使えるなんて、知らなかった」

「人間は、殺し合いの方法を考えるとなると頭が働くんだよ」

ライリーがやってきて報告した。

「爆弾をチェックしました。すべて異常ありません」

「どんな爆弾か、教えてもらえますかね?」と、パイロットの一人。

「爆薬と熱爆薬《テルミット》だ」と、メレ。

「テルミット? 飛行中に火がついたりしないでしょうね?」

「火がついても、床を焼いて外へ噴き出すだけです」と、ライリー。

「安心できるとは言えないな」

「信管は、わたしが持ってる」と、メレ。

「そして、あんたは、われわれのすぐそばにすわるんですか？」と、パイロット。「安心材料にはなりませんよ！　おっと、通信が入った。外にいる人が、離陸前にあんたに会いたいそうです」

実行が遅れるとぶつぶつ言いながら、メレは乗客デッキへ戻り、ハッチを開けた。

ウィンＧのそばで、リー・カマガン評議員が待っていた。

「幸運を、ダーシー少佐」

「ほかの評議員は、お忙しかったんでしょうね」と、メレ。「いえ、すみません。少佐らしくない言いかたでした」

「ほかの評議員たちは、命を危険にさらす任務に兵士たちを送り出す作法を知りません」と、カマガン。「でも、みな気にかけていますよ、少佐」

「あなたは、なぜご存じなんですか？」

「わたしは昔、結婚していました、少佐。夫は消防士で、人を助け出すために火のなかへ入ってゆく人でした。あるとき、入っていったきり、帰ってきませんでした」

メレは気をつけの姿勢をとった。

「お気の毒です」

「ありがとう」カマガンはメレの前腕をつかんだ。「なしとげてください、少佐。われわれを見守ってくれる偉大な存在がいるとしたら、その存在が今夜、あなたがたとともにあることを祈ります」

「その存在のお力添えを願って、実行します」と、メレ。明らかな敬意をこめてカマガンに敬礼し、ウィンGに戻ってハッチを密閉した。

ウィンGは下へ噴き出す空気の地面効果で宙に浮き、前進しながら、加速して北西へ向かった。もう一台の小さなウィンGが、一定の距離を保って並走している。太陽が西の水平線に沈みかけ、夜が近づくなか、二台はひた走った。車体の二、三メートル下でうねる海面が、深みに潜む怪物たちの背中のように見える。暗い水は、どこの海でも同じように神秘的だ。

宇宙空間と水のある惑星のあいだには、ひとつ違いがある——メレは思った。宇宙は何も隠さない。どんなに遠く離れていようとも、存在は四方にさらされている。自分が研究する星々や銀河とのあいだの膨大な距離や年数を超えて、目標の天体を見つける方法をつきとめさえすればいい。

だが、惑星上の海はできるだけ長く秘密を守り、膨大な水の下に秘密を隠す。水は、静かなときも荒れているときも、下に秘めたものをおおい隠す。星を見れば、その星に関するすべてを語れるが、海に目を向けても、海が許さないものは見えない。

人間と同じだ。恒星間の移動がどんなに楽になっても、人間は、いまなお居住可能な惑星の海との共通点が多い。

「スカザ人は、なぜ衛星を打ち上げなかったんでしょう?」コックピットの沈黙を破って、パイロットの一人がメレにたずねた。「衛星があれば、われわれがどんなに低く飛んでも、近づいてくるのが見えるのに」

「〈スコール〉がいるかぎり、無理だっただろう。ギアリー大尉が撃ち落とすから。スカザ人は〈スコール〉がグレンリオン星系を離れるとは思わなかったんだろう。小型の人工衛星をひとつ打ち上げる装置さえ持ちこまなかったんだよ」

「もっと貨物を積むスペースがあれば運んでこられたものを、たくさん置いてきたに違いない」と、第二パイロット。「そうですよ！　移動する者は、いつだって、積める量の二倍の荷物を持ちこみたがる。スカザ人は地上センサーをもっとたくさん持ってきたかったはずだ。なぜ、われわれが裏側へ行こうとしているあの丘の上に、センサーを設置しなかったんでしょうかね？」

「基地周辺のセンサーがカバーする範囲も、狭い」と、メレ。「わたしなら、とにかく丘の上にセンサーを設置するだろう。だが、規則どおりにやる指揮官は、基地防御の基準にそって設置するだろう。〈スコール〉にあったファイルからわかったが、スカザ星系では、指示からはずれた者は例外なく罰せられる。連中は基地でもセンサーの製造準備を進め、実際にセンサーがいくつか増えた。それでも遅れているから、基地の責任者は、危ない橋を渡る気はないんだろうな」

「大事をとってるつもりが、実は危険度が増してる」第一パイロットが笑い声をあげた。

ウィンGは、惑星上で使う乗物としては速いが、スカザ基地のある大陸まで行くには時間がかかる。待つつらさを知っているメレは、乗客デッキに戻って動きまわり、志願兵たちに話しかけて自信を与えようとしたり、まだ明確にわかっていない者には、あらためて計画を説明したりした。

夜になった。惑星グレンリオンには小さい月がふたつあるが、小さすぎてあまり光を反射しない。それでも、上空の薄い雲が動いて月や星の光をさえぎると、メレは胸をなでおろした。

大陸の海岸から離れたふたつの小さな島に近づくと、一緒に来た小型のウィンGはメレたちの車を離れ、島へ向かった。

メレの急襲部隊を乗せたウィンGは、一台だけになると方向を変えて北へ進み、丘のそばを走りながら、丘の裏側にあるスカザ基地の位置を通過したことを確認したあと、前方に海岸線が現われる真東へ向きを変えた。轟音《ごうおん》とともに海岸に打ち寄せる大波の白い波頭や、帯状に連なる白い泡が見えると、メレはうれしくなった。北や東へ進むにつれて、波はますます荒々しくなった。今夜は、波の音が大きいほど都合がいい。

ウィンGは砂利の多い短い浜辺を飛び越えてスピードを落とし、深いやぶの近くへ降下した。

「ここです」ウィンGが着地して地面の上をすべり、少し揺れながら停止すると、第一パイロットがメレに言った。「気をつけてください」

「ありがとう。わたしたちが日の出までに戻らなかったら、ここを離れて、帰れ」と、メレ。

二人のパイロットは気の進まない様子で目を見かわした。

「わたしたちが捕まったら、スカザ基地は、わたしたちがどうやってここまで来たかを探るだろう。あんたたちも見つかる。日が昇ったら、コロニーへ帰れ。わたしたちは、それより前にここへ戻るつもりだがな」

「待ちますよ――」

メレは急襲部隊をウィンGから降ろし、兵士たちをひきいて車の後部へまわった。大きな貨物用のハッチが開いている。車外は暗く、メレは片手をウィンGの側面に当てて歩いた。部隊が後部に着くと、兵士の一人が小型コントロール装置を取り出し、命令を入力した。

貨物ベイの奥の暗がりで何かが動き、ほぐれて、なめらかに外へ出てきた。メレは髪が逆立ちそうになるのを感じた。巨大なミミズに似た地中車《トンネル・ピード》だ。側面全体に幅の広いタイヤがずらりと並んでいる。上には一列の座席と、つかまるための手がかりが同じ数だけある。

地中車は、大きな岩のようなものが地面から突き出ているあたりまですべっていった。コントロール装置を持った兵士がさらに命令を打ちこむと、岩陰から、トンネルを掘った〈採鉱マシン《スネーク》〉が現われた。直径一メートル程度の大きさに圧縮されていても、恐ろしげに見える。〈スネーク〉は、するすると地上を移動してウィンGの貨物ベイに入りこみ、固くとぐろを巻いた。

〈スネーク〉が去ったあとには、真っ暗な地中へ延びる直径二メートルの穴が口を開けていた。コントロール装置を持った兵士が地中車の先頭の席につき、メレとほかの兵士たちがその背後に乗りこんだ。

「できるだけ身体を低く伏せろ」先頭の兵士が声をひそめて後方の者たちに呼びかけた。「トンネルは狭いので、頭を上げていると天井にぶつかるかもしれない。スピードを上げて移動する個所がいくつかあるので、頭を上げないように」

地中車が前進しはじめた。タイヤの数は多いが、回転が静かなので、前方へすべってゆくような感じだ。穴に入るとヘッドライトが灯《とも》り、下降する不気味な丸いトンネルを照らし出した。まもなく、トンネルは平らな道になった。なめらかな底面には、足や車輪がとらえやすいよう、約五十センチごとに速乾コンクリートで造られた畝《うね》がある。ヘッドライトは集中的に前方を照らし、ほかの部分にはほとんど当たらないので、地中車の大部分は闇のなかを移動した。

地中車のなかで、メレは上体を伏せたまま前方を見ようとしたが、運転手の身体が邪魔になって見えない。ふいに、トンネル内に照明がないことをありがたく感じた。地中車に乗っていれば、目に入るのは前の席の者の尻だけだろう。

スカザ基地の敷地として選ばれた場所は、地図上では理想的に見えたに違いない。北と西は丘にさえぎられ、そのふもとに広がる平原は、なだらかな傾斜を描いて海岸につながる。丘が防壁になってくれるし、平原は大きく開け、こちら側から侵入すれば、平原を進んでいるあいだに基地から見つけられる。防波堤を築くくらいは大した作業ではないし、海岸の近くの水底《みなそこ》をさらえば、海上を航行する船に格好の港を提供できる。近くの頑丈な土手のあいだを流れる広い川は、将来は氾濫《はんらん》の恐れも出てくるかもしれないが、今は立派な真水の供給源だ。

　地図からはわからないのは、丘は、占拠していない状態では、基地をねらう者にとってかっこうの隠れ場所であることだ。スカザ人は、いずれは丘も占拠する予定だっただろうが、メレはスカザ人の計画を邪魔するつもりだ。この土地を選んだ者は、川の流れや少し離れた海の波の動きが起こす地面の震動を考慮しなかった。おかげで、グレンリオンの改良〈スネーク〉は地上センサーの真下まで、探知されずにトンネルを掘れた。

　旧地球の古代に生きた孫子は、攻撃のしかたについて多くの意見を述べているが、ほとんどが〝敵がこちらの動きをどう予想するか……こちらに何をさせたがっているかをつきとめ、それとは違うことをせよ〟という助言に尽きる。スカザ基地は、装備の第一陣に対軌道兵器を入れようと力を尽くしたことも含めて、上空からの攻撃を防ぐことを重視した。基地の建設のしかたで、スカザ人が地上からの攻撃も予想していたことがわかる。これらの事実から、メレは、地下から接近する作戦を考えた。

　地中車はスピードを落とし、止まった。

「トンネルは、ここから上へ向かっています」運転手が振り向いて、メレにささやいた。

「ここは地下三メートルの位置です」

「わかった。グラント」メレは静かに後方へ呼びかけた。「全員を地中車から降ろして、整列させろ。ライリー、わたしと一緒に先頭に立て」

メレは大口径の猟銃を取り、ライリーの前に立ってトンネルの斜面を登った。だしぬけにトンネルが終わった。頭上は〈スネーク〉が置いた泥の栓でふさがれている。栓の底から低木の根が突き出ているのは、栓があまり厚くないしるしだ。

メレは腰に下げたコンバット・ナイフを抜いた。急な大量生産命令にもかかわらず、それに容易に応じて製造された武器のひとつだ。メレはナイフの先端をトンネルの口に当て、刃を泥のなかにすべりこませると、トンネルの口に沿ってのこぎりのように引いた。表土はあっさり切れたが、もつれた根がなかなかほぐれない。メレは汗にまみれ、落ちてくる泥を浴びながら作業を続けた。

突然、泥の栓が傾いて落ちかかり、メレははずれた栓をトンネルの壁面に押しつけた。頭上に夜空が見える。遠くの浜辺から波音がとどろいてきた。この音で、部隊が立てる不規則な物音はかき消される。メレは内心で感謝しながら、時刻をチェックした。

「深夜の〇時三十分。完璧だわ。ライリー、ニンジャの魔法の箱を持ってきて」

ライリーがニンジャから渡された分厚いEパッドを抱えて、メレの隣まで登ってきた。メレがEパッドのアンテナを地面に垂直に立ててやると、ライリーは起動コマンドをタップした。

システムが起動し、Eパッドの画面に昔ながらの砂時計のマークが表示された。画面下部にたくさんのコードが次々に現われては消えてゆく。メレは辛抱強く、砂時計のマークが消えるのを待った。文字が現われた——

接続が完了しました。照合が成功しました。保安網に侵入しています。センサー情報を、偽のデータに置き換えますか？

「スカザ基地が見ている映像は、これです」ライリーが声をひそめて言い、もうひとつのEパッドをメレに渡した。

メレはシンボル体系をチェックした。フランクリン星系で使われていた表示とは違うが、理解は可能だ。セクションのひとつは基地全体を示すもので、周辺の巡視兵の現在位置を示している。もうひとつのセクションには、巡視兵がヘルメットの画面で見ている映像が出る。メレはイヤピースを着けた。スカザ基地の指令網から出される命令や、巡視網で流れる会話が、すべて聞こえる。

両方のセクションに警告のシンボルが出た。スカザ基地のセンサーのひとつが、何か異常をとらえたらしい。位置から見ると、メレが開けたトンネルの出口だ。

「偽データを送りなさい」メレはライリーに命じた。

ライリーが〝**はい**〟に触れると、ニンジャの装置がセンサー網から探知情報を除去し、警告シンボルが消えた。

「なんだ、今のは？」メレのイヤピースに声が届いた。二人一組で巡視する兵士の、一人だ。

「また、機械の不調だろう」もう一人の兵士が不満げに答えた。

「ワビットかもしれない。一発、撃ってみるか」

メレはライリーに、動くなと合図した。

地上で、ポンッとパルス・ライフルの発射音がした。やぶのどこかをエネルギー・パルスが撃つ音が聞こえたが、ニンジャが細工した偽の画面では、発砲は示されなかった。巡視兵のどちらかが食い違いに気づくのではないかと、メレは緊張したが、二人とも退屈しきって画面に注意する気もないらしい。

「何かに当たったか？」

「うるさい」

メレはトンネルの外の地表が見えるあたりまで、ゆっくりと頭を上げた。かさばる重装甲戦闘服を着た巡視兵が二人、歩いてくる。姿勢や動きは、秘密監視装置で見た見張りよりも緊張感に欠けていた。

メレは頭をトンネルのなかにひっこめ、ライリーに向けて親指を立てた。

「二人とも、ものすごく、だらけているな」小声で言った。

「なぜですかね」と、ライリー。同じように小声だ。「スカザ兵は頑固に規則にしたがって、なんでも完璧にやろうとすると、少佐はおっしゃったでしょう」

「それは上官の場合だ」と、メレ。「変な話だがな。上官が厳しくて部下の行動をいちいち管理しようとすればするほど、部下たちは人目がないあいだは、だらけるようになるんだ」

メレは頭をひっこめたまま、泥と植物の栓をもとの位置まで押し上げてトンネルをふさぐと、いらだちをつのらせながら、画面で、巡視兵がのんびりと規定のルートを歩く様子を見つめた。画面に送られてくる映像で、二人がどのあたりを通っているかがわかる。

二人のスカザ兵はトンネルの出口を通り過ぎた。数メートルしか離れていない位置だったが、二人は酒の入手法談義に熱中し、周囲の風景には注意を向けなかった。そんな必要を感じないのだろう。ここに着陸して以来、何ひとつ起こっていないのだから。

メレはもういちど頭上の栓を引き下げ、猟銃をつかんで静かにトンネルから出た。猟銃の先端には、新しく造った消音器《サイレンサー》を取り付けてある。銃声を完全に消すのは無理だが、効果はあるはずだ。

巡視兵の一人は、もう一人の少し後ろを歩いていた。メレは影のように動いて、のろのろ進む二人の真後ろに近づいた。メレの右手は銃尾のあたりで猟銃をつかみ、指を引き金の近くに置いている。メレの左腕が巡視兵の背後から前へまわり、何が起こったのかを巡視兵が認識するより先に、こぶしで巡視兵の右腕を押し上げた。この型の重装甲戦闘服は、わきの下に大きな弱点がある。メレは、巡視兵がさらした右わきの下に銃口を押し当て、発砲した。

大口径の銃弾が胸の上部を右から左まで貫通し、巡視兵はガクンと身体を揺らした。メレは、くずおれはじめた巡視兵を放し、猟銃をおろすと、倒れた巡視兵の手からパルス・ライフルを取り上げた。

「あれは、なんだった――」先を進む巡視兵が言いながら、振り返った。

メレは、すでにパルス・ライフルをかまえていた。背後にいるのが同僚ではないことに巡視兵が気づいた瞬間、メレは巡視兵のフェイスプレートめがけてパルス・ライフルを発射した。フェイスプレートに銃口が触れそうな近さだ。

フェイスプレートは非常に強化されているが、至近距離で発射されたエネルギー・パルスは防ぎきれない。

巡視兵はグイと頭をのけぞらせ、後ろ向きに倒れた。

メレは最初に倒した巡視兵のそばに戻り、しとめたかどうかを確認した。巡視兵は地面に倒れて痙攣《けいれん》している。

ライリーが近づき、最初に倒れた巡視兵を見おろした。

「この男は何をしてるんですか？」

「死にかけてる。断末魔の苦痛に耐えてるんだよ」と、メレ。

「な……何か、おれたちにできることは？」

「せいぜい、あと二分しか持たないだろう」と、メレ。冷たい口調だ。「できるとしたら、苦痛を止めてやるくらいだな」

「じゃ、そうしましょう」ライリーが急《せ》き立てた。

「本気か？」

「はい！」

メレは足を踏みしめ、パルス・ライフルの銃口を負傷した兵士のフェイスプレートに向けて撃った。

顔を上げると、見つめるライリーの顔が目に入った。

「簡単だったと思うなよ」と、メレ。「わたしだって、やりたかったわけじゃない。でも、ここに横たわっているのが自分で、断末魔の苦痛に耐えていて、助かる望みも、止める方法もないとしたら、わたしは誰かに、できればこうして終わらせてほしい」

「そ……そんな目に……少佐は、あいません……よね？」

「あうかもしれない」

殺人は、あっというまだ。殺したあとの感情の処理のほうが、ずっと難しい。メレは深呼吸し、ふいに襲ってきた吐き気と戦った。やるか、やられるかだ。やらなければ、やられる。わたしが始めたわけじゃない。

メレはEパッドをチェックした。二人の敵兵は巡視を続けていることになっている。二人が殺されたときに鳴り響くはずの警報は、スカザ基地のシステムに侵入したニンジャの細工にブロックされた。

メレは二度目に殺した巡視兵のパルス・ライフルを奪うと、残りの兵士たちを連れてきたグラントに渡した。

「オビ、わたしの猟銃を使いなさい。これから、一列縦隊で指令所へ向かう。わたしが先頭で、すぐ後ろにグラント。ライリーは列の中央に入りなさい。オビ、最後尾につきなさい。グラントとわたしだけが銃をかまえる。ほかの者は、わたしが命令するまで安全装置をかけておくこと。ニンジャが細工してくれたおかげで、基地のセンサーはわれわれを探知できないけど、銃が暴発したら敵に聞かれるかもしれない」

部下たちが一列に並ぶあいだに、メレは倒した巡視兵のもとへ戻り、二人からそれぞれ二個の手榴弾《しゅりゅうだん》を奪って、丈の短い上着のポケットに詰めこんだ。

メレは列の先頭に立って、指令所へ進んだ。スカザ基地の指令網で、場所はわかる。メレは目標に向かって走り出したい衝動を、何度も押し殺さなければならなかった。自分が走れば、後ろの部下も走る。不慣れな志願兵たちは暗闇で方向感覚を失い、何かへまをしでかすかもしれない。

近づくにつれて、地下の指令所から外をのぞく展望鏡が見えてきた。装甲におおわれた台におさまり、レンズには保護カバーがかかっている。あれでは外の風景は見えない。お粗末で、不注意で、むとんちゃくだ。標準手順では、自動システムがあっても、念のためにときおり目視による見張りを実行することになっている。スカザ基地の兵士たちのとんでもない愚かさに、激しい怒りがこみあげた。これでは、殺しにくる敵に協力しているようなものだ。

なかば地中に埋まった指令所につながる短い傾斜路をたどると、突き当たりに、密閉された防爆扉《ブラスト・ドア》があった。メレは手にしたＥパッドの画面を見た。

「ライリーを呼んで。ライリー、この扉、どうやって開けるの？」

ライリーは画面にメニューを呼び出し、サブメニューを開いて防爆扉を調べてから、何かの表示に指を触れた。

なめらかに防爆扉が開いた。

なかにある二枚目の扉は、すでに開いている。またしても、だらしない規則違反だ。

メレはグラントに合図し、巡視兵から奪ったパルス・ライフルをかまえて、先になかに入った。

見張りの兵士が二人、間隔をあけて置かれたディスプレイの前に並んですわっていた。

メレの入ってくる音に気づいた一人が、振り返りかけた。

「こんなところで、何を――」

メレはその兵士を撃ち、もう一人の頭にもパルスを撃ちこんだ。

メレとグラントはその場で足を止め、奥の扉に銃を向けた。

「見張りの休憩所です」グラントがささやいた。「面倒な方法でいきますか？　それとも楽な方法で？」

「兵士たちが目を覚ましてるかどうか、見よう」と、メレ。用心しながら、少しずつ奥の扉に近づいた。

ライフルを扉に向けたままだったため、急に向こう側から扉が開けられたときも、ねらいをはずす恐れはなかった。

「いったい、なんの音だ？」現われたスカザ兵がたずね、指令部内の少し明るい赤い照明に、まぶしげに目をしばたたいた。

メレが発砲し、稲妻状のパルスが兵士の胸を襲った。兵士が後方に倒れると、メレはポケットから奪った手榴弾のひとつを出してピンを抜き、倒れた兵士の向こう側へ投げた。

グラントは扉のそばの壁にぶつかりながら、急いで扉を閉めた。次の瞬間、くぐもった爆発音が聞こえ、飛び散った手榴弾の破片がぶつかって、金属の扉が数カ所へこんだ。

グラントが勢いよく扉を開けると、メレは銃をかまえて跳びこみ、標的を探した。休憩所では、ほかに四人の兵士が眠っていた。最初にメレに撃たれた兵士は床に横たわり、ほかの者はベッドに入ったまま死んでいる。

メレは新たな吐き気を抑えて後退した。

「閉めろ」グラントに命じた。

メレは入口まで戻り、ほかの兵士たちに、なかに入るよう合図した。指令所は広く感じられたが、二十人の兵士とメレが入り、二人の見張りの死体があると、動きにくくなった。

見張りの死体が引きずられて画面の前から消えると、メレはライリーに空《あ》いた席のひとつを示して、すわるよう指示した。ライリーはためらったが、腰をおろした。

「実行しろ」と、メレ。

ライリーはニンジャほどの腕はない(ニンジャにかなう者はいないと、ライリー自身がメレに言った)が、ハッキングは得意だ。コントロール画面に指をすべらせて操作し、すばやく基地内の重要システムへの侵入口を開いた。

「ニンジャの言ったとおりです。ここから、すべてを操作できます」と、ライリー。「全部のファイアウォールを突破しました」

「マルウェア爆弾を設置しなさい。爆発時刻の設定を間違えないように」

ライリーはうなずき、コンソールのスロットにデータ・コインを入れると、コインからマルウェアを呼び出し、基地の指揮統制網に組みこまれたシステムすべてに侵入するよう指示した。

「爆発は一時間後でいいですか？　もっと遅くなくて大丈夫ですか？」

「大丈夫だ」と、メレ。「大砲に特に問題はないようだが。砲台の警報を確実に無効にしろ。それと、砲台の門と扉のロックを解除せよ」

「実行しました」と、ライリー。「砲台は開放されています。マルウェア爆弾を設置しました。タイマーも、すべてセットしました。一時間後に働きます」

「砲台内部に誰がいるか、わかる？」

「待ってください」ライリーは画面に指をすべらせて、さらにいくつかの画面を出し、やがて手を止めて、ある映像を調べた。

「二人います。服装から見ると技術者で、兵士じゃありません」

「わかった。グラント、あんたは九人の兵と一緒に、ここにいなさい。はやばやと誰かが入りこんで警報を鳴らしたりしないように、見張っていて。それと、この指令所を破壊する爆薬をセットしなさい。信管は、これ。ライリー、われわれが基地の情報を持ち帰れるよう、できるだけファイルをダウンロードしておいて。指令網以外にわれわれが問題を起こせるところがあったら、あんたの力で機能を奪えるかどうか調べて。ただし、機能を奪うとしたら、マルウェア爆弾が作動してからよ。オビ、残り九人の兵士を連れて、わたしと一緒に来い。

砲台には、技術者が二人いる。民間人だ。麻痺銃しか使わないよう、気をつけろ」

「技術者も殺したほうが、よくありませんか?」女性兵士のオビがたずねた。すでに崖から落ち、それを自覚しているかのような表情だ。「兵士をこれだけ殺したんですから。技術者が生きていれば、また武器を造れます。修理もできるかもしれません」

「ダメだ」と、メレ。「技術者は麻痺させて砲台から出し、爆発の影響を受けない場所に置く。そうすれば、この基地にいる民間人たちは、われわれと一緒にいたほうが安全だとわかる。ここにいる兵士たちにもわかるだろう。民間人はかすり傷ひとつ負わなかったのに、兵士は殺されたことに基地の連中は腹を立てる。民間人と軍人のあいだに亀裂《きれつ》が入る。もともと入っていたかもしれないがな。それに、大砲は、誰も修理できないほどバラバラになる」

「民間人を連れ出すというのは納得できません!」と、別の兵士。「みんな敵じゃないですか? そりゃ、子供を撃つ気はありませんが、スカザから来た連中は全員――」

ふいにメレは指揮官らしい威圧的な動作で、その兵士を黙らせた。

「わたしは、戦闘行動中に討論をするつもりはない。覚えておけ――誰かが民間人を殺したら……あるいは殺そうとしたら、わたしは、誰だろうとその兵を殺す。わたしの弾丸をかわしてみたい者はいるか? いないのか? では、命令にしたがえ。砲台では麻痺銃しか使わない。全員、爆弾の包みを持っていることを確認しろ。さあ、出発だ」

スカザ基地のセンサー網と警告システムは全面的に細工され、事実上メレの部下たちがコントロールしている。メレは部下の半数をひきいて走り、対軌道砲の砲台と指令所をへだてる広い舗装道路を横切った。夜が明ける前に大砲を壊してウィンGに戻るつもりなら、時間を無駄にはできない。基地のほかの部分は北と西に広がり、家族を収容する建物や、低いドーム型のメイン・パワー・プラントがある。

ダイヤモンド形の網目を描く針金のフェンスが砲台を囲んでいるが、メレが門扉《もんぴ》を引くと、すぐに開いた。門からの侵入者を知らせるはずのセンサーは、沈黙したままだ。

砲台は、見事な工学的偉業だった。巨大な六角形で、側面は厚い無敵の装甲が斜面をなしている。だが、高さは地上わずか五メートルだ。巨大な砲身の大部分は、地面をくりぬいた大きな部屋におさまっている。

防衛歩兵隊が使う銃眼のそばを通り過ぎたが、銃眼は固く閉じていた。ここは地上からの攻撃に対して要塞となるはずだった。しかし、なかに兵士はいない。それに、ロックや警報は中央の制御システムにつながっており、今はそのシステムをメレたちの部隊が支配している。

メレは、すでに開いていた斜面の防爆扉からなかに入った。驚くほど分厚い扉だが、もう障壁の役はつとまらない。階段をおりると、また防爆扉があり、これも開いていた。

Eパッドに砲台の平面図が出ており、メレは難なく、装甲に守られた一角の脇に見え隠れする制御室を探し当てた。この部屋を密閉している装甲ハッチは、メレが手をかけるとすんなり開いた。なかでは女性の技術者が一人、椅子の上でまどろみ、もう一人は個人用パッドでビデオ・ドラマを見ていた。

メレは麻痺銃を持つ四人の部下にうなずき、うち二人に技術者の一人を……あとの二人にもう一人を撃つよう合図した。

技術者たちが異常に気づくより先に、麻痺弾が二人を倒した。弾丸の一部が、ドラマを見ている技術者の個人用パッドに当たり、パッドを黒焦げにした。

グレンリオン警官隊から加わった志願兵が、床にかがんで技術者たちの手足を拘束し、ほかの者たちがさるぐつわを噛《か》ませた。

メレは、もう一人の志願兵を見た。

「ヘディ？」

ヘディと呼ばれた女性兵士は空いた椅子にすわり、ボタンや画面を調べた。武器の専門家ではないが、グレンリオンのデータベースにある類似の対軌道兵器についてすばやく理解する知識を持っていた。

「大丈夫です。予想外のものはありません」と、ヘディ。「爆弾を設置できます。事前に計画した位置で大丈夫です」

「行くよ」メレの言葉で、部下たちの大半がメレのあとについて制御室を出た。メレのEパッド上で、爆弾をしかける場所が輝いている。その場所をひとつひとつまわり、部下たちが慎重に爆弾を取り出して設置すると、メレは信管を付け、タイマーをセットした。

「爆弾は、砲台のいちばん重要な部分にしかけてある」メレは部下たちに言った。「テルミット爆弾は、点火すると内部のテルミットが二千度以上の熱を発して燃え、その下にあるものすべてに溶けこむ」

「消せますか？」と、オビ。

「テルミットを？　ああ、適切な材料があればな。テルミットと結合する特殊な粉末が、いくつかある」と、メレ。「それ以外のものでは反応しない。前に、宇宙空間にいる航宙船のなかでテルミットが燃える様子を見たことがある。完全な真空状態だった。テルミットがすっかり酸化するまで燃えつづけた」

制御室に戻ると、ヘディが注意深く何かの命令を打ちこんでいた。

「少佐、正確な爆発予定時刻を教えていただけますか？　わたしは大砲のパワーを上げて、テルミットが大砲に溶けこむときに、パワー・セルのレベルがピークに達しているようにするつもりです。そうすれば、爆発が起こったあと、テルミットで燃やされずに残ったものも、すべて破壊されます」

「あんたたち技術者は、そんなことをするのが好きなんだろ？」と、メレ。身をかがめてヘディの前の画面を見た。「その時刻でいいよ」

「ありがとうございます。まあ、ご存じでしょうけど、〝技術者の作業は科学に似ていて、科学よりややかましいだけだ〟と言われています」ヘディは立ち上がった。「準備はできました。すべて自動にしてあります。ここにいると不安です。テルミット爆弾のタイマーが時を刻み、大砲のパワーが上がってゆくと思うと」

「では、外に出る」と、メレ。ほかの部下たちに、縛《しば》り上げた技術者たちを持ち上げて運ぶよう指示し、制御室に誰も残っていないことを確認して、最後に部屋を出た。

メレは防爆扉を通るたびに、ひとつひとつ閉め、パルス・ライフルのエネルギー・パルスでロック・パネルを破壊した。基地の技術者や兵士がなかへ入ろうとすれば、ひどく骨が折れるだろう。

「大砲が本格的に大量のパワーを引き出しはじめたら、パワー・プラントはどうするでしょう?」ヘディがメレにたずねた。「その点を考えませんでした」

「大丈夫。とりそうな行動は、ふたつのうち、どちらかだ」と、メレ。「通信して、なにごとだとたずねるか、自分たちが何かの予定を知らされなかったのだと考えて、心配しないか」

「通信しても、どこからも返事は届きません」

「パワー・プラントの連中が、あと……三十分、人を送って調べさせたりせずに、なにごとだろうかと議論してくれたら、問題ない」

メレたちは砲台を出た。スカザ基地はあいかわらず静かだが、その静けさのなかで、音もなく目に見えない危険が迫っていると思うと、メレは神経がすり切れるような気がした。すべてがうまくいきすぎた。必ず、何か失敗が生じるものだ。いつ、どんな失敗が生じる?

技術者たちは、縛られて意識不明のまま、砲台と指令所のちょうどまんなかあたりにおろされた。まもなく起こる爆発から身を守れるよう、メレは二人を下水溝のなかに入れさせた。二人とも、息を吹き返す様子はない。メレは、二人のさるぐつわが鼻をおおっておらず、呼吸ができることを確認した。

　オビが不安げな目でメレを見た。

「ケガをさせてないのはわかってますが、われわれがこの基地に大損害を与えたことを知ったら、基地の責任者は、この二人をどうするでしょう？」

「われわれにできることは、ここまでだ」と、メレ。べつに意外ではないが、オビは二人の技術者を人間として見はじめたとたんに、殺したいとは思わなくなったらしい。「連れて帰るのは、どう見ても無理だな」

　指令所では、正面入口のすぐ外でグラントが待っていた。銃をかまえ、周囲をうかがっている。

「準備はいいですか？」と、グラント。

「そっちは？」と、メレ。

「爆弾はすべて設置しました。あとはこのボロ施設の天井を爆破する燃料気化爆弾のタイマーをセットするだけです」

「実行しろ。そして、全員をここから外に出せ。オビ、兵士たちをトンネルの入口まで誘導するんだ。場所は知っているよな？　よし。全員、よく聞け。まだ気を抜くなよ。あのトンネルに戻って、ウィンGまで帰る地中車に乗るまで、警戒を解かないように」

　メレはじりじりしながら、部隊の最後の一人が指令所から出てくるのを待った。グラントが作業終了を知らせると、メレは手ぶりでグラントをトンネルへ向かわせ、その場に残って警報の兆候はないかと注意深く見まわした。Eパッドをチェックする。離れた砲台でマルウエア爆弾が……指令所で物理的な爆弾が爆発し、大砲が作動しはじめるまで、あと十分。

「ちょっと時間ぎりぎりすぎたかな」メレはつぶやき、指令所から後退すると、危険をはらんだ静かで平和な夜気のなかを、部下たちのもとへ走った。

メレが追いついたとき、部下たちは、ほとんど全員がトンネルに入っていた。メレは手で合図して最後の二人をなかに入れ、身をかがめて二人のあとに続いた。そのあいだも、指令所から目を離さない。

そのおかげで、指令所のそばに止まる地上車が目に入った。メレはすでに下半身がトンネルに入っていたが、上体を地面に伏せて様子を見た。車から三人のスカザ兵が降りた。危険など予想もしていない、のんきでゆっくりした動きだ。かすかに三人の会話の声が聞こえ、続いて、まぎれもない笑い声があがった。

爆発まで、あと五分。三人のスカザ兵が異常に気づいて、すばやく行動すれば、爆弾のいくつかを解除できる。

12

「オビ！　猟銃を返せ！」メレ・ダーシーはパルス・ライフルを背後のトンネルのなかにおろし、代わりに猟銃を受け取ると、急いで弾丸をこめ、ねらいをつけた。

発砲すると、反動でライフルが激しくメレの肩にぶつかった。

個々のスカザ兵をねらっていれば、的《まと》をはずしたかもしれない。だが、ひとかたまりになった三人は大きな標的だ。消音器《サイレンサー》のおかげで、銃声は鉛の弾丸を普通に発射したときほど大きくはなかったが、三人のスカザ兵は驚いて振り返った。

ふいに一人の兵士が仰向《あおむ》けに倒れた。

あとの二人は叫び声をあげて、その場に伏せた。

爆発まで、あと三分もない。

「全員、地中車《トンネル・ピード》に乗れ！」メレは命じ、ふたたび銃をかまえた。

あのスカザ兵たちは、どうするだろう？　二人のすぐ後ろに指令所があるから、あそこに助けを求めるかもしれない。でも、危険をおかして跳び上がり、指令所に駆けこむだろうか？　それより、巡視兵が来るはずだと考えるだろう。

メレのＥパッドに、警報信号の送信が表示された。二人のスカザ兵が発した警報が、ニンジャのプログラムにブロックされている。

メレは、今度は地上車をねらって撃った。確実に車のどこかに当たれば、残った二人の兵士は立ち上がるのをためらうだろう。

一分が過ぎた。いくつかの大型爆弾が、もう爆発するころだが、メレは爆発地点から充分に離れていない。

メレは、もういちど発砲した。すぐにトンネルに入れる体勢だが、あまり時間がない。

ニンジャから渡されたＥパッドが警告音を発した。

「くそっ！　伏せて、動くな！」メレは部下たちをどなりつけ、もういちど上体を地面にうつぶせにした。

平原一帯に激しい爆発音がとどろいた。指令所の表面をおおっていた分厚い装甲が、内部の爆発で空中へ噴き上げられた。三人のスカザ兵を指令所まで乗せてきた地上車が、巨人の手でひっぱたかれたかのように脇に飛ばされた。外にいた二人の兵士は、おそらく何が起こったかも知らずに死んだだろう。

対軌道砲の砲台で、もっと強力な一連の爆発が起こった。パワーを最大限にたくわえたパワー・セルに熱爆薬《テルミット》が到達し、装甲におおわれた砲台の内部で、すべてが爆発したのだろう。外側の装甲がギザギザに裂け、噴き出した燃えるテルミットが周囲に降りかかった。溶けた金属の輝きが暗がりを照らすなか、砲台の巨大な頂《いただき》が下の廃墟のなかへ落ちこんだ。

メレはトンネルのなかにすべりこみ、泥と植物でできた栓を開口部に押しつけた。栓がはまると、外の爆発とパニックの音声はさえぎられ、吸収されて小さくなった。昼間にこのあたりを調べれば、地面が少しへこんでトンネルの入口だとわかるだろう。だが、スカザ基地の兵士たちにトンネルを発見されるのは、できるだけ遅らせたい。基地で生き残った兵士たちは、しばらくは何かと忙しいだろうが、敵の仕事をやりやすくするのはバカげたことだ。

　地中車は、今まで最後尾だった部分を先頭にしてトンネル内を戻ってゆける。メレは新たな最後尾に乗りこみ、姿勢を低くしながら考えた。

「みんな、武器は持ってるか？　安全装置をかけてあるか？　グラント、オビ、全員そろってるか？」

　スカザ基地での爆発が不気味にトンネルを震わせるなか、グラントとオビが、予定どおり全員がそろっていると報告した。この時点で新しい爆発が起これば、それはコンピューター制御の装置がマルウェア爆弾の効果でまったく役に立たなくなったことを意味するはずだ。チャンスがありしだい、ライリーにマルウェア爆弾をしかけた位置をたずねよう。

「まだ気を抜くな！」メレは命じた。「地中車を動かせ！　できるだけ速く走らせろ！　浮《ウ》揚車《インG》に着くのが早ければ早いほどいい！」

「宙兵隊はいつも、こんな仕事のしかたをするんですか？」前方のオビが大声でメレにたずねた。

「いつもじゃないよ」と、メレ。スカザ基地の兵士たちにトンネルの入口を見つけられないかと、緊張して後方を見つめている。

「わたしの性《しょう》に合ってます」と、オビ。

「なら、おまえは宙兵隊員になれるくらい狂っているかもしれないな」メレが答えたとき、地中車は猛スピードでトンネル内を走りはじめた。「みんな聞け！ まだ終わりじゃない！ われわれはまだ、スカザ基地で起こった騒動に近すぎるほど近い位置にいる。いまごろ敵は怒り狂ってるから、われわれのしわざだとわかったら、報復しようと血眼《ちまなこ》になってわれわれを捜すはずだ！」

ちょうどそのとき、メレの警告を強調するかのようにトンネルが震えた。スカザ基地の大爆発で起こった震動が伝わってきたらしい。

「今のは、なんですか？」誰かがたずねた。

「わからない」と、メレ。

「パワー・プラントかもしれません」と、ヘディ。「あんな大爆発を起こすものは、砲台には残ってないはずです」

「そうかもしれません」ライリーの声がトンネルの壁に反響した。「パワー・プラントの運転プログラムにも、いくつかマルウェア爆弾をしかけました。核反応を暴走させるようなものじゃありませんが、迅速にエネルギーを捨てる必要があったので、結果として爆発になったかもしれません」

不気味な会話だ――メレは思った。ヘッドライトの光もほとんど見えず、暗いトンネルを疾走する地中車のなかで、技術者たちが専門用語を交《まじ》えて、なんの爆発かを論じている。

「パワー・プラントが爆発しても、基地では太陽エネルギーを使って基本的な活動ができます」と、ヘディ。「しかし、大量生産は、ひどく効率が落ちるでしょう。敵にとっては打撃です」

「それはけっこう」と、メレ。別のことが心配になった。「ライリー、戦闘機にもマルウェア爆弾をしかけたか?」

「わかりません。一機がつないであって、そこには爆弾をしかけたと思います。一機だけです」

なるほど。すると、あと一機が問題だ。

トンネルがのぼり坂になり、地表が近づくと、メレは大きく安堵《あんど》の息をついた。地中車はトンネルを出て、黒い大きな影になっているウィンGへ向かった。

メレたちの姿は丘の陰になって、スカザ基地からは見えないが、丘の向こうの爆音はここまで伝わってくる。数百人の叫び声やどなり声……装置が発する警報が小さく聞こえ、ときおり爆発音が上がる。丘の上にかすかに見える輝きが、全員の目を引いた。

「あれって、砲台がまだ溶けてるんだと思う?」ヘディがライリーにたずねた。

「そうかもしれない。でなきゃ、パワー・プラントだ。緊急エネルギー放出で、ほとんどの建物が溶けたかもしれない」

「動け。話はあと!」メレが命じた。「全員、ウィンGに乗れ! おまえは別! おまえは、できるだけ早く地中車を圧縮して、ウィンGに乗せろ！」

　メレはその場に立って、地中車の始末を見守った。地中車はウィンGの貨物ベイに入り、〈採鉱マシン《スネーク》〉の隣に、もっと小さくとぐろを巻いておさまった。貨物ハッチが閉まると、メレは地中車を片づけた兵士をウィンGの乗客デッキのハッチへ押しやり、地上に人員や装置が残っていないか確認して、ウィンGに跳び乗った。

「人数を確認せよ！」グラントに命じ、コックピットへ急いだ。

「準備はいいですか？」と、パイロット。二人のパイロットは、ひどく不安げにあたりを見まわした。静かな夜中に長時間すわって待たされたあと、スカザ基地のさまざまな装置や建物が爆発する音で状況が激変したのだから、無理もない。

「人数を確認しているところ」と、メレ。

　グラントが乗客デッキの前方に来て叫んだ。

「そろってます！　全員、乗車しました！」

「出せ」メレはパイロットたちに言った。「できるだけスピードを上げて、ここを離れろ。見つからないように。敵の戦闘機が一機、まだ動くかもしれない」

　エンジン音が大きくなった。ウィンGはなめらかに前進し、地面効果でわずかに浮き上がると、しだいに速度を上げて海岸へ向かった。海上に出ると、敵の探知を避けるために加速して、時速五百キロ以上を出しながら北へ向きを変えた。暗い海のいちばん高いうねりから二メートルの高度を保っている。

「スカザ基地から探知されないところまで来たと思ったら、すぐデルタ隊のもとへ向かって」と、メレ。

「もう、そっちへコースを変えてます」

切迫した音が響き、二人のパイロットそれぞれの画面に、何かのマーカーが現われた。

「まずいな」と、一人のパイロット。

「連れができたようだ」もう一人がメレに言った。「戦闘機です。スカザ基地の方角から近づいてきます」

「こっちより速いか？」と、メレ。

「はい。われわれを武器の射程内に捕らえようと、スピードを上げてます」

「たぶん、向こうは相当うろたえているだろう。追いつかれる前に、デルタ隊のところまで行けるか？」

「まだ、わかりません。戦闘機は今も加速してます。どこで最高速度になるかで、状況が決まります」

「デルタ隊に連絡して。スカザ基地の戦闘機に追われて、そっちへ行くと伝えろ」と、メレ。

「ウィンGのスピードを最高にして」

「とっくに最高速度を出そうとしてますよ」と、第二パイロット。

「悪かった。自分が乗客になるのは難しいものだな。艦隊の兵士たちにも、同じようなことを言ってしまった覚えがある」

「今度は航宙艦乗《ふな》り扱いですか？　わたしはパイロットであって、航宙兵じゃありません！　わたしを怒らせたって、ウィンGがもっと速く走るわけじゃありませんよ」

「悪かったよ、ほんとに」メレは、しばらく席にすわったまま考えをまとめた。後方の乗客デッキへ行くと、全員がメレを見た。メレは深呼吸してから話しはじめた。「まず、いいニュース――われわれが帰路についた。次に、悪いニュース――スカザ基地に一機、戦闘機が残っていて、そいつが追跡してくる。われわれは、戦闘機に追いつかれる前にデルタ隊のところへ行かなきゃならない」

「事態は、どれくらい悪いんですか？」と、ライリー。

メレは肩をすくめた。

「戦闘機に追いつかれないうちにデルタ隊の島まで行き着けば、たぶん大丈夫。われわれがデルタ隊の応援をあてにできる前に戦闘機に追いつかれたら、悲惨なことになる」

「仕事は片づけましたよ」と、グラント。

「ああ」と、メレ。「仕事は片づけた。ある程度まではな。わたしの仕事は、おまえたちを無事に連れ帰るところまで含むんだ。成功させるつもりだ。政府に更新情報を送って、スカザ基地に大打撃を与えたことを知らせる。わたしに用があったら、コックピットにいるから呼べ」

メレはコックピットに戻った。パイロットたちは険悪な顔で前方を見ている。

メレはパイロットたちの画面をチェックした。

「戦闘機は、あと三十分でデルタ隊の射程に入るな」

「はい」と、一人のパイロット。

「でも、あと二十分で、われわれが戦闘機の射程に入る」

「はい」と、もう一人のパイロット。

「このウィンGに防御手段はあるのか？」何か、秘密の装置でもあれば……。

「スピードと、非常に低い高度を保てること。それに、パイロットの稲妻のような反射神経です」第一パイロットが答えた。

「勝ち目はあるか？」

「ほとんどありません」

「戦闘機は、まずミサイルを発射するだろうな？」と、メレ。

「はい。フル・スペクトル能動誘導装置つきで、バックアップとしてフル・スペクトルの受動誘導装置も備えたミサイルでしょう。最新の対抗システムを搭載した飛行機でも、ミサイルの処理にはてこずります。われわれは非常に低い位置を移動してますが、役に立ちそうもありません。姿勢を立てなおすより先にミサイルに追いつかれます。唯一の道は、敵の射程に入らない速度で逃げることですが、それは無理です」

メレは顔をしかめた。

「前に、ある一等軍曹に言われた――〝誰かが唯一の道というときは、必ず別の道があるけど、思いつかないだけだ〟って」

「一等軍曹？」と、第二パイロット。「宙兵隊の軍曹ですか？　あんたの知識とインスピレーションの源《みなもと》は、その人ですか？」

「おまえたちが一等軍曹というものを知っていたら、すんなり納得できるんだが。もしも――スピードを上げることしかできないと言ったよな。スピードを落としてミサイルをやりすごすことはできないか？」

二人のパイロットは首を振った。

「やりすごせるほど急激な減速はできません」と、第一パイロット。

「待った」と、第二パイロット。「エンジンを切って、尻から先に落ちたらどうだ？」

「このスピードでか？　車体が裂ける」第一パイロットは答え、言葉を切って考えこんだ。

「スキップならできるな。波の盛り上がりに沿って跳ねる。そうすれば、すばやくスピードを落とせる。戦闘機やミサイルよりずっと早く減速するが、戦闘機は対応も早い」

「うまくやれば――ですね」

「まあ、そうだな。うまくやれなかったら、ウィンGは爆発する」

「ミサイルが当たれば、確実に爆発するわ」と、メレ。

第一パイロットが第二パイロットを見た。

「ミサイルが接近する最後の瞬間に、いきなりスピードを落とせば、ミサイルはわれわれの前方へ飛ぶ。方向を修正しようとするだろうが、高速で下向きに飛んでるから、修正に必要な高度が残ってない」

「で、水面にぶつかる」と、第二パイロット。「われわれより前方のどこかで。うまくいけば。もちろん、われわれはその後もスピードを落とし、後方から戦闘機が突進してくる」

「ううむ」第一パイロットは、追ってくる戦闘機のデータを調べた。「あの戦闘機は猛スピードで迫ってくる。われわれが計画どおりにスピードを落としたら、向こうは高速でわれわれを追い抜いてしまって、すぐには再攻撃ができなくなる」

「うまくいきそうですね」と、第二パイロット。「そうなったら敵はどうするでしょう？」

「われわれを追い越してから向きを変えて戻ってくるか、スピードを犠牲にして、ほぼ垂直に上昇し、反転して下降しながら、上からわれわれを襲う。まにあううちに思いつけば、円を描いて降りてくるかもしれないが、スピードが出てるし、ずいぶん減速しなきゃならないから、さぞ大きな円になるだろう」

「通り過ぎるときに攻撃してくるでしょうか？」

「やってみようとはするだろう。だが、われわれのほうで、水面のうねりを飛び越えるときに大きなしぶきを上げればいい。それに……ミサイルはわれわれよりずっと前方に落ちるから、車体は衝撃を受けない」

　第二パイロットは、にやっと笑った。

「ミサイルが爆発し、われわれは大きな水柱に飛びこむ。戦闘機は、われわれがミサイルにやられたと思うかもしれません。何が起こったか、すぐにはわからないでしょう。ほんの数秒間でも、あのスピードなら――」

「数秒間あれば、だませるかもしれない」第一パイロットも、にやりと笑った。「やってみたいか？」

「もちろん」と、第二パイロット。

「当然だな」第一パイロットは答え、メレに話しかけた。「宙兵隊員さん、これがうまくいかなかったら、ウィンGはたぶん海面を転がり、いろいろな破片を振り落として終わる。アイデアを提供してくれたのはあんただから、知っておいてもらいたい」

「ありがとう」メレは答えた。「うまくいったら、戦闘機がもういちど攻撃しようとする前に、デルタ隊の近くまで行ける？」

「たぶん」

「可能性がないよりましね」

「そうです。後ろに乗ってるあんたの部下たちに、しっかり身体を固定させてください。十分くらいしたら、この計略がうまくいくかどうか試します」

メレは部下たちに事情を説明して、身体を座席に固定するよう伝え、コックピットに戻って自分も身体を固定した。パイロットたちは目に見えて緊張し、首筋に汗を浮かせて、近づく戦闘機のマーカーを見つめている。メレは何も言わなかった。二人の気を散らせたくない。警報が響くと同時に、パイロットの一人が叫んだ。

「ミサイルです！　二発！」

「そのまま」と、第一パイロット。

「減速のタイミングを知らせてくれますか？」

「うん、うん。そのときが来たら知らせる」

「知らされたら、エンジンを切ります」

メレにも、パイロットの画面上で急速にウィンGに迫る、ふたつのミサイルのマーカーが見えた。パイロットたちはウィンGのコースを変えない。またしても警報が鳴った。前よりも切迫した音で、赤いランプが点灯した。

「危険」録音された女の声が言った。「ミサイルが近づいてきます。回避行動をおすすめします」

「冗談言うな」第一パイロットがつぶやいた。「待機しろ」

「準備完了」と、第二パイロット。

「衝突まで、あと十秒」と、女の声。

「今だ！」

第一パイロットがウィンGの前部を下げ、第二パイロットがエンジンを切った。ウィンGが傾いた。ほとんど同時にガクンと車体が揺れ、座席のなかで跳び上がったメレはハーネスに引き戻された。次の瞬間、ふたたび車体が跳ね上がった。ウィンGは波の数メートル上をただよい、パイロットたちは車体を降下させようと奮闘している。ウィンGが降下し、また跳ね上がって水しぶきを立てた。

「大した揺れじゃないな！」ウィンGをもういちど降下させようと奮闘しながら、第一パイロットが第二パイロットにどなった。

三度目の揺れは長く、水に接触する音が響いた。

メレの目に、前方でまっすぐ海中に落ちるふたつの物体が映った。一瞬後にウィンGがその位置を通り、ふたつの爆発で大きな水しぶきが噴き上がった。ウィンGは下から底面と翼を水しぶきに打たれてガクガク揺れ、パイロットたちがエンジンを吹かすと車体が安定した。

「戦闘機は、どうしてる?」ウィンGを安定させながら、第一パイロットがたずねた。

「すでに頭上にいます」と、第二パイロット。「上昇しています。下降しはじめました……円を描いています。遠まわりして、戻ってくる気です」

メレが見つめるパイロットの画面に、ふたたびランプがついた。説明されなくても、警告だとわかる。戦闘機はまもなく円を描きおえ、ウィンGに二度目の攻撃をしかけてくる。

「ミサイルが尽きたか、もう無駄にしたくないか、どっちかでしょう」と、第二パイロット。

「発砲しながら通り過ぎるかな」

「すぐ近くまで来るぞ」第一パイロットがあえぎ、デルタ隊までの距離をチェックした。

「ほら、来た。さあ、ダンスだ!」

二人のパイロットが荒々しくウィンGを方向転換させたとき、急激に戦闘機が近づいた。マンタ形の機体は、いかにも危険で悪意ありげに見える。パイロットたちが車体の方向を変えるたびに、ウィンGのスピードが落ちると同時に進行方向が不規則に変わるので、戦闘機の発射制御システムは標的の針路が予測できず、照準を合わせられない。戦闘機の最初の発砲はウィンGの左側の水面を引き裂き、二度目の発砲はウィンGのすぐ右の海面を続けざまに叩いた。三度目の発砲はウィンGの正面の水に当たったが、そのとき、ようやく戦闘機がデルタ隊の武器の射程に入った。

二台の頑丈な工業用レーザーがビームを発射した。レーザーの制御スイッチは、赤外線から紫外線までをカバーする単純な光学追尾システムにつながっている。昼間でも、高速で大気中を飛ぶため摩擦で外殻が熱くなる戦闘機は、追尾システムにとってロックしやすい標的だ。そのうえ、レーザー・ビームは戦闘機が発射する銃弾よりも、はるかに高速で移動する。

戦闘機は、レーザー攻撃を受けたときに内部に損傷が及ぶのを防ぐため、外装が蒸発するようにできている。だが、二台の強力なレーザーに、工業用途にしては至近距離から撃たれた場合、受けるエネルギーが膨大すぎて、外装が蒸発してもあまり意味はない。

右翼から武器ベイがもぎとられ、戦闘機は激しく回転しながら、姿勢を立てなおしようもなく落下した。

パイロットの画面に、戦闘機のパイロットが脱出したマーカーが表示されたが、一瞬で消えた。脱出モジュールの与圧が完了する前に、激しく回転する戦闘機の左翼が衝突したのだ。衝撃で脱出モジュールは砕け散り、戦闘機は左翼の大部分がもぎとられて、回転速度を少し落としながら、機首から先に海に突っこんだ。戦闘機が爆発し、水柱が高く噴き上がった。

やがて静まった海面には、戦闘機の小さな破片しか浮いていなかった。

「生きてはいないな」第一パイロットが重苦しい口調で言った。

「無理ですね」と、第二パイロット。「あのパイロットは腕がよかったのに、惜しいな」

「うん」と、第一パイロット。メレを振り返った。「うまくいきました」

「見ていたわ」と、メレ。「今度、宙兵隊員に会ったら、一杯おごってやってね」

「わかりました。デルタ隊に、荷物をまとめて引きあげろと言いましょうか?」

「ええ。スカザ基地からほかの者が追ってきた場合に備えて、デルタ隊のウィンGが浮上するまで、わたしたちもここにいたほうがいい?」

「一日分の興奮を、まだ味わい足りないんですか、宙兵隊員さん?」と、第二パイロット。首を振ってメレの提案をしりぞけた。「デルタ隊は、すでにパワー・ユニットとレーザーをウィンGに積みはじめたと言ってます。十分後にここを離れるそうですから、おれたちがうろうろする必要はないでしょう」

メレはパイロットたちの画面を見つめた。ふたつの島を通り過ぎ、デルタ隊のウィンGが浮上してあとを追ってくるのを確認すると、ようやく目を離した。

ため息が出た。急に全身に疲労感があふれたが、ハーネスをはずして乗客デッキへ行った。

「リラックスしていいわよ」部下たちに言った。「帰るまで、することはもう何もないわ」

「わたし、体験記を書きますよ」オビが宣言した。「それと、オンラインの状態を、〝複雑〟から〝まだ生きてます〟に更新するつもりです」

グラントをのぞく全員が笑い声をあげた。

「どうしたの?」メレはグラントにたずねた。

　グラントは当惑した表情で肩をすくめた。

「心配する価値なんかないとわかってますが、スパーリックはどうなったかと思って」

「スパーリック？」なんの話だろう？　「ああ、スパーリックね。あの男はスカザ基地の連中に、グレンリオン陸上軍は司令官がバカだから恐れることはない……グレンリオン人が何かするとしたら、開けた場所で正面から攻撃をかけてくるだけだと言ったんでしょう。それもあって、今夜、基地はあんなに無防備だったのかもしれない。いまごろ市民スパーリックがいい思いをしているはずがないわ」

「たぶん、もう死んでますね」と、グラント。

「そのほうが幸運よ。敵がスパーリックを生かしておくとしたら、今夜の損失をつぐなわせるためでしかないもの」

　ライリーが口を開いた。

「基地でダウンロードしたファイルをいくつか調べて、スパーリックがいたかどうか確認します」

「名案ね」と、メレ。疲れて、裏切り者の運命など気にする余裕もない。コックピットに戻り、座席に身体を固定すると、眠りに落ちた。

　グレンリオンは胸騒ぎを含んだ緊張状態から、一転して熱狂的な祝賀ムードになった。

「みな、戦いは、ほぼ終わったと思ってます」グラントはメレに言った。

二人は、メレが一時的に〝最高本部〟と名づけた建物のなかの、メレが〝惑星防衛司令センター〟と呼ぶ小さな執務室にいた。

「今日の入隊希望者は何人くらい？」と、メレ。

「今日も十人です」と、グラント。「これで、陸上軍は二百人ちかくになります。評議会は陸上軍をどこまで大きくする気でしょう？」

「わたしがつねに評議会に報告して、いつストップがかかるか見ておく。この惑星には兵士が必要になる。次の侵攻では何人かが失われる。スカザ基地には、まだ八十人以上の兵士がいる。この次われわれが侵入するときは、持ち場で居眠りなんかしていないはずだ」メレは手で携帯端末の画面を示した。「連中もついに、わたしがしかけた秘密監視装置を見つけたから、もう近接信号は収集できない」

「もういちど基地を叩けなくなったのは残念です。連中の士気は、屋外を歩けないほど低下してるんじゃないですか？」

「監視衛星の映像では、基地からずいぶん離れたところに巡視兵が送られている」

「襲撃できますかね？」

「できるかもな。スカザ基地のもう一機の戦闘機は、あの急襲以来、飛んでいない。やられたのか、やられたふりをしているのかは知らないが」メレの通信器が呼出音を立てた。「評議会だ。どんなファン・メールを送ってくれたのかな？　おや、〈スコール〉が戻ってきた。四時間前にジャンプ点に現われただと」

「それはよかった。上空の援軍が戻ったんですね。任務は、うまくいったんでしょうか？」

「詳しいことは書いてない。航宙軍は、星系に着くとすぐ状況報告を送るんだろ？　だったら、評議会は知っているはずだ。この通信が傍受されるんじゃないかと心配だったんだな」

「われわれも、スカザ基地の通信を傍受しましたからね」

「うん。だが、スカザの通信を傍受したわれわれが、グレンリオンの通信網の保安処置を更新したんだ。評議会のリー・カマガンに会って、直接〈スコール〉の任務遂行状況を聞いてくる。陸上軍の現在の兵力も知らせてくるよ」

「わかりました、ダーシー少佐」と、グラント。「ここにいるあいだに、あんたは大佐に昇進したかもしれませんよ」

「わたしは大佐になるほどバカじゃないよ。それより、軍曹に格下げされるかもしれない」

〈スコール〉がグレンリオン星系に入るとすぐに、ロブ・ギアリー大尉は詳細な報告を評議会に送信した。リアルタイムの会話ができるくらい惑星に近づくと、すぐに評議会に音声通信した。それから、シャトルで惑星に降下し、対面して報告したが、これには少し長くかかった。

星系に戻ったときからずっと会いたかったのは、別の相手だ。

「ニンジャ？」〝ニンジャITコンサルティング〟のドアを開けながら、ロブは呼びかけた。ニンジャはなかにいて、デスクからロブに笑いかけた。

オフィスにはメレ・ダーシーもいて、もうひとつの椅子から立ち上がった。ニンジャがようやく手に入れた椅子だ。

「おかえりなさい、ギアリー大尉。偉業をなしとげたってね」

「やあ、ダーシー少佐」と、ロブ。「いまでは、おれの階級を追い越したな」

メレは笑みを浮かべた。

「あんたならすぐに、勢いよく追い抜くよ」

ロブは首を振った。

「無理だな」

ニンジャが恐ろしい目をした。明らかに、ロブではなく評議会に向けたまなざしだ。

「なぜ？　立派に任務を果たしたじゃない！」

「グレンリオン星系に一隻しかない艦を危険にさらしたし、別の星系を敵にまわしたかもしれない」と、ロブ。「とにかく、評議会が悩んでいる点は、ほとんどがそこだ」

「どうすればよかったというの？　正体不明の艦に、コサトカを爆撃させておけばよかったの？」

「どうすればよかったか、評議会も決められないんだ」ロブは答え、壁に寄りかかった。

「あるいは、おれがやったことは、やるべきやりかたでなされたのかどうか——だな」

「でも、あんたがやった」と、メレ。

「そのとおりだ。やったと言えば、きみはスカザ基地にすごい被害を与えたな。周回軌道上から、その跡が見えた」

「被害は、もっと増えるわ」と、メレ。静かな口調だが、ロブはその言葉の意味を理解した。敵の被害が〝もっと増える〟ためには、味方の死傷者も増える。メレがそれを恐れているのは明らかだ。グレンリオンの救世主を気取っているのではないかと心配だったが、メレが第一印象と変わらず、分別のある行動をとっていることに、ロブは安堵《あんど》した。

「〈スコール〉は、グレンリオン星系の防衛を手伝うために帰ってきた」と、ロブ。「あっ、仕事の打ち合わせの邪魔をしたかな？」

「いいえ」と、メレ。「ニンジャとわたしは、〝銃撃が起こってるとき、肝心なのは、大事なことを先延ばししないこと〟という議論をしてただけ。誰かに何かを言う最後のチャンスは、いつ来るかわからないでしょう？　このへんで、あんたたちが追いつけるようにしてあげる」

ニンジャは出てゆくメレに腹立たしげな表情を向けてから、ロブを手招きして空《あ》いた椅子にかけさせた。

「評議会はほんとに、あなたに腹を立ててるの？」

「評議会は」ロブは腰をおろしながら答えた。「どうしたいのか、自分でもわかっていない。スカザ星系から航宙艦が来て脅されてから、おびえっぱなしだったし、状況が悪化するにしたがって動揺が大きくなる。おれがコサトカの援助の約束を取りつけたと知って心をおどらせ、おれが新たに未知の星系の敵意をかき立てたかもしれないと知っておびえる。おれがコサトカ星系をラレース星系と同じ運命から救ったことを喜び、グレンリオン星系がラレース星系と同じ目にあうのではないかと怖がる」

「じゃ、評議会は宇宙に対して怒ってるのね」と、ニンジャ。

「そうだ。だが、宇宙のせいにできることなど、ない。それはそれとして、おれはここにいる」

ニンジャは視線を落とした。

「戻ってきてくれて、うれしいわ」

「おれもだ。きみとメレ・ダーシーは友だちになったのか？」

「あなたが銀河系じゅうを遊びまわってるあいだ、一緒に過ごす相手が必要だったのよ」と、ニンジャ。「メレは好き？」

「メレ・ダーシーか？　うん、好きだろうな。スカザ基地への奇襲は、どんな兵力や装備で実行しなければならなかったかを考えると、すばらしい業績だ。きみも知っているように、ここを出発するときはメレのことが心配だった。だが、メレは本当に大したものだ」

ニンジャは、ちらりとすばやくロブを見た。

「そういうことが好きならね」感情のこもっていない声だ。

「なんだって？」

「なんでもない」

「ニンジャ、きみはおれと再会できて喜んでくれると思ってた。大丈夫か？」

「どうして大丈夫じゃないと思うの？　あたしは元気よ。あたしが四六時中、別の星系から帰ってくるあなたをぼんやり待ってるなんて、思わないで」

ロブはニンジャを見て、考えた。

「おれには姉がいる」

「それは、なにより」

「姉から、女が〝元気よ〟というときの本当の意味を聞いた。実態は、話し相手の男は面倒な立場になっているそうだ。なぜ、おれが面倒な立場になっているんだ？」

「いい？　あたしは暇じゃないの。よければ――」

「ニンジャ、おれはグレンリオン星系を離れてるあいだ、何度もきみのことを考えた。きみはすばらしい人だ。きみがいなくて寂しかった。だが、きみに対してフェアでありたい」

ニンジャは前の画面を注視したままだ。

「どういう意味？」

ロブにとっては数えきれないほど何度も練習したセリフだが、いざとなると口にしにくい。

「おれの生活がどんなものになるか、きみにもわかっているだろう。危険なときもあるし、きみと離ればなれになることが多いはずだ。パートナーに、そんなことを我慢してくれなんて言えるか？」

「それはパートナーしだいじゃない？」と、ニンジャ。「その相手に敬意を抱いているなら、一人で決めるんじゃなく、決断には相手も参加させるべきでしょ？」

「うん。そうするべきだ。きみの言うとおりだ」

「出だしは好調ね」

「で？」と、ロブ。

「〝で〟とは？」と、ニンジャ。

「きみはどう思うんだ？　おれの勝手な想像だったんじゃないかと心配になってきた」

ニンジャは、ようやく視線をロブに戻した。

「あたしがあなたを好ましいと思う理由のひとつは、あなたが他人におせっかいを焼かないからよ」

「きみにおせっかいは焼かない。おせっかいなんて危険だろう？」

「どんなに危険か、知らないでしょ」

「アルファル星系にいたとき、あの上等兵曹に起こったようなことか？」

「上等兵曹？　いいえ。あの男は、誰にとってもイヤなやつだっただけ。あいつが自分の公的および私的な記録から汚点を消すには、たぶん、あと十年くらいかかるわ。汚点を、あたしが知ってるわけじゃないけどね。ひとつだけ教えて。あたしを、ありがたがらせてるつもり？」

この質問に驚いたロブは、すぐには答えられなかった。

「いや。ありがたがっているのは、おれだ。ついに、思いきって……本当に特別かもしれないことをしている」

「ずいぶん長くかかったわね」と、ニンジャ。「それで？」

ロブはばつが悪くなり、首筋をさすった。

「そのう……夕食はどうするつもりだ？」

ニンジャは手で、高濃度カフェイン入りソーダの丸い容器とキャンディの包みを示した。

「仕事人間の食事よ」

「二人で出かけて、栄養のある夕食をとるのはどうかな？」

「デートみたいに？　あたしを連れ出そうとしてるの？　仕事が立てこんでるから、時間を無駄にしたくないわ」

ロブはニンジャに満面の笑みを見せた。

「おれはいままで、ずいぶん時間を無駄にしてきた。今になって、きみを連れ出そうとしている。きみと話しているとどんなに楽しいか、わかったんだ」

「いまごろ気づいたの？」ニンジャは、またしても腹立たしげな表情で頭を振った。「それなら、もっと頻繁に誘ってくれたらいいのに。わかった。それがあなたの用事なら、一緒に出かけて、何か身体にいいものを食べましょう。あっ、ちょっと待って。先に片づけておかなきゃならないことがあるの」

「長くかかるのか？」

「いいえ」ニンジャは立ち上がり、デスクの前に出てくると、椅子の上のロブに近寄って身をかがめ、キスした。長く優しいキスが終わると、ニンジャは上体を起こしてロブに笑いかけた。「いままで、こうしたかったのよ」

「よかったら、もういちどしてくれ」と、ロブ。唇に、まだニンジャの唇の感触が残っている。

ニンジャは声をあげて笑った。

「たぶん、夕食のあとでね」


当然ながら、スカザ基地は丘の裏側も見張れる位置にセンサーを設置しはじめた。メレはふたたびウィンGで出かけて急襲し、スカザ基地の遠隔センサーを見つけて破壊しながら、まだ一機ある戦闘機が飛び立つのではないかと目を光らせた。そして、前と同様、スカザ兵が急襲部隊を追ってくる前にウィンGで逃げた。

翌日、スカザ基地は、もっとたくさんのセンサーを設置した。メレは、また部隊をひきいてセンサーを破壊した。

スカザ基地は、さらに数多くのセンサーを設置した。今度は、ウィンGで来た者が全員、無事に帰れたわけではなかったが、またもセンサーを破壊されたスカザ基地では知りようもなかった。


メレは丘のひとつの裏側で、できるだけ物音を立てないように身を伏せた。丘の向こうのスカザ基地は目視できないが、昨夜メレの部隊が丘の上に設置したセンサーが、こちらへ向かってくる巡視隊をとらえていた。

巡視隊の兵士は十人で、全員が重装甲戦闘服姿だ。二人が、標準装備に加えてセンサーのパックを引きずっている。強行偵察隊らしい分散隊形で、大きく広がっているが、兵士たちの足どりは重く、士気の高まりも警戒心も感じられない。兵士たちの背後の基地には、パワー・プラントや対軌道砲のあった場所にふたつの大きなクレーターがあり、なかには溶けたがらくたが詰まっている。もと指令所だった場所にも、やや小さいクレーターが見えた。

グレンリオンの衛星がもとの位置に戻り、つねに上空から監視しているので、毎日のように大規模な巡視隊が基地から送り出され、少なくなった駐屯兵を疲労させていることがわかる。スカザ基地の兵士たちは、巡視隊をすでに二回つとめ、壊れたセンサーを――基地の重要な施設を攻撃した急襲部隊に破壊されたセンサーを、取り替えた。交換も三度目になれば、司令官が敵と我慢くらべを続けるうちは、何度でも同じことをさせられるとわかってくる。だが、少なくとも外の平原を歩いているあいだは、不意打ちを食らう心配がない。

メレはため息をつき、自分があの巡視兵だったらと想像した。兵士たちが何を感じ、何を考えているか、すぐわかる。

衛星から届いた最新のデータで、残った戦闘機は修理中だとわかった。パネルやシステムを交換している。マルウェア爆弾で、戦闘機の設備の多くがやられたに違いない。修理中の戦闘機は、すぐには使えない。

メレは、昨夜のうちに運んできて丘の裏に設置した迫撃砲の状態をチェックした。砲身は簡単に大量生産できる。砲弾の製造は砲身より少し難しいものの、まったく複雑ではない。射撃のための計算は非常に簡単で、メレの持っているコントロール・パッドに技術者が直接プログラムを入れられるほどだ。

コントロール・パッドには、メレの部隊が設置したセンサーからも情報が入ってきた。大きな赤い輪郭線が、迫撃砲がねらう射撃地帯を表わしている。スカザ基地の巡視隊が、丘へ来るのにどんな経路をとろうとも、射撃地帯に入ればメレにわかる。

メレは少数の部下たちに、自分の両側に散開するよう合図し、同時に警告の合図を出した。オビがニヤッと笑った。グラントはうなずいた。

巡視隊が射撃地帯に入りはじめ、メレはコントロール・パッドで迫撃砲による攻撃の詳細設定を更新した。

巡視隊の全員が赤線のなかに入ると、メレは射撃ボタンを押した。

メレの背後で、八門の迫撃砲がシュッと音を立てた。発射された砲弾が丘の頂を越え、巡視隊めがけて落下した。

これほど近いと、砲弾は低い弾道で飛び、標的が警告を受ける余裕もあまりない。もちろん、巡視兵たちの戦闘服は、接近する砲弾を探知した。十人の兵士は逃げる暇がなく、開けた平地で身を守ろうと、その場に伏せた。

迫撃砲弾が兵士たちの五メートル上まで迫ると、弾頭が爆発し、榴散弾《りゅうさんだん》が下方へ飛び散った。

メレは、すでに走りだしていた。あとを追う八人の部下を連れて丘の頂を越え、巡視隊に向かって駆けおりた。砲弾の爆発が見えた。榴散弾が、ブラフマー星系製の戦闘服の背を突き抜ける勢いで巡視隊に降りかかり、まわりの土を舞い上げた。

死んだ巡視兵たちまでは、遠すぎるほど遠く思われた。メレはスカザ基地の巡視隊がもう使えなくなったパルス・ライフルや手榴弾を奪い、あとから来る部下たちに渡した。

それから、また走って戻りはじめた。丘に設置したセンサーが、スカザ基地から続々と兵士たちが出てくる様子をとらえている。

丘の陰から、メレはコントロール・パッドを取り出し、ふたたび射撃命令を送信した。八門の迫撃砲が斉射し、最初の八発よりも遠くへ砲弾を飛ばした。砲弾が基地の近くで爆発しはじめ、報復に向かってくる兵士たちを追い返した。

スカザ基地にも迫撃砲はあるが、プロが使う軍用砲で、問題が多い。最大射程でも、丘のふもとまでしか届かない。メレのコントロール・パッドが警告音を鳴らし、敵の迫撃砲が退却するメレの部隊をねらって発砲したことを知らせた。

「偶数番号の者、バックパックを落とせ！」メレは部下たちにどなった。「全員、五つ数えて左側へ逃げろ！」

偶数番号の隊員はバックパックを落とした。最後のバックパックが落ちると同時に、メレは爆破ボタンを押した。周囲の斜面の少し上で爆薬が爆発し、センサーを攪乱《かくらん》するフル・スペクトル・チャフの雲を放出した。

不運なことに、チャフが惑わせるのは敵のセンサーだけではない。立ちこめたチャフのなかを、メレが部隊をひきいて走るのも大仕事だったが、部隊が丘の頂を越えて裏側へ戻ると、チャフはしだいに地面に落ちて霧が薄れはじめた。背後で、敵がチャフのなかへ続けざまに撃ちこむ迫撃砲弾の爆発音がした。

また警告音が鳴った。メレは薄くなったチャフの雲のなかを走りながら、目を細めてコントロール・パッドを見た。また敵が撃ったが、今度のねらいは、丘のこちら側の迫撃砲だ。敵の大砲を取り除くという規則どおりの対応ではあるものの、最大射程を越える位置に、どうやって照準を合わせたのだろう？　車両を使って、迫撃砲をすばやく基地の外へ運び、丘のこちら側をねらったに違いない。基地の外に出した迫撃砲を放置はできない。放置したら、次はどんな策略を用いて迫撃砲を攻撃されるかと、警戒しているはずだ。しかし、今のところ、怒り狂ったスカザ基地のおえらがたは、危険をおかしてでもメレの部隊をなんとか痛めつけたいらしい。

だが、メレは胸をなでおろした。敵は、グレンリオンの迫撃砲が使い捨ての安物で、すでに砲弾が尽きたことを知らない。

メレは辛抱強く、斜面をのぼり、丘陵地帯のなかの低地を通り抜けた。だが、ときどき立ちどまって、部隊の全員がまだ動いていることを確認した。

またしても警告音。敵の砲弾が向かってくる。今回も、ねらいはメレたち急襲部隊だ。

「奇数番号の者、バックパックをおろして！　全員、五つ数えてから右側へ走りなさい！」

部隊は、もういちどチャフの雲のなかをよろよろと、今度は斜面の上へ走った。チャフの雲から出ると、メレは隊員を数えた。七人しかいない。

「グラント！　全員をひきいて乗車位置へ向かいなさい！　ウィンGを呼んだから！」

メレは返事も待たずにチャフの雲のなかへ駆け戻り、ゆっくり動きながら周囲を調べた。砲弾の爆発範囲のはずれに、オビが倒れていた。片脚が血にまみれ、砕けている。メレは地面にひざまずいてオビの太ももに止血帯をはめ、深呼吸をすると、オビの身体の下にもぐりこんだ。両肩にオビをのせて立ち上がり、できるだけ速足で丘へ向かった。

水平線のすぐ向こうで待っていたウィンGは、すでに現われ、部隊の乗車位置に停止しようとブレーキをかけていた。敵はやみくもに丘の向こうから次々と砲弾を発射しており、ウィンGの近くに砲弾が落ちる危険が高まっている。メレが近づくと、グラントはほかの兵士たちにウィンGに乗るよう命じ、オビを運ぶのを手伝おうとメレに駆け寄った。

メレとグラントがオビをハッチのなかへ押しこみ、そのあとから車内に駆けこむと、ウィンGはすぐに動きだした。

今回は、志願した一人の女性医師が同乗している。ウィンGが車体を震わせて地面を走り、敵の迫撃砲の弾幕を離れて地面から一メートルの高度で移動しはじめると、医師は兵士たちにオビをウィンGの救急ベッドに運ばせた。

医師と救急ベッドの設備がオビの手当をしはじめると、メレは崩れるように近くの座席にすわった。グラントはメレの隣の席に腰をおろした。ひどく汗をかき、荒い息をしている。

「わたしはもう歳だ。こんな仕事は無理です」と、グラント。

「わたしも」メレはあえぎながら答えた。

やがて、医師が目をさすりながらベッドから後退して言った。

「命に別状はありませんが、片脚を失います」

「新しい脚を生《は》やせる？」と、メレ。

「はい、たぶん。人工器官のテクノロジーには、まだいくつかバグがあります。それを使えないようなら、本物と見分けがつかない義足をつけることも可能です」医師も腰をおろした。

「しかし、この女性がまた今回のような活動に参加できるまで、しばらくかかります」

「ありがとう、ドクター」

「もっとひどい目にあっても、おかしくなかった」と、グラント。

「この次は、きっと、もっとひどい目にあうわ」と、メレ。

13

カルメン・オチョアは自室のドアの前で足を止めた。今日も一日、新コロニーを救うために旧地球から送られた非公式の代表者のふりをしつづけて、疲れた。こんなに大勢の人々が信じてしまうと、どこかの時点で、嘘が真実になりそうな気がする。

だが、疲れていても、カルメンはロハン・ナカムラの部屋へ確認にいった。

ロハンはまだ起きていて、カルメンを見ると、こちらも疲れた顔で目をしばたたいた。

「やあ、万事順調かい？」

「順調と言っていいでしょうね」と、カルメン。「なぜ、こんな遅くまで起きているの？」

「コサトカのデータベースを調べて、ウォリアー級駆逐艦の情報をすべて見つけ出そうとしている。ラレース星系のニュースが入って、同じ艦がコサトカに対して同様の行為をしようとしているらしいとわかって以来、これを調べているのは、わたしだけではない」ロハンは頭を振りながら、カルメンにすわるよう合図した。「いろいろな仮説が流布していて、とても信じられないものもある」

カルメンはあくびをしながら、ソファーにすわった。

「どんな仮説？」

「ジャンプ航法のテストの後期に、何隻もの艦船が長期航宙に送り出されたことを知っているか？　星系ジャンプを何度も繰り返して、できるだけ遠くまで行き、燃料と食糧の関係で先へ進めなくなったら、引き返すパターンだ」ロハンの表情から見ると、嘘や冗談ではない。「送り出された艦船のなかに、二隻のウォリアー級駆逐艦があった。一隻は帰ってきた。もう一隻は、このあたりの宙域へジャンプしてきたはずだが、姿を消した。帰ってこなかったので、結局、事故にあったとみなされた。だが、どの星系や惑星にも、漂流する駆逐艦の残骸が見つかったという記録はない」

「その艦は超空間から出られなくなったの？　恐ろしいことだわ。そんな――」カルメンはロハンを見た。「まじめな話？　人々は、その駆逐艦が幽霊船になったと思っているの？」

「いや。流布している仮説は、駆逐艦が異星人に拿捕《だほ》されて、いまでは異星人が、その艦を使って人類宙域に侵入し、人類のコロニーを攻撃しているというものだ」

カルメンは思わず、笑い声をあげた。

「異星人って、まだ痕跡ひとつ見つかっていない知的生命体のこと？　まだ姿は見せないけど、このあたりにいて、人類の古い戦闘艦を使ってわれわれを攻撃しているというの？　異星人は自分の航宙艦を持っていないの？」

「そうかもしれない。しかし、異星人が人類に存在を知られたくないとしたら、人類の艦を使えば、秘密は守れる」ロハンは片方の手のひらをカルメンに向け、カルメンを制した。

「わたしは信じていない。噂を話しているだけだよ。だが、現時点では反論も不可能だ。謎の艦は通信にいっさい答えようとしないし、もちろん、われわれが艦内を見てクルーを確認することもできないからな」

カルメンはソファーの背にもたれて天井を見た。

「そのほうが安心できるんでしょうね。ラレース星系で残虐行為を働いた下手人は、人類ではなかったと思っていられるもの。でも、あいにく、人類がラレース星系の惨事よりもひどいことができることは証明されているわ。グレンリオン星系への襲撃は、犯人が人類のコロニー星系であることがはっきりしているわ」

「うん。だが、スカザ星系がなぜ、コサトカみたいな遠い星系を襲撃する？　アプルー星系なら、そんなに遠くない。きみが捕まえた〈レッド〉は、自分を雇ったのはアプルー星系かもしれないと考えている。爆撃犯人が人類なら、アプルー星系が第一容疑者だ。つまり、新コロニー宙域では、ふたつのコロニー星系が近隣に害を加えようとしていることになる」

「コサトカ政府は、地球へ送る代表団に、わたくしを同行させたがっているの」と、カルメン。「すぐ出航できる船があって、それから乗り換えて旧コロニーへ向かうことができるわ。政府は、もと地球艦隊の軍用艦を買い受けるにあたって、間違いなく最高の取引をしたいと思っているのよ」

ロハンは驚いてカルメンを見ると、うなずいた。

「もっともだ。同行するのか？」

「ええ。どう思う？」

「いや、カルメン、なぜ、わたしの意見なんか求める？」

「わたくしたちがチームだからよ。チームとしてコサトカで活動してきたし、チームとして、いい仕事をしてきたわ。でも、コサトカ政府はあなたを、わたくしが帰ってくるまでここに置きたがっているの」

「地球での交渉は、きみ一人で大丈夫なんだろう？　わたしは、きみが戻るまでコサトカの面倒を見る。それに、そろそろ別のもっと若い女性が現われて、〝あなたなら、いい友だちになってくれそう〟と言って、わたしに銃を持たせようとするころだ」

「グレンリオン陸上軍の司令官が、不愉快に思うんじゃない？」と、カルメン。自分がしばらく留守にしても、ロハンは大丈夫だ——そう思って安堵《あんど》し、からかう口調になった。

「メレ・ダーシーのことか？」ロハンは声を立てて笑った。「それは驚くべきニュースだな。いや、さいわい、メレは友だちだ。手に余るほど仕事を抱えこんでいなければいいんだがな。きみは、コサトカがうまく適正な武力を手に入れられるまで地球にいて、それから帰ってきてくれ。そのあとは、また二人で銀河系を救う仕事を続けよう」

「異星人に気をつけるわ」


メレ・ダーシーはとっくの昔に、自分は一晩じゅう続けて眠れる立場ではないとあきらめていた。それでも、真夜中に起こされて重大な使い走りをさせられるのは腹立たしい。それも、できれば避けたい内容の使いだから、ますます腹が立つ。

ロブ・ギアリー大尉は、現住所となっているアパートの部屋にはいなかったが、メレは驚かなかった。〈スコール〉の指揮をまかされてから、ロブは自分のアパートで過ごすことが少なくなったようだ。メレは自分の公式ネット・インターフェイスを呼び出し、ロブの位置確認コードを入力して、自分が使っている地上車に接続した。

地上車は、あるアパートの前に止まった。メレは車から出ると、夜明け前の静けさのなかをアパートの玄関へ向かって歩いた。位置確認機能にしたがってニンジャの部屋へ向かい、体重をかけてベルを押した。

数分後に、眠そうな目をしたニンジャがドアを開け、頭を突き出した。

「よっぽど大事な用なんでしょうね？」

「大事な用よ。大至急、ギアリー大尉に出動してほしいの」

「どうして、あたしに言うの？」

「なまいき言わないの、お嬢さん。大尉のＧＰＳに侵入するのを忘れたでしょう。この機能で居場所がわかるんだから」

ニンジャはため息をついてうなずき、ひっこんだ。メレがいらだちを抑えて待っていると、ロブが戸口に現われた。急いで身支度をしたらしい。

「どうした？」と、ロブ。

「星系内で大問題が起こったの」と、メレ。「評議会は盗聴を恐れて、あんたに通信したくなかったのよ。すぐ、〈スコール〉に乗って。わたしがシャトル発着場まで送るから、途中で説明する」

「大問題？」

「ええ」メレは、ちらりとニンジャを見た。「ちゃんとさよならして」

ロブはその意味がわかったらしく、しばらくメレを見つめたあと、振り返ってニンジャを抱きしめ、ニンジャの耳もとでなにごとかささやいた。

「身体に気をつけて」ニンジャは言い、ロブとキスした。メレは視線をそらし、刻々と過ぎてゆく時間を気にしないよう努めた。

別れの挨拶が終わると、ロブはメレのあとについて地上車に乗った。メレは目的地を入力して座席に身を沈め、車が道を走りだすと外を見まわした。夜明け前で、人通りもない。

「なぜ、きみが呼びにきた？」と、ロブ。

メレは外の風景から目を離さずに答えた。

「あんたがコサトカ星系から持ち帰ったニュースを見て、評議会は、スカザ星系がグレンリオン星系に殺し屋を一人か二人、潜入させたんじゃないかと心配しているの。わたしは、軍事的にも、案内人としても、あんたをシャトルまで護衛する立場よ」

「で、星系内の大問題とは？」

殺し屋の危険には、すでにメレが目を配っている。ロブがその問題を心配して口をはさんだり時間を無駄にしたりしないことに、メレは内心で感謝した。

「四時間半前に、ジャンプ点のひとつから、また二隻の航宙艦船が現われたの。一隻は貨物船。もう一隻は軍用艦。IDを公開送信してないけど、軍用艦は、われわれが手に入れたスカザ星系のデータベースにある一隻と同じものよ。ソード級の駆逐艦」

「駆逐艦?」と、ロブ。陰気な声だ。「おれに対する命令内容は? きみは聞いているか?」

「どんな手を使ってでもインターセプトし、阻止せよ」と、メレ。言葉を強調するために一瞬だけ外の風景から目をそらし、ロブの目を見た。「評議会は、ラレース星系での事件を心配している。ここで同じことが起こっては困るの」

「インターセプトし、阻止せよ?」ロブは静かな笑い声をあげた。気のない笑いだ。「インターセプトは、たぶんできるが、阻止なんて、どうすればいい? ソード級の駆逐艦は、火力も機動力も〈スコール〉より優秀だ。自分の艦より速くて頑丈な相手を、どうすれば負かせる?」

メレは肩をすくめた。

「火力や機動力でかなわなければ、相手を出し抜くしかないわ」

「わかってる。どうやって出し抜けばいい?」

「ごめんなさい」と、メレ。ロブのようなまともな男に、こんな難しい命令を伝えただけでも気分が悪い。「文字どおりの意味よ。具体策は、わたしは思いつかない。宇宙戦は畑違いだから。侵入活動を行なう場合に備えて、わたしの部下を何人か、あんたと一緒に〈スコール〉へ送るわ。責任者はグラント・ダンカン。今の陸上軍では最高の部下よ」

「ありがとう」と、ロブ。しばらく何も言わなかった。地上車はシャトル発着場へ向かい、道の両側の、明かりもほとんど消えて静まり返った建物を次々と通り過ぎた。メレは、通り過ぎる建物や路上から目を離さなかった。多様な建築様式を反映した重量構造物の設計図をプログラムしようと考えたのが誰か、メレには見当もつかない。だが、その結果、できたばかりの建築物は、どれもできたてのように見えるのに、都市全体の印象はどこか古色を帯び、まるで遠い昔に造られて建築様式の変化を経験してきたかのようだ。メレは建物のひとつに目をとめ、考えた――スカザ星系の駆逐艦が、惑星の周回軌道上からここに〝隕石もどき〟を落としたら、どうなるだろう？

「メレ」ふいにロブが呼びかけた。「頼みを聞いてくれるか？」

「たぶんね」と、メレ。「どんな頼みかによるけど」

「おれの代わりに、ニンジャを見守ってくれ。やってもらえるか？」

「もちろん。でもニンジャが無事でいられるかどうかは、あんたがあの駆逐艦を阻止できるかどうかにかかっているわ。周回軌道上からの爆撃は、わたしには止められないもの」

「駆逐艦は、おれが阻止する」ロブは地上車の窓外に目をやって答えた。誓いの言葉のように聞こえた。「だが……それには、いろいろな犠牲を払わなければならない。もし、すべてが犠牲になったら……おれに代わって、ニンジャを見守ってほしい」

「もちろん」メレはロブのようにおごそかな誓いの意味合いをこめようとしながら、同じ返事を繰り返した。「戦友との約束は守るわ。ニンジャが無事でいられるよう、気をつける。遅くならないうちに思いついてくれて、よかった」

「何を？」

「誰を、よ。ニンジャのこと。あんたたちは、いいカップルだわ」

ロブは少し間《ま》を置いて、答えた。

「ずっと前からそうだったのに、自分で認めるのに時間がかかった。自分の求める相手が目の前にいるのに、そうとわからず、あるとき突然、直径十キロの小惑星がぶつかってくるような勢いで真相が頭にひらめいた。おかしな話じゃないか？」

「その言葉を信じるわ」メレが答えたとき、地上車がシャトル発着場の新しい保安ゲートに近づいた。

「きみは、そんな経験はないか？」と、ロブ。

ロブの声がやや悲しげに聞こえて、メレは少しいらいらしたが、笑顔で答えた。

「ないわ。いつか、経験するかもね。あてにはしてないけど」

「おれも、あてにしていなかった」と、ロブ。メレはゲートの保安チェックを受け、ロブにも受けさせた。「少なくとも、ニンジャとおれは、この数週間は同じ思いでいられた」

メレはロブと一緒にシャトルに近づいた。搭乗用傾斜路の横で、リー・カマガン評議員が待っていた。

「ギアリー大尉。ダーシー少佐から状況を聞きましたか？」

「はい」ロブは答えた。

「あなたは星系外の艦を阻止しなければなりません。こんな命令とともに送り出すのはイヤですが、あの駆逐艦を、この惑星の周回軌道に近づけるわけにはいきません」

「駆逐艦を阻止するのに、どんなことが必要か、評議会はわかっていますか？」と、ロブ。厳しい口調だ。

「何人かは、わかりすぎるほどわかっています、ギアリー大尉」と、カマガン。言いおわりで、かすかに声がうわずった。

「身体に気をつけて」メレはロブに言った。ギアリー大尉の姿をまた見られるだろうか？

「あんたは、わたしが一緒に仕事をしてよかったと思った、はじめての航宙軍士官よ」

「きみは、おれが仕事中に目ざわりだと思わなかった、はじめての宙兵隊員だ」と、ロブ。

「わたし、もっとがんばらなきゃね」と、メレ。これが運命だとあきらめたようなロブの顔を見て、首を振った。「これでお別れじゃないわよ。仕事をして、無事にここへ帰ってらっしゃい。ニンジャが、そのあと、いつまでも幸せに暮らせるようにね。でなけりゃ、ニンジャと呼ばれる人にふさわしいものを得られるように。ねえ、評議会は、今回またニンジャを雇う代わりに、もっぱらあなたを支援する評議会所属のハッカーをほしがっているそうよ。ニンジャは、わたしの支援にかかりきりだから」メレはロブに話しかけながら、ちらりとカマガンに目を走らせた。「あんたは規則どおりにやる人だし、するなと言われたことは絶対にしないけど、もしニンジャの助けが必要なら、今回は、たまたま規則が削除されてもしかたがないと思うわ」

ロブは首を振った。

「評議会の指示に微妙に逆らうなんて、バレたら――」

カマガンが二人に背を向け、はっきり聞こえる声で言った。

「何も聞こえないわ」

「評議会はあんたを、あの警備艇《カッター》で駆逐艦に対抗させようとしているのよ」と、メレ。「ニンジャについていてほしかったら、あんたはあの指示なんか忘れて、ちょっとアドリブで進めるくらいの権利はあるわ」

「きみもな」ロブは答礼し、後退し、敬礼した。「ご先祖の誇りになってね」

メレはカマガンの隣に立って、傾斜路を歩いてシャトルに乗った。

離昇するシャトルを見送った。カマガンは、ため息をついて言った。

「ダーシー少佐、あなたにも命令があります」

「そうじゃないかと思っていました」と、メレ。星空へ上昇し、小さくなるシャトルの姿を見つめた。

「ギアリー大尉の勝算がどの程度のものか、わかっているでしょう。どんなにうまく戦っても、あの貨物船を止め、軍用艦を破壊することはできないかもしれません。あなたは、新しい兵士や設備が降下する前に、スカザ基地を制圧しなければなりません」

メレは唇を嚙《か》んでカマガンを見た。

「二度のスカザ基地襲撃で、われわれがどれほどの幸運に恵まれたか、評議会はわかっているのですか？　正面から攻撃するとなれば、そううまくはいかないでしょう。兵士を失います。たぶん、大勢の兵士を」

「評議会は理解しています」カマガンは小声で答えた。

「攻撃まで……ええと、一週間しかありませんね？　スカザ星系の二隻がここに来る前に、基地を制圧するんでしょう？　それと、スカザ基地の士気が低いうちに。いずれ、あの基地にも二隻が見えて、援軍が向かっていることに気づきます。援軍が降下するまで、あと少し持ちこたえればいいだけだと、わかります」

「少佐、あと、もう一週間、あなたに与えることができれば……あと千人の兵士を与えることができれば、そうします。でも、できないのです」

メレはうなずいた。

「少なくとも、あなたは、すまないと思ってくれますよね」

「制圧できますか？」

「努力することはできます。うまくいけば、あまり大勢の兵士を失わずにすむかもしれません。お願いがあります。聞いていただけますか？」

「わたしにできることなら」と、カマガン。

「わたしは、ロブ・ギアリーが戻らなかった場合に、ニンジャの面倒を見ることを約束しました。わたしがスカザ基地への攻撃から戻れなかった場合、代わりに約束を果たしてくれる人が必要です」

「誓って、わたしが代わりに約束を果たします。そうせずにすむことを、心の底から願っていますけど。グレンリオンを救うために、あなたもロブ・ギアリーも犠牲にするのでは、宇宙はあまりにも残酷です」

メレは短く、吠えるような笑い声を立てた。

「宇宙は残酷じゃありません。人間が残酷なんです」

メレは陸上軍本部へ向かった。することが山ほどある。

周回軌道上の〈スコール〉とのランデブーに向けてシャトルが上昇するあいだ、ロブは感情が麻痺したような気分を味わった。自分が立ち向かう状況と与えられた命令を考えると、これがシャトルに乗る最後の機会であり、ニンジャに別れを告げたときがニンジャと過ごす最後のひとときだった可能性が高い。正式に結婚していればよかった。時間はほんの数週間しかなく、あわただしく過ぎてゆくだろう。だが、おれとニンジャは、もっとずっと前からおたがいを知っていた。おれが何週間ももたもたせずに、頭でなく心の声に耳を傾けていれば……。

若い航宙軍兵士たちに、結婚は急がないほうがいいと助言したときのことを思い出し、ロブは皮肉な気持ちになった。今は誠意に満ちてひたむきかもしれないが、時とともに心変わりすることもある。理性の警告に耳を傾けるべきだと言うと、兵士たちは必ず〝それはわかっています……でも、今回は特別なんです〟と、熱っぽく答えた。自分にとってニンジャこそが……ニンジャだけがその相手だと感じると、あの兵士たちと同じで、まさしく今回は特別だと思わずにはいられない。

もしもニンジャへの約束を守れなかったとしたら、その理由は何よりもまず、この任務でおれが命を落としたからなのは間違いないだろう。

だが、おれの命令で運命が変わる者たちもいる。おれは、その者たちに対して責任がある。ロブは頭を振り、目の前の現実に意識を引き戻した。シャトルに乗っているのは、ロブ一人ではない。〈スコール〉の十二人のクルーもすわっている。そのうちの多くは、ロブのコサトカ星系での〝勝利〟や、メレのスカザ基地攻撃に刺激を受けて入隊した新兵たちだ。それに、ロブの知らない兵士が六人いた。六人とも、腰につけた拳銃や銃身の短いライフルを持っている。

「グラント・ダンカン軍曹です」ロブの視線を受けて、なかの一人が自己紹介した。

「ダーシー少佐から、きみが来ることを聞いた」と、ロブ。「きみたち陸上軍が来てくれて、うれしい。きみたちの技術が必要にならないほうがありがたいけどな」

グラントは微笑し、肩をすくめた。

「われわれはみな、あまり戦闘経験がありませんが、最善を尽くすつもりです、大尉」

ソード級駆逐艦には六十四人のクルーが乗っており、それ以上の人数を運べる。〈スコール〉には、メレから借りた六人の兵士を加えても、十九人しかいない。

「ダーシー少佐は、きみのことを優秀だと言っていた。きみたち陸上軍の成功を見ると、少佐の言うとおりだと思う。だが、〈スコール〉の宿泊区画は少し狭いし、調理室も限界があって、食事はベストとは言えない」

「コーヒーはありますか？」

「あるとも、軍曹、コーヒーはある。ほかの何が欠けても、〈スコール〉でコーヒーが切れる恐れはない。質は保証できないが、量は充分だ」

「それなら、大丈夫です」グラントは断言した。

〈スコール〉艇内に入ると、ロブは出航準備の確認に打ちこんだ。ニンジャや、二人で過ごした最後の時のことを考えている余裕はない。食糧は充分……水のタンクも満杯だ……再生装置も機能している……生命維持装置は設計上、通常は二十二人のクルーに対応できる。〈スコール〉のクルーが六人増えて十九人になっても、もちろん問題はない。志願した新兵たちは、仕事を覚えるまでは初心者向けのマニュアルに頼るしかないが、熱意は人一倍ある。

毎度のことながら、最大の弱点はパワー・コアだ。退役兵コービン・トレスが、しぶる気持ちをついに克服して参加してくれるのではないかと期待したが、トレスは地上を離れなかった。機関部は最善を尽くしたものの、経験不足を痛いほど自覚している。エネルギー電池のレベルも下がっている。新しいエネルギー電池を製造する軌道施設がなく、地上にある施設のひとつがエネルギー電池の製造量を増やすには問題があることがわかって、〈スコール〉はスカザ人から奪ったときのまま活動してきた。勝っても負けても、〈スコール〉はあと数週間しか動けない。

　スカザ星系の駆逐艦と貨物船が惑星グレンリオンへ向かっていることは、誰もが知っている。だが、そのために〈スコール〉がどんな苦境に立たされたかは、ロブとダニエル・マーテルしか知らなかった。

「標的に近づくまでは気張らずにいこう」ロブはブリッジの艇長席につき、マーテルに言った。「惑星から一光時の位置でのインターセプトをめざす」

「貨物船はあまりスピードが出ませんから、こちらがそんなにゆっくり進むと、交戦まで五日かかります」と、マーテル。

「それでいい」と、ロブ。「はじめて〈スコール〉に乗った者が大勢いて、はじめての仕事をしている。訓練もしなきゃならない。それに、燃料を温存したい。いざ交戦となったら、パワーが必要になるからな」

「各部署から、報告が入ってきています」と、マーテル。

　この任務の重要性や、なんとしても勝たなければならないことについて、クルーに話しておくべきだろうか？　いや、やめた。スピーチは苦手だし、どうせ交戦を開始するときには激励しなければならない。そのときまで、とっておこう。

　インターセプト・コースはすでに算出され、戦術システムがロブの命令を待っている。

　ロブが実行コマンドを入力すると、〈スコール〉は向きを変え、加速して惑星から遠ざかった。

艇内時間で午後遅くに、マーテルがロブの部屋に立ち寄り、なかに入ってハッチを閉めると、まじめな表情を向けた。

「この仕事がどれほど大変なものか、艇長はおわかりですよね。どのように実行するのですか？」

「駆逐艦の状態の詳細情報が入ってくるまで、接近する」ロブは答えた。「弱い防御シールドがないか……武器システムに弱点がないかを調べ、弱点をねらう」

「スカザ星系には駆逐艦が二隻あります。そのうち一隻が送られてきました」と、マーテル。「二隻のどちらかに弱点があれば、弱点がないほうを送ったでしょう。弱点のある艦から部品を取りはずして、こちらの艦に組みこみ、こちらの艦が充分に機能するようにしたかもしれません」

「それは、おれも考えた」と、ロブ。「地球艦隊なら、どうする？」

「ずっとチェックリストを調べつづけているでしょうね」と、マーテル。「スカザ星系の二隻には、ひとつ弱点があります。貨物船です。駆逐艦が護衛の仕事を忘れて〈スコール〉を追ったりしなければ、貨物船を守る必要から、駆逐艦の機動性は制限されます」

「それでも、駆逐艦が〈スコール〉をもてあそぶ余地はたっぷりある。われわれは、敵の二隻のうち、どちらかでもいい標的になったら、それを利用して両方とも疲れさせるように、交戦をひとつひとつ調整しなければならないだろう」

「それが最善策かもしれませんね。確実な策など、ひとつもありませんけど」

ロブはうなずいた。

「個人的なことをたずねていいか？」

「どうぞ」と、マーテル。用心する口調だ。

「きみとドレイク・ポーターの関係だ。ポーターは明らかに、きみに関心を持っている。ほかのクルーが交代で惑星上へ降りても、ポーターはきみと一緒に〈スコール〉に残った」

「ポーターは、いい人です。たしかに、わたしたちは、そのう、親しくしています。それに、艇長は、わたしを少尉だと宣言してくださいましたが、〈スコール〉ではわたしの正式な身分は決まっていませんので、階級の壁もありません。その点をご心配でしょうか？」

「いや、きみたち二人がブリッジではプロであってくれれば、それでいい」

マーテルはうなずいた。

「深刻な状況になったら、わたしからポーターに話して、ポーターを地上の仕事にまわしてもらうようにします。新しい写真を置かれたのですね」目顔でロブのデスクを示した。

ロブはニンジャの写真に視線を走らせた。

「うん」

「その女性は、この任務が何を要求しているか、わかっていますか？」

「ああ」

「失礼しました」

「われわれは敵を負かす」と、ロブ。本気で信じてはいないが、実現させる意志をこめた。

「最善を尽くします」と、マーテル。


「装備と人員をすべて集めるのに、三日かかります」メレはチザム評議会議長に言った。「次の一日で、すべてを三台の浮揚車《ウィンG》に積んで、スカザ基地の近くまで送る。急襲部隊を地上に降ろすのは、四日目の夜になる予定です。この部隊は経験を積んだ宙兵隊ではありませんし、ウィンGは装甲や防衛兵器のある戦闘用攻撃車両ではありません。ぞろぞろとウィンGから出て、そのまま基地を攻撃することはできません。攻撃は、おそらく翌日の早朝になるでしょう」

評議員のカマガンとキム、オドムは居心地の悪そうな表情だ。チザムは、ただ困った顔をしている。

「できるかぎり急いで、その日数ですか？」と、チザム。

「はい」メレは答えた。「できるかぎり急いでも、まともに実行できるのは半分です。兵士たちと装備をウィンGにほうりこみ、二日目の終わりにスカザ基地を攻撃することはできますが、そうすれば、その攻撃で兵士の半数が死傷するでしょう。とにかく、スカザ基地の降伏を勝ちとれるかもしれませんが、損失も大きいことを覚悟していただかなければなりません」

「ダーシー少佐の判断にしたがうべきだと思います」カマガンがうながした。

「しかし、少なくとも一日は早められるだろう」と、キム。

「兵士の半数を死傷させてまで、一日だけ早める価値があるか？」と、オドム。〝半数〟を強調した。「半数のうち、何人が死亡して、何人が負傷ですむ？」メレに向けた問いだ。

「われわれには、最近になって大量生産した軽装甲服しかありません」と、メレ。「スカザ基地には強力な武器があります。死亡と負傷の割合は半々に近くなるでしょう。兵士全体の四分の一が死亡します」

「百五十人の兵士のうち、三十八人……いや、四十人が死ぬ！」オドムがキムをにらみつけた。「ダーシー少佐が楽観視しているのでなければな！」

「ダーシー少佐は、二度の急襲で大成功をおさめました。判断の的確さは証明ずみです」と、カマガン。「時間が必要だと、少佐が言うのなら、与えるべきです」

「最低でも四日が必要だと考えているのですか？」評議会議長のチザムがメレにたずねた。

メレは首を振った。言いたくはないが、わかっている真実を伝えよう。

「必要な期間は、最低でも二、三ヵ月です。そんな時間はありません。高くつきます。そのコストを下げるために、四日が必要なのです」

「ギアリー大尉が成功するかどうか、見てからにしたらどうだ？」と、オドム。「大尉が成功すれば、陸上軍が攻撃する必要はなくなる」

「ギアリー大尉の成功を前提とすることはできません」と、チザム。「成功しなかった場合、援軍が到着する前にスカザ基地を攻撃する時間がなくなります」

「この惑星上のスカザ基地を制圧したからといって、スカザ星系の軍用艦がこの惑星に対して、ラレース星系がこうむったような爆撃をしなくなるとはかぎらないぞ！」

「スカザ基地の住人を人質にすることもできます」と、カマガン。「おそらくスカザ星系は無視するでしょうけど、現時点でわれわれに残された唯一の手立てです」

「四日の準備期間を与えます」チザムはメレに言った。「必要なＩＴ関係の支援は受けられますか？」

「ニンジャ――リン・メルツァーの話では、スカザ基地は通信を厳しく取り締まっているそうです」と、メレ。「われわれの活動にまにあうように敵の通信網に侵入するのは無理のようですが、ベストを尽くすと言っています」

「メルツァーがほかの仕事に時間をとられず、確実にこの任務に集中できるようにしなさい！」チザムは命じた。

メレがカマガンを見ると、カマガンはまったく何も知らないような顔で見つめ返した。

「評議会のご意向を、間違いなくニンジャに伝えます」と、メレ。「よろしければ、そろそろ準備にかかりたいと思います」

インターセプトまで、あと三日。スカザ艦船と〈スコール〉の航跡は、それぞれ長い曲線を描いてインターセプト位置に近づいた。ロブはニンジャからのメッセージを聞くため、クルーの訓練を中断した。〈スコール〉はすでに惑星から遠く離れ、通信には二十分のタイムラグが生じる。会話は非常に難しいが、不可能ではない。

「敵艦船にアクセスする方法は、見つからなかった」と、ニンジャ。疲労と心配とで、やつれている。「スカザ艦船は、また通信のセキュリティを強化してるわ。あたしたちのセンサー映像を統合すると、一隻の船で可視光線帯域の光がいくつか点滅している映像が見えたの。たぶん連中は、閃光《せんこう》を使って単純なメッセージのやりとりをしてるのよ。戦闘が始まったら普通に通信するでしょうけど、それだと、あたしが侵入して細工する時間はないの。ごめんなさい。愛してるわ。あなたの力になれることなら、なんでもするけど、今できることは何もないの」

　ニンジャは、自分のメッセージを送信してから四十分たたないと、返事を受け取れない。わかっていたが、ロブは返事を送った。

「ニンジャ、できることを全部してくれていることは、わかっている。きみが〈スコール〉に、できるかぎり最高の侵入防止措置を講じてくれたから、スカザ側に情報が漏れたり操作されたりする恐れはない。メレ・ダーシーに、できるだけ力を貸してやってくれ。おれも愛している。身体に気をつけて。これが終わって、またきみに会えるときが待ち遠しい」

　ロブはクルーの訓練に戻った。おれや〈スコール〉のクルーが、愛する人に再会できるチャンスがあるなら、あらんかぎりの腕前や運をかき集めなければならない。


いろいろな手助けをしてくれるグラントがいなくなって、メレは寂しかった。オビは、入院中でもできるだけの手助けをしたいと申し出てくれたし、ドクターも、仕事や目的ができればオビの回復に役立つと賛成してくれた。だが、大ケガをした女性が病室のベッドでできることは、かぎられている。

メレはライリーを大幅に昇進させた。経験のとぼしさは、熱意で埋め合わせる。二百人あまりの兵士のなかから、百五十人の最高の志願兵を選んだ。残った兵士を、都市防衛のための駐屯部隊にした。自分を役立たずだと思ってもらっては困る。スカザ兵から奪ったパルス・ライフルや、急いで出力を変更して大量生産した武器を数えた。今、兵士に持たせるライフルや拳銃が、百丁以上ある。武器のほとんどは鉛の弾丸を発射する銃だが、単純で扱いが簡単なのがありがたい。軽装甲服は全員に行きわたる。重装甲戦闘服には及ばないが、何もないよりはましだ。

迫撃砲は二十門で、今回は何度も発射できる造りになっている。チャフのパックが数ダース。まんいちに備えて、特殊な携行迫撃砲も用意した。

メレは敵の防衛兵器を品定めし、頭を振った。ニンジャがスカザ軍の略式処刑の光景をいくつかとらえたが、スカザ兵は今でも七十人くらいおり、全員が、旧式だが効果的な重装甲戦闘服や武器を身につけている。メレの部隊が巡視隊を一掃して以来、スカザ兵は基地の周辺より外へは出なくなった。敵兵の数を今より減らすすべはない。丘の裏側を攻撃するために基地から出した迫撃砲は、また基地にしまいこまれ、近づく者を砲撃しようと待ちかまえている。マルウェア爆弾で故障した戦闘機の修理も、進んでいた。

スカザ基地は、グレンリオンの交渉要請にはまったく応じず、必ず受信されるとわかっている映像を送ってきた。苦しんだ末に絶命するスパーリックの映像だった。スパーリックを軽蔑していても、メレは、敵を拷問して殺す者たちに対して冷たい怒りを抑えきれなかった。政府はこの映像をネットから削除しようとしたが、まだネット上に残っていて、グレンリオンの各地で怒りを呼び起こしている。スカザ基地が、これ以上の基地攻撃をあきらめさせるつもりだとしたら、この対応は完全に裏目に出た。

三日目は飛ぶように過ぎた。メレの部隊は真夜中になって、ようやくウィンGに乗り、装備を積みこんだ。

〈スコール〉は今日、艇内時間で正午ごろにスカザ艦船をインターセプトする。ロブは自分の姿をチェックした。最高の状態に見えるよう、気をつけた。クルーは上官の姿に目をとめ、上官が元気だと、自分たちが何をしているかを上官は承知していると思って、安心する。調理室が最高の朝食を出していることも確認した。クルーが集まると、ロブは救命服の最終チェックを命じた。インターセプトの一時間前に、全員が着用することになっている。敵の砲撃で〈スコール〉のどこかに穴が開き、空気が宇宙空間へ漏れたら、その区画にいるクルーが第一にするべき行為は、ヘルメットを密封することだ。

艇内のほかの区画と同様に厳重に保護されているブリッジでさえ、駆逐艦のパルス砲から発射された粒子ビームが貫通する恐れは、充分にある。

〈スコール〉にひとつしかない救命艇を使えば、理論上は、生存者が惑星へ戻れる。身動きもできないほどに詰めこめば、かろうじてクルー全員が乗れる。だが、〈スコール〉を放棄せざるをえなくなった場合、すでにクルーの何人かは死んでいるはずだ。誰もその話はしないが、知らない者はいない。ロブは救命艇の状態をざっと調べた。どのシステムも問題ない。これを使うことになっても、生存者を何人も乗せた救命艇を撃つほど野蛮な者はいないだろう。人類はそんな残忍さを捨てた――ロブはそう考えて、気を落ち着けた。

ふたつの武器ステーションに立ち寄り、クルーを励ましてから、機関部へ行った。機関員たちは、敵に何をされるかよりも、パワー・コアの調子がよくないことを心配していた。

見まわりを終えて、ロブはブリッジに戻った。命令を出す前に、全員が戦闘配置についている。

「インターセプトまで、あと一時間です」と、マーテル。

「ありがとう」ロブは顔をさすり、ゆっくり深呼吸した。着ている救命服の感触が、起こりかねない最悪の動きをいろいろと想像させる。ロブは肩をすくめて不吉な予想を払いのけ、艇内通信ボタンを押して全クルーに語りかけた。

「われわれが厳しい戦闘を控えていることは、みなわかっているだろう。スカザ星系の侵入を食い止めることがどんなに大事かも、わかっているはずだ。クルー一人一人が最善を尽くしてくれることを、おれは信じている。われわれの故郷を守ろう。故郷をおびやかす者たちを負かし、勝利をおさめよう」

確実に勝てると言ってしまえば、現状の否認か真っ赤な嘘になるかもしれないが、クルーの反応を見て、勝利という言葉を聞きたがっていることがわかった。それに、勝利できないとはかぎらない。歴史上、信念が確実な敗北を信じられないような勝利に変えた例はある。

だが、願わくは、運にも味方してほしい。

いちばん大きなウィンGと、小さなウィンGのうち一台は、スカザ基地の北にある丘の裏側で武器と兵士たちを降ろした。残る小型のウィンGは、基地の南でメレの軍の分遣隊を降ろした。開けた平地だが、スカザ基地の迫撃砲の砲弾はここまで届かない。メレは、スカザ基地の防衛兵器すべてが北をねらう事態を避けたかった。

スカザ基地の近くで人員と装備を配置しながら、メレはいくつかの問題にぶつかった。人員や装備の数が増すにつれて、困難の度が上がるようだ。頭のいいはずの兵士が単純な指示にしたがえないのかと、いらいらする。迫る戦闘の結果に関する不安が、絶えず頭をよぎる。メレは何度も、志願兵たちに宙兵隊じこみの痛烈な悪態を浴びせたくなる衝動をこらえた。やっと、過去に自分の上官たちが、しばしばいらだたしげで怒りっぽかった理由がわかってきた。

わかったところで、部下たちを必要な装備とともに配置につける役には立たない。だが、日が沈んで暗くなるころ、ようやくすべてが落ち着いた。

荷おろしのあいだじゅう、スカザ基地は静かだった。メレがいちばん恐れていたのは、自分が北側の部隊をまとめようとしているあいだに、基地からスカザ兵たちが出て、小規模な南側の部隊を攻撃することだった。だが、スカザ基地はメレの部隊に二度も煮え湯を飲まされたため、防衛部隊は大事をとっているようだ。南側に小規模部隊が現われたのを、ただの陽動作戦ではなく、基地の兵士を開けた場所に誘い出す囮《おとり》かと疑っているらしい。

メレは丘の頂《いただき》からマルチスペクトル双眼鏡で基地を調べるうちに、塹壕《ざんごう》のなかの兵士たちの姿をとらえた。民間人は一人も見えない。スカザ基地は子供も含めた民間人を集めて塹壕に入れ、外からの攻撃を防ぐために人間の盾として使うのではないかと心配したが、それは起こっていない。

メレは双眼鏡をおろし、背後の斜面の下を振り返った。新しい軍曹の一人ディエゴがメレの隣に伏せ、用心しながら基地を見つめている。

「なぜ、夜のうちに攻撃しないんですか？」と、ディエゴ。

「暗いと、失敗が増えるからよ」と、メレ。「赤外線の暗視装置は一応あるけど、全員に行きわたるほどはない。ウィンGから荷物を降ろすだけで、どんなに混乱したか、覚えているでしょう？　だから、夜が明けはじめて、なんとかものが見えるくらい明るくなったときに攻撃するの」

「明るくなったら、敵も、われわれにねらいをつけやすくなりませんか？」

わたしも、辛抱強い上官に何度も質問したっけ――メレは思った。

「そうともかぎらないわ」半分は嘘だ。「スカザ兵の重装甲戦闘服のヘルメットには暗視装置が組みこまれているから、明るさに関係なく、われわれを見つける」この言葉そのものに嘘はない。だが、赤外線暗視装置を使いこなすには訓練が必要だし、メレが見たかぎり、スカザ兵がよく訓練されているとは言えない。グレンリオンは新しいコロニーで、古参兵がいないために苦労しているが、スカザ基地でも事情は厳しいようだ。

「今のうちに少し眠っておけと、兵士たちに伝えて」メレはディエゴに命じた。「〇一〇〇時に、全員を起こして攻撃準備をするわ」

〈スコール〉がスカザ艦船をインターセプトする三十分前に、ポーターがロブに知らせた。

「メッセージが届きました。優先順位の高い、艇長親展の通信です」

ロブはヘッドセットをつけ、プライバシー設定ボタンを押した。ほかの者たちには画面の映像が、はっきりとは見えなくなる。

ニンジャのこわばった顔が現われた。おびえながらも、必死で平静な表情を作っている。

「ロブ、応答ができないくらい離れてしまったわね。このメッセージがまにあうかどうかも、よくわからない。スカザ艦船の通信網には侵入できなかったわ。これは……とても、困った状況よね。あたし、シミュレーションをしてみた……あなたが何をしてるか……なぜ、そんなことをしてるか、あたしが理解してることを、わかってほしいの。無事に戻ってきてちょうだい。そうなりますようにって、ご先祖さまに祈ってるわ。信じられる？　信じてくれなくても、わかっててほしい……その、いずれ、あなたを先祖に持つ人たちが現われるってことを。あなたとあたしの子孫がね。その人たちも、あなたの行動とその目的を知ることになるわ。あたし……あたし、あたしたちの子供に確実にそれを教え、子孫に伝えてゆくようにする。だから、ベストを尽くしてね。あなたが戻ってこなくても、子供は、自分の父親が何者かを知る。そして、あたしは闇の向こうの光のなかであなたに再会するまで、いつも、あなたのことを考えるわ」

　メッセージが終わったあとも、ロブはしばらく考えをまとめられないまま画面を見つめていたが、やがて意識を無理やり現実に引き戻した。

　おれたちの子供に会いたければ、目の前の現実に注意を集中しなければならない。

「何か大事な内容でしたか？」ロブがヘッドセットをはずすと、マーテルがたずねた。

「うん。とても大事な内容だった」

　スカザ星系の貨物船と駆逐艦は、〈スコール〉が近づいてもコースを変えなかった。グレンリオン星系で唯一の戦闘艦は、スカザ艦船の横……わずかに下側から近づいてゆく。駆逐艦は位置を変えた。〈スコール〉は貨物船に発砲するより先に、駆逐艦と交戦せざるをえない。〈スコール〉がまた時間をかけて位置を変え、明らかに違うベクトルで近づいても、駆逐艦はやすやすと位置を変え、〈スコール〉の新しいコースを邪魔するだろう。

「こんな状況のとき、地球艦隊ではどんな戦術をとる？」ロブはマーテルにたずねた。

「二隻の艦を使って攻撃します」と、マーテル。

「艦が一隻しかなかったら？」

「戦術は、すべて二隻の艦を使います。わたしがお答えできるのは、それだけです。一隻の艦でどうするかという問題に対して、地球艦隊は〝二隻を使うべきだ〟としか答えません」

　インターセプトまで、あと二十分。ロブは防御シールドが最強になっていることと、ブドウ弾発射装置と粒子ビーム砲の準備ができていることを確認した。だが、敵の駆逐艦の防御シールドは強力で、〈スコール〉が一瞬の通過攻撃のあいだに与える打撃など、ものともしない。しかし、駆逐艦の武器は、〈スコール〉の防御シールドを貫通するほどの威力がある。

　貨物船には、スカザ星系陸上軍の援軍と、おそらくは新しい重火器も積まれているだろう。そして、駆逐艦の武器は惑星を爆撃できる。

「武器の照準を貨物船にロックしろ」ロブは命じた。「充分なダメージを与えることができれば、敵は撤退するか、駆逐艦がスピードを落として、のろのろと貨物船のそばを動くしかなくなる」

〈スコール〉は〇・一光速で近づいた。戦闘艦は通常その二倍の速度で進む。だが、駆逐艦と貨物船は〇・〇三光速で惑星へ向かっている途中で、まだ惑星から一光時の距離にあった。〇・〇六光速以上のスピードを出すと照準システムが対応しきれず、砲撃の精度が落ちる。

「スピードを〇・〇三光速に落とせ」と、ロブ。

〈スコール〉はスラスターを吹かしてグルリと向きを変え、メイン推進装置を切って、徹底的に速度を殺しはじめた。慣性補正装置がかんだかいうなりを上げながら艦体にかかる力を緩和し、人間のやわな身体が押しつぶされるのを防いだ。

「ベクトル修正後の交戦予定時刻は、四十分後です」マーテルの言葉が終わると同時に、警報が響いた。「駆逐艦が加速しています。〈スコール〉が減速を終えないうちに砲撃してくるつもりでしょう」

「できるだけ長く、この状態を維持しろ」ロブは命じた。駆逐艦をおびき寄せて貨物船から引き離したものの、駆逐艦が〈スコール〉にとって深刻な脅威であることに変わりはない。

「武器の照準を駆逐艦に変更。交戦後すぐに貨物船に再変更しろ」

「回避行動はとらないのですか？　すばやく身をかわすとか？」と、ポーター。

「〈スコール〉は駆逐艦を回避できない」と、ロブ。「われわれは駆逐艦に最高の一撃を加えられる形で近づき、そのまま進んで、通り過ぎた駆逐艦がまた攻撃しに戻ってこないうちに、貨物船を撃つ」

「貨物船が通信しています」と、ポーター。

「たぶん、駆逐艦に、なぜ貨物船を置き去りにして猛スピードで離れてゆくのかと、たずねているのでしょう」と、マーテル。「駆逐艦との交戦まで、あと十分です。八分後に減速行動を完了し、交戦に備えて回頭します」

「よろしい」ロブは画面を見つめた。惑星上の感覚では、駆逐艦は、はるか遠くにいる。宇宙空間の感覚では、一瞬前にははるか遠くにいたものが、あっというまに至近距離にいて、次の瞬間には、またかなたへ遠ざかってしまう。至近距離にいるのは一秒以下だ。「九分後に加速するよう、命令を入力しろ」

「加速は、どの程度までにしますか？」と、マーテル。

「三十秒は加速を続け、目に見えて速度が上がったら、やめる。駆逐艦が〈スコール〉のベクトル変更にうまく対応できなければ、攻撃力が落ちるかもしれない。だが、われわれは貨物船をうまく撃てる速度で進む」

〈スコール〉のメイン推進装置が切れ、またしても艦体が向きを変えて、向かってくる駆逐艦に艦首を向けた。

「交戦まで、あと一分」マーテルが報告したとき、ふいに〈スコール〉のメイン推進装置が点火し、今度は減速ではなく、前方へ加速した。「駆逐艦はベクトルを調整しています」

近接して激しく発砲する通過攻撃を行なうときに敵艦との衝突を防ぐため、戦術システムには自動安全装置が組みこまれている。だが、艦の速度が不正確な計算で出された場合、どちらかの艦が細かく揺れて予定針路から多少ともはずれると、砲撃ミスが出やすい。宇宙戦は恐ろしく長引くことがある。長い時間をかけて双方の艦が位置を決めなおし、何度も通過攻撃を繰り返す場合だ。もっとも、通過攻撃のさいに艦どうしが衝突し、艦もクルーもガスや塵《ちり》と化した場合には、ごく短時間で終わる。

〈スコール〉と敵の駆逐艦は、またたくまにすれ違い、貨物船へ向かう〈スコール〉は敵の砲撃で揺れた。

ロブの画面に損害報告が現われた。ブドウ弾を浴びた艦首防御シールドの一部が機能しなくなり、敵の発した粒子ビームが少なくとも一発、外殻に命中した。

「空気漏れの区画は密閉されました。重要システムの損傷はありません。死亡者が一人という報告が届いています」と、マーテル。「駆逐艦に損傷はありません。防御シールドも持ちこたえています」

敵には損害がなく、〈スコール〉では一人の死者が出た。クルーの誰が死んだのかと考えている時間はない。ロブは命じた。

「砲撃を、確実に貨物船に命中させろ！」

〈スコール〉はわずかに針路を修正し、貨物船の下側から近づいて危険なほど距離をつめた。貨物船が接近したかと思うと、後方へ去った。発砲した〈スコール〉は、反動で少し揺れた。貨物船には武器がないため、今回は〈スコール〉に損害は出なかった。

「上方へ二百度、右へ二度、転針」ロブは命じ、もういちど貨物船を攻撃するため、〈スコール〉に大きな弧を描いて向きを変えさせた。「貨物船の損害を報告しろ」

「駆逐艦との交戦で、センサーをいくつか失いました。現在、査定中です」と、マーテル。「貨物船は、後部区画の防御シールドが崩壊しました。大損害です。推進装置やスラスターが衝撃を受けたかどうかは、査定できません」

はるか前方で、スカザ星系の駆逐艦が同じように弧を描いているが、上方横へ向かい、上昇して〈スコール〉を攻撃しようとしている。一方、〈スコール〉はふたたび下方から貨物船に接近中だ。

「予定のベクトルを維持すると、われわれは貨物船を攻撃した直後に、また駆逐艦に撃たれます」と、マーテル。

「武器の照準を再度、貨物船に設定」と、ロブ。「貨物船を攻撃したのち、駆逐艦を撃てるように再装塡を心がけろ。ただし、発射できるものはすべて、まず貨物船の攻撃に使え」

双方の艦は、再交戦のために接近しようと必死で宇宙空間を疾走し、距離を縮めた。時間の進みかたが遅く感じられる。

〈スコール〉は背後から貨物船に近づいて追い越し、前より少し長めに攻撃した。だが、結果を査定する前に、横から駆逐艦の激しい砲撃を受け、ガクガク揺れた。

「下方へ三度、左へ二百四十度、転針」と、ロブ。

「スラスターをひとつ失いました」マーテルが報告した。「補正中。転針します」

ロブの画面に貨物船の損害査定結果が出た。

「メイン推進装置の五十パーセントを失い、船尾区画全体が損傷」ロブは読み上げた。

「貨物船がベクトルを変更しています！」マーテルが叫んだ。

貨物船は重々しく向きを変えはじめていた。戦闘艦が敏捷《びんしょう》なガゼルに見えるほど、ゆっくりとした動きだ。

「どう思う？」ロブはマーテルにたずねた。

「明らかに、惑星へ向かうベクトルを放棄して……まだ向きを変えています。逃げる気でしょう」

〈スコール〉が後ろにいるかぎり、貨物船は逃げつづけるしかない。駆逐艦が向きを変え、

〈スコール〉を攻撃しに戻ってくるまで、この状態が続くだろうか？
「大尉？」グラント・ダンカン軍曹の声がした。ロブの画面に顔は出ていないが、ように冷静な声だ。恐怖を押し殺しているのだろう。「最後に受けた砲撃で、救命艇が壊れました」硬直した
ました」

ロブは画面で状態をチェックした。救命艇の位置に赤いマーカーが点滅している。
「完全に破壊されたのか？」と、ロブ。
「いいえ、大部分は大丈夫ですが、艇体をつらぬく大きな穴が開いています。パワーのスイッチを入れてみましたが、状態が表示されたのは脱出用噴射装置だけでした。生命維持システムと操縦システムは、まったく使えません」
「救命艇の損害を表示します」と、マーテル。「駆逐艦が発射した一発が、救命艇ベイを貫通しました」

ロブは、絶望のあまり椅子にもたれたくなるのをこらえた。この戦闘で生き残れる可能性は、最初から低かった。たとえ一時的に貨物船を追い返したとしても、駆逐艦は無傷で、また攻撃に戻ってくる。

そして今、まったくの不運から、駆逐艦が放った一発が救命艇をおさめた〈スコール〉の一角を撃ち抜いた。戦闘に負けた場合、〈スコール〉の誰かが生き残る手段は、もうない。

14

「ついてこい！」メレ・ダーシーは大声で号令をかけた。百二十人の志願兵がメレとともに、早足で丘の頂上を越えた。メレの左右に並ぶ兵士たちは横一列ではなく、二、三列になって間隔をあけている。そのほうが、かたまりになって動くより敵からねらわれにくい。夜明け前のまだほの暗いなかでは、両端の兵士の姿はほとんど見えなかった。

「走らないんですか？」と、メレのそばの志願兵。

「まだだ。距離があるから。走るのは、いよいよ近づいてからだ」

メッセージの受信音が鳴り、メレはいらついた。グレンリオン評議会がうるさいことを言ってきたのなら――。

「〈スコール〉が一時間前にスカザ星系の艦船と交戦開始」と、メッセージ。「成否はいまだ不明」

「まずまずね」メレはひとり、つぶやいた。コントロール・パッドで確認すると、スカザ基地の動きに異状はなく、丘の背後の味方の迫撃砲も準備が整っていた。ライリーひきいる三十人のグループは、十分前からスカザ基地の南側に接近中だ。スカザ基地が電波妨害装置を設置した衛星はほぼ真上にあり、送受信ともに、妨害電波をつき破れるくらい強いので、ライリーの部隊の動静を見守ることが可能だ。

しかし、ここからでは、離れた場所のライリーにしてやれることはかぎられる。まにあわせの指令コントロール・パッドはこちら側の急襲でも必要となるからだ。一人きりで何もかも統制するのは無理だし、すべてに目を光らせるのも不可能だ。スカザ基地の防御突破の局面を迎えたら、それこそ先頭に立って戦うしかない。

「くれぐれも迫撃砲の射程内に入りすぎないよう注意しろ！」メレはライリーにメッセージを送った。「目的は、敵の注意を引きつけて砲撃させることだ。決して、やられるな！」

メレは両側に広がった志願兵を見た。志願兵たちは武器をしっかりと抱え、着実に歩を進めている。空はまだ暗く、その表情までは見えない。志願兵たちからも、わたしの表情は見えないだろう。

はるか頭上の衛星がスカザ基地の迫撃砲周辺の動きをとらえ、メレとライリーの双方に警告を送ってきた。メレは緊張しながら待った。スカザ基地の迫撃砲はどちらへ向かうだろう？　しばらくすると、砲弾が上昇し、南側へ飛んでいった。

ライリーは志願兵たちに後方へ散開するよう命令していたようだ。南へ逃げた者だけでなく、南西や南東へ逃げた者もいる。目くらまし用のチャフのパックをばらまきながら。

一人として、陽動作戦中に死ぬようなことがありませんように。

「駆け足！」メレはゆっくりと走りはじめ、汗ばんだ両手でパルス・ライフルを握りなおした。すべてのスカザ兵から武器でねらわれているように感じる。

基地の迫撃砲がふたたび火を噴いた。今度はメレのいる北側方向だ。

「チャフ用意、止まれ！」と、メレ。

志願兵たちはつんのめるように止まると、背負っていたチャフ・パックを前方へ投げた。パックが破裂すると、即席のチャフの雲ができる。志願軍がそのまま進んでいたら、迫撃砲の直撃を受けていたはずだ。しかし、チャフの雲のおかげで標的を捕捉できず、砲弾は手前で落ちた。メレのわずか何メートルか目前で、低木が引き裂かれていた。メレは味方の迫撃砲に発射命令を出した。そして、すぐに駆けだす。

「前進！　急げ！」

スカザ基地からふたたび一斉砲撃があった。メレたちが先ほど身を伏せていたあたりに低く長いチャフの雲がある。そこをねらってきた。しかし、メレたちはすでに前進していたので、着弾点にはもう誰もいなかった。ライリーがふたたび前進して、うまく敵の注意を引き、敵が南側を砲撃してくれればいいのだが。こちらの迫撃砲が火を噴くまで、いったいどれだけかかるのか。

敵の砲弾の着弾による後方からの爆風で、メレたちがめざすスカザ基地北側の防御ラインが見えなくなった。続いて、チャフの即席雲によってメレの陸上軍はスカザ基地からまったく見えなくなった。メレは浮揚車《ウインG》で待機しているクルーに、迫撃砲を再装填してチャフを発射しつづけるよう、命令を送信した。

緊急警告音がふたたび鳴り響いた。第二戦闘機の離昇だ。チャフ雲の向こうに、残っていたほうの戦闘機が基地から垂直に上昇するのが見えた。戦闘機は向きを変え、メレたちのほうへ突進しはじめると同時に、機関砲を連射した。

「防空弾、発射！」メレは叫んだ。

戦闘機が離昇した場合に備え、高度が低ければ不意打ちできるように、ほかには武器を持っていない何人かの志願兵に、技術者たちが創作した携行迫撃砲を持たせていた。志願兵は携行迫撃砲の底部を地面に設置し、砲身を近づいてくる戦闘機の方向へ傾け、防空弾を発射した。

戦闘機は通常の武器には自動迎撃するが、外殻に何かが当たるだけなら無視する。技術者の創作したとんでもないものは想定外のはずだ——防空弾は外殻に当たると大きく開き、熱《テル》爆薬《ミット》の編みこまれたネットが機体をおおうしくみになっているのだ。

防空弾の大半ははずれたが、戦闘機が見すごした二発の防空弾が外殻に当たり、部分的ではあったものの戦闘機をネットでおおった。テルミットがいったん燃え上がると、戦闘機はネットを振り払うこともできず、外殻に穴が開き、内部装置にも損傷がおよんだ。

戦闘機の攻撃が停止し、機体が後方へ回転した。機首部分は無事なので、操縦機能はかろうじて残っているが、右翼が溶けて落ちはじめた。戦闘機がぐらぐらしたと思うと、パイロットが脱出した。パイロットは後方へ投げ出され、地面に直撃しないよう脱出モジュールがすばやく開き、基地内のどこかに落ちた。戦闘機のほうは大きく回転して、きりもみ状に落下してゆく。やがて、機影が消え、チャフの雲の向こうに墜落した。

「前進！」と、メレ。

戦闘機に命中しそこねたテルミット・ネットが前方の草むらに落ち、燃えさかっている。今度はやみくもに、スカザ兵たちがチャフの雲の向こうから発砲してきた。塹壕《ざんごう》で囲まれた陣地に備えつけられた兵器は、自動連射が可能だ。メレの近くでも志願兵の何人かが地面にくずおれ、ほかの者は耳もとをかすめるエネルギー・パルスの轟音《ごうおん》やスラグ弾のパンパンという音におびえて地面に伏せた。

敵の陣地までそれほど距離はない。しかし、いまや前進を続けているのはメレだけだ。頭上をかすめるスカザ兵の弾に、メレは悪態をつきながら地面に伏せた。味方の迫撃砲はチャフが尽きるまで、再装塡しては発射を続ける。おかげでメレと志願兵たちの姿はスカザ兵から捕捉されずにすんでいる。だが、これだけ次から次へと敵の発砲が続けば、これ以上、先へ進むのはほぼ自殺行為だ。

遅かれ早かれ、チャフの残りがなくなり、スカザ兵がグレンリオン志願軍を難なくねらえるようになるはずだ。

「どうしますか？」と、ドレイク・ポーター。

「もちろん、勝利するしかない！」と、ロブ・ギアリー。ほとんど叫び声だ。「まだ戦闘は可能だ。たとえ弾がなくなって、連中に石を投げつけるだけだとしても、最後まであきらめないぞ!」

「どうせなら、救命艇を投げつけましょうか」ダニエル・マーテルがつぶやいた。

ロブは思わず叱責《しっせき》しかけたが、その言葉が頭のなかに引っかかった——やつらに石を投げつけろ。どうせなら、救命艇を投げつけろ。

「ダンカン軍曹!」と、ロブ。「燃料はどのくらいありそうだ?」

「燃料ですか?」

「救命艇の燃料だ。エンジンはまだ動くのか?」

「ええと、大丈夫なようです」と、グラント・ダンカン。「エンジンは正常ですが、操縦システムはイカれてます」

「救命艇の射出はまだ可能か?」と、ロブ。スカザ星系の駆逐艦と貨物船の別方向へ離れてゆく軌道と、〈スコール〉の軌道曲線を見くらべている。

「わたしにはわかりません。誰かをこちらへよこして確認してください」

ロブは振り返った。

「ポーター、救命艇を見てきてくれ。損傷を受けてはいるが、まだ射出可能か確認したい。針路を設定して射出できるかどうか確認してくれ。わずかな可能性でも、針路を設定して射出可能なら、最大限そのチャンスを活用する。見かたはわかるか?」

ポーターは首を横に振った。

「わたしならできます」と、マーテル。「本気ですか?」

「まあな」と、ロブ。「救命艇がまだ射出可能なら」

「なるべく早く確認して戻ってきます。退室許可──」

「早く行け！」

「どういうことですか？」艦尾へ走ってゆくマーテルを見ながら、ポーターがたずねた。

「救命艇は壊れたんですよね？　もう役に立ちませんよね？」

「いや」と、ロブ。「まだ使い道はあるかもしれない」

「しかし、もう壊れてます……われわれはもう……避けようがありません……」

ロブはブリッジ・クルーの顔を見まわした。どの顔にも恐怖が浮かんでいる。

「何を避けようがないんだ？」

「もう望みがないなら、ええと、われわれは──」と、ポーター。

「きみたちに言いたいことがある！」ロブは艇長席のボタンを押し、〈スコール〉の全クルーが放送を聞けるようにした。損傷具合がクルーたちに知れわたれば、誰もが恐怖を抱くはずだ。「この〈スコール〉は、スカザ星系から故郷を守るための最初で唯一の戦闘艇だ！　われわれが負ければ、故郷は無防備になり、ラレース星系が受けたような攻撃があっても防御できなくなる。きみたちもラレース星系の惨状を忘れていないはずだ！　無慈悲なやつらが何をしたか見ただろう！　われらが故郷で同じことが起こっても平気か？　きみたちのなかには、故郷に家族を残してきた者もいるだろう？

もちろん、今は困難な状況だ。この戦闘で命を落とすかもしれない。しかし、〈スコール〉が出発したときから、それはわかっていたはずだ。みな、自分の胸にきいてみてくれ。故郷の人々の記憶に、どのような人間として刻まれたい？　戦いをあきらめ、この惑星を、われわれの故郷を、そして家族をスカザ星系の支配にゆだねてしまう者か？　途中であきらめ、スカザ星系が故郷を爆撃して、連中が移住してくるのを見ているだけの者か？　それとも、必要ならどんなことをしてでも最後まで戦い、自分の命よりずっと重いものを守ろうとした者か？　きみたちもこう思ってほしくはないか？——最後まであきらめることなく、故郷を守った、と」

ロブは言葉を切った。クルーの答えを聞くのが怖い。しかし、ロブを見つめ返すクルーたちの目のなかに、答えが見えた。願っていた答えが。心の底から願っていたかもしれない。

「われわれはあきらめません」と、ポーター。「ほんの少しでもチャンスがあるかぎり、戦いつづけます」

「チャンスはある」と、ロブ。ちょうどそのとき、マーテルがブリッジへ駆けこんできた。

「可能です」と、マーテル。息を切らしている。「〈スコール〉をちょうどいい角度に向けて救命艇を射出すれば、駆逐艦を迎撃できます。発射制御システムとリンクさせれば、駆逐艦への武器攻撃とほぼ同時に救命艇を射出できます」

「ねらいやすい標的ですよね？」と、ポーター。

「もちろん」と、ロブ。「そこが肝心だ。〈スコール〉からの脱出に使うことはできないが、救命艇を使って駆逐艦に打撃を食らわすことは可能だ。射出時の速度で加速してから敵艦に当たるはずだ」

　マーテルは作戦監視ステーションの席にすわり、数値を計算した。

「〈スコール〉から救命艇を射出すれば、駆逐艦の戦闘システムは標的としてとらえるはずです」と、マーテル。「そうすれば、救命艇は破壊されますが、破片も残らないほどの威力はありません。大きなかたまりも残るかもしれません。救命艇が多数の破片となって駆逐艦のシールドに当たったら、シールドは破れるはずです。敵が救命艇に気をとられている隙に、駆逐艦の兵器を破壊するチャンスもあります」

「駆逐艦の武器を破壊できたら」と、ロブ。「そのときは、ゆっくりと地獄へ落としてやれる」ロブは〈スコール〉の針路を調整し、駆逐艦の迎撃コースに向けた。スカザ艦はすでに、〈スコール〉にとどめを刺そうと接近中だ。「駆逐艦の粒子ビーム砲とブドウ弾発射装置に照準を合わせろ。全員、これが最後のチャンスだ。全力を尽くせ」

「駆逐艦、再接近まで十五分です」と、マーテル。

　非公開回線で通信が入った。ロブはイヤピースを装着した。

「作戦評価は実行されましたか？」と、マーテル。

「いや」と、ロブ。

「実行してみましたが、システムでは評価不能でした。不確定要素が多すぎるからです」

「直感にしたがった作戦だからな」と、ロブ。

「われわれに残された最善の方法です。きっと、うまくゆくはずです。それに、どのみち失敗しても、もうどうしようもありません」

「そのとおりだ」と、ロブ。「どうせなら、このチャンスに懸けるしかない」

ロブは、作戦監視ステーションのマーテルを見た。マーテルはロブにうなずき返し、さらに続けた。

「このさいなので、言わせてください。大尉は地球艦隊では出世できないだろうと、以前お話ししました。しかし、大尉と一緒に仕事ができて幸運でした」

「惑星グレンリオンへ戻ってから言ってくれ」と、ロブ。

「了解しました」

ロブはイヤピースをはずし、自分の画面を見た。

「最大有効ベクトル、右へ一・二度、修正を推奨します」と、マーテル。

「右へ一・二度、転針」と、ロブ。

「救命艇射出をシステムに設定し、発射制御システムとリンクしました」

「ありがとう、マーテル少尉」

ベクトルを変更しては加速と減速を繰り返した結果、〈スコール〉も駆逐艦も速度が低下していた。現在の状況は、たがいに相手に向かって加速を始めたばかりで、合成速度〇・〇二光速で接近しているにすぎない。〈スコール〉と駆逐艦の発射制御システムから見ると、たがいの標的は静止しているも同然だろう。

二隻はほぼ同時に通過攻撃をしかけた。〈スコール〉が救命艇射出と武器発射を行ない、艇体に振動が伝わった。ほぼ同時に敵の砲火を浴び、さらに艇体が振動した。〈スコール〉が駆逐艦から上方へ離れると、ロブは自分の画面を確認した。〈スコール〉の状態を示す赤い警告ランプが艦体じゅうにともっている。ロブはコマンドを叩き、いましがたの交戦を超スロー再生した。

駆逐艦との交戦直前、救命艇が脱出ベイから轟音とともに射出された。駆逐艦の兵器は救命艇ではなく、〈スコール〉をねらっている。最後の瞬間、〈スコール〉に向けて発射されたブドウ弾の雨に救命艇が引き裂かれ、駆逐艦のシールドに衝突した。

救命艇の破片の大半が駆逐艦のシールドに衝突して、シールドを破壊している。救命艇の速度に駆逐艦の速度が加わり、すさまじい衝撃だったはずだ。駆逐艦のシールドは衝突によって完全に崩壊していた。破片と化した救命艇の残骸の雨が襲いかかったうえに、〈スコール〉の砲火も加わったからだ。救命艇を投げつけられて、軽装甲駆逐艦の全長は三分の二にちぢみ、装置は切り裂かれ、居合わせたクルーは不運にも弾幕の犠牲となった。

「あいつらをやっつけたぞ！」ポーターが歓声をあげた。

「駆逐艦の武器は救命艇を無視しました」と、マーテル。信じられないという口調だ。それから納得した口調に変わった。「大尉、駆逐艦の発射制御システムは初期設定のままでした！　そして、初期設定では、救命艇を標的にすることはできません！」

「まんまと、してやったな」と、ロブ。しかし、画面をおおいつくす赤い警告ランプが目に飛びこみ、救命艇攻撃の高揚感はすぐさま消えた。「〈スコール〉の損傷はどの程度だ？」

「まだ操縦可能です」と、マーテル。「しかし、ブドウ弾発射装置がやられました。武器担当クルーは全員死亡したようです」

「大尉！」機関部の誰かの声がした。パニックを感じさせる口調だ。「トラブル発生です！」

「報告しろ！」と、ロブ。

「最後の攻撃で機関部がやられました。パワー・コアが不安定です。安定させられません」

ロブは情報が更新された画面をのぞきこんだ。スカザ星系の駆逐艦は戦闘不能だ。それだけは達成できた。貨物船のほうは一目散にジャンプ点へ向かっている。しかし、〈スコール〉の状態では、貨物船を追うのはどう見ても無理だ。

「機関部、パワー・コアを緊急シャットダウンしろ」

「緊急シャットダウン機能はありません！　安定化させる手順はないんです。パワー・コアのシャットダウンはできません」

「では、どうするんだ？」と、ロブ。

「どうするか、ですか？　しばらくなら、爆発を抑えられます。それしかできません」

「残された時間はどのくらいだ？」と、ロブ。聞いたところで、どうなるわけでもあるまいに。時間があったとしても、関係あるのか？　救命艇はなくなった。もうどこへも逃げられない。惑星から遠く離れたこの地点で、避難の手だてはない。敵の貨物船は逃亡した。駆逐艦は操縦不能でただよっている――。

敵の駆逐艦か。

「わかりません!」と、機関部。「いつまでもつかは、わかりません!」

ロブは〈スコール〉の予想針路を画面で確認した。

「マーテル、もういちど駆逐艦に接近できるか? 駆逐艦に接近して、相対速度ゼロにすることは可能か?」

「なんですって? ええと……ちょっとお待ちを」マーテルは大急ぎでデータを計算した。

「はい、大尉。可能です。駆逐艦との相対速度ゼロまで二十五分です」

「機関部? あと二十五分、パワー・コアをもたせられるか?」

「二十五分ですか? わかりません。なぜ、二十五分なんですか?」

「二十五分間、爆発を抑えられたら、〈スコール〉を脱出して生き残るチャンスがあるからだ! あと二十五分だけ、なんとかパワー・コアをもたせてくれ。わかったか?」ロブはふたたび艇内通信装置のスイッチを叩いた。「総員、〈スコール〉は転針してスカザ星系の駆逐艦へ向かう。敵艦は航宙不能だが、〈スコール〉のパワー・コアは不安定だ。機関部によると、パワー・コアの安定化は不可能で、まもなく爆発するそうだ。われわれが生き残るには、敵艦に乗りこみ、拿捕《だほ》するしかない。敵艦には、〈スコール〉の全クルーが侵入する。総員、準備を急げ。利用できる武器はなんでも携行しろ。救命服を密封していない者はいますぐ密封しろ。機関部をのぞく全クルーはエアロックへ急行しろ、ええと、左舷だ」

ロブは通信を切り、額《ひたい》を手でこすった。

「マーテル少尉、駆逐艦との接近コースに固定を確認後、エアロックへ行け。ほかの者は全員、急行しろ」

「ギアリー大尉」と、マーテル。「失礼しました、ギアリー艇長。駆逐艦のすぐ横で〈スコール〉を爆発させたくありません。〈スコール〉の戦術システムに最大出力加速を設定しておきましょう。コマンド入力の十秒後に有効になるように……第一エアロックから」

ロブは目をしばたたいて、マーテルを見つめた。思いがけず艇長という称号を使ってくれたことに、心を動かされた。死の危険が迫るなか、大きな目的のために動くなかの、ほんの些細《ささい》な出来事だ。しかし、マーテルが示してくれた敬意は、この瞬間、ロブを大いに勇気づけてくれた。

「了解した。第一エアロックでコマンド入力後に加速するよう、システムを設定しろ。〈スコール〉がどのくらい遠くまで離れたら、駆逐艦は爆発の衝撃を受けないと思う？」

「わかりません」と、マーテル。「駆逐艦にたどりつく前に、爆発することもありえます」

「それもそうだ。では、システムに設定してから、エアロックへ行ってくれ。おれもすぐに合流する」

メイン推進装置が出力を下げて減速すると同時に、スラスターが点火して、〈スコール〉が向きを変えた。急激に下方へまわりこみ、航宙不能となった敵の駆逐艦のすぐ横を通るよう、ゆるい弧を描いて転針した。戦闘中のパラシュート降下は地獄へ落ちるジェットコースターのようだと、ある宙兵隊員が言っていた。まさに、今がそうだ。

「完了です。ご一緒しますか?」と、マーテル。

「いや、もう少ししたら行く。先にエアロックへ行け」と、ロブ。「総員! パワー・コアへの対処に必要な機関員以外のクルーは、ただちに左舷エアロックへ行け! まだの者は急行しろ!」

つかのま、ブリッジに誰もいなくなった。ロブは艇長席にすわり、赤い警告ランプがおおいつくす画面を見つめた。メイン推進装置が減速しようと奮闘を続け、艇体が振動している。みずからの運命をさとった〈スコール〉が、死の恐怖におびえて体軀《たいく》を震わせているかのようだ。しかし、〈スコール〉は、そのクルーを故郷へ帰すために戦っている。このままブリッジにとどまりたいと感じるとは、われながら奇妙だ。〈スコール〉は、巨大な艦でもなければ、すばらしい艦でもない。だが、ずっとおれのものだった。どんな部下にも負けないほどの勇敢さで、おれと一緒に戦ってくれた。

しかし、クルーたちがエアロックでおれの指揮を待っている。最後のチャンスに懸けて、クルーを生きて故郷へ帰さなければならない。必死でがんばったら……奇跡が起こったら……生きてニンジャと子供の待つ惑星グレンリオンへ帰れるかもしれない。このまま死んでしまったら、生まれてくるわが子には一生会えないのだから。

ロブは、〈スコール〉の前艇長が使用していた携帯武器が腰のホルスターにおさまっているのを確認した。救命服を密封し、ブリッジを出て第一エアロックへ走った。敵の駆逐艦の位置に着くまで、なんとかパワー・コアがもちこたえてほしい。機関部の健闘むなしく爆発するのも時間の問題だ。〈スコール〉が爆発すれば、これまで生き延びてきたクルーたちも敵艦へ跳び移る前に死んでしまう。ロブと彼のクルーは、もう死んだものと思っている人もいるだろう。しかし、われわれはまだ生きている。シュレディンガーの猫（オーストリアの物理学者エルヴィン・シュレディンガーが発表した量子力学の問題点をつく思考実験）という昔の学説のパラドックスを、今ほど理解できたことはない。生存しているとも言いきれないが、死亡しているとも言いきれない。普通の人々には起こらないはずのことが、宇宙空間で起こっている。ようやく、あのパラドックスの意味がわかった。あいにく、おれはあの有名な猫と同じ立場に立たされている。生きるか死ぬか、最後の瞬間までわからないのだ。

　ロブは第一エアロックに到着した。すでに、マーテルをはじめとするクルーたちが待っていた。艇内のほかの区画同様、第一エアロックも損傷を受け、外殻に開いた穴から空気が漏れていた。そのため、内部気密ハッチはすでに開いていた。

「あと五分です」と、マーテル。

「機関部！　状況はどうだ？」と、ロブ。

「いつ爆発してもおかしくありません！　爆発したら、われわれは気づかないうちに死んでいます」

　ロブは艇内通信装置のスイッチを入れた。

「全エアロック、報告しろ。準備はいいか？」

「第三エアロック、準備完了」

「第五エアロック、準備完了。大尉、負傷者二名を、緊急避難バッグで一緒に運びます」

「了解」と、ロブ。〈スコール〉のクルーは、すでにどのくらい死んだのだろう？　今は考えたくもない。「軍曹、きみと部下はどこにいる？」

「第五エアロックです」

「了解。〈スコール〉は駆逐艦の舷側に横づけする。艇首と艦首、艇尾と艦尾をそれぞれ近づける形で、だ。きみたちが跳び移る位置は駆逐艦の艦尾に近い。駆逐艦の機関部を制圧して、パワー・コアを停止するか操作可能か確認してくれ」

「了解しました。駆逐艦のクルーがパワー・コアを爆発させようとするでしょうか？」

「なんだって？」思ってもみなかった質問に、ロブは意味を理解するのにしばらくかかった。

「それは、わざとパワー・コアをオーバーロードさせ、われわれもろとも自爆させるということか？　それはないだろう、軍曹。バカげている。そんなことをする人間はいないはずだ」

「わかりました、大尉。任務遂行後に、駆逐艦でお会いしましょう」

ダンカン軍曹の落ち着いた口調に、ロブはいくらか元気になり、マーテルに顔を向けて、個人回線を開いた。

「見込みはありそうか？」

マーテルは頭を振った。

「一概には言えません。駆逐艦の外部センサーがまだ有効で、われわれの接近する様子が見えていたら、乗艦阻止の準備も可能です。通過攻撃で、どれほどのクルーが死んだかもわかりません。それに、どのくらい、運が味方してくれるかもわかりません」

「つまり、チャンスはあるんだな」と、ロブ。

「はい、艇長。チャンスはあります」

「無理に艇長と呼ばなくてもいいんだぞ」

「わかっています、艇長。無理はしていません。あなたは、その称号に値するからです」マーテルは手首のディスプレイで何かを確認した。「あと二分です。外部気密ハッチを開き、跳躍のタイミングを計りましょう」

〈スコール〉は急減速中なので、外部気密ハッチから頭を艇外に出して前方の駆逐艦をのぞくのは無意味だ。駆逐艦の姿は、星やほかの物体と同じように、ずらりと並んだ数多くの点のひとつにしか見えない。

「いよいよです。あと一分」と、マーテル。

「全員、跳躍に備えろ」と、ロブ。「機関部、パワー・コアはどうだ?」

「悪いです。かなり悪化しています」機関員の声には恐怖の色が混じり、聞いただけで汗が出そうだ。

「そこには、まだ何人残っている?」と、ロブ。

「わたしだけです」機関員は言葉を切った。「わたしがこの場を離れたら、いつまでもつかわかりません」

　ロブは宙を見つめ、どうするべきか考えこんだ。ほかのクルーの可能性を少しでも上げるために、機関員を犠牲にするべきだろうか？　それとも、惑星にとどまって〈スコール〉のクルーを手助けしてくれた誰かに、恥じない行動を取るべきだろうか？

「率直な答えを聞かせてくれ。きみがパワー・コアを離れたら、爆発まで何分だ？　正確な数字がほしい」

「五分は超えません。まったくの当て推量ですが、それで精一杯です！」

　ロブは腹をくくった。

「いますぐ、そこを離れて、最寄りのエアロックへ急行しろ！　あと四十秒だ！」

「すぐ行きます！」

「さあ、来ましたよ！」と、マーテル。

　ロブがエアロックの外をのぞくと、突然、バラクーダ形の駆逐艦が目の前に現われた。わずか二十メートルしか離れていない。〈スコール〉は壊れた敵戦闘艦と見事にベクトルを合わせているので、この何秒かだけなら、二隻が隣接した停泊場に停止しているようにしか見えない。

「侵入部隊、跳躍しろ！」ロブは、マーテルに腕を伸ばして制止した。「総員、跳躍！　マーテル少尉、最後の機関員の第五エアロックからの跳躍を確認後、〈スコール〉の移動コマンドを入力してから、あとに続いてくれ」

「機関員は、いますぐ跳躍したほうがいいでしょう！」

　空中に舞い上がったチャフの薄い幕を切り裂くように、スカザ基地からメレの部隊へ向けて次々と飛んでくる弾丸に、メレ・ダーシーは身をかがめた。ライリーはスカザ兵相手の陽動作戦の合間をさいて通信してきたが、ここしばらく連絡は途絶えている。依然として、目前には大勢のスカザ兵が立ちはだかり、攻撃がやむ気配はなかった。

　左手で叫び声があがった。また一人、志願兵が撃たれて倒れた。

　ここから先は、もう身を隠すものもない。志願兵たちはやぶがおいしげった地面に身を伏せ、絶望的なまなざしをメレに向けた。

　どうしたものだろう？　今の状況は絶望的だ。でも、退却したらしたで、さらに大勢の命が失われるのは目に見えている。志願兵たちが退却するため身を起こしたら、よけい撃たれるだけだ。それに、ここで降参してしまったら——。

「ダーシー少佐」即席の通信装置から声が聞こえた。映像はない。スカザ基地からの妨害電波のせいで、音声はボリュームが上下し、雑音交じりだ。

「はい」メレは大声で叫んだ。

「状況はどうですか？」

　メレはののしりたい衝動をかろうじて抑えた。

「進展はありません」

「基地を占拠するチャンスはありそうですか？」

メレは頭を振った。

「おそらくは」

「なんとしても基地を占拠してください。われわれには、もうそれしか道はありません」

「どういう意味ですか？」と、メレ。

「航宙軍の戦闘の模様を見ました。スカザ星系の戦闘艦を大破させましたが……〈スコール〉は爆発しました」

メレは、目前のスカザ基地のほうを見つめた。頭上をかすめる弾丸に、意識を向けさえしなかった。

「もういちど、お願いします。〈スコール〉に何があったんですか？」

「あの……〈スコール〉は……爆発しました。一時間前のことです。救命艇の存在は確認できませんでした。〈スコール〉は爆発してしまいました。あの……乗艇していたクルーたちは……全員死亡したに違いありません」

くそっ。それでは、グラント・ダンカンは死んだのか。クルー全員が。ロブ・ギアリー大尉も。ニンジャは誰から、その悪夢を聞くのだろう？　せめて、わたしが知らせなくては。それこそ、わたしのつとめだ。ギアリー大尉の死亡が間違いないなら、名誉に懸けて、大尉との約束を果たさなければならない。

無意識にメレの身体が動いた。立ち上がり、志願兵たちにあとに続くよう叫びながら、前進していた。スカザ兵が発砲する掩蔽壕《えんぺいごう》をめがけて無我夢中で突撃していた。手あたりしだいに飛んでくる弾がチャフの薄い幕に当たり、耳もとでパチパチと音がした。エネルギー・パルスがメレの左上腕に当たり、軽装甲服が焦げた。上体に受けたスラグ弾が、軽装甲服に当たって跳ね返った。その衝撃でどこかの骨が折れたことにも気づかず、手榴弾《しゅりゅうだん》のピンを抜き、敵の重火器掩蔽壕に投げこんだ。手榴弾は掩蔽壕のなかにすべりこみ爆発した。即座に重火器掩蔽壕のなかでさらなる爆発が起こり、硬いコンクリートがあたりに飛び散って、積み重なったかたまりがメレたちの前に低い壁を作った。メレはその陰からチャフの霧に向けて発砲し、敵の注意を引こうと姿を見せて何かの衝撃を受けた。スカザ兵に向かって撃ちつづけ、左側の兵士が二人倒れた。身体をひねって地面に伏せて発砲するあいだに、今度は右側の兵士が倒れた。そのあいだも、スカザ兵の弾がメレの頭上の空気を切り裂いてゆく。

　敵の発砲の合間に、メレはふたたび身体を起こした。鎖骨に痛みを感じたが、かまってなどいられない。今度は突然、腰に痛みを感じた。スカザの陣地へ突撃しながら撃ちつづけ、さらに一人、二人、三人と殺した。前方にいる重装甲戦闘服姿の人物が身ぶりから司令官らしい。メレは近距離から二発、フェイスプレートめがけて撃ちこんだ。その司令官らしい兵士も地面に倒れた。

　メレは引き金にかけた指を止めた。志願兵の一人が陣地にすべりこみ、スカザ兵を探していた。さらに多くの志願兵がスカザ兵に発砲しながら、陣地から基地内へなだれこんだ。基地の兵士たちは手に持った武器を投げ、逃げまわる者も、降参して両手をあげ、立ちつくす者もいた。メレはゆっくりと身体の向きを変え、あたりを見まわした。メレが陣地のなかへ入ると志願兵たちも次々と続き、スカザ兵を捕虜にとったり、まだ逃げている者を捕らえようと追いかけたりした。

「もういい！」一人のスカザ兵の大声が響いた。丸腰で、フェイスプレートを開け、メレのほうへよろよろと近づいてきた。大きく見開いた目には恐怖の色が浮かんでいる。「もういい！　おれたちの負けだ！　もう終わりだ！」

「基地全体の降伏を求める」と、メレ。何か別の生き物が話しているかのような、機械的な声だ。「全部隊だ。ただちに」

「もうやった！　降伏命令を流した！　もう終わりだ！」

勝利した。

でも、なぜ、うれしくないんだろう？　メレは崩れるようにかがみこみ、陣地の縁《へり》に腰かけた。脚の外側を血が伝っている。

「くそっ」なぜ、身体の痛みを感じないんだろう？　スカザ基地を占拠したのに、なぜ、何も感じないんだろう？　志願兵たちは喜びに沸いているというのに。

ロブ・ギアリーはエアロックの縁《ふち》をしっかりとつかみ、駆逐艦へ向かって跳躍した。準備にかける時間もなく、なんの作戦もなく、どのような命令も出さずに、〈スコール〉から跳び出した。頭のなかをさまざまな思いが駆けめぐった。艇長として、最後に跳ぶべきではなかったのか？　だが、これは避難ではなく、艇を捨てるのでもない。敵艦を拿捕する攻撃だ。攻撃に参加する必要上、しんがりをつとめてはいられない。もちろん、どちらにしても、死ぬのだろう。すぐ死ぬか、しばらくしてから死ぬかだ。先のことなどわからない。わかっているのは、死ぬまで戦うことだけだ。

ニンジャなら、理解してくれるだろう。

駆逐艦が近づくなか、ロブが身体をひねって振り返ると、〈スコール〉は時限爆弾のように見えた。ロブとほぼ同時に跳躍した救命服姿のクルーたちの列は、駆逐艦へ押し寄せる波のようだ。さらに二人のクルーが〈スコール〉から跳躍した。前方の第一エアロックから一人と、後方の第五エアロックから一人だ。

ロブはふたたび身体をひねった。駆逐艦の舷側がどんどん近づいている。突然、閃光《せんこう》が走った。クルーのいなくなった〈スコール〉のメイン推進装置が最大出力で加速を始め、駆逐艦から離れて、クルーに最後のチャンスを与えてくれるのだ。

駆逐艦の舷側が目前にどんどん迫り、〈スコール〉を拿捕したときのように、ロブは一瞬、頭が混乱するのを感じた。呼吸が止まるほど強く舷側に身体が当たった。忘れずに吸着グローブをはめた両手を大きく伸ばして、駆逐艦の艦体をしっかりとつかみ、ぶつかった反動で宇宙に投げ出されずにすんだ。少しのあいだ、荒い呼吸の耳ざわりな音が頭に響いた。

ロブの近くには、二人のクルーがつかまっていた。そのうちの一人が携帯強力バーナーを持ち、もう一人がバーナーを持つクルーを支えている。バーナーのスイッチをつけ、駆逐艦の軽装甲の外殻に、すばやく侵入口を切り開いた。

ロブがその侵入口に身体を入れようとしたそのとき、ふたたび閃光が走った。先ほどよりずっと明るく、駆逐艦のかなたで小さな太陽が命を吹きこまれたかのようだ。

〈スコール〉は逝《い》ってしまった。だが、おれたちクルーを助けるため、充分にがんばってくれた。

ロブは携帯武器を身体に寄せると艦内にすべりこみ、あたりを見まわした。どこか後方から振動が伝わってくる。後方には、ダンカン軍曹が侵入しているはずだ。

救命服を着た人影が前方から急に現われた。全員が手に武器を持っている。グループのなかでいちばん威力のある携帯武器を持っているロブは壁ぎわに立って腕を伸ばしてかまえ、発砲しはじめた。射撃場で練習するように、頭を空《から》っぽにして撃った。

驚いたことに、敵の反撃前に、ロブの弾が命中して二人のスカザ兵が倒れた。ロブがさらに撃ちつづけて敵の注意を引くあいだに、ほかのクルーがスカザ兵に突進した。駆逐艦が急に傾き、またも艦体に振動が走った。〈スコール〉の命が尽きたことを示す衝撃波が、駆逐艦に届いたのだ。

ロブはその衝撃にひっくり返り、しばらく呆然《ぼうぜん》としていた。立ち上がり、救命服の小型ディスプレイを見ると、赤い警告マークが表示されている。グループに合流したマーテルがダクトテープでロブの救命服の穴をふさいだ。

「重要な修理アイテムですよね」と、マーテル。「先へ進めますか？」

「そうだな……おれは……大丈夫だ」ロブは頭を振ってはっきりさせた。マーテルを追い、もみ合っている人影の見える通路前方へ進んだ。

駆逐艦のクルーたちは、艦がひどく損傷して仲間が大勢死んだことに動揺して、防戦いっぽうだ。死に物狂いになった〈スコール〉のクルーは猛然と敵に襲いかかった。あまりのすさまじさに敵も太刀打ちできなかった。ロブはさらに一人のスカザ兵を撃った。そして、四人目。これでロブが四人と、味方のクルーがさらに何人か、スカザ兵を殺したことになる。〈スコール〉のクルーの一人がもみ合いの末に命を落とし、スカザ兵が逃げた。

「やつらを逃がさないで！」マーテルが叫んだ。「再編制を阻止して！」マーテルは先頭に立って走り、ほかのクルーもあとに続いた。一人が残り、ロブが歩くのを助けた。

マーテルが通路を走ってハッチの前を通り過ぎたとたん、ハッチが開いた。マーテルが危険に気づいたときには、よけることも振り返ることもできなかった。弾丸が命中し、マーテルは通路の反対側に倒れた。

ハッチのなかからマーテルを撃った駆逐艦のクルーは、愚かにも通路へ跳び出た。マーテルのあとから襲撃者が来るとは思わなかったのだろう。ほかのクルーに気づいて発砲しようとしたときには、クルーにバーナーで焼かれ、救命服と胸を貫通した穴が開いていた。

クルーの一人がマーテルを助けるために駆け寄った。ポーターだ。ブリッジの制圧は、なにより優先する任務だ。しかし、ポーターに、マーテルを置いてゆけと命令するのはとうてい無理だ。

「先へ進め！」ロブはほかのクルーに命令した。「前進を続けろ！」

　第一エアロックから駆逐艦へ跳躍したときは、十人から十二人のクルーがいた。ブリッジ制圧時には、何人かが残るだけだろう。ブリッジの外の通路は照明が消え、暗がりを規則正しく区切るように、非常灯が明るく光っていた。天井に開いた穴の真下の、床に近い隔壁の穴の前に、何かの破片が見えた。駆逐艦に穴を開けた救命艇の破片かもしれない。ロブは走ってあがった息を整えようとした。どうも、いつもより力が出ない。救命服の下の撃たれたあたりから、何かの液体が広がっているようだ。

　ハッチはロックされていた。ロブは、ぼんやりと考えた。ニンジャなら、前と同じように助けてくれるだろう。いや、ダメだ。ニンジャは惑星グレンリオンにいる。ここから一光時も先だ。

「バーナーを使え！　ブリッジに入るぞ！　おい、きみ。きみはダンカン軍曹の部下だったよな？　まだ手榴弾は残っているか？」

　ブリッジのハッチを焼き切るのは簡単だった。ハッチを焼き切るとすぐに、ダンカンの部下が手榴弾をブリッジへ投げこんだ。

　手榴弾が爆発するやいなや、クルーたちはブリッジへ突入した。内部の装置は壊れ、駆逐艦のクルーたちは負傷していた。さらに二人が死亡し、駆逐艦のクルーが降参した。

　ロブは手助けしてもらって艦長席にすわり、もういちど深呼吸しようとした。なぜ、こんなに胸が締めつけられるように感じるのだろう？　なぜ、こんなに頭がぼんやりするのだろう？　誰かの声が聞こえた。

「大尉？　機関部を制圧しました。機関部の外にまだ何人か残っていると思いますが、機関部内の駆逐艦クルーはみな降伏しました」

報告する女性クルーの声を聞いても、話の内容が頭に入ってこない。

「ダンカン軍曹はどこだ？　軍曹は無事か？」

「軍曹は……軍曹は亡くなりました。しかし、やりました。この駆逐艦は、われわれの支配下にあります」

くそっ。ロブは集中しようとした。おれのするべきことはなんだ？

「通信しなければならない。惑星グレンリオンに、駆逐艦を拿捕して、われわれは無事だと伝えなければ」

クルーが回線を開いた。音声だけだが、それで充分だ。

「惑星グレンリオンへ、こちらは……ギアリー……大尉だ。われわれの艇は……〈スコール〉は……失われたが……われわれは、ええと、敵の駆逐艦を拿捕した。その……駆逐艦は航宙不能だが、われわれは……なんとか生きている……誰かが迎えに来てくれるまでは。別の……別の船がここへ来るまでは。牽引《けんいん》してくれるまで」

それから、考えこんだ。ただ〝以上〟と言うだけでは、なんともおさまりが悪く、相手に失礼な気がした。何かほかに言うべきではないだろうか？　〈スコール〉のクルーたちの行動に敬意を示すべきではないか？　つい最近、聞いたばかりの言葉だ。あれこそ、ふさわしいかもしれない。

「わがクルーは戦いました……ご先祖さまの名誉に恥じないよう……ご先祖さまの名誉に恥じないよう」ロブは最後の言葉を繰り返した。ますます目がまわってきた。「ギアリーより、以上」

「大尉？　大尉？　大尉の具合が悪そうだ。おい、誰か、大尉の救命服の穴に気づいたか？　駆逐艦のドクターをここへ連れてこい！」

誰かの声が聞こえるが、何を言っているかはわからない。とにかく疲れて、休みたい。宇宙よりも深い暗闇に吸いこまれてゆくようだ。とうとう、ロブはあらがうのをやめた。


メレは指令所の上部にすわり、志願兵たちをぼんやりと見た。志願兵は捕虜にしたスカザ兵たちに対して、武器を隠し持っていないか確認している。スカザ兵は今回の戦闘で十数人が死亡したので、基地建設当初の百人が半減したことになる。重装甲戦闘服のフェイスプレートを開けた、生き残ったスカザ兵たちの目がメレを見つめている。自分たちの仲間をむさぼり食ったドラゴンでも見るかのようだ。

「少佐」と、ライリー。いつもの笑顔は見られず、恐ろしく硬い表情だ。「われわれは十人死亡で、十数人の負傷者がいる模様です。もういちど点呼して、確認します」

「ありがとう。頼んだ」と、メレ。「でも……もっとひどいかと思っていたよ。本当によくやってくれた」

ライリーの顔が崩れ、泣きそうな表情に変わった。

「ティナとロルフは亡くなりました」

たしか、ライリーの陽動作戦グループの二人だ。

「あんたは精一杯のことをした」

「でも、悲しいんです」と、ライリー。迷子の子供のような口調だ。

「悲しく思うのは当然だ」と、メレ。「心の痛みが消えることはない。その痛みを抱えて生きなくては。わたしたち二人ともな。痛みを抱えて生きてゆかなくてはならないんだよ」

「そうですね」ライリーは直立して、メレに敬礼した。

ライリーは訓練のときから、正しい敬礼のしかたを学んで、やけに誇らしげだった。メレは腰の傷の痛みに顔をしかめながら、圧迫帯代わりにしていた掩蔽壕から立ち上がった。右手をあげて敬礼しようとしたものの、折れた鎖骨の痛みに、ふたたび顔をしかめた。しかたがないので、左手をあげて礼儀正しく答礼した。

「あんたは、よくやった」と、メレ。

「少佐！　少佐！」コントロール・パッドから、かすかな声が聞こえた。いらいらしながら三度目のしかめっつらを見せ、ヘッドセットに手を伸ばした。「少佐！」都市にいるチザム評議会議長の弾《はず》むような声だ。

「はい」と、メレ。激しい戦闘に疲れはて、死傷者数の多さに心が沈んでいるというのに、戦場から遠く離れた場所にいる人間の勝利を祝う口ぶりに、メレの胸に怒りがこみあげた。

「なんでしょうか？」

「たった今、スカザ星系の駆逐艦にいるギアリー大尉から連絡がありました！〈スコール〉の爆発前に、クルーは敵の駆逐艦に乗りこんで拿捕したそうです！」

メレは目をしばたたいた。聞き間違いだろうか？

「〈スコール〉のクルーは生きているんですか？」

「大半の者は」と、チザム。声に落胆の色が混じった。「おそらく、何人かは……亡くなったでしょう。しかし、クルーは敵の駆逐艦を拿捕し、敵の貨物船に損傷を与えたそうです。貨物船はジャンプ点へ逃げてゆきました。われわれグレンリオン星系は、地上戦と同じく宇宙戦でも勝ったのです！　グレンリオンの人々にとって、今日という日は本当にすばらしい日となりました！」

「なんとまあ……」メレは天を仰いだ。ほとんど雲のない真昼の青空を見ながら、いいニュースをかみしめた。

「ギアリー大尉は生きているんですね？　〈スコール〉が爆発しそうだったから、敵艦を拿捕したんですね？」

「はい、少佐。そう思います」

メレは声をあげて笑いはじめた。こみあげる笑いを抑えられず、空を見あげ、日中の青空に隠れた星々を見つめた。

「ギアリー大尉は宙兵隊員になるべきだった」

「なんですって？」

「ギアリー大尉です。わたし以上にどうかしてますよ。宙兵隊員になるべきでした」メレは深呼吸した。「ギアリー大尉にそう伝えてください。それから、ニンジャに、ギアリー大尉は勝ったと伝えてください」

「なぜ、ニンジャに――？」

「いいえ、忘れてください。わたしが自分で言います。都市の通信回線への接続は可能ですか？」スカザ基地の妨害電波が今も出ていたら、無理だったろう。でも、もう簡単にできるはずだ。

「ああ、いいですよ、少佐。できるそうです。音声だけですが。評議会とグレンリオンの人民から、もういちどお祝いを言わせてください！　ちょっと待って。わかりました。さあ、どうぞ」

　メレは通信をつなぎ、ニンジャの応答を待った。

「もうニュースは聞いたわ」と、ニンジャ。なんの感情もこもっていない口調だ。「公式ニュースで聞いたの」

「いいえ、あんたは知らないはずよ」と、メレ。「違うの。あんたの聞いたニュースは間違いなの。やったのよ。ニンジャ、あんたの恋人は無事なの。勝ったのよ」

「でも、〈スコール〉は――」ニンジャの言葉が急に途切れた。

「そうよ、爆発したわ。でも、その前に、敵艦に乗りこんで拿捕したそうよ。きっと、誰かさんがこの惑星へ帰りたくてたまらなかったからよね？」

「ロブは……ロブは……」ニンジャは、しばらく声にならない様子だった。「あなたはどうなの？」

「わたしは大丈夫よ」と、メレ。「少しケガしたけどね。陸上軍も勝ったわ。わたしから聞くなんて、ハッカーの腕が落ちたんじゃない？」

「メレ・ダーシー、あたしをからかってるんだったら――」

「全部、本当のことよ、ニンジャ」メレは、降伏したスカザ兵たちの列の向こうに目を向けた。「きっと誰かのおかげね」

「そうね」と、ニンジャ。「失礼するわ……ご先祖さまに感謝を伝えなくちゃ」

15

何か変だ。ロブは目をしばたたいた。ここはベッドの上か？　いや、単にベッドで寝ているというだけじゃない。腹のまわりに医療器具が取り付けられていて、状態表示ランプが柔らかい光を放っている。ずいぶん利口なやつが設計した器具なんだろう。ここから見えるランプはどれも緑で、安心できる。

どこがおかしいんだ？　病院にいること自体が変だとはいえ……。ここが艦内じゃないからだ。建物のなかだ。おれは艦に乗っていたはずなのに……。

「ハイ」

ベッド脇を見るとニンジャがいた。疲れきっているようだ。でも、笑みを浮かべている。

「ひどい顔だな」と、ロブ。まだ頭がぼんやりしているせいか、うっかりそう口走ってしまった。

「自分の姿を見てみなさいよ。それに、あたしが疲れてるのは、この何日間か、ベッドのそばにいたからよ。あなたが目覚めるのを待ってたの」

ロブはニンジャを見つめた。

「何が起こった？　おれは、どうやってここに来たんだ？」

「コサトカ星系の船が来るまで、あなたはずっと医療用人工冬眠ユニットに入っていて――」

「コサトカ星系から来たどの船だ？」

「コサトカから来た船よ」ニンジャは繰り返した。優しくほほえんでいる。「あなたたちがあの駆逐艦を拿捕《だほ》した数時間後に、ジャンプしてやってきたのよ。単なる武装した貨物船だったけど、コサトカ政府はその船の手配ができしだい、支援として送ってくれたの。コサトカ星系を救った英雄ロブ・ギアリー大尉の勇敢な働きに報いようと、グレンリオン星系に恩返しをしてくれたのよ。あなたたちを確保すると、駆逐艦を軌道まで牽引《けんいん》してくれた。それから、あなたはシャトルで惑星へ送られたの。あなたがすっかり捨て去ろうとしたその無謀な人生を続けさせることができるかどうか、確かめるために」

ニンジャの話をいっぺんにはのみこめなかった。ロブは目を閉じると、このニンジャは幻ではないかと恐れながら、ふたたびパッと開いた。消えてない。これは現実だ。

「いったい何人の命が失われたんだろう……〈スコール〉のクルーは……大勢、死んだのか？」

ニンジャは唇を嚙《か》んで視線を落とした。

「名前は教えてあげられるけど。あとにしましょう」

「ダニエル・マーテルは？　マーテルが撃たれるのを見たんだ」

「ええ、それは……ねえ、自分がどれだけの人命を救ったかも考えてみて。あの駆逐艦を阻止することで、〈スコール〉のクルーとこの惑星にいる人々が何人も救われたのよ。それはすごい数よ、ロブ。あなたは多くの人々を救ったの」ニンジャはふたたびロブと視線を合わせると、自分の下腹部を軽く叩いて笑みを浮かべようとした。「それに、ここにいるあたしたちのちっちゃな分身のことも考えてもらわないと。この子は、あたしたち二人を自分のそばから離さないわよ。こっちの面倒をみるのも大事でしょ？」

「きみたちを二人きりにさせたくないと思ったんだろうな」と、ロブ。「おれは恐れていた……恐れて……」突然、言葉が出てこなくなった。最近の出来事が喚起する感情と記憶で、のどが詰まり、うまくしゃべれない。

「ちょっと、ちょっと」ニンジャはあわてて、ロブの気分を落ち着けようとした。「もう大丈夫。危険はないわ。グレンリオンは安全よ。メレも無事だから。知ってた？　メレはスカザ基地を奪取したのよ。あなたを名誉宙兵隊員にするって言ってたわ」

そんな気分ではなかったが、ロブは精一杯の笑みを浮かべてみせた。

「それはどんな勲章よりすばらしい。グレンリオン政府に授与する勲章なんかないだろうが」

「つくるべきね。そうすれば、あなたにあげられるから」

「いや」ロブはニンジャに向かって頭を振った。心臓が激しく鼓動し、呼吸が速くなった。

駆逐艦での戦いの光景がフラッシュバックしたせいだ。自分の両側にいた兵士が、男も女もバタバタと倒れていった。おれはあのとき、その恐怖と強烈な感情を締め出そうとしていた。

「おれに勲章をもらう資格はない。勲章は、グラント・ダンカン軍曹のような人々がもらうべきだ。ああ、ちくしょう。ダンカンも死んだと聞いた。マーテルは……もし、マーテルが……勲章をもらうのにふさわしいのは、あの二人だ」

医療器具のランプが点滅し、ロブは眠気に襲われた。

「鎮静状態にさせようとしてるのよ」と、ニンジャ。「身体に無理をさせないようにね。リラックスして。あなたは休暇中なんだから」

ロブは喜んで眠気に身をまかせた。ここにニンジャがいることがうれしかった。おれも、ここにいる。ここにいない者たちのことは考えたくない。

翌日、ドレイク・ポーターがやってきた。ロブのケガを心配していたが、個人的な大きな悲しみを抱えているのは間違いなかった。

「あなたの無事を確かめたかったんです、大尉」

「おれは大丈夫だ」と、ロブ。どうきけばいいんだろう？　きかなくても、たぶん答えはわかっているが。

ポーターはうつむき、のどに引っかかるような声で言った。

「あの……ダニエルは……死亡しました。すでにご存じかもしれませんが……」

ロブはうねる暗闇に心を押さえつけられるような気がした。

「いや、聞いてはいない。なんてことだ。本当に残念だよ、ポーター」

「はい」ポーターは顔を伏せたまま答えた。数秒間、黙って気持ちを落ち着かせると、ロブに向かってうなずいた。「わたしはもう志願兵たちとは別れるつもりでいます。そのことを伝えに来ました。あの駆逐艦が修理されないかぎり、グレンリオン星系に艦はありません。しかし、修理されたとしても、わたしは……もう地上を離れたくないんです。以前と同じようなコロニー関連の仕事に戻ります」

「わかった」と、ロブ。ポーターの苦悩を、おれは、どうしてやることもできない。「きみは、すばらしい仕事をしてくれた。そして……深刻な喪失を体験した。誰もそれ以上、きみに要求することはできない。何か困ったことが起こったら、ポーター、知らせてくれ。どんなことでもいい。われわれは、つねに仲間だ」

「ありがとうございます」と、ポーター。ようやくロブの顔を見た。「あなたもすごい仕事をされました。われわれを救ってくれました。あなたがいなければ、全員があそこで死んでいたでしょう。グレンリオンも、まったく無防備な星系になっていたはずです。あそこにいたわれわれ全員がそのことを知っています。でも、わたしときたら、すでに降伏しようとしていました。もう少しなんとかできる可能性があれば、あなたは……全員を救っていたでしょう。あなたもわたしが必要になったら、そう言ってください。約束ですよ」

「約束する」ロブはポーターが一人で退室する様子を見つめた。もっと違ったやりかたがあればよかったのに。ポーターとマーテルが並んで退出する現実をもたらすようなやりかたが。

しかし、見かたを変えれば、マーテルはつねにポーターのそばにいると言えるのかもしれない。存在しない未来の記憶は、ポーターの人生に何が起ころうと、ポーターについてまわるだろう。

だいぶたってからロブが目を覚ますと、リー・カマガン評議員が部屋に来ていた。

「すわってください」

カマガンはロブのベッドの隣に腰をおろした。怒りをあらわにしている。こんなカマガンを見たのは、はじめてだ。

「わたしが何かしたのでしょうか？」と、ロブ。

「あなたはするべき以上のことをしてくれました」と、カマガン。「評議会からいくつかニュースを持ってきました。スカザ星系によるこの星系への攻撃をしりぞけたあなたの勇敢な行為に対し、公式に感謝の念を示すことが議決されました。評議会の感謝を表明するという決議は、グレンリオン星系の公式記録に記されます」

「ありがとうございます」と、ロブ。なにごとか言う必要があるとは思うが、なんと言っていいかわからない。

「お礼を言う必要はありません」と、カマガン。「感謝の表明など、評議会ができる本当に小さなことですから。これは文字どおりの意味です。それは評議会ができる最小限のことなのです。評議会の感謝を示す具体的な証拠はないでしょう。評議会はどのような犠牲も払いません」

ロブは目をしばたたいた。肩をすくめようとしたが、まだ腹に医療器具が付けられているので難しい。うなずくだけで我慢した。

「見返りを求めて行なったわけではありませんから」と、ロブ。少なくとも、これは本当だ。たしかにいくらか失望したが、それをおおっぴらに認めたくはない。積極的に報奨を得ようとする連中には嫌悪感がある。「あらゆる行為が報われるはずだとは思っていません」

「また新たな船がグレンリオン星系に到着しました」と、カマガン。「その乗客のなかに旧地球の代表者が一人いたんです。この人類宙域の奥にある星系に対する提案を携えていました。グレンリオンが地球艦隊のもと、もと士官とクルーを採用する気があるのなら、その士官たち自身が、もと戦闘艦である退役駆逐艦の購入の手はずを整え、グレンリオンのために兵役につくというのです」

そいつは朗報じゃないか？　ロブはもういちど肩をすくめようとして、あきらめた。

「なんだか悪いニュースのような口ぶりですね」

「その契約には、ホプキンズ准将をグレンリオン星系の新しい艦隊のトップに置くという項目が入っているのです。ホプキンズ准将の体調はいたって良好であると、地球艦隊は報告しています」

「それは……けっこうなことです。こうしたことが起こるのではないかと、どこかで思っていました」と、ロブ。そう思っていたのは、結局のところ、おれはアルファル艦隊の大尉にすぎないからだ。一足飛びに昇進し、もっと重大な責務を負う立場になれるとは考えていない。それでも、これは、あまり愉快な事態じゃない。「わたしには、どんな話が来ているんですか？」

カマガンは答えず、横を向いた。

「カマガン評議員」と、ロブ。「わたしに対して何か申し出があったのでしょう？　わたしは〈スコール〉でそれなりの仕事をしたと思っているのですが」

カマガンはロブと視線を合わせた。

「あなたは〈スコール〉で見事な活躍をされました。そのことが、自由社会に対するプロの軍人たちの影響を懸念する人々にとって、問題になっているのです。たとえ軍の英雄が政治的権力を求めていないとしても」

「なんですって？」ロブは銃で撃たれたかのように困惑した。

「すでに各艦の士官のポストはすべて決定しているものと考えてほしいと、もと地球艦隊のクルーの代表は明言しています。もと地球艦隊の指揮官たちは、自分が見知っている者たちをそばに置きたがっているからです。わたしは反対しましたが、評議会はその条件を受け入れました」

「それは……。反対したのは、あなただけですか？　キム評議員は――」

「キム評議員は、グレンリオンがすぐに二隻の戦闘艦を手にするチャンスだと考えました。自分が価値のある目的だと思うことのためなら、他人を犠牲にするのをまったく厭《いと》いません」と、カマガン。「好戦的な人々にありがちな傾向です。あなたを支持すれば、戦闘艦を手に入れる取引に支障を来したでしょう。すでにキム評議員は、積極的にあなたを生命の危機に追いこもうとしていました。あなたのキャリアなど、迷わず犠牲にするような人です」

頭が混乱し、ロブはもういちど、うなずくことしかできなかった。

「では、わたしはどうなるんですか？」

「評議会はこれまでのあなたのグレンリオン星系への貢献を考慮して、艦隊支援に関するポストを用意するつもりです」

「艦隊支援？」

「軍関連の連絡役です」と、カマガン。少し間《ま》を置いた。「艦隊の関係者から評議会の関係者への連絡です。職務内容はこれから決められます」

「使い走りってことですか？」と、ロブ。びっくりしすぎて、頭がうまく働かない。「そうなんですか？　会議でコーヒーを出していろと？」

「おそらく准将の補佐役として、准将のコーヒーの手配などをすることになると思います」

カマガンはロブの言葉を肯定した。「ロブ、ごめんなさい。精一杯、抵抗したんですが、あなたやメレ・ダーシーとは違って、わたしの戦いはうまくいきませんでした。この取引での唯一の救いは、差し出されたそのポストにつけば、あなたはようやく大尉として正式に認められるという点です。地球からやってくるどの新しい士官より階級は低くなりますが」

「わたしをからかっているんでしょう？」

「だといいのですが」

「では、現時点では……」と、ロブ。「わたしは今でさえ公式にも正式にも、まだグレンリオン艦隊の大尉ではないんですね？　その職に同意しても、わたしは大尉という地位を得るだけなんですね？」

「そうです。もと地球艦隊の艦がここにやってくる前に、あなたに指揮できる艦が与えられることもありません。あなたが拿捕した駆逐艦は、どうしようもなくひどく損傷していますから」

ロブは思わず、声を立てて笑った。

「この星系であの攻撃を打ち破った見返りが、やってくる地球艦隊士官たちの下級見習いのような地位なんですか？」

「そうです」

ロブは地球艦隊の退役兵だったマーテルのことを思い出した。マーテルはおれのことを呼ぶのに〝艇長〟という言葉を選んだ……選んでくれた……。ロブの思考は、この瞬間に選ぶことのできるふたつの明確な道を描いて固まった。どちらの道をとるか決めるのに迷いはなかった。

「カマガン評議員、評議会のかたがたにこう伝えてもらえますか？　地獄へは、あんたたちが行ってくれ、と。わたしは、ここで、公式かつ正式に、評議会からの非公式な任務をすべて放棄します。評議員のみなさんが正式な申し出を受けて、どこか不愉快な場所で苦労してみればいいんですよ」

　カマガンはロブに向かってうなずいた。

「あなたなら、そう言うだろうと思っていました。実は、そう言ってもらいたいと思っていたんです。ロブ、あなたは政治的にはうまくあしらわれてしまいましたが、それは恥ではありません。わずかな資源で自分が何を達成したかがわかれば、きっと自分をとても誇らしく思いますよ。わたしが評議員でいるかぎり、評議会には少なくとも一人は真実の友がつねにいると思ってくださって、けっこうです」

「ありがとうございます。ところで、ダニエル・マーテルをはじめとする戦死者たちについては、何か考えられているんでしょうか？」

「まだ結論は出ていません」と、カマガン。「中心街に記念碑や記念館が建てられることになると思います。遺族に年金が出るようにするべきだと言うつもりです」

「それはいい」と、ロブ。「ぜひそうしてもらいたい。「みな、それだけのことはしていますから。しかし、ここにマーテルの家族はいなかったと思います」

　カマガンはため息をついた。

「マーテルについては、ほかに何ができるかわかりません。マーテルは、われわれのために戦って亡くなりました。このことは、マーテルについて、なによりも重要な事柄として考慮されるべきです。マーテルの個人情報ファイルにかけられたプロテクトを解除できれば、少なくとも旧地球にいる誰に伝えればいいのかわかるのですが」

「ニンジャに頼んでみましょう。マーテルは……立派な人物でしたから。重要なことをなしとげたのはもちろんですが、わたしはマーテルから、いろいろな言葉を受け取りました。マーテルの助言で、それまで理解していなかった手本としての自分の重要さを考えることができたんです。そのおかげで、グレンリオン星系はいっそう向上するでしょう」

カマガンは考えこむ表情を浮かべながら、ロブに向かってうなずいた。

「正式な歴史には、マーテルばかりかあなたの貢献も記されないかもしれません。歴史は、まだ存在していない軍の官僚によって書かれるからです。マーテルのしたことの記憶を後世に残すために、ぜひご自分ができることをしてください。でも、ロブ・ギアリー、あなたのほうは、これからも人生は続き、進むべき道を設計する必要のある未来があります。それは、どのような記念碑よりも意味があります。おわかりだとは思いますが。あなたが人々を救うのに大した支援も装備もなかったことを、現時点でグレンリオン政府が隠したがっているとしても、政府があなたから多大な恩恵を受けているという事実は変わりません。何か困ったことがあったら、知らせてください。できるかぎりのコネを当たってみます」

ふたたびロブがベッドに横たわって天井を見つめていると、またドアが開き、ニンジャとメレ・ダーシーが現われた。

「やあ、ニンジャ」と、ロブ。もういちどニンジャの姿を見ただけで気分がよくなった。

「ここを離れてから、まだ一時間しかたってないわよ」ニンジャは微笑すると、前かがみになってロブにキスした。

ロブもキスを返した。

「さっきまでリー・カマガン評議員が来ていた」

「聞いたわ」と、ニンジャ。

ロブはメレを見た。片脚をかばっていて、上半身右側と右腕に軽量ギプスをはめている。

「おれがシャトルで〈スコール〉へ向かったとき以来か。元気かい、少佐？」

「誰に言っているの？」と、メレ。ロブが話しかけた相手を探すかのように、後ろを見た。

「ここには少佐なんていないみたいだけど」

「えっ？」ロブがメレをじっと見ると、ニンジャが隣に腰をおろしてロブの手を両手で握った。「そっちもか？　連中は地球艦隊から宙兵隊員も雇うつもりなのか？」

「違うわよ」と、メレ。「すわってもいい？　わたしのような一介のもと宙兵隊の下士官には、何か大きなものを動かす仕事は無理だってことのようよ。グレンリオン星系が立ち上げようとしているのは陸上軍であって宙兵隊ではないから、なおさらね。宙兵隊は頭痛の種になったりもするし。というか、頭痛の種だって言われているのは、わたしなんだけど。苦情があったのよ。兵士に無理をさせたって。わたしは命令どおりに、スカザ基地への大規模な突撃をほんの数日で成功させようとしただけなのに」

「むちゃくちゃだな。いったい何考えてたんだよ」と、ロブ。メレの戦いぶりについて冗談を言えた自分に驚いた。

「言ってくれるわね」メレは降参するふりをした。「スカザの連中をやっつけようとして費やした時間と労力のいくらかを、評議員へのごますりや製造部門の主任へのお愛想にまわすべきだったわ」

「おれも、そうすべきだったんだろうな。何か仕事の依頼はあったか?」

「ええ、あったわよ」と、メレ。軽蔑する口調だ。「政府はブラフマー星系とアマテラス星系からベテランの士官を雇おうとしているんだけど、そういう士官には補佐が必要でしょ。だから、連中は、わたしにまた軍曹にならないかって言ってきたのよ。下級軍曹よ、もちろん」さらに付け足した。「補佐役としての」

「ボスのコーヒー係か?」

「ご明察。そっちは?」

ロブは撥《は》ねつけるように手をパッとひるがえした。

「お茶出しする雑用係だ。階級は大尉だが、それ以外は、きみに差し出された契約とほぼ同じだ」

メレはどうでもいいと言いたげにフンと鼻を鳴らした。だが、ロブは、その音から鋭いものを聞き取った。平気をよそおっているが、その奥にあるのは怒りだ。

「こうなることを予測すべきだったわよね。王さまたちの感謝なんて、ろくなもんじゃないって。それにしても、がっかりするわ」

「残念だったな」ロブはメレに言った。「きみは、もっといい待遇を受けるべきなのに」

「二人ともよ」と、ニンジャ。「評議会のメンバーだけの話し合いにもぐりこんでいたら、多くの評議員は自分たちがグレンリオン星系を守るべきだったと考えていて、ほかの誰かが大変な仕事をしたことをおもしろく思っていないってことがわかったでしょうね。二人のしたことを騒ぎ立てれば、評議会がいかに準備不足だったかとか、二人がどれほどわずかな人員や装備で戦わなければならなかったかといったことが強調されてしまうから、それは、ばつが悪いんじゃない？　それに、別の評議員はこう主張してたわよ。スカザ星系は、ある種の思考傾向を持った人々の力が強くなりすぎたり人気が出すぎたりしたときに、何が起こるかを示してるって。それはグレンリオンにとって教訓になるはずだって。スカザ星系に雇われていたマーテルをロブが受け入れたことを、三人が軍服を脱げばみんな同じ穴のムジナだという証拠として振りかざしてた……というか、そんな話を聞いたわ」

「きみがそんな会合に入りこまなくてよかったよ」と、ロブ。

「ほんと」ニンジャは真顔で同意した。「非合法だしね」

「でも、なぜ、雇おうとしている旧地球や旧コロニーから来た人たちは信用できるのかしら？」と、メレ。「そのことで何か……話を聞いてる？　その会合に入りこんだという人から」

「実は、聞いてるのよ」と、ニンジャ。「地球艦隊には、政府の決定には素直にしたがうという長年にわたる伝統があるとか、なんとか言ってた。旧コロニーも同じみたい」

「ロブ・ギアリーとわたしがどこから来たと思ってるのかしら？」と、メレ。

「暗くて危険なところでしょ、きっと」

「おれはマーテルから政府を支えることの重要性について教わったんだがな」と、ロブ。ふたたび苦いものがこみあげてきた。「それなのに、連中はマーテルの記憶を踏みつけにした。とにかく、自分たちのあいだでは、そうしたんだ。ああ、ニンジャ、おれは評議会からの申し出を断わった。だから、失業中だ」

「嘘でしょ?」ニンジャは絶望したかのように両手をあげた。「どうしたらいいの? 給料を運んでくるのが、あたしだけだなんて!」

ロブはメレをちらっと見た。

「もういいだろ? 二人が何か隠してるのは、わかってるんだ。何を隠してる?」

メレが満面に笑みを浮かべた。

「わたしたちがそういうすばらしい仕事の話を受けて身の振りかたを考えているとき、このあんたのお姫様は、その痛手をやわらげる助けになるようなことをしてくれていたのよ」

ニンジャはロブに向かってにっこり笑った。

「主要軌道施設を管理する請負業務があるの。施設のもっとも大きな部分は、フランクリン星系にある造船所で組み立ててから引っ張ってくることになってる。今月中に到着するはずよ。あたしはその内部事情に通じてるの。その施設では造船所と補修部門を統括する上級船員が一人、必要になるわ。いい? あなたはこの惑星上にいた人々を救うのに圧倒的に大きな役割を演じた。そのなかに、この軌道施設の建設を終わらせ、施設を管理することになってる会社の代表者がいたの。おまけに、その人たちは、あなたがしたことを知ってる」

「保安部を管理する人間も必要になるらしいわ」と、メレ。「カマガン評議員がその会社の人事担当者に言ってくれたのよ。わたしを雇えば後悔はしないでしょうって。担当者は、あんたとわたしがうまく協力して仕事をした経験を買ってくれた。人と協働できるっていうのは、船員や宙兵隊員にとって当然のことじゃないみたいね」

「そうなのか？」と、ロブ。

「そういう話だったわ」と、メレ。「で、誠実な仕事をするのはもちろんだけど、わたしたちから軍の仕事を奪った旧地球やブラフマー星系といったほかの星系の士官たちが、支援や協力を求めて頻繁にやってくることになるはずよ」

　こんなに早くふたたび笑顔になれるとは思っていなかったな――ロブはそう考えながら、笑みを浮かべていた。

「自分がそれほど執念深いたちじゃなくて、よかったよ」

「わたしたち二人のためなら、わたしはけっこう執念深くなれるわよ」と、メレ。

「あんまり自分たちを追いこまないでよ、お二人さん」ニンジャが注意した。「グレンリオン政府はあなたたちとは手が切れたと思ってる。でも、それは間違いだと思うわ。宇宙のこのあたりは、まだまだ混沌としてるから。あなたたちはスカザ星系の連中に強烈なパンチをお見舞いしてやったけど、スカザ星系はまだ健在よ。それに、メレ、あなたに苦汁をなめさせた、あのアプルー星系もね。もちろん、ラレース星系を爆撃してコサトカ星系を脅したどこかの連中も。それから、コサトカ星系で新たなトラブルを起こしてた連中も。ほかの星系も、こっちの耳に入ってこないだけで、問題を起こしてるのかもしれない。グレンリオン星系には、ふたたび、あなたたちが必要になるわ」

「そうなったら、どうなるんだ？」と、ロブ。「連中がふたたび、おれたちを必要とするようになったとして、それを気にする必要があるのか？　おれが何も教訓を学んでないと思うのか？」

「あなたは気にするわよ」と、ニンジャ。「だって、そういう人だもの。正しいことをして何度も煮え湯を飲まされてるのに、それでもまだ気にするのよね。あなたも、この宙兵隊員も。グレンリオン星系はどうしても、あなたたちを必要とし、あなたたちはさらに仕事熱心になるわよ、きっと」

メレは頭を振った。

「わたしのことを理想主義者みたいなもんだって思っているの？　今ここで、二十ドル賭けるわ。そんなことは絶対に起こらないほうに」


三年後、軌道施設にある執務室のドアが開いたとき、ドックの上級船員であるロブ・ギアリーは、画面から顔をあげて視線を向けた。またどこかの艦隊士官が、修繕ドックでの優先権を要求――懇願しに来たのか？

そこに立っていたのは艦隊士官ではなく、保安部のメレ・ダーシー部長だった。自分の宇宙ウォレットを掲げている。

「ニンジャに二十ドル払わなきゃならないの」

「なんだって？　うちの奥さんに二十ドル払うって、どういうことだ？」

「聞いてないの？　駆逐艦〈クレイモア〉が吹き飛んだのよ。ホプキンズ准将とクルーの半数と一緒に。大騒動になってる。で、評議会は誰に助けを求めたと思う？」

訳者あとがき

〈彷徨《さまよ》える艦隊〉正篇の時代から、時をさかのぼること数世紀。すでに人類にとって、地球は宇宙の中心ではなくなっていた……。

本書は、〈彷徨える艦隊〉第十一巻のあとがきで触れた、ジョン・ギアリーの先祖たちの時代を描く三部作〈彷徨える艦隊ジェネシス〉の第一巻 *The Genesis Fleet: Vanguard* です。ジャンプ・エンジンが発明されてまだ何十年もたっていませんが、ジャンプ・エンジンは人類の社会を大きく変えました。恒星間移動に時間がかからなくなり、人々は地球に近い旧コロニーを離れ、より遠くの辺境宙域へと進出を始めます。主人公はロブことロバート・ギアリー。アルファル星系の小規模艦隊のもと大尉です。おそらく〝ブラック・ジャック〟ギアリーの先祖の一人でしょう。そのほかにも、個性的で魅力的な人物が登場します。〝ニンジャ〟ことリン・メルツァーは、ロブと同じくアルファル星系艦隊にいたもと下士官で、天才女性ハッカーです。さらには、もと宙兵隊の女性メレ・ダーシー、ダメ経営者でダメ政治家でダメ夫のロハン・ナカムラ、〈レッド〉と蔑称される火星出身者の女性カルメンなど。それぞれに事情を抱え、新天地を求めて、それぞれの居住地から旅立ちますが、数々のトラブルに見舞われます。〝ブラック・ジャック〟ギアリーは百年の眠りから覚めると同時に、いわゆる浦島太郎状態で、右も左もわからぬまま、司令長官として星系同盟《アライアンス》艦隊の指揮をとるはめになりました。ロブ・ギアリーもまた、新コロニー建設のために新たな惑星に着いたとたん、コロニー運営評議会から重大な使命を与えられることになります。移民たちのなかで最先任の退役兵だという理由で。もと大尉とはいえ、不満だらけのアルファル星系艦隊でくすぶっていた人間です。経験豊富というわけでもありません。はたして、いかにも〝ブラック・ジャック〟ギアリーの先祖らしく、窮地を脱することができるのでしょうか？

本書では、コロニー建設にたずさわる移民たちの産みの苦しみをまざまざと見せつけられます。さすがジャック・キャンベル。裏事情まできっちり書いてくれてる！　新たなコロニーを建設するにあたって、ネックになるのは、なんといっても物的資源および人的資源の不足――つまり、おカネがないということです。コロニー建設に莫大な資金を要するため、防衛費すら捻出《ねんしゅつ》できません。ジャンプ・エンジンがない時代には恒星間移動に時間がかかった半面、敵が突然襲ってくる心配はありませんでした。コロニーは地球に近いところに建設されることが多かったため、有事のさいには地球に救いを求めることもできました。地球には地球の事情があるのですが、とにかく辺境宙域の新コロニーは地球を当てにはできず、何が起こっても自力で解決するしかないのです――たとえ一艇の戦闘艇も持っていない状況で、物々交換ではなく、実力で手に入れるのですが）ストーリーが展開するので、お楽しみに。
武力侵略を受けそうになろうとも。そのあたりは、わらしべ長者的に（本書の場合は単なる

〈彷徨える艦隊〉正篇第一巻の解説を書いてくださった作家の鷹見一幸先生が、ご著作『宇宙軍士官学校―前哨《スカウト》―』（ハヤカワ文庫ＪＡ）第一巻のあとがきで、ジュヴナイルと、大人向けの小説の違いについてお書きになっています。鷹見先生のおっしゃるジュヴナイルとは、「文章の見通しが良い」小説で、「実際にどうなったのか」とか「キャラクターの本音」とかが読者にはっきりわかる形で書かれている小説だそうです。たしかに、鷹見先生の作品はストレートに描かれているので、もやもや感がなく、いっきに読みおえて、「ああ、すっきりした！」と感じることができます。それとは逆に、読者の想像に任せられる部分が多いという点で、この〈彷徨える艦隊〉シリーズは大人向けの小説に分類されるのかもしれません。キャラクターの言葉のはしばしから想像するしかないことも多々あり、歯がゆい思いがします。でもまあ、想像や妄想をふくらませるのも楽しいんですけどね。本書は正篇と比べて、登場人物も、艦や星系の名前も圧倒的に少ないし（今のところは）、ロブはある意味、ジョン・ギアリーより手が早いし（子孫を残さないといけないので）、作品自体のテーマは深いのですが、お気軽に読んでいただけることと思います。

本国アメリカでは〈彷徨える艦隊〉のコミック版が刊行されており、日本のAmazonでもkindle版、ハードカバー版を入手できます。吹き出しが横長で、セリフは英語、日本の